뒤를 보는 마음

뒤를 보는 마음

우리 시대의 시인 8인에게 묻다

노지영 지음

이문재 생명에의 옹호

손택수 달력의 이면

신용목 시인은 그렇게 살겠지

김해자 집으로 가는 길

김경인 겹의 그늘을 읽는 일

김정환 번역들

강은교 강은교 포에틱 유니버스

김기택 시인의 둘레길

교유서가

목차

소설을 전공한 평론가가 언젠가 이런 질문을 한 적이 있다. "시 평론은 도대체 어떻게 쓰는 건가요? 요즘 시들은 너무 난해해서 무슨 말로 풀어내야 할지 너무 막막해요. 그 지옥 같은 언어들에 접근하는 법을 도통 모르겠어요."

시를 쓰는 한 시인은 언젠가 이런 푸념을 했다. 가족과 친구가 없으면 내 시를 읽어줄 사람이 없다고. 게다가 가족과 친구는 시집을 구입하는 게 아니라 자신에게 시집을 선물 받는 사람이라 자신은 진짜 순수한 독자가 없는 지옥에 살고 있다고.

한번은 수업을 듣는 학생들이 울상을 지으며 이렇게 하소연한 적도 있다. 인문도서 읽기 수업에서 도서를 골라 발제를 정할 때 하필 아무도 원하지 않는 시집 분야가 배당되었다고. 가위바위보에서 한 번 졌다는 이유로 지옥 같은 팀플이 배정되는 건 너무 가혹하다고.

전문독자인 평론가조차 시 읽기는 힘겨운 도전이 되고, 중간 독자 축인 학생들에게는 나날이 도피하고 싶은 영역이 되어가며, 시에 감전된 경험이 있는 시인들이(혹은 지인들이) 시 쓰기와 시 읽기를 외로이 전담해간 지는 퍽 오래되었다. 매년 3천 권 이상의 시집이 쏟아질 정도로 시를 쓰려는 사람들은 여전히 많고, 독자와 소통하기를 바라는 이들은 늘어나고 있으나, 누군가와 소통을 원할수록 고통(孤痛)도 심화된다.

　　물론 고통(孤痛)과 고통(苦痛)이 문학의 자양분이 되기도 할 것이다. 그러나 때로 그 고통들이 나를 무의미의 지옥감(地獄感)으로 밀어넣을 때면 시를 사랑하게 된 이 마음이 어디서부터 왔었는지도 밝히지 못한 채 혼란스러울 때가 있다. 언젠가 시마(詩魔)에 휩싸여 시를 단박에 이해할 것 같았던 순간들도 있었지만, 그렇게 아름다움의 힘을 느낀 적 있었다는 죄로 인해 이 고통스런 '시계(詩界)'를 어두운 눈으로 헤매고 다닌 지 너무 오래되었다. 그러나 까막눈의 지옥도 안에서 무엇이든 갈피를 잡아보려고 애를 쓸 때면 종종 내가 본 적 있었던 어떤 시인의 얼굴이 덮쳐와서 내 마음을 차분히 다독여주곤 하는 것이다.

　　이 책에 실린 대담들은 불민과 불안의 고통에 휩싸여 있는 나를 시라는 이름으로 다독여주었던 그 얼굴들의 기록이다. 마치 랍비들 사이에 전해오는 다음의 우화처럼, 지옥의 실재감에 빠져 있던 나에게 시인들은 손과 얼굴을 들이밀며 '시계'의 이야기를 들려주곤 했었다.

　　어떤 사람이 천사의 안내를 받아 천국과 지옥을 차례로 구경하였습니다. 먼저 지옥이란 데를 가보았더니, 사람들이 모두 못 먹어서 말라비틀어진 몰골을 하고 있었습니다. 그런데 그 가운데는 커다란 가마솥이 있고 그 솥에는 향기로운 죽이 그득히 끓고 있었습니다. 그러나 그 죽을 떠먹을 수 있는 국자가 너무 크고 길어서 사람들이 아무리 발버둥을 쳐도 그 국자를 자기 입에 죽을 떠 넣을 수가 없었던 것입니다. 그 결과 그들은 바로 앞에 먹을 것을 두고도 극심한 굶주림의 고통을 겪을 수밖에 없었습니다.

이번에는 천국을 방문하게 되었습니다. 역시 여기에도 커다란 솥에 죽이 그득 끓고 있고, 아까 본 것과 같은 어마어마하게 큰 국자가 있었습니다. 모든 조건은 지옥에서와 같았습니다. 그러나 여기에서는 모든 사람들이 혈색 좋은 행복한 얼굴을 하고 있었습니다. 배불리 먹고 있는 게 틀림없었습니다. 그들은 그 큰 국자를 가지고 죽을 떠서 각자가 자기 입으로 가지고 가는 게 아니라 다른 사람, 상대방의 입에 서로 떠 넣어주는 것이었습니다.

—「어떤 우화」에서*

이 우화에서처럼 '말라비틀어진 몰골'로 시를 섭취하여 자기화하고자 노력할수록, 시는 나에게 지옥 같은 고통을 선사해주었던 것 같다. 내 신체의 길이보다 '너무 크고 긴' 국자는 내 입술을 스쳐 가지도 못했고, 나를 살찌우는 데 사용되지도 못했다. 나는 끓어오르는 시의 솥을 목격하면서도 늘 굶주렸고, 어쩌다 멈추어 있는 자리는 가시방석과 다름없었다.

---

* 김종철, 『비판적 상상력을 위하여』(개정판), 녹색평론사, 2022.

그러나 어떤 시인들은 의미에 굶주린 나에게 다가와 시는 그렇게 갈망으로 소진되는 지옥만은 아니라 한다. 펜을 잡던 손으로 '어마어마하게 큰 국자'를 집어들어, 저 용광로 같은 솥에서 끓고 있는 시를 나 또한 천천히 삼켜볼 수 있을 거라 한다. 그런 격려를 들을 때면, 입술 가까이 다가오는 국자를 보며 나는 비로소 혈색이 돌고, 나의 벌거벗은 맨얼굴도 화끈거리기 시작하는 것이다.

여기에 실린 시인과의 '대화'들은 그러한 '너무 큰 국자'와의 입맞춤들이다. 나는 한없이 '말라비틀어진 몰골'로 언어를 지옥계처럼 느끼며 헤매는 사람이지만, 시인들이 입가로 가져다주는 커다란 국자 덕에 연옥으로 뻗어 있는 '시의 언어'를 신뢰하는 사람이 되었다. 그것은 감염병 이후 모든 것이 멈출 때쯤에 더 큰 신뢰로 다가왔다. 시인들이 손에 쥔 '긴 국자'가 시침(詩針)처럼 길게 뻗어 있는 곳을 바라보면서, '저쯤'이라고 여겼던 시의 지평선을 계속 넘어가봐야겠다는 생각을 하게 되었으니 말이다.

글보다는 말이 좋았다.
말보다는 기운이 좋았다.
상대와 언어로 묶이게 되는 헤어날 수 없는 구속이 좋았다.
나에게 침입해오는 그 얼굴의 벌거벗음이 좋았다.

그간 평론이란 글을 쓰면서 여러 자리에서 말과 글을 다룰 기회가 있었다. 각종 공연과 대담, 북 토크에서 '시인과의 대화'를 진행할 기회도 비교적 많이 주어진 편이었다. 그러나 그러한 자리의 상당수는 제한된 시간 안에서 독자들의 반응을 체크하며 짧게 진행되곤 했는데, 끝나고 나면 이유 모를 아쉬움이 남곤 했다.

물론 육체적 근거리에서 나누는 '시인과의 대화'는 일회적인 스침이어서 더 소중하게 기억되는 측면도 있다. 상대에 대한 책임성을 느끼게 하며 펼쳐지는 면대면의 대화는 그 어떤 글보다 정직하고, 자기 미화로서의 오염도 덜 되어 있다. 시인의 말에 집중하느라 현재의 걱정거리에서 나를 순간적으로 해방시키는 일은 일종의 테라피가 되기도 한다. 시인의 눈과 귀, 입과 코와 눈썹을 보며 이마에서 코로, 턱으로 이어지는 한 사람의 형체를 그의 언어와 함께 총체적으로 인식해나가는 것은 말할 수 없는 충만함의 감정을 줄 때도 있다. 움찔하거나 잠시 생각하느라 미간을 찌푸리는 것과 같은 행동으로 한 시인의 무의식을 읽어나가는 방식은 '글'이라는 형식이 온전히 줄 수 없는 구술 소통만의 선물이다. 나는 시인의 임기응변 능력과, 언어의 휴지 사이에 포착되는 어수룩함을 동시에 발견하며 즐겁다. 그렇게 한 사람의 언어적 형체를 온몸으로 감각한다 느껴질 때면, 마치 〈타오르는 여인의 초상〉이란 영화의 한 장면에서처럼, 시인의 옷자락에 불이 붙는 것 같은 순간도 온다. 그럴 때면 나도 시인도 미처 그 불을 끌 생각을 못 하고, 쏟던 말들에 더 깊숙이 빠져들면서 잊히지 않는 초상 하나를 기록하는 것이다.

　　글쓰기의 규격화 작업과 텍스트의 선형성을 우선시하는 기록 문화의 전통 속에서 그간 작가와의 대화나 대담 같은 구술 언어적인 대화 형식들은 그 일시성과 무정형적 측면에 의해 문화적 산물로서 정당한 지위를 인정받지 못한 측면이 있었다. 문학의 특성상 아카이빙이라는 것은 주로 문자라는 형식으로 기록되므로, 시각 중심주의적이고 이성 중심적인 방식들로 언어를 배치하고 재가공하는 작업이 없다면 그 언어들은 '지식사'의 한 측면으로 존중받기 어려운 것이 사실이다. 구술 형식을 통해 작가와 만난다는 것은 오늘날에도 여전히 문학적 깊이가 떨어지는 일회적 행사를 독자 서비스하는 향유산업의 차원만으로 이해되어온 측면도 있다.

감염병 이후, 각종 비대면 프로그램은 늘어났지만 시와 문학에 대한 깊이 있는 성찰을 할 수 있는 독서 경험은 더욱 줄어들었기 때문에 한쪽에서는 이러한 편견이 더욱 강화되었다. 문학계 안에서도 디지털 아카이빙이 다양한 형식으로 동반되며 디지털 필경사(筆耕士)들이 출현했지만, 영상콘텐츠의 요란한 무늬만 흉내내는 방식도 흔했다. 신속하게 만들어졌다 급속하게 사라지는 디지털 문화가 자연화되어 독자들이 스스로 문학을 이해하는 경험은 더욱 납작해진 부분이 있다.

그러나 문학은 영상매체의 단순 소스가 아니며, 단지 시각 문자로 이루어진 텍스트에 불과한 것도 아니다. 시라는 장르는 특히 그러하다. 시는 문자 매체가 독점해온 문화적 분위기 속에서도 구술적 물질성을 강하게 과시해왔던 장르이며, 특정 현장에서 시인의 입을 통해 발화함으로써, 고유한 음성으로서의 진릿값을 취득해왔던 장르이기도 하다. '시인과의 대화'라는 것은 비대면 시대에 더 다양한 형식으로 기록되면서, 납작해지는 언어 경험에 실물 감각을 불어넣을 수 있는 통로가 되어줄 수 있을 것 같았다.

그리하여 비대면 시대일수록 시인들과 더욱 만나야 했다. 디지털 언어로 표준화되어 기록되는 기표들의 행렬에 실재감의 육체를 덧입혀나가는 작업이 필요했다. 모든 사람이 평등하게 소통하고 접속하는 것 같지만 겹의 내포를 읽어낼 수 없는 신문맹의 시대에 직면하여, 나는 시의 위의를 시인의 신체적 목소리를 통해 찾아보고 싶었다.

시인과의 심층 대담을 통해 수만 개의 각을 가진 보석과 같은 시를 천천히 음미하고, 시인의 물성을 느끼고, 시인이 경험해온 시적 맥락을 이해하며, 비대면 시대를 돌파하는 입체적인 사유를 탐색해 나가는 작업이 절실하다는 판단을 하여, 본 대담 연재를 기획하게 되었다. 이 대담의 기록들은 비대면 시대 이후, 시라는 것이 어디에 존재의 닻을 내리고 있는지를 탐색해온 기록들이다. 그리하여 시적 개성과 목소리가 뚜렷한 시인들을 장소와 거리에 구애받지 않고 직접 찾아다니며 시라는 것이 내뿜는 생기를 복원하고자 노력했다. 시인의 시가 탄생된 작업 공간을 취재하고, 근원적 장소애가 가득한 현장에서 시학에 대한 대화를 이어가면서 시인들의 자취를 기록하는 데 주력하고자 했다. 해당 대담마다 사진작가가 동행하여 시인의 작업실과 시적 영감을 주는 풍경들을 담아내기도 했다. 작품을 말하는 시인의 얼굴을 다양한 각도로 촬영하고, 나라는 사람의 입가까지 시의 양분을 전달해준 '손'의 형체들을 현상하기도 하였다. 시인의 에스프리가 담긴 육필 메시지도 매 원고마다 간직해두었다. 원로 시인들의 경우, 생애사 자료를 정리하고 사실관계를 확인하는 작업에도 관심을 기울였다.

 이러한 작업의 가치를 존중해준 몇몇 선생님들이 한 매체를 통해 본 대담을 연재할 기회를 마련해주셨다. 2021년 봄호부터 2022년 겨울호까지 동시대 문학에 유의미한 제언들을 해주실 시인들을 섭외하였고, 2년이라는 시간 동안 이문재, 손택수, 신용목, 김해자, 김경인, 김정환, 강은교, 김기택 시인 8인을 만났다. 모두 문단의 중진이자 현업 원로로서, 각자의 방식으로 시계의 영역을 확장해온 분들이다.

 시와 문학의 어디쯤에 서성이면서, 어떤 것이 시가 되어야 하는지를 고민할 때가 많았다. 여전히 고민은 끝이 없지만, 연루되어 있는 '어떤 것'들이 시가 되지 못하였기에 오늘날 우리 사회가 이토록 강퍅해진 것은 아닌가 생각해본다. 우리를 둘러싼 환경이라는 것도 결국 사람이 만들어가는 것이므로, 사람의 마음을 다루는 시라는 것은 결코 그 역할이 작지 않다. "시인은 인간의 마음을 창조하는 사람"이라는 한 스승의 말을 되새기며, '시계'를 풍성하게 하고, 더 새롭게 넓혀가려는 '시의 마음'이 뒷날의 세상을 상상해가는 근원적인 힘이 될 거라는 믿음을 다잡아본다. 그런 마음으로 미등(尾燈)을 켜준 시인들의 뒷모습을 보면서 그 마음의 흔적들을 주워 담아 하나씩 쌓아내던 작업이 어느덧 책 한 권의 분량으로 모였다. 어딘가로 향하기 위해 누구나 쌓은 적 있었던 돌탑처럼, 이 책이 누구나 간직했었던 시의 마음들을 조금이라도 돌아보게 했으면 좋겠다.

2023년 11월,
서울의 가장 낮은 산, 궁산의 자락에서
노지영

시인과의 대화 1
생명에의 옹호

이문재

1982년 〈시운동〉 4집을 통해 작품활동을 시작했다. 〈문학동네〉
편집주간, 〈시사저널〉 기자, 경희사이버대 교수 등을 역임했다.
시집으로 『내 젖은 구두 벗어 해에게 보여줄 때』 『산책시편』
『마음의 오지』 『제국호텔』 『지금 여기가 맨 앞』 『혼자의 넓이』
등과 산문집 『바쁜 것이 게으른 것이다』 등이 있다. 현재 경희대
후마니타스칼리지 교수이며, 김달진문학상, 경희문학상,
소월시문학상, 지훈문학상, 노작문학상, 박재삼문학상,
정지용문학상, 유심작품상을 수상했다.

시간   2021년 1월 22일(금) 오후 3시
장소   경희대학교 학내 카페 이디야

잊히지 않는다. 6월 25일.

    시인의 실물을 처음 본 것은 작년 한 스승의 장례식장에서였다. 밀물과 썰물처럼 드나드는 조문객 사이로 한 시인이 오래도록 자리를 지키며 술을 마시고 있었다. 자정이 넘어서 자리를 정리하고 일어설 때, 그는 장례식장의 입구에서 상주처럼 몇몇을 토닥여주었다. 누군가가 나를 소개했고, 처음으로 시인과 인사하게 되었다. 그러나 그런 자리에서 '나'를 소개한다는 게 왠지 모르게 죄스러워 나는 인사를 하는 둥 마는 둥 황망히 그 자리를 빠져나왔던 것 같다. '기억하기 어려운 지나침'이었다.

    그 이후 두번째로 시인의 실물을 보았다. 시인과 만나기로 한 카페였다. 카페 입구에서 느릿느릿 자신의 인적사항을 적고 있는 한 사내의 뒷모습이 보였다. 간단히 인사했고, 무얼 마시겠냐고 묻느라 시인은 글씨를 더욱 느릿느릿 적었다. 천천히 이름을 적어내는 그의 옆에서 나는 지문 같은 QR코드를 너무 사뿐히 찍고 있었다. 안전한 자리가 어디일지 스캔하는 우리 일행에게 카페의 직원은 방역지침을 준수해야 한다는 것을 강조했다. 거리두기 방침이 다소 완화되었지만, 카페 같은 공간에서는 한 시간 내에 모임을 마쳐야 했다. 시인이 한 시간마다 나갔다 들어왔다 하면 되겠다며 농담을 하자 모두 웃었다.

    코로나가 재유행한 이후라 제한이 많았다. 한 시간 내에 대화를 마쳐야 한다고 생각하니 마음이 바빴다. 시인과 만나기로 약속한 장소가 학내 카페여서, 대면으로 대화하는 것을 서로 조심하며 그곳에 도착했다. 한 시간 안에 시인과의 대화를 마치려면 질문을 미리 자세히 준비해야 하는 건지, 얘기하다 끊기면 어떻게 마무리하는 게 좋을지, 외부 장소에서 마스크를 벗고 사진을 찍어도 괜찮을 것인지 등등, 그저 대담자로서 사소하게 신경 써야 할 것들만 염려하고 있었다.

　그런데 막상 대화를 해보니, 시간의 제한은 축복이기도 했다. 시인과의 대화가 단 한 시간만 허용된다 생각하니, 한마디 한마디를 더욱 집중해서 듣게 되었다. 놓칠 수 없는 말들이 쏟아지고, 절멸의 위기 감각 속에서 아파하는 시인의 육성도 듣는 이에게 더욱 절박하게 전달되었다. 마스크 사이에서 새어나오는 리드미컬한 호흡에 귀를 기울일 때면, 시인의 말처럼 마치 타이타닉호가 침몰하는 마지막 순간에 악사들이 들려주는 비장한 음악을 듣는 듯한 기묘한 기분도 들었다.

　음료를 야금야금 먹으며 간간이 마스크를 내려놓는 나와 달리, 대화 내내 시인은 마스크를 거의 벗지 않았다. 그럴듯하게 찍힌 사진보다는 마스크를 쓰고 있는 오늘의 현실이 오히려 중요하게 기록되어야 한다는 말을 덧붙이면서 시인은 특별히 사진 촬영을 요청

할 때 외에는 마스크를 착용하고 있었다. 부드럽게 말을 이어가고 있었지만, 저널리스트 출신의 엄격함이 느껴졌다.

"녹음기를 사용해도 될까요?" 조심스럽게 녹음기를 꺼내놓았다. "실은 이 녹음기가 돌아가신 김종철 선생님과 대담을 한다고 해서 샀던 녹음기예요." 아주 오래된 기억도 조심스럽게 꺼내놓았다. 행여 놓치는 말이 있을까 싶어서, 오늘날의 재난을 다급하게 경고해온 한 어른의 말을 특별히 새겨듣고 싶어서, 2012년의 어느 날 사비로 구매한 녹음기였다. "참 귀한, 대단한 녹음기네." 시인이 한 사물의 내력을 전해 듣고는 그것을 유심히 바라보았다. 스쳐간 첫번째 만남과 오늘의 두번째 만남에 무언가 '사이'가 생기는 느낌이었다.

반쯤 열린 장소

노지영 오늘날의 문명적 현실에 깊은 애정을 가지고 시와 인간에 대한 사유를 정력적으로 하시는 분을 첫번째 손님으로 모셔서, 앞으로 진행될 대담의 대화 방향을 잡고 싶었습니다. 바쁜 시간을 내주셔서 정말 감사합니다.

이문재 네. 반갑습니다.

노지영 애초부터 '시인과의 대화'를 연재할 때는 시인이 아끼고 소중히 여기는 공간에서 이야기를 풀어가면 좋겠다 생각했어요. 선생님께서는 언젠가 도시와 공간에 대한 사색을 산문으로 독자들에게 전달해준 적도 있는데요. 오늘은 이렇게 학내 카페에서

보자고 제안해주셨어요. 우리가 이야기를 나누는 이 공간은 선생님께 어떤 장소인지 간단히 듣고 싶습니다.

이문재 다른 분들은 어떤지 모르지만 저는 시를 쓰기 위한 특별한 공간이 있어본 적이 없습니다. 1984년 가을, 대학 졸업 직전에 잡지 기자 생활을 시작해서 2005년까지 20년 조금 넘게 기사라는 걸 썼습니다. 그 시절 저는 시를 회사 편집국에 있는 제 자리에서 썼습니다. 기사를 마감하고 나서 문학 관련 글을 썼기 때문에 저에게는 시를 위한 사적인 공간이 없었습니다. 그래서 평소에 자기만의 특별한 공간을 가진 분들이 부러웠습니다. 소설가들은 외국에 나가 글을 쓰기도 하잖아요. 저는 사십대 후반까지 기자들이 소위 현장이라 부르는 곳에서 주로 시를 썼습니다. 야전에서, 벌판에서 썼습니다. 그래서 확장된 신체로서의 창작 공간이 없는 셈입니다. 원하시는 미장센을 제공 못 해서 저도 아쉽습니다.

노지영 미장센까지는 아니지만, 그냥 제가 선생님의 「소로의 오두막」 같은 시를 읽고, 다소 낭만적인 마음이 들었나봅니다(웃음). 선생님 말씀을 듣고 나니까 도시와 거리의 공간, 사람들이 모이고 스치며 부딪치는 이런 카페 같은 공간이 선생님 시에서 가장 중요한 곳이라는 생각이 드네요.

이문재 제가 어디 오래 앉아 있는 사람이 못 돼요. 산만합니다. 공간에 관해 말씀드리자면요. 저는 공간보다는 '장소'에 관심이 많습니다. 특히 사람과 사람이 교감하는, 이야기가 만들어지는 공적 장소, 누군가는 1차 장소라고도 합니다만 거리, 공원, 광장,

산책로처럼 열려 있는 공적 장소에 관심이 있어요. 카페는 집과 광장 사이에 있는 반쯤 열린 장소이겠는데요. 코로나19 때문에 반쯤 열린 장소마저 닫히게 되어 안타깝습니다.

노지영　저야말로 산만해서, 이렇게 반쯤 열린 장소가 편합니다 (웃음). 선생님의 시를 안 지는 오래되었지만, 선생님을 개인적인 실물로 처음 뵌 것은 작년 김종철 선생님의 장례식장에서였어요. 선생님의 뒷자리에서 얼굴이 불콰해질 정도로 오래도록 술을 드시는 모습을 보았습니다. 당시 같은 동네에 사는 L시인이 술을 너무 많이 드셔서 이웃으로서 배달이 필요하기도 했고, 존경하는 선생님이 돌아가신 날 마음이 너무 황망해서 자정이 넘은 늦은 시간까지 장례식장 한편에 조용히 앉아 있었는데요. 이문재 선생님께서 느지막이 일어나는 조문객들을 상주처럼 배웅하기도 하셨습니다. 기억이 없으실 것 같지만, 제가 기억하는 선생님의 첫인상은 많이 아파하시면서도 오래오래 그 자리를 끝까지 지키고 있는 모습이었어요.

인류의 리허설

노지영　이제 선생님의 이야기를 본격적으로 청해 듣겠습니다. 선생님께서는 59년 경기도 김포에서 농부의 아들로 태어나 지금 재직하는 경희대에서 수학하고, 82년 〈시운동〉 4집에 시를 발표하며 작품활동을 시작하셨습니다. 근 40년의 시력을 갖고 계신데요. 『내 젖은 구두 벗어 해에게 보여줄 때』『산책시편』『마음의 오지』『제국호텔』『지금 여기가 맨 앞』 같은 시집이 있고, 산문집으로 『바쁜 것이 게으른 것이다』『내가 만난 시와 시인』 등이 있습니다. 소월시문학상, 지훈문학상, 노작문학상, 김달진문학상 등을 수상하셨고요. 시사주간지, 신문사, 잡지사, 출판사 등에서 근무하셨고, 현재는 경희대 후마니타스칼리지에서 학생들을 가르치고 계십니다.

이런 검색 가능한 사전적 지식에 따라 선생님의 이야기를 선형적으로 풀어가는 것도 좋겠지만요. 그래도 오늘의 대화는 선생님의 가장 최근 관심사부터 시작하면 좋을 것 같다는 생각을 했습니다. 『지금 여기가 맨 앞』이라는 시집 제목처럼, 선생님께서 요즘 맨 앞에 품고 계신 생각을 중심으로 이야기해보고 싶은데요. 언젠가부터 선생님의 시와 산문을 읽으면, 마치 부서지는 빙하 조각 끝에 서 있는 사람 같은 절박감이 느껴지곤 했습니다. 그간 절멸의 위기 감각이 드러나는 글들을 참 많이 쓰셨는데요. 코로나가 발병한 지 이제 1년이 넘어가는 시점입니다. 감염병의 시대를 사는 시인으로서 지금 현재 '맨 앞'에 있는 고민은 무엇인지요?

이문재 누구나 그렇겠지만 코로나 이후 불편하고 힘이 듭니다. 하지만 한편으로는 고맙다는 생각도 들어요. 저는 특별한 종교를 가지고 있는 것은 아니지만 신이나 신에 버금가는 무언가가 있어서 그분이 우리 인류에게 마지막으로 시험문제를 내준 게 아닌가, 경고를 하는 게 아닌가 하는 생각이 듭니다. 저는 '리허설'이라는 비유를 좋아하는데요. '너희들이 이번 리허설을 제대로 하지 못하면 여기서 끝이다, 본 공연은 불가능하다'라는 메시지를 누군가 보내는 것 같습니다. 저는 오늘날의 코로나 상황이 코앞에 닥친 기후재앙에 대한 리허설이라고 생각합니다. 우리가 코로나를 제대로 극복한다면 기후재앙에 대응할 가능성이 커질 거라고 보는 거죠. 코로나 팬데믹 이후 인간이 드디어 인류라는 정체성을 확인한 것이 아닌가 저는 생각합니다. 현생 인류가 탄생한 이래 처음으로 인간이 인류와 지구 차원에서 하나의 이슈를 놓고 고민하기 시작한 최초의 사건이라고 보는 것이지요. 1945년 일본에 원자폭탄이 떨어졌을 때 한나 아렌트가 말했던 걸로 아는데요. 인류가 처음으로 동시간대로 접어들었다고요. 지금이야말로 인류가 하나의 시간대로 접어든 게 아닌가 합니다. 신종 감염병이 세계 표준시가 되었어요.

저는 이런 맥락에서 코로나 사태를 예민하게 지켜보고 있습니다. 다들 아시다시피 이 사태에는 긍정적 측면과 부정적 측면이 뒤엉켜 있지요. 유럽에서는 도시가 봉쇄되자 시민들이 자기 집 베란다에 나와 서로 노래를 부르기도 했잖아요. 노인들에게 음식을 전해주는 이웃들도 있었고요. 의료진에 대한 고마움을 표시하는 모습도 지구촌 곳곳에서 목격됐습니다. 그간 우리가 잊고 있던 상호연관성, 상호의존성이 수면 위로 드러났습니다. 이런 모습이 저에게는 우리에게 남아 있는 비상구, 탈출구로 보였습니다.

반면 다른 모습도 노출됐습니다. 국가와 도시가 경계를 분명히 했습니다. 선진국에서도 비상식적인 사재기 현상이 벌어졌지요. 화장지 품귀현상이 일어났잖아요. 그토록 관용을 내세우던 유럽에서도 혐오가 불거졌습니다. 상호의존성과 배타적 이기주의, 상호연관성과 자국 우선주의가 얽혀 있는 형국입니다. 국

가, 즉 현실정치의 난맥상도 여지없이 드러났습니다. 신종 바이러스가 우리가 당연하다고 여겨왔던 것을 뒤집어놓았습니다. 조금 과장하자면 낯익었던 모든 것들이 낯설어졌습니다. 이럴 때 써도 되는 표현인지 모르겠지만 비정상이 정상이 되고 말았습니다. 이번 팬데믹이 주는 여러 시그널을 정확하게 읽고, 또 시기를 놓치지 말아야 할 것입니다. 이번 메시지를 놓치면 저는 끝이라고 봐요. 조금 심하게 말씀드리면, 1945년 원자탄이 폭발하면서 인류 문명은 끝이 났다는 비관적 견해가 있잖아요? 그런데 아직 어진 신이 있어서 인류에게 마지막 기회를 준 것이 아닌가, 이것이 이번 코로나 사태를 보는 저의 시각입니다.

완강한 이야기를 흔들기

노지영 정말 공감되는 말씀입니다. 예전에 선생님의 초기 시집을 읽을 때는요. 눈이 짓무르듯 먹먹해지는 느낌 속에서 위로를 받았었는데요. 그 이후에 출간한 선생님의 시집들을 보면 그러한 세계에 대한 정확한 문제의식 속에서 또 눈이 선명히 밝아지는 느낌이 들어 힘이 되더라고요. 1988년 첫 시집부터 근작 시집까지, 그러한 외부의 변화를 예민하게 인식하면서 시를 변화시켜오신 것 같아요. 젊었을 때는 하루에 무려 시 아홉 편을 받아적은 적도 있다는 글을 읽은 적 있는데요. 세상을 통해 시를 받아적는 마음이 요즘은 어떻게 달라지셨는지, 주로 어디서 시를 수혈받고 계시는지, 주로 어떤 시간에 시를 쓰시는지, 그래서 어떤 방식으로 시를 쓰고 계시는지 두루 궁금합니다.

이문재 삼십대 후반까지는 특별히 어떤 문제의식을 지닌 채 쓰진 못하고 주로 그때그때 떠오르는 것을 받아적었습니다. 지면 여기저기에서 여러 차례 말씀드린 바 있지만 저는 시를 쓰지 않고 그냥 받아적었습니다. 그래서 시에 대한 저작권 개념이 희박합니다. 밤을 새워가며 수십 번 시를 고쳐 쓰는 친구들이 얼마나 부러웠는지 모릅니다. 시학까지는 못 되고, 시적 전략이라 할 법한 그런 의식을 갖게 된 것은 두번째 시집 『산책시편』부터였습니다. 도시적 삶에 대한 비판적 접근이 싹트기 시작했습니다. 그리고 그 무렵 생태론과 만난 것이지요. 21세기로 들어와서는 기후 변화라는 거대한 장벽 앞에서 난감해하고 있습니다. 요즘에는 기후위기에 코로나 사태가 겹쳐져서 난감함이 무기력증으로 변하고 있지요.

최근 저의 화두가 '전환'인데요. 제가 아무리 시를 쓰고 칼럼을 발표하고 여기저기 강연을 다닌다고 한들 문명 전환에 어떤 기여를 할 수 있나 하는 고민이 갈수록 커집니다. 주제넘게 큰 이야기를 많이 하는 편입니다만, 기후와 감염병 외에도 도시화, 불평등, 교육, 농업, 민주주의를 주제로 끄적거려왔는데, 그래도 무력감에서 벗어나기가 힘듭니다. 그렇다고 두 손 묶인 채로 가만히 있을 수도 없고 해서 요즘은 시에 대한 기준을 느슨하게 열어놓고 있습니다. 이렇게 긴박하고 긴급한 시기에 이미지, 리듬, 비유 등을 따지는 게 무슨 의미가 있겠는가 하는 저 나름의 반성이지요. 제가 요즘 쓰는 시나 글을 보면요. 수식어를 거의 배제합니다. 간접화법에서 벗어나려고 합니다. 살이 없는 뼈의 글이라고 할까요. 한때는 문학의 틀 안에서 뼈의 시, 대상을 관통하는 화살 같은 시를 추구한 적도 있었습니다. 하지만 지금은 다른 차원, 다른 맥락에서 직접화법을 추구합니다.

　　지난해에는 하도 답답해서 이런 종류의 실험을 한 적이 있습니다. 내가 쓰는 시가 이 세상을 바꾸는 데 큰 역할을 할 수 없다면 어떤 시를 써야 하는가. 이 자문에 대한 답이 '이야기를 흔들어보자'는 것이었습니다. 우리가 당연하게 받아들여 온 이야기, 시대와 문명을 구축해온 이야기, 알게 모르게 내면화되어 때로 검열관 행세를 하는 낯익은 이야기들에 균열을 내보자는 것입니다. 낯익은 것을 낯설게 하기. 물론 새로운 방식은 전혀 아니지요. 예컨대 〈학교 종〉이라는 노래가 있잖아요. "학교 종이 땡땡땡/ 어서 모이자/ 선생님이 우리를 기다리신다"라는 가사로 이루어진 노래. 아주 평범한 노래지만, 이 노래는 단순한 동요가 아닙니다. 누군가의 어린 자녀에서 사회 속으로, 국가 속으로 편입되기 위한 통과의례 같은 것이 녹아 있지요. 아마도 한국인의 DNA에 들어 있는 노래일 겁니다. 이 동요 가사를 앞에 내세우고 저는 그다음에 이렇게 덧붙였습니다. "학교 종이 땡땡땡/ 어서 가보세/ 아이들이 우리를 기다린다네." 어린 학생의 입장에서 국가를 대신하는 선생의 입장이 되어보자, 학교 종을 학생들이 친다면, 그들이 기성세대와 국가를 부른다면 무슨 말을 할 것인가 상상해보자는 제안입니다. 저는 이것이 전환의 한 장면이라고 보는데, 어떤 분은 '아니, 이문재가 왜 개그를 하지?'라며 웃어넘기기도 합니다.

노지영　선생님 칼럼에서 그 시에 대한 이야기를 읽어본 적이 있어요.

이문재 또 시를 이렇게 바꿔보기도 했습니다. "심청이/ 아빠에게/ 공양미 삼백 석 영수증을 건네며/ 이렇게 말했다// 다음엔/ 아빠가 빠져." 물론 이런 시도를 가볍게 받아들이는 분들도 있습니다. 하지만 그런 반응은 제가 관여할 바가 아니고요. 이 심청이 이야기는 문예지에 발표하기 전에 몇몇 지인에게 보여준 적이 있는데요, 이 시를 제 딸이 통쾌해하더군요. 아버지인 저에 대한 안 좋은 감정(웃음), 크게 보면 남성중심주의에 대한 반감이 있었겠지요. 어쨌거나 시는 기존의 이미지를 넘어 기존의 이야기를 흔드는 것이 중요하다고 봅니다. 문학이든 예술이든 시민운동이든 새로운 이야기를 만드는 것 못지않게 기존의 완강한 이야기를 흔드는 것이 중요한 역할이라고 봅니다. 가장 좋은 의미에서 정치도 마찬가지겠지요.

노지영 기존의 틀 안에서 사유하는 습관이 있는 사람들에게 그렇게 새로운 외부가 열리면 좋겠어요.

이문재 새로운 세상을 꿈꾸는 사람들은 기존의 가치나 구조를 악으로 규정하고 도외시하는 경우가 많아 보여요. 저도 평생 그렇게 살아왔지만 이런 태도는 불합리할 뿐만 아니라 무섭기까지 합니다. 내 안에서도 엄연히 작동하는 기존의 가치나 제도를 부정하고 오직 새로움만 추구하는 것은, 자동차 운전에 비유하면, 사이드미러나 룸미러를 보지 않고 앞만 보고 달리는 것과 다르지 않습니다. 낡고 오래되었지만 거대한 힘을 가진 이야기를 들여다보고, 거기에 작게나마 틈을 내는 노력. 그래서 그 틈이 기어코 문이 되기를 바라는 것. 이 또한 결코 새로운 것은 아니지만 저에게는 앞으로 풀어나가야 할 과제 중 하나입니다.

'동사-농업'으로의 전환

노지영 시집『마음의 오지』에 실린 자서를 보면, 라인하르트 코젤렉의『지나간 미래』와 헬레나 노르베리 호지의『오래된 미래』를 인용하면서, 농업이라는 은유를 화두로 삼아 이야기를 풀어가고 계신데요. 선생님께 '농업'이라는 것은 명사이기보다는 형용사 같은 것이 아닐까 합니다. 즉 '농업' 자체라기보단 시와 글을 쓰면서 '농업적'인 삶, '농본적'인 삶을 지향하는 것이라 할까요. 이를 통해 근대문명체제에서 탈주하는 방향을 제시하신 듯도 하고요. 글과 농업과의 은유적 유사성 속에서 내면의 심성 구조를 돌아보고, 세계와 연결된 감각을 찾아나가는 여정이 인상적인데요. 내면의 체질과 근원적으로 연결된 농업적인 세계를 탐색하는 것은 기존의 음풍농월형 전래적 서정시와는 매우 다른 국면이라고 생각해요. 이러한 선생님의 농업론에 대해 더 자세히 듣고 싶습니다. 혹여 최근의 경작 현황(?)이 있다면 궁금하기도 하고요.

이문재 세번째 시집『마음의 오지』를 쓸 때, 그러니까 1980년대 후반부터 1990년대 초반까지 이 기간이 제가 생태론 쪽으로 진입한 시기입니다. 농업은 시골에서 나고 자란 저의 성장기와 맞닿아 있기 때문에 낯설지 않습니다. 세번째 시집에 실린 시를 쓸 때 제가 월급 받던 직장이 마침 농업박물관 바로 옆에 있어서 오며 가며 자극을 많이 받았습니다. 농업이 한 세대 만에 박물관으로 들어가다니 씁쓸한 마음이었습니다. 그 시절, 저는 〈녹색평론〉 애독자였고, 『오래된 미래』『지나간 미래』가 서점에 나와 있던 시기이기도 했습니다. 일상적 삶과 독서 등을 통해 산업자본주의 문명의 거대한 그늘을 주목했습니다. 그런데 지금 노 선생님께서 농업이 명사보다는 형용사에 가깝다고 말씀하셨는데요. 물론 형용사적인 측면이 있겠지만 이 '형용사-농업'을 '동사-농업' 쪽으로 전환시켜야 하지 않나 생각합니다. 모든 것은 연결되어 있다는 생태론적 사유를 '농적 사유' '농본적 가치'로 한정하는 경향이 있는 것 같은데, 이를 시에 대입해보면, 시도 자꾸 장르를 구분하려고 하잖아요. 도시시, 일상시, 미래시, 문명비판시…… 이런 시도들에서 저는 일종의 강박 같은 것이 느껴집니다. 생태문학, 생태적 상상력도 20여 년 전 유행처럼 지나가고 말았습니다.

제가 보기에 생태적 세계관은 결코 유행처럼 여겨져서는 안 되는 본질적인 것입니다. 진부한 것도, 새로운 것도 아닌 말 그대로 이 우주와 인간이 벗어날 수 없는 근본 진리입니다. 시와 문학은 물론이고 예술과 학문하는 사람들이 하나의 질문을 서너 번 이어가다보면 반드시 땅, 천지자연, 지구, 우주와 마주치게 됩니다. '이 음식이 어디서 왔는가'라고 질문을 해보십시오. 서너 단계 지나면 땅과 만납니다. 땅은 또 하늘로 이어지고 하늘은 다시 우주 전체와 이어집니다. 우리가 입는 옷은 물론 스마트폰, 자동차를 만드는 원재료가 다 땅에서 옵니다. 그런데 초등학생조차 답을 아는 이 질문을 우리는 던지지 않고 있습니다. 생명운동 하시는 분들이 농담 삼아 말합니다. 반도체나 자동차를 삶아 먹을 수 있다면 굳이 농업을 살리자는 이야기를 하지 않겠다고.

저는 학교에서 글쓰기 강의를 하고 있는데요. 매 학기 말

뒤를 보는 마음

에 학생들에게 조별 조사분석 활동을 하게 합니다. 우리가 일상적으로 접하는 음식의 재료가 어디서 어떻게 생산되어 우리 식탁에 오르는지를 살펴보라는 것이지요. 닭, 소, 돼지, 밀, 커피 등 농축산물을 누가, 어디서, 어떻게 키우는지, 또 그것이 어떻게 가공, 유통되는지 조사하게 합니다. 처음에는 글쓰기와 음식이 무슨 연관이 있나 고개를 갸웃하다가 충격에 휩싸입니다. 그간 먹어온 치킨과 닭을, 삼겹살과 돼지를, 스타벅스와 커피농장을 연결시키지 못했다고 고백합니다. 그보다 가축과 곡물이 상상을 초월하는 반생명적 환경에서 생산되는 것을 확인하고 분노합니다. 산업자본주의 문명의 실체와 처음 직면한 겁니다.

노지영 코로나 이후 더욱 심각해졌죠. 그 음식들이 어떤 공장식 축산에서 왔는지, 하나의 음식물에 어떤 공희(供犧)의 과정이 스며 있는지 미처 생각하지 못하며 사는 것 같아요. 요즘은 배송 시스템 속에서 택배 노동자가 집 앞에 가져다주는 조리된 결과물만 보게 되니까요.

이문재 매일 몸속으로 들어오는 음식이 어디서 왔는지 생각하지 않아도 되는 세상이 참 무섭습니다. 제가 어릴 때만 해도 밥 한 톨 흘리면 난리가 났잖아요. 음식 귀한 줄 모르면 천벌을 받는 걸로 알았습니다. 어릴 땐 그저 어른들의 잔소리로 알았는데 그게 아니었습니다. 음식 귀한 줄 모르는 시대는 망한 시대입니다. 근본, 기원, 본질, 핵심에 대해 무관심한 시대가 어떻게 지속 가능하겠습니까. 저는 인간의 가장 낮은 단계가 '소비하는 인간'이라고 봅니다. 노예는 사라졌지만, 대중소비사회로 접어들면서 자본과

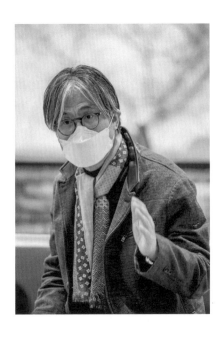

시장의 논리에 복종하는 새로운 노예가 탄생했습니다. 소비자입니다.

소비하는 인간은 깊이 생각할 필요가 없습니다. 아니, 스스로 선택한다고 생각하도록 길들었습니다. 저에게는 '착한 소비'라는 말이 '똑똑한 바보'라는 형용모순으로 들립니다. 소비라는 말, 얼마나 나쁜 말입니까. 써서 없앴다는 것인데, 말 그대로 없어지면 좋겠는데, 절대 없어지질 않잖아요. 우리가 돈 주고 사서 제대로 쓰지도 않고 갖다 버리는 모든 상품이 대부분 쓰레기가 됩니다. 코로나 와중에 그대로 드러났지요? 플라스틱 대란 말입니다. 모든 것은 땅에서 오고, 다시 땅으로 돌아간다는 이 평범한 진리를 재발견해야 합니다. 바다로 돌아간다고 말할 수도 있

　　　　　　　뒤를 보는 마음

는데, 바다 역시 그 바닥은 땅입니다. 그래서 지구 표면의 대부분이 바다인데도 해구라고 하지 않고 지구라고 하는 걸 거예요.

　　대중소비사회의 가장 큰 문제, 아니 가장 무서운 힘은 우리 모두를 '전혀 생각하지 않는데도 스스로 생각한다고 여기는 인간' 즉 소비자를 만들어냈다는 것입니다. 그래서 우리의 마지막 비상구는 탈성장이라기보다는 '탈소비'가 아닐까 생각합니다. 주권자 시민의 입장에서 국가와 기업에 탈성장을 요구하되 과잉소비, 소비 중독에서 벗어나는 삶의 방식을 실현해내야 합니다. 지구 자원은 무한하지 않다는 이 상식만 받아들여도 이 무지막지한 성장과 소비의 질주가 브레이크를 밟을 수 있을 텐데…… 이런 상황에서 독자와 만난다는 것이 어떤 의미인지 혼란스럽기까지 합니다. 책을 읽을 때만큼은 독자가 소비자로부터 벗어날 것이라고 스스로 위로하고 싶지만 대중소비사회의 위력이 워낙 막강합니다. 답답합니다.

아니다, 나는 이게 문학이다

노지영　이문재 선생님은 〈문학동네〉 같은 문학지의 편집위원을 역임하여 활발히 활동하신 것으로 독자들에게 잘 알려져 있죠. 하지만 동시에 삶에 대한 문제의식을 〈녹색평론〉이란 잡지를 통해 독자들과 공유해오셨어요. 선생님과 〈녹색평론〉의 사이는 아주 각별한데요. 오래도록 그 잡지의 편집자문위원을 맡아오셨지요. 모든 것을 근원과 연결하여 사유하고자 하는 선생님의 이야기를 들으면서, 그래서 자연스레 한 분을 떠올릴 수밖에 없는데요. 특히 선생님의 농업적인 사유에 대한 글들을 읽다보면 더욱 그 영향 관계를 깊이 생각해보게 됩니다.

세간에 잘 알려져 있다시피 김종철 선생님은 우리 시대 대표적인 농본주의자셨어요. 일평생 농부들의 삶을 제일 부러워하셨죠. 작년 여름에 김종철 선생님을 떠나보내고, 이문재 선생님께서는 김종철 선생님의 '장·포·심(장기적이고 포괄적이고 심층적인가)' 정신을 실천해나가겠다는 다짐들을 여러 칼럼에서 밝히신 바 있습니다. 김종철 선생님을 두고 한편에서는 문학을 떠난 분이다, 쉽게 말하는 사람도 있었지만, 좋은 시, 좋은 시인이 있으려면 그것을 뒷받침할 하부 구조가 있어야 한다고 생각하셨던 분이잖아요. 김종철 선생님은 시 장르 자체보단 항상 '시의 마음'이 중요하다고 생각하셨죠. 시의 건강한 생태계를 만들고, 최후의 시적 인간을 출산하려고 누구보다 치열히 산통을 앓으신 분이라 생각합니다. 그리고 이문재 선생님 같은 시인이 김종철 선생님이 남기신 중요한 시적 유산이라는 생각을 해보기도 하는데요.

이문재 '시적 유산'이란 말씀이 제겐 부담으로 들립니다. 〈녹색평론〉과 김종철 선생님으로부터 받은 영향은 실로 큽니다만, 그것을 어떻게 저의 문학과 삶으로 수용하고 또 그것을 어떻게 사회화하느냐는 각기 다른 문제입니다. 제 열정과 노력에 달려 있겠지요. 분발하려고 합니다.

노지영 김종철 선생님이 시 곁에서 어떤 시를 복원하려 했는지, 곁에 오래 계셨으니 가장 잘 아실 것 같아요. 김종철 선생님께서 세상을 떠나신 후, 〈녹색평론〉은 이제 30돌을 맞습니다. 〈녹색평론〉은 선생님에게 어떤 의미인지, 그 잡지가 앞으로 어떤 모습이기를 바라시는지 궁금하기도 한데요. 관련된 말씀들을 전해 듣고 싶습니다.

이문재　질문이 광범위해 보입니다. 우선은 김종철 선생님이 문학을 떠난 거 아니냐, 〈녹색평론〉은 문학잡지가 아니라고 하는 한쪽의 입장들에 대해 저는 분명히 '아니다'라고 말씀드리고 싶습니다. 저도 선생님께 그런 질문을 드린 적이 있습니다. "선생님은 문학을 떠나신 겁니까?" 그러자 선생님께서는 "아니다, 나는 이게 문학이다. 강연하고 〈녹색평론〉을 만드는 거, 난 이것이 문학이라고 생각한다"라고 말씀하셨죠. 저도 그 말씀에 동의합니다. 〈녹색평론〉이 문학지가 아니라면, 또 김종철 선생님 같은 분이 문학을 떠났다고 한다면, 그런 식으로 말하는 문학이라는 게 뭔지 저는 잘 모르겠습니다.

노지영　그런 식으로 바라보는 쪽에서는 뭔가를 좀 정리하고 싶은 것 같기도 하고요.

이문재　그런 의미의 문학이라면, 저도 '문학'을 떠난 거겠지요. 문학의 테두리를 너무 작게 구획하지 않았으면 합니다. 1980년대 후반 동구권이 몰락한 이후 한국문학에 사인화(私人化) 경향이 두드러졌잖아요. 문학이 실제 현실로부터 일정한 거리를 두고 내면에 집중하는 경향 말입니다. 저처럼 생태문제를 언급하는 것은 문학이 아니거나, 설령 문학이라고 하더라도 지나간 것이거나 수준이 낮은 것이라는(어디에선가 '촌스럽다'는 소리까지 들었습니다만) 시각이 분명 존재합니다. 어떤 시기에도 주류 문학이 있습니다. 그걸 부정할 까닭이 없지요. 하지만 모두가 주류의 담론에 얽매인다면 그 자체로 문학이라고 할 수 없습니다. 문학과 현실의 거리를 어떻게 조정하느냐의 문제는 시인 각자가 해결해야 한다고 봅니다. 문학과 현실, 시와 시인과의 거리 문제에 대해 고민하지 않는 시인이 어디 있겠습니까. 문제는 자신의 실제 고민이 자기 시에 반영되지 않는 경우가 종종 있다는 것이지요. 젊은 시인들 중에는 쓰고 싶은 시, 써야 할 시가 아니라 주류(혹은 독자)에서 관심을 기울일 만한 시를 쓰는 시인들이 있습니다. 등단 이후 얼마 동안 저도 그랬습니다. 인정 욕구가 없었다면 거짓말이지요. 제가 존경하는 후배 시인이 이런 멋진 말을 한 적이 있습니다. "나는 지구에 돈 벌러 오지 않았다." 전적으로 동의합니다. 이 말을 이 지면에 걸맞게 번역하고 싶군요. '나는 평론가 눈치 보려고 시인이 된 것이 아니다'라고. 몇 해 전 어느 문학상 시상식에서 신인 작가가 한 말도 기억에 생생합니다. 요지는 이렇습니다. '신인 작가들의 영아 사망률이 갈수록 높아지고 있다.' 아마 그럴 겁니다. 문학을 둘러싼 환경, 특히 시를 둘러싼 환경은 시에 대해 결코 우호적이지 않습니다. 저는 한 세대 이전 시인으로서 특혜를 누렸다고 생각합니다. 그때는 전혀 인정하지 않았지만, 요즘 젊은 시인들이 처한 어려움에 견주면 미안할 정도로 '특권'을 누려온 것이지요. 그럼에도 한 말씀 드리자면, 길게 보시라는 겁니다. 10년, 20년 뒤로 가서 지금의 나를 살펴보는 관점, 즉 '미래회상'의 관점을 가진다면 조금이나마 여유가 생길 겁니다. 선배로서 이런 이야기밖에 해줄 수 없어서 송구하고 민망합니다.

노지영 그런 사인화 경향과는 다른 쪽에 계셨던 분이죠. 〈녹색평론〉이란 잡지를 이야기할 때 김종철이라는 거대한 개인의 이야기를 빼놓을 수 없을 것입니다. 스스로 가내수공업이라 농담처럼 말씀하시곤 했지만, 대한민국 지성사와 독서사에 가장 큰 족적을 남기셨다고 생각하는데요. 수많은 책과 예지로 넘치는 사유들을 우리에게 소개해주셨죠. 그중 김종철 선생님이 번역하신 리 호이나키의 『정의의 길로 비틀거리며 가다』란 책은요. 한 미국의 지식인이 궁극적으로 흙에 뿌리내리기 위해서 근대세계의 어둠을 뚫고 걸어간 오디세우스적 여행의 궤적이 잘 드러나 있어요. 이문재 선생님의 시적 여정도 어느 정도 이와 닮았다고 생각하는데요. 여러 평자가 지적하고 있듯이 이문재 선생님이 시를 쓰는 과

정도 그러한 오디세우스적 길 찾기의 여정이었고, 또 실제 농부까지는 아닐지라도 농경적인 삶을 일상 속에서 여러 방식으로 훈련하고 계시지 않나 합니다. 살아생전 김종철 선생님도 리 호이나키의 삶에 본인의 삶을 투사하실 때가 종종 있으셨던 것 같아요. 리 호이나키는 이반 일리치와 오랜 우정을 나눠왔고, 또 특권적인 직업인 대학교수의 자리를 버리고 궁벽한 시골의 농부가 되었잖아요. 그래서 김종철 선생님은 어떤 곤혹스런 상황을 만났을 때 리 호이나키라면 이런 상황에서 어떻게 했을까 떠올려본다고 회고하신 바 있습니다. 이문재 선생님께도 그런 존재가 있었을 것 같은데요. 추측하건대 김종철 선생님이 리 호이나키를 떠올렸듯이, 이문재 선생님도 김종철 선생님이라면 어떻게 하셨을까, 종종 떠올리셨을 거 같아요. 김종철 선생님께 영향받았던 일화를 하나 소개해주시면 어떨지요?

이문재 너무 많습니다. 아직도 제가 정리를 제대로 못하고 있습니다. 저는 김종철 선생님을 통해서 생각이 많이 바뀌었습니다. 앞에서도 말씀드렸듯이 선생님뿐만이 아니라 〈녹색평론〉을 통해 나온 책들을 읽으며 많은 변화가 있었습니다. 선생님과 녹색평론사가 없었다면 아마 저는 다른 시를 썼거나 다른 삶의 길로 접어들었을 겁니다. 말씀하신 것처럼 저도 '김종철 선생님이었다면 이럴 때 어떤 결정을 내리셨을까'라고 자문하곤 합니다. 하지만 선생님과 같은 판단을 하지 못할 때가 많아 난감합니다. 선생님께서 제게 특별히 주문하신 것은 없는 것 같고요. 다만 이런 말씀은 가끔 하셨습니다. "술 좀 그만 마셔라."

노지영 제가 이문재 선생님 얼핏 처음 뵈었을 때도 술을 참 많이 드신 모습이셨어요(웃음).

이문재 오해입니다. 제가 술이 약해요. 술 체질이 아닙니다. 조금만 마셔도 취합니다.

노지영 그런데 이문재 선생님에 대해 쓴 산문들을 찾아보면 선생님이 술을 많이, 몰아서 드신다는 회고가 많더라고요. 아주 젊은 시절 이야기부터 보면요.

이문재 그건 팩트 체크가 필요합니다(웃음). 제가 김종철 선생님께 배운 것 중 하나는 외유내강이라 할까요. 강자에게 강하고, 약자에게 한없이 약한 여린 마음 말입니다. 김종철 선생님이 까탈스럽다고들 하는데, 물론 대단히 까탈스럽죠. 그런 까탈스러움이 없다면 김종철 선생님이 아니겠지요. 그런데 선생님께는 한없이 여린 마음이 있어요. 아까 '시의 마음'이라는 표현을 쓰셨는데, 저는 김종철 선생님의 본질은 시인이라고 단언하고 싶습니다. 시의 마음을 가졌지만 시 대신 평론과 칼럼, 강연, 시민운동, 녹색정치의 맨 앞에 계셨던 시인. 또하나는 정말 공부를 많이 하세요. 각종 저널과 책을 많이 읽으셨습니다. 그 연배, 그 자리에 계시면 보통 좋은 소리만 하시잖아요, 대접받으려고 하고. 젊은 시절의 경험과 지식을 '원금'으로 놓아두고 그 '이자'로 먹고사는 분들이 얼마나 많아요. 김종철 선생님은 그러지 않았습니다. 끊임없이 읽고 생각하고 분노하고 발언하셨습니다. 29년간 결호 한 번 없이 격월간 잡지를 내오신 것만 해도 기적에 가까운 일인데……

강연은 또 얼마나 잘하십니까. 저는 따라할 수조차 없습니다. 어림없지요.

선물이 되는 시

노지영 이문재 선생님의 시를 좋아하는 독자도 많지만요. 주변에 보면 선생님의 산문을 좋아하는 독자도 상당합니다. 칼럼의 팬들도 많고요. 산문을 통한 즉시적 소통을 통해 현실적 발언과 구체적인 진실을 피하지 않으려는 한 시인의 의지를 느끼게 되는데요. 저널리스트의 정신과 그 내공도 느껴지고요. 저널리즘이 선생님의 문학 작업에 준 영향도 있을 것 같습니다.

이문재 기자 생활할 때 제일 쓰기 쉬웠던 게 칼럼이에요. 다른 지면은 취재를 해야 하잖아요. 현장에 가야 하고 인터뷰도 해야 하고 사실관계도 확인해야 하고, 그런 과정을 거치지 않으면 기사가 안 되니까요. 기자 시절에는 취재 기사를 먼저 쓰고 칼럼은 마감 직전에 후다닥 썼습니다. 그런데 기자 생활을 그만두고 학교 쪽으로 와서 칼럼을 쓰다보니까, 두 가지 문제가 생겼어요. 제가 일간지에 칼럼을 10년 넘게 썼는데요. 하나는 아무리 쓴다 한들 무력감이 생기는 데다 또하나는 쓰는 것 자체가 힘들어지는 거예요. 매너리즘이 아닌가, 자꾸 정형화되는 느낌이 들었습니다. 결론이 매번 같아지는 겁니다. 그런 고민 탓에 그만둬야지 생각하고 있었는데, 작년 여름에 마침 신문사에서 지면을 개편한다고 연락이 왔습니다. 그때 제가 대뜸 고맙다고 했습니다. 당분간 칼럼은 자제하려고 합니다. 산문집에도 썼지만 저는 시와 산문, 산문과 기사를 애써 구분하지 않으려 합니다. 기자 시절에는 시로 쓰려고 묵혀둔 문장을 기사로 썼고, 반대로 기사로 쓴 것을 약간 변형해 시나 에세이로 쓰기도 했습니다. 저는 시와 산문은 차이보다 공통점이 더 많다고 생각합니다. 매번 새로워야 한다는 것만큼 큰 공통분모가 어디 있겠습니까.

노지영 선생님의 글들을 보면 두 가지 버전으로 사유가 존재하는 것 같기도 해요. 시 버전과 산문 버전?

이문재 앞서 말씀드렸듯이 같은 물에서 나오는 것이겠지요. 이쪽 홈통으로 나오면 시가 되고, 저쪽 홈통으로 나가면 산문이 되는 식입니다. 굳이 구분하려 하지 않습니다. 기자 시절에 훈련이 된 것이 있다면 두 가지 정도인데 하나는 마감 시간을 지키는 것이고 다른 하나는 분량을 맞추는 것입니다. 그런데 요즘은 글을 쓸 때 제가 저를 속입니다. 제가 저한테 속아넘어가는 거지요. 옛날엔 A4 한 장이면 한 시간이면 썼는데, 지금은 한나절, 하루가 걸려요. 그런데도 옛날처럼 한 시간이면 쓸 거라면서 해찰을 합니다. 마감 시간이 저녁 6시면 오후 5시까지 딴청을 부립니다. 그러다 5시에나 자리에 앉는데 글이 쉽게 써질 리가 있나요. 그래서 매번 마감 시간을 어기게 됩니다. 이 세상을 지옥으로 만드는 가장 빠른 방법이 일을 미루는 거예요. 해야 할 일을 일주일만 미뤄 보세요. 완벽한 지옥이 됩니다(웃음). 어쨌든 저는 운문하고 산문의 경계가 별로 없는 편입니다. 최근에 쓴 시는 짧은 산문이란 느낌도 듭니다. 그리고 잠언 같은 시를 폄하하는 시각들이 있는데요, 저는 조금 다른 시각을 갖고 있습니다. 잠언이 나쁜 것이 아니라 '나쁜 잠언이 나쁜 것'이지요. 저는 잠언에 버금가는 한 문장을 발견하는 것, 그리고 그걸 화살처럼 쏘는 것. 이것이 바로 시의 '결정적 순간'이라고 봅니다. 그런 순간이 갈수록 줄어들어 문제지, 잠언 같은 단시를 포기할 생각은 없습니다.

시는 결국 한 문장입니다. 농담 삼아 말씀드리지만 한국 현대시 100년을 장식하는 명시들을 떠올려보세요. 한 시인의 시 세계 전체를 아우르는 것은 평론가나 연구자의 몫입니다. 대다수 독자는 그 시인의 대표시 한 편, 그것도 대표시의 한 문장을 간직할 뿐입니다. 제가 내년이면 시를 쓴 지 40년이 되는데요, 그간 발표한 시가 400여 편 가까이 됩니다. 어느 독자가 제 시를 다 기억하겠어요? 저는 그런 욕심은 없습니다. 제가 원한다고 될 일도 아니고요. 제가 기자 시절 만난 유명 작가가 한 말이 지금도 생각납니다. "나의 대표작은 아직 쓰지 않았다." 또다른 작가는 이런 말도 했습니다. "나는 내가 읽고 싶은 걸 쓴다." 대단하지요? 저도 저런 말을 하고 싶은데 아직 자신이 없습니다(웃음).

노지영 이것도 전부 독자들에게 의존되어 있으니 결정적인 순간을 잘 기다려야죠(웃음).

이문재 김종철 선생님 관련해서 요즘 이런 생각을 합니다. 나에게는 어른, 스승, 선배들이 참 많았습니다. 그분들로부터 분에 넘치는 '선물'을 받았습니다. 그런데 제가 중년으로 접어들어 돌아보니 제가 받기만 해온 거예요. 아직도 갚지 못하고 있습니다. 이런 상황 못지않게 곤혹스러운 것은 내가 누군가에게 어른이나 스승, 선배가 못 되어 있다는 자각입니다. 물려받았는데, 엄청나게 물려받았는데 정작 나는 물려줄 게 없다니! 이건 참으로 안타깝고 부끄럽고 무참한 사태입니다. 지금 우리가 처한 문명도 제가 처한 사정과 다르지 않아 보입니다. 산업자본주의 문명이 미래 세대에게 대체 무엇을 물려줄 수 있을까요. 개인이나 사회는 물론 우리 시대와 문명이 직면한 최대 난제입니다. 물려받은 것은 있는데, 정작 물려줄 수 있는 것이 없는 이런 상황이 인류 탄생 이래 과연 몇 번이나 있었을까요? 아마 없었을 겁니다.

노지영　그래도 산문집에 보면 누군가에게 어떻게든 주려고 하고, 베푸신 흔적들이 많던데요. 왜 '선물 주는 법'에 대해 쓰신 산문, 저는 아주 재밌게 읽었어요. 선물 주는 행위라는 게 순수한 증여와 환대의 의지에서 나오는 거잖아요.

이문재　선물 주는 법은 제가 김종철 선생님 못지않게 존경하는 도정일 교수님께 배운 겁니다. 1998년인가 제가 출판사에서 잠깐 일할 때였는데요, 도 교수님께서 외국 여행을 하고 돌아오셔서 외국에서 구해온 달력을 저한테 주셨는데 그 포장지에 '이문재는 달력이 필요하다'라고 적혀 있었습니다. 그때 배웠죠. 그다음부터 저도 후배에게 뭔가 선물할 때 선생님 흉내를 내곤 했습니다. ○○○에게 만년필을 선물할 일이 있을 때 '○○○는 만년필이 필요하다'라고 써서 주는 겁니다. 그러면 상대방이 의외로 기쁜 마음으로 받아줍니다.

노지영　그런데 도정일 선생님께선 왜 선생님에게 달력이 필요하

다고 생각하셨을까요?

이문재 모르지요(웃음). 곰곰 따져보면, 도 교수님이 개발하신 선물 주는 법은 아주 현명하고 또 유쾌한 방식입니다. 한번 실행에 옮겨보십시오. 대학에 다닐 때부터 도정일 교수님으로부터 많은 도움을 받았습니다. 2005년부터 4년 가까이 제가 직장 없이 여기저기 떠돌 때도 몇몇 선생님과 선배, 친구들로부터 실로 많은 도움을 받았습니다. 대학에 자리를 잡고 나서부터 그간 받은 은혜를 어떻게 갚아야 하나 고민이 깊어졌습니다. 도움 주신 분들께 갚자니 여러 가지가 걸렸습니다. 물질로 되갚기도 어색하고 또 받으실 것 같지도 않았습니다. 그래서 결심한 것이 위로 갚지 말고 옆으로, 아래로 갚자는 것이었습니다.

노지영 꼭 그 당사자에게 가지 않아도 되는 거겠죠.

이문재 아까 증여를 말씀하셨지요? 잘 아시겠지만 트로브리안
드제도 사람들이 선물을 주고받는 오랜 전통 방식이 있습니다. A
가 선물을 받으면 선물을 준 사람이 아니라 B에게 선물을 하고,
B는 C에게 주고…… 이런 식으로 섬사람 전체가 선물을 주고받
습니다. 위에서 받은 선물을 아래에 주면, 아래는 다시 그 아래로
줄 수 있겠지요. 아름다운 선순환입니다. 그래서 가끔 후배나 제
자에게 술값, 책값 하라면서 '봉투'를 전해주곤 하는데 처음에는
봉투를 받지 않습니다. 당연하지요. 그럴 때 제가 말합니다. '나한
테 갚지 마라. 내가 수십 년 전 도정일 선생님께 빚진 것을 너에
게 갚은 거다. 너도 네 후배에게 갚아라.' 이런 방식의 빚 갚기가
우애와 환대의 문화를 회복시키는 촉진제 역할을 할 겁니다.

노지영 네. 저도 작년에 좋아하는 분들이 세상을 많이 떠나서 상
심에 빠져 있었는데요. 한 선배가 말도 없이 집에 캐모마일 꽃다
발을 보냈더라고요. 마음의 안정에 좋다고요. 고마운 마음에 저
도 긴급재난지원금 받은 걸로 주변에 코로나 블루를 앓을 법한
사람들에게 캐모마일 꽃다발들을 보냈습니다. 가령 아이 넷을 독
박육아하는 친구나, 뒤늦게 공무원 시험을 준비하는 친구, 아버
지와 시아버지를 동시에 잃은 지인 등의 주소로 별다른 예고 없
이 보냈죠. 그리고 그 지인들에게는 혹 위로가 된다면 당신도 꽃
을 힘든 누군가에게 선물로 보내면 된다, 그렇게 말했어요. 그런

데 이분들이 진짜 누군가에게 꽃 선물을 보내고 또 인증샷을 보내주기도 했더라고요. 순환하는 선물의 마음들이 저에게로 돌아와서 저를 위로해줬어요. 좀 쓸데없는 얘기지만요.

이문재 아니에요. 그런 얘기가 중요합니다. 조금 다른 맥락이지만, 선물에 관해 이반 일리치가 남긴 말이 있습니다. "누군가에게 선물이 되지 않는 삶이라면 성공한 삶이라고 할 수 없다." 선물을 이야기할 때마다 제가 떠올리는 경구이기도 합니다. 저는 제 시가 누군가에게 선물이 될 수 있기를 바라곤 하는데요, 글쎄요. 제 시가 선물인지 아닌지를 결정하는 것은 전적으로 독자의 몫이겠지요.

다섯 개의 모든 의자, 나를 위한 글쓰기

노지영 선물의 순환적 마음들이 선생님 시의 심층에 깔려 있는 것 같아요. 요즘은 정신이 참 쇠약해지기 쉬운 시대인데요. 어떻게 마음의 균형을 찾아가면서 내적 풍요를 꾸려가고 계신지 궁금해요.

이문재 풍요, 충만, 안정, 고요, 평화…… 아직 제 안에 들어오지 못한 가치랄까 상태입니다. 제가 내적 풍요나 텅 빈 충만을 누리고 있다면 아마 글을 안 쓰고 종교 언저리 쪽으로 갔을 겁니다. 시라는 것이 성취의 서사가 아니고 추구의 서사잖아요. 저는 시가 완벽한 과거시제를 구사한다 해도 그 의미는 언제나 미래라고 생각합니다. 독자에게는 더더욱 그렇겠지요. 외롭다, 그립다, 아프다, 보고 싶다와 같은 서술어는 전적으로 미래와 연관됩니다.

뒤를 보는 마음

　　앞서 말씀하신 농본주의와 연결될지 모르겠는데 제가 한 때는 도시를 떠나 어서 시골로 가야 한다는 각오가 있었습니다. 오십대 초반까지만 해도 도시를 악의 소굴로 여겼습니다. 다른 지면에서도 몇 차례 언급했습니다만, 실제로 도시를 떠나는 것은 대부분의 중년 세대에게 불가능합니다. 상속받은 땅이 있거나 연금이 넉넉하게 나오거나 복권에 당첨되지 않는 한 탈도시는 로망일 뿐입니다. 그럼에도 땅으로 돌아가는 분들은 정말 대단한 겁니다. 1인 혁명이라고 해도 틀리지 않습니다. 전후 베이비부머 세대가 800만 명 내외라고 하는데 그중 9할이 도시에서 살다가 도시에서 생을 마감해야 합니다. 저도 마찬가집니다. 그래서 시골로 돌아갈 수 없다면 '도시를 시골로 만들자'라고 생각을 바꿨습니다. 한때 '도시 간척'이란 말을 만들어 쓰기도 했는데 간척이란 말이 반생태적이어서 폐기 처분했습니다. 그렇다고 해서 '도시 재생'이란 용어도 썩 적절해 보이지는 않습니다. 도시가 언제 재생할 만큼 살아 있던 적이 있었나요? 어쨌든 저는 도시를 사람이 살 수 있는 공동체의 장소로 만드는 데 관심을 가지고 있습니다. 참, 노 선생님께서 서두에 소로의 의자에 관해 말씀하셨지요? 제가 요즘 강연을 하거나 글을 쓸 때, 소로의 오두막과 의자를 자주 언급합니다.

노지영 그래서 실은 오늘 만남에 소로와 같이 어떤 의자를 내어주시려나 궁금했었는데요. 갑분 '이디야'에서 만나자고 하셔서……(웃음)

이문재 소로의 오두막에 있던 의자 세 개는 각각 고독, 우애, 환대를 의미합니다. 나를 위해서는 의자가 하나만 필요하고, 친구가 찾아오면 의자를 하나 더 내놓아야겠지요. 나그네들이 찾아오면 의자를 전부 다 내놓아야 합니다. 그런데 지금 우리에게는 소로의 세 개의 의자 말고 두 개의 의자가 더 있어야 합니다. 네번째 의자는 기계, 다섯번째 의자는 천지자연, 즉 지구를 위해 있어야 합니다. 저는 이 다섯 개 모든 의자를 꿰뚫는 키워드가 겸손이라고 생각합니다. 그런데 겸손하기가 여간 어렵지 않습니다. 무엇보다도 자기 자신에게 겸손한 것부터가 쉽지 않습니다. '나'가 누구인지 알기가 수월하지 않습니다.

노지영 그런 겸손 속에서, 타자의 자리를 내주어야겠다, 세상에 대한 경외심을 가져야겠다, 그렇게 생각하는 것조차 쉽지 않은 것 같습니다.

이문재　제가 요즘 문학보다 더 관심을 쏟는 것이 글쓰기인데요. 십여 년 전부터 일반 시민과 대학생을 대상으로 글쓰기 강의를 하고 있습니다. 제가 시민운동에 적극 참여하고 있는 것도 아니고 또 그럴 역량이 있는 것도 아니어서 시민과 함께하는 글쓰기에 남다른 애정과 책임의식을 갖고 있습니다. 우연한 기회에 글쓰기 강좌를 시작했지만, 2~3년 지나고 보니 보통 사람들의 글쓰기가 세상을 바꿀 수 있는 촉매제가 될 수 있다는 사실을 깨닫게 되었습니다. 제가 진행하는 글쓰기는 전문적 글쓰기가 아닙니다. 문예 창작과 무관합니다. 자기 경험과 느낌, 생각을 평이하게 풀어내 보통 독자와 교감할 수 있는 능력을 길러주는 것이 목표입니다. 한마디로 요약하면 글쓰기로 자기를 성찰하면 스스로 재탄생할 수 있다는 것입니다.

　자기와의 대화, 자기 자신의 재발견이 겸손의 출발입니다. 진정한 자신감은 자기 겸손에서 나옵니다. 이런 겸손의 힘이 이웃과 사회를 다시 보는 눈을 갖게 합니다. 자기 삶을 돌아보면서 스스로 다시 태어나는 시민들이 모여야 문명 전환이 가능합니다. 이런 시민은 달리 말해 자기 자신을 표현하는 주권자입니다. 지금 우리 삶과 사회, 문명을 이토록 강퍅하게 만든 주범이 정치의 부재인데요. 진정한 민주주의는 주권자 시민이 자기 자신을 표현할 때 개화합니다. 그간 학교와 시민대학에서 쌓은 경험을 바탕으로 글쓰기를 사회화하고 싶습니다. 협동조합도 만들어놓았어요. 아직 여건이 안 돼 미적거리고 있지만, 조만간 시동을 걸려고 합니다. 소비자들이 글쓰기를 시작하면 국민, 주민을 넘어

주권자 시민으로 거듭납니다. 이런 시민이 도시를 사람이 살 수 있는 시골로 만들고, 팬데믹을 넘어 기후위기도 이겨낼 것입니다. 이것이 제가 가진 마지막 희망이기도 합니다.

끝이 끝나기 전에

노지영 선생님은 세상에 대한 본질적인 믿음이 있으신지요?

이문재 세상에 대한 믿음, 인간에 대한 신뢰가 어떤 때에는 있는 것 같고 또 어떤 때에는 없는 것 같아서 혼란스럽습니다. 글쓰기 교실에서는 희망 한 자락을 붙잡는 것 같은데요. 미래에 대해서 한 뼘의 관심도 없는 현실정치나 서로에 대해 한 치도 양보하지 않는 진영논리, 개발과 성장 제일주의에서 한 걸음도 벗어나려 하지 않는 국가나 기업을 마주할 때는 앞이 캄캄해지곤 합니다. 우리 한국인뿐만 아니라 인류 대다수가 경제 논리에 완전히 포획되어 있는 걸 보면 미래에 대해 낙관적일 수가 없습니다. 또 김종철 선생님 얘기를 해서 미안한데요. 〈녹색평론〉 편집자문회의 뒤풀이 자리에서 가끔 말씀하셨습니다. "우리는 멸망을 준비해야 할지 모른다." 저도 이 말에 동의합니다. 코맥 매카시의 『더 로드』라는 소설이 있습니다. 영화로도 만들어졌지요. 지구 최후의 날, 아버지와 어린 아들이 생존 도구를 담은 카트 하나에 의지한 채 남쪽을 향해 가는 '죽음의 행군'인데요. 이들에게 가장 무서운 것은 다름 아닌 사람입니다. 다른 사람 눈에 띄면 잡아먹히기 때문입니다. 어린 아들은 아버지에게 끊임없이 확인합니다. '우리는 안 그럴 거지?', '우리는 사람 안 잡아먹을 거지' 하고 묻는 거죠. 인간이란 종은 이렇게 언제 야만으로 전락할지 모릅니다. 어쩌면 시인이나 예술가, 지식인의 역할은 영화 〈타이타닉〉에 나오는 악사와 같은 것일지 모릅니다. 배가 침몰할 때 마지막까지 갑판에 남아 구명보트에 오르는 승객들을 위해 음악을 연주하는 악사들……

노지영 현악기로 침몰 직전까지 찬송가를 연주할 때 인간의 품위가 느껴졌죠. 〈내 주를 가까이〉라는 곡이었어요. 선생님의 말씀처럼 세계는 이야기로 움직이고 있으니까요. 멸망을 준비하면서도 '언젠가'라는 전환점은 올 거라는 믿음 속에서 자신이 살아온 이야기를 사려 깊은 언어로 써나가는 수밖에 없을 것 같습니다. 언어에 대한 공경심 속에서 자신이 한 말을 지키려고 노력하다보면 우리 내면이 좀 변화되고, 아주 조금은 더 나아질지 모릅니다. 그렇게 언어를 믿는 수밖에 없는 것 같아요. 그런 언어들에 대한 믿음을 갖고 선생님은 오래전부터 '기도'에 대한 시들을 써오기도 하셨습니다. 「오래된 기도」부터 「기도하는 법」 「화살기도」와 같은 시 등이 떠오르는데요. 한 치 앞을 예측할 수 없는 시대, 우리는 무엇을 소망하며 어떤 기도를 하며 살아야 할까요? 선생님이 최근에 하신 기도가 있다면요?

이문재 전에 제 산문집 머리말에 인용한 기도문 비슷한 경구가 있습니다. 인도의 철학자이자 정치가인 라마크리슈나의 글인데 아주 짧습니다. 제 기억이 정확한지 모르겠습니다만 이런 내용입니다. '조금 알면 오만해지고 조금 더 알게 되면 질문한다. (하지만) 많이 알게 되면 기도하게 된다.' 저는 아직 많이 알지 못해서 질문을 많이 하는 편입니다. 곧 기도하게 되겠지요. 그리고 제가 좋아해서 학생들에게도 자주 들려주는 기도문이 있습니다. 미국의 진보적 신학자 라인홀드 니부어의 기도문인데 제법 널리 알려져 있습니다. "하나님, 바꿀 수 없는 것을 받아들일 수 있는 평온을 주소서. 바꿀 수 있는 것을 바꾸는 용기를 주소서. 무엇보다 저 둘을 구별하는 지혜를 주소서." 그리고 최근에 하나가 더 늘었습니다. 페르시아 신비주의 시인 중에 루미라고 있는데 그의 시 중에 이런 구절이 있습니다. "당신이 찾고 있는 것이 당신을 찾고 있다." 이 한 문장이 제게는 무슨 화두 같아서 요즘 기도하듯이 혼자 중얼거리곤 합니다.

뒤를 보는 마음

노지영 제가 이번에 선생님과의 대화를 준비하면서, 선생님의 연보와 전기적 생애를 살펴봤어요. 실향민의 기억을 간직한 가정에서 농부의 아들로 태어났다는 기록들이 있더라고요. 선생님 스스로가 정리하신 표현인 듯합니다. 선생님께선 그렇게 농부의 아들로 인생을 시작하셨는데요. 삶의 최후에는 어떤 인간으로 기억되고 싶으신지요? 아직 오지 않았지만, 인간은 필멸의 존재니까요. 삶의 마지막을, 시인의 최후를 어떻게 서술하고 싶으신지 궁금합니다.

이문재 어려운 질문입니다. 글쎄요…… 체코 벨벳 혁명의 주역인 바츨라프 하벨의 연설문집이 있는데 제목이 『불가능의 예술』입니다. 하벨은 '가능의 예술'이라는 현실정치를 뛰어넘어 새로운 정치를 실험했습니다. 도덕과 양심을 우선하는 정치, 시민의 힘(하벨은 '힘없는 자들의 힘'이라고 말했습니다만)을 신뢰하는 정치, 즉 '불가능의 예술'에 도전했습니다. 제 시와 삶도 아마 그럴 겁니다. 영원한 비주류, 불가능의 가능성을 추구하는 소수자로 살다 가겠지요. 두 손 모아 기도하는 모습으로 최후를 맞는다면 더없는 축복이겠습니다.

노지영 네. 그런 최후를 기다리신다면 최후를 같이 기도할 수도 있겠습니다. 같이 기도해주는 우정들을 또 기대할 수 있을 거고요. 그렇다면 선생님은 어떤 우정을 가진 독자들을 향해 글을 쓰고 있으신가요? 시인도 독자를 꿈꿀 권리가 있다고 생각하는데요. 선생님의 독자들이 주로 어떤 독자들이었으면 하십니까?

그리워서 미안해하는
비늘들이라가 서로 모이면
그 자리로 비래가 온시길지요.
— 이 은 재

이문재 깊이 생각해보지 않았습니다만 제가 꿈꾸는 독자는 시를 읽고 자기 입장에서 시를 다시 써나가는 창조적 독자입니다. 그런 독자를 위해 저는 '절반의 시'만 쓰고 싶습니다. 나머지 절반 이상은 독자의 몫으로 남겨두는 시를 쓰고 싶습니다. 사실 그런 시 쓰기가 더 어렵지만…… 예전에 비해 독자의 존재가 새삼 무겁게 다가옵니다. 시의 공공성에 대해 고민하기 때문이겠지요.

노지영 네. 시의 공공성에 대한 고민은 '있어야 할 시학'에 대한 질문으로도 이어지는 것 같습니다. 선생님을 포함하여 앞으로 '시인과의 대화'에서 만나는 시인분들께 앞으로 공통 질문을 하나 드릴 예정이에요. 시와 연루된 세계, 즉 시계(詩界)에 사는 시인으로서, 평생 질문하고 답해오셨을 것도 같아서요. 다소 심오한 질문이지만요. 우리가 추구해야 하는 시학이라는 것, 잊지 말아야 할 시의 원리라는 것이 있을까요?

이문재 우리가 추구해야 하는 시학이란 바로 생명을 옹호하는 것이겠지요. '모든 것은 연결되어 있다'는 오래된, 그리고 앞으로도 오래갈 이 핵심적 세계관을 포기하지 않는 시학이 시를 살아 있게 한다고 생각합니다. 저는 이것을 '관계의 시학' 혹은 '지구적 상상력'이라고 부릅니다.

*

정신없이 그의 이야기에 빠져들고 있는데, 카페 직원이 다가왔다. 녹음기에 표시된 시간이 어느새 67분을 지나고 있었다. 금세 한 시간이 지났다. "나가면서 얘기하죠." 부랴부랴 옷을 챙겨입으며, 시인은 일어섰다. 사소한 원칙을 지키며 자리에서 일어서는 그는, 시인이면서 시민이었다. 마무리 인사는 이메일을 통해 덧붙이기로 하고, 시인은 유난한 길치인 나를 눈에 익은 장소까지 배웅해주었다. 덕분에 녹음되지 않은 말들을 좀더 나누면서 짧은 산책을 선물 받았다. 내가 초대한 줄 알았는데, 차도 얻어 마시고, 시 이야기도 듣고, 안내도 받고, 온통 신세를 진 것 같은 기분이 들었다.

"이제 저쪽으로 올라가면 됩니다." 마지막으로 시인은 가야 할 방향을 알려주며 간단한 손인사를 한다. 시인과의 두번째 만남을 뒤로하며, 나는 그의 손이 가리켰던 곳을 향해 천천히 홀로 걸어올라간다. '노지영에겐 길 안내가 필요하다', 중얼거리며, 오늘의 이야기 선물을 누구의 '손'에 책으로 전해줄 수 있을까 생각하면서, 그의 손과 열린 길 사이를 가만히 걸어가보는 것이다.

시인과의 대화 2
달력의 이면

손택수

1998년 〈한국일보〉 신춘문예로 등단하며 작품활동을 시작했다.
시집으로 『호랑이 발자국』 『목련 전차』 『나무의 수사학』 『떠도는
먼지들이 빛난다』 『붉은빛이 여전합니까』 『어떤 슬픔은 함께할 수가
없다』, 동시집 『한눈파는 아이』가 있다. 조태일문학상, 노작문학상,
임화문학예술상, 애지문학상, 신동엽문학상, 오장환문학상을
수상했다.

시간   2021년 4월 28일(수) 오후 3시
장소   노작홍사용문학관 사무실

문학관에 도착하니 두 가지의 이질적 풍경이 한눈에 보인다. 먼저 자연이다. 문학관을 등 뒤로 하여 호젓한 산 하나가 눈에 들어온다. 5월로 치닫고 있어서인지, 녹음도 제철이다. 그리고 그 맞은편에는 번화한 신도시의 전형적인 풍경이 눈에 들어온다. 아파트와 빌딩들이 빽빽이 도열되어 있다. 근처에 알 만한 대기업이 있어서인지, 빌딩에 자리 잡은 상가 간판들을 살펴보면 요란하기 그지없다. 소비 여력이 있는 인구를 대상으로 하는 고급식당은 물론 호프집, 단란주점, 룸살롱, 노래방, 마사지방도 흔히 보인다. 시인의 말로는 이 지역이 코로나 시국에도 단속이 빈번하게 이루어지는 대표적인 유흥가 지역이라 한다.

그의 일터인 문학관은 그 풍경들 사이에 있다. '번화한 도시문명'과 '손이 덜 탄 자연'의 경계에 존재한다. 시인은 이 위치를 DMZ라 불렀다. 소비 문명의 침략에서 지켜내야 할 최소한의 녹지대에 그가 일하는 문학관이 저지선처럼 존재한다. 지도를 통해 문학관을 항공 샷으로 부감해보면 문학관의 위치는 더 비장해 보이기도 한다. 문명의 침공 앞에서 문학관이 자연의 전위로 나서며, 배수의 진을 친 모양새다. 간척 전에는 서해 바닷물이 이곳 깊숙이까지 들어오기도 했던가. 그래서 한 세기 전, 이 지역에는 흰 파도, '백조(白潮)'에 일렁이던 시인들이 살았다. 하지만 현재 이 지역은 자연을 먹어치우는 개발의 산물들이 으스대는 공간이다. 산을 깎아버리겠다는 기세로 부동산 시장을 견인해온 아파트 군대가 문학관 주변을 에워싸고 있다.

시인을 만난 시간은 아직 해가 저물지 않은 오후였다. 대화를 시작하기 이전에 손택수 시인은 먼저 주변 산책을 권했다. 일터에 출근하기 위해서 그는 인근 도로를 경유하지 않고 매일매일 산길로 걸어다닌다. 그곳엔 시인의 시집에 나오는 풍경들이 온통 펼쳐져 있다. 수풀이 우거지고, 마스크를 뚫고 들어올 정도의 풀냄새도 진동한다. 시인과 보폭을 같이하며 봄꽃도 만나고, 산고양이도 만나고, 노작 선생님의 묘도 들른다. 여기가 곧 '손택수로(孫宅洙路)'가 되겠군요, 홍사용의 길과 손택수의 길이 겹치는 산책길에서, 흙을 밟으며 농을 해본다. 오후까지 이슬에 젖어 있는 흙 때문일까. 아직 이 길은 푹신하다.

산책이라는 책

노지영 선생님을 간단히 소개해주시지요. "나 어떤 사람이다" 선생님이 생각하는 선생님.

손택수 요즘은 SNS를 하지 않는데요. 트위터를 처음 하면서, '농부가 되고 싶었으나 농부가 되지 못해 시를 쓴다'고 제 소개를 한 적이 있어요. '농(農)'이란 한자어는 노래 곡(曲)자에 별 진(辰)자로 이루어져 있는데요. 글자 그대로 '노래'와 '별'이 혼례를 이룬 말이죠. 노래와 별이 행복하게 서로를 마주보고 있던 농경문화 시대의 끄트머리에서 태어난 제가 산업사회 시대를 건너와서 이제는 그 이별을 시로 쓰고 있다고나 할까요. 이별은 슬프지만 그리움을 알게 해준 게 시이니 슬픈 것만은 아니죠. 펜촉이 제게는 쟁깃날이라고 하겠습니다.

노지영 시인들 중엔 농부를 꿈꾸고, 또 농사를 짓는 마음으로 글을 쓰는 분들이 제법 있는 것 같아요.

손택수 제가 그렇죠. 저도 귀농 준비를 조금씩 하고 있어요. 돈이 없고 땅이 없어서 그렇지(웃음). 첫 모내기를 제가 세 살 때 했거든요. 모내기할 때처럼 땅을 밟았을 때의 감각, 지구에 내가 하나로 탁 안겨들었을 때의 감각이 나에게 기억되어 있죠.

노지영 네. 지금은 지구의 한 문학관에서 모내기를 하고, 밭도 갈고, 글농사, 문학농사도 짓고 계시네요. 원래도 상당히 부지런한 분으로 기억하고 있지만요. 이 문학관에 오시면서 매우 규칙적으로 부지런하게 지내실 것 같다는 생각이 들었습니다. 독자들에게 근황을 좀 얘기해주시죠. 여기서 하루를 어떻게 시작하시는지요? 또 주로 어떻게 시간을 쓰시는지요?

손택수 집이 고양시 쪽이다보니 주중은 동탄에서 보내고 주말은 고양시에서 보냅니다. 강화에 '우공책방'이라고 지인이 하는 북스테이 책방이 있어서 한 달에 두어 번은 강화에서 글을 쓰다 오곤 해요. 최근 몇 년 동안의 주기고요. 평소엔 거의 화성에서 상주하죠. 시청의 지휘 감독을 받는 기관이라 일터에서의 일상은 일반 직장인들과 크게 다를 게 없어요. 그래도 문학관에 산이 있고 산 뒤로 오산천이 흐르고 있어서 틈틈이 산책을 합니다. 산책이 제겐 보약 같은 거라서요. 출퇴근을 할 때 조금 둘러가긴 하지만 평소엔 거의 산길을 따라 다닙니다.

노지영 아까 그 '손택수로' 말이죠?

손택수 그 산길에서 가끔 고라니도 만나고, 드물게 삵도 만나고 하면서 보채는 저를 달래어주는 거죠. 이 버릇이 서른 이후부터 저를 지켜준 굉장히 강력한 힘이라고 하겠습니다. 그것도 독서 죠. '산책도 책이다.' 출판사 일을 할 때도 고양시에서 마포구 서 교동까지 한강 길을 따라서 도보로 출퇴근을 할 때가 많았어요. 그 힘으로 버텼죠. 티베트에서는 인간을 '걸으면서 방황하는 자' 라고 정의한다고 하잖아요. 이때 만난 풍경들이 시로 틈입해 들 어올 때가 저는 좋습니다. 주파수가 잘 맞지 않는 일상의 잡음들 사이에서 반짝, 하고 주파수가 잡힐 때가 그런 때죠. 또 이런 일 상의 잡음들이 있으니까 또 주파수가 맞춰지는 풍경이 더 소중하 기도 합니다. 일상의 잡음이 없다면 내가 발견한 풍경들이 고마 운 줄도 모를 테니까요.

노지영 일상의 잡음과 소음도 글 쓰는 이에게는 삶의 노동요가 되나봅니다. 그럼 지금 있는 일상의 공간에서 주파수를 많이 맞 추는 것들이 있겠네요. 이 사무실에서 특별히 애정하는 소품들이 있다면요?

손택수 사실 눈으로 만지는 게 최고죠. (반쯤 가려진 창문의 블라 인드를 걷으며) 책상에 앉아서 이렇게 산 풍경들을 봅니다. 이 산 이 낮은 산인데, 참 깊어요. 그리고 또 많이 만지는 거라면 이런 게 있네요. 책상 위에 이런 씨앗 두 알이 늘 있어요. 가래나무 씨 앗이죠. 인제 자작나무숲에 강의 갔다가 독자분이 씨앗 두 알을 선물로 주셨어요. 처음엔 뭐 이런 씨앗이 있나 싶었는데, 이 작은 게 이렇게 오래가네요. 얼마나 단단한지 마치 산양 발굽 같아요.

틈날 때마다 쥐고 빠각빠각 부벼봐요. 몽돌 부딪는 소리도 나고, 염소들 뿔 부딪는 소리도 나죠. 거제도에 있는 느낌도 나고, 초원 풍경도 펼쳐지고.

노지영 공간 이동의 효과가……

손택수 한참 부비고 있으면 혈관이 더워지면서 한결 기분이 상쾌해져요. 이걸 시로 써야 하는데 몇 년째 아직 못 쓰고 있어요. 오래전에 길상호 시인을 만났는데 손을 보니 물집이 잡혀 있더라고요. 일주일 뒤에 만났더니 그대로였어요. 왜 물집을 터트리지 않느냐 물으니까 시가 올 때까지 기다리면서 관찰하는 중이라고 그러더군요. 저도 언제쯤 오려나, 이렇게 만져보며, 기다리는 중입니다.

노지영 선생님이 거하는 문학관과 연관된 풍경들도 소개해주시면 좋을 거 같아요. 문학관 주변이 반석산인가요. 산에 둘러싸여 있어요. '시인과 함께 걷는 시숲길' 같은 것도 있었다 들은 거 같은데요.

손택수 여기 문학관이 DMZ예요. 뒤에는 산이 있고 앞에는 동탄의 가장 번화한 광장이 있거든요. 야근을 하다보면 고라니가 제 사무실 창문 앞까지 내려오기도 하고, 취객들이 화장실을 들락거리면서 소란을 피우기도 하죠. 그래도 여기 문학관이 저지선처럼 버티고 있어서 그나마 남은 산을 더는 개발하지 않는다는 자위를 해봅니다. 문학관 안에 글자로 된 책이 있다면 문학관 바깥은 글자가 아닌 책들이 있어요. 무자서(無字書)와 유자서(有字書)를 서로 마주보게 하는 운동이 제 독서의 핵입니다. 그래서 산책을 다니는 거죠. 산책이 책이니까요. 이 문학관에 왔을 때 그것이 가장

뒤를 보는 마음

큰 매혹이었어요.

붉은빛이 여전합니까

노지영 선생님에 대한 최근의 이야기를 먼저 해볼까 합니다. 작년에 『붉은빛이 여전합니까』라는 시집을 내셨는데요. 그 이후 어떻게 지내고 계신지요?

손택수 작년 2월 코로나 한복판에서 용감무쌍하게 시집을 내고 조용히 잊혔다 싶었어요. 예전 같으면 신작 시집 뒷바라지 하느라 강연도 다니고 북콘서트다 뭐다 해서 한 1년쯤은 심심찮게 살았을 것 같은데요. 다 아시는 대로 문화행사 자체가 전멸에 가깝다보니 시인 생활 20년이 지나서 처음으로 다시 습작을 하는 기분이었어요. 오히려 침잠의 시간이 된 것 같아요. 그래서 그 기간에 시를 많이 썼어요. 그게 소득이라면 소득입니다. 독서의 성격도 바뀌어서요. 밥벌이용이 아닌 독서도 하게 되더군요. 돌아다닐 일이 줄어들다보니 소비도 줄었고, 뭐랄까, 어려운 분들께는 염치없는 얘기지만 좀 덜 벌고 하면서 근근이 사는 재미랄까, 이런 걸 알아가면서 적어도 제 삶이라도 좀 바꾸어보자는 마음을 품고 있습니다. 지금은 한참 다음 시집 마무리 중입니다.

노지영 그사이 여러 작업이 있었지만, 개인 시집으로는 6년 만에 나온 시집이에요. 그 6년 동안 삶의 변동이 많으셨죠. 그간 어떤 시간들을 보내며 시집이 발효되었는지 궁금합니다.

손택수 책 제목을 잘 정해야 돼요. 여기 오기 전까지의 몇 해는 정말 시집 제목대로 살았어요. 2014년 다니던 출판사를 나오면서 『떠도는 먼지들이 빛난다』를 낸 이후론 동가식서가숙하며 봇짐 하나 지고 강연과 심사로 생계를 잇는 유랑시인의 삶이었습니다. 대구에서 전주로, 광주로 그리고 부산으로, 보성으로 차도 없이 대중교통에 실려 떠돌아다니다가 보름 만에 귀가를 하는 일이 잦았어요. 봉평의 문학제에서는 전을 편 상인들 곁에서 말을 팔았는데 제 꼬락서니가 허생원의 처지와 크게 다르지 않아 보였어요. 제 봇짐에 든 물목은 고리타분한 문학과 인생이었는데 그래도 밥줄 끊기지 않고 산 걸 보면 찾아준 벗들에게 고마워해야 할 일이죠. 떠도는 먼지는 먼지였는데 빛났는지는 모르겠네요(웃음). 사실 그 몇 해는 청춘을 바쳤던 실천문학사에서의 상처를 다독거리는 시간이기도 했어요. 그때 함께 일했던 저희 편집장 이호석 시인이 그러더군요. 그런 상황에서 죽지 않은 것이 신기할 정도였다고 말입니다. 덕분에 그 시절 세례를 받기도 했죠. 악령들에 반응하는 제 안의 악령을 만난 시절이기도 하구요.

노지영 이 시집이 갖는 의미가 남다르겠네요. 이 시집은 개인적으로 저에게도 너무 각별한 시집이라 제가 살짝 사재기도 하였는데요(웃음).

손택수 이 시집에 노지영 선생님 결혼식 축시도 실었는데, 나중에 보니 부제로 적은 이름에 편집자가 '노'자, 성을 빼버렸더라고요.

노지영 원래 성까지 밝히셨군요. 저는 '지영 님 결혼하는 날에'라는 부제를 보고, 소위 '김지영 세대'로 통칭되는 이들을 향해 이런 축사를 할 수도 있겠구나 싶어 더 좋았어요. 지영이란 이름이 고유명사가 아니라 보통명사 같잖아요.

손택수 그래서 뺀 건지도 모르죠.

노지영 이 시집이 어떤 의미냐고 물었는데요. 노지영에 대한 축시가 실려 있는 시집이다, 저는 이렇게 받아들이면 되겠네요(웃음).

손택수 그게 젤 큰 의미죠.

노지영 이 기회를 빌려 다시 한번 감사를 표합니다. 이 시집이 갖는 의미를 다시 여쭤볼게요. 이 시집이 앞선 네 권의 시집과 어떤 관계를 맺었으면 하십니까?

손택수 앞선 시집들이 '농경문화적, 오래된 미래'에서 '도시 공간'으로의 이동 혹은 '가족서사' 같은 꼬리표가 붙어 있었으니까 그런 연속된 지점에서 어떻게 차이를 만들어내고 있는가를 살펴보면 더 또렷해지겠지요. 저로서는 네번째 시집 이후에 동시집과 청소년 시집을 낸 것이 어떤 변화의 매듭 같은 것이 되지 않았나 하는 생각을 해봐요. 동시집과 청소년 시집을 내면서 서정시의 '회감'이라는 것이 퇴영적인 것만은 아니라는 생각을 더 굳게 갖게 되었거든요. 새로운 것이 낯선 데에만 있지 않고 낡은 것이 발효되면 오히려 새것 콤플렉스를 뛰어넘는 힘을 얻을 수도 있는 거죠. 간장 보고 낡았다고 이야기하면 우스운 일 아니겠어요. 그런데 그걸 명약관화하게 설명할 수 없는 것이 제 한계인 것 같습니다. 시는 설명되고 요약되기보다 늘 살아가길 더 원하는 장르이기도 하고요.

다만, 이런 이야기는 드릴 수 있겠네요. 옛이야기를 보면, 노래는 혹에서 나오지 않습니까. 혹부리영감의 혹이라는 것은 피하고 싶은 병마와 존재의 그늘, 그리고 열등하고 부정적인 자아의 일그러진 그림자를 상징한다고 볼 수 있겠죠. 도깨비도 감동시키는 가객의 진면목은 자신을 주눅들게 하는 그늘과 숨기고 싶은 상처를 노래의 에너지로 전환시키는 힘으로부터 나옵니다. 삶의 부정성을 회피하지 않고 오히려 긍정함으로써 공감을 얻게 되고 마침내 혹을 떼는 치유에 이르는 거죠. 소설가 한승원 선생은 어떤 산문에서 "공작은 날개춤을 추기 위해 자신의 치부를 드러낸다"라는 인상적인 말씀을 하시더군요. 애써 감춰둔 내부의 욕망과 악, 상실감이나 실패로 인한 좌절감을 펼쳐 보일 때 도깨비들이 혹부리영감의 허구에 기꺼이 손을 들어주었던 것이 아닐까요. 아름다움이라는 강박을 벗어던지고 추에서 노래를 견인하는 이야기의 맞은편에는 거짓말쟁이 혹부리영감의 세속적 욕망이 있습니다. 저에게 세속적 욕망이 없다면 그것도 거짓이겠죠. 그런 욕망들까지 마주하면서 도깨비를 찾아가는 여정이 아닌가 싶습니다.

노지영 모든 자식이 다 소중하겠지만, 시집을 엮을 때는 고심해서 선별하시는 것 같아요. 보니까 선생님의 등단작도 기존의 시집에는 실려 있진 않은 것 같더라고요. 어떤 이유인지 궁금하기도 한데요. 순위를 매길 수는 없겠지만, 혹시 이 시집에서 특별히 마음 가는 시편이 있는지 궁금합니다.

손택수 등단작은 편집자 실수로 빠졌는데 오히려 그게 더 그 시를 각인시키기도 한 것 같아요. 실천문학사에서 함께 일했던 박준 시인이 그걸 알고 네번째 시집 발문에서 소개해주어서 위로가 되었습니다. 마치 호적에 올리진 못한 서자 같아요. 예전에 한 기자가 오든(W. H. Auden)에게 물었답니다. "이 시를 수정할 뜻은 없나요?" 시인은 답합니다. "한 편의 시는 결코 완성되지 않아요, 포기될 뿐이죠." 오든의 말은 사실 폴 발레리의 말을 인용한 것인데요. 세상의 모든 완성된 시들은 결국 미완성이라는 이야기죠. 이때의 미완은 불완전으로서의 성격도 있지만, 거기에 머물지 않고 오히려 새롭게 도래하는 미래의 시에 대한 약속으로서의 미완을 가리키기도 하겠죠.

　　그런 맥락에서 지난 시집에선 유독 「찬란한 착란」이란 시에 애착이 가네요. 하던 일을 그만두고 나서 가장 힘들고 외로운 시절이었죠. 그때 북한산 불광사 아래 작은 지층방을 하나 얻었어요. 아무도 몰래 숨어 들어가 6개월 정도를 그곳에서 보냈죠. 그때 썼던 이 시가 다음 시집의 풍경을 예고한 것 같다는 느낌이 있어요. 지하에 살다보면 샴푸를 해도 머리에서 곰팡내가 지워지질 않는데요. 한번은 여름 장마 때 방으로 물이 들어온 적이 있었어요. 자고 있는데, 누가 서늘한 손길로 머리를 툭 치더라고요. 비가 들어와서 영화 〈기생충〉의 침수 장면과 같은 장면을 겪기도 했었죠. 화장실 변기가 넘치고 배수펌프는 고장 난 상황에서 거의 사흘 동안 밖으로 빗물을 퍼날랐거든요. 방에는 청개구리가 뛰어다니고, 변기가 역류하니 유독가스도 차오르고요. 저는 잠시 작업실 삼아 머물렀지만, 다시 보니 그러한 환경에서 사는 사람들이 세상에 너무 많았어요. 우리나라에서 가장 가난한 직업 1위가 시인이라는 이야기를 주절거리면서도 따로 작업실을 가진 제가 참, 죄스럽더군요. 그때 옆방에 중학교 2학년 아이가 어머니와 둘이서 살았는데요. 늦은 밤까지 늘 혼자였던 아이였죠. 새벽까지 장마가 이어지던 밤에 저와 함께 물을 퍼냈어요. 그 아이의 얼굴이 지금도 통증처럼 남아 있습니다. 그 지층방에서 빛이 아침 삼십 분, 한 시간마다 들어오는데, 그게 얼마나 귀한 것인지 다시 느끼기도 했어요. 화분을 옮기면서 빛을 쏘이는 게 일이었죠. 그때 구체적인 삶의 감각들이 많이 확장이 된 것 같아요. 저의 글쓰기 근육이 아직 사회적으로 많이 단련되어 있지는 않고 또 그쪽은 대가들도 많으니까요. 앞으로 이러한 이야기들을 어떻게 풀어내야 할지 고민이 많습니다. 막막함을 마주하는 경험의 순간들이 저를 조금씩 바꾸어가고 있다고 생각합니다.

노지영　어릴 때의 가난의 경험과는 또다른 경험인가봅니다.

손택수　어릴 때 가난의 경험은 추억과 만나면서 미화된 측면이 있죠. 기억이 바뀌니까요. 「찬란한 착란」을 쓰던 시절에는 북한산 아래의 마을에서 어렵게 사는 청년들을 만나면서 저를 많이 돌아봤어요. 그런데 이번에 낸 시집에는 그런 경험이 반영된 시가 많이 안 들어 있네요. 그래서 다음 시집을 빨리 내려고 합니다. 내 몸과 연결되지 않으면 저는 시가 잘 안 돼요. 아무리 잘 썼다고 해도 나중에 부끄러워지곤 합니다. 사회현실을 내 감각 속에 잘 녹여서 정리하고 싶어요.

소수자들의 섭리_{攝理}를 드러내는 일

노지영 선생님께서는 그간 청소년 시집이나 여타의 책들도 많이 내셨지만, 첫 시집『호랑이 발자국』에서 근작 시집『붉은빛이 여전합니까』까지 개인 단독 시집만 총 다섯 권을 내셨어요. 그런데 시집 제목을 보니『호랑이 발자국』『목련 전차』『나무의 수사학』 같이 명사형으로 끝나다가『떠도는 먼지들이 빛난다』와 같이 평서형 문장이 되었다가, 이번엔『붉은빛이 여전합니까』와 같이 의문형 문장이 되었더라고요. 시집 제목들을 보면 첫 시집 발간부터 최근의 시집까지 시 세계가 어딘가를 향해 점점 열리고 있는 느낌을 받기도 하는데요. 자신의 시집들이 점차 어떤 방향으로 흘러가고 있는지, 혹 그런 것을 의식하면서 시를 쓰시는지요?

손택수 아, 생각지 못한 통찰이네요. 노지영 선생 같은 귀명창이 있어야 하는데…… '어딘가를 향해 점점 열리고 있는 느낌'이 제겐 나침판 바늘처럼 어떤 떨림으로 다가옵니다. 말씀드린 대로 언어든 세상이든 삶의 막막함에 나를 세워두는 글쓰기, 그것이 저를 초발심으로 서 있게 한다는 느낌은 있어요. 의문형 다음엔 무엇이 기다리고 있을까요. 저도 궁금합니다. 그건 제 의지나 기획과는 무관하게 흘러가길 좋아하는 시들이 더 잘 알고 있겠죠. 제가 어떤 뜻을 가지고 접근하면 시는 자주 뜻밖으로 미끄러지곤 하니까요. 저라고 왜 시를 공부해서 장악하고자 하는 야심이 없겠어요. 그러나 그런 시들은 대체로 다 실패하기 마련이더라구요. 소를 외양간에서 끌고 나왔으면 밭까지는 소를 따라갈 줄 아는 게 농부라고 배웠습니다.

노지영 제가 이번 기회에 선생님 시집들을 쭉 살펴보니, 마침 책 날개마다 모두 선생님이 사진이 실려 있더라고요. 그 사진의 변천사를 살펴 봤죠. 점점 농부 스타일보다는 도시적인 인상이 강해지는 느낌이었어요. 사진으로 느껴지는 외적 스타일의 변화가 선생님의 시 세계의 변화로 이어질까 싶기도 한데요. 그간 선생님의 시를 농경적 세계, 대지의 상상력으로 풀어냈던 독자들이 많습니다. 선생님이 쓰신 '자산어보'에 관한 책이나 이후의 선생님의 글들을 보면 부산이라는 공간이나 바다의 상상력이 선생님에게 강한 영향을 주기도 했습니다. 그리고 시집 곳곳엔 부대끼는 현실로서의 도시적 상상력도 느껴지는데요. 선생님이 떠도는 공간들이 선생님의 얼굴빛에 나타나지 않나 합니다. 스스로가 생각하기에 요즘의 선생님의 얼굴빛이 어떻게 느껴지시는지요? 사람들이 선생님의 얼굴빛을 통해 어떤 인상을 받았으면 하시는지요?

손택수 오! 그렇군요. 얼굴이 공간을 닮는다! 담양 봉산에서 태어나서 부산, 마산을 떠돌아다니다가 일산에서 오랫동안 살았으니 윤곽선이 산을 닮았으면 싶은데요. 거기에 바다도 있고 도시도 있고 하네요. 인도에선 쉰을 산을 바라보는 나이라고 하는데 제게서는 쉰내가 나는 것 같아서 제가 보기에도 영 민망합니다. 좀 지쳤다 싶기도 하고요. 그래도 시인은 어떤 지경에 있더라도 '붉은빛'을 놓을 수는 없는 거죠. 봄을 잃어버린 상실감이나 춘래불사춘이 봄을 더 뼈아프게 성찰하는 힘이 되기도 하니까요. 그런 상실감이 시를 쓰게 하고 시를 쓰는 순간이나마 저를 성찰하게 하는 것 같아요. 제가 사무실 달력 이면지에 '머뭇거릴 섭(囁)'

자를 써놓았어요. 귀가 하나 더 있으니까 머뭇거리면서, 더 자주 멈추면서 많이 듣자는 생각이죠. 능수능란한 화법이나 삶의 기교 같은 자동성을 반성하자는 뜻도 있고, 머뭇거리다보면 아무래도 서툴러서 절제력도 생기고, 그 바람에 말과 말 사이에 여백이 더 생성될 수도 있으니까요. 독자분들 중에 가끔 아픈 분들이 찾아오거든요. 제 시를 찾는 분들은 대개가 그래요. 그분들 말을 들어줄 수 있는 사람의 얼굴이었으면 좋겠어요.

노지영 안 그래도 들어오자마자 책상 머리맡에 있는 저 글자가 보였어요. 달력의 이면을 저렇게 활용하시는군요. 저 '섭'이란 글자는 언제부터 걸려 있었나요?

손택수 한 1년 정도 제 머리 위에 있었죠. 일반인들은 귀가 두 개, 입이 하나잖아요. 이 '머뭇거릴 섭'자는 입이 하나, 귀가 세 개죠. 이 '섭'자는 또 '정겨울 섭', '소곤거릴 섭'자이기도 한데요. 세상을 듣는 귀가 하나 더 있어야, 그렇게 한 번 더 들어야 정겨움과 소곤거림이 가능해지는 거죠. 저를 경계하기 위해서 책상 뒤에 병풍처럼 '섭'이란 글자를 써놓았어요.

노지영 그렇게 머뭇거리고 멈추면서 여백들로 존재하던 것들이 스스로 소곤대는 순간이 있겠죠. 말씀을 듣고 나니 선생님의 『나무의 수사학』이란 시집이 떠올라요. 그 시집에 「내 시의 저작권에 대해 말씀드리자면」이란 시가 있는데요. 구름 5%, 먼지 3.5%, 나무 20%, 논 10%, 그 외에도 강, 새, 바람, 나비, 돌, 노을, 낮잠, 달 등이 차지하는 시의 지분들을 적어놓은 구절이 재밌었어요. 그런 것들의 정겨운 소곤거림이 '섭'의 문학이지 않나 합니다.

손택수 그런데 그 시 때문에 저작권 허락 없이 그냥 갖다 쓰는 일이 종종 벌어지더라구요. 얼마 전엔 문협 지부 매체에 아예 제 시를 표절해서 발표하는 시인이 있어서 어안이 벙벙했던 적도 있어요. 그 시에서 자연의 저작권은 사실 비율로 표기할 수 없다는 이야기를 하고 싶어서, 그리고 무언가를 측정하고 분류하고 제도화하는 인간의 행위라는 것이 얼마나 허구적인가를 말해보고 싶어서 장난스럽게 비율을 나누어본 거니까요. 5%가 20%보다 못할 것이 아니죠.

노지영 찾아보니 이 시는 '위키백과'에도 자세히 나와 있던데요.

이 시를 사람들이 이렇게 대중적으로 많이 알다니, 놀랍기도 했습니다. 그렇다면 요즘 선생님이 쓰시는 시에서, 선생님의 시선에서 지분을 특별히 많이 차지한 것들이 있을까요?

손택수 그 시가 아마 작년에 수능 모의고사에 나와서 그럴 거예요. 요즘은 틈날 때마다 돌을 들여다보고 있습니다. 돌을 마주하고 있으면 시간이 가는 줄 몰라요. 지루하고 건조한 시간이 응축되어서 저를 어디 다른 데로 데려가주는 것 같습니다.

노지영 선생님의 시에 자연물의 지분이 워낙 많다보니, 선생님의 시를 '자연'과 연결하여 읽는 독자들이 참 많습니다. 실제로 생태학적 상상력에 기반을 두고 있는 시편들이 많고요. 선생님 시를 평해놓은 평론가들도 자연과의 거리, 자연과의 태도 같은 것을 통해 선생님이 쓰신 서정시의 특질을 규명하려 합니다. 그런데 이 자연이라는 게 범위가 참 커요. 관조하는 자연도 있고요. 기억을 발굴하는 자연이기도 하고요. 또 어떤 외적 자연들은 사회현실로 이어지기도 합니다. 자연을 통해 인간 내면의 심층을 발견하고, 사랑의 변두리를 확장하면서, 우리가 주목해야 할 세상에 집중하게 만드는 게 선생님 시가 보여주는 힘이라 생각하는데요. 선생님이 생각하는 '자연'이란 건 진짜 어떤 걸까 궁금합니다.

손택수 저에게 자연은 소수자죠. 자연은 돌아가고 싶은 곳 같은 내 마음의 휴식지가 아니고요. 인간 제국의 세계에 지배받는 식민지, 핍박받고 있는 존재들입니다. 인간이 자연과 어떻게 관계하고 있는가를 살피게 하고, 우리 내면을 돌아보게 만드는 거울

이에요. 저에게 자연은 그런 안쓰러운 소수자이고요. 끝없이 들여다봐야 하는 것입니다.

노지영 '자연은 소수자다'라는 말씀이 인상적이네요.

손택수 '코끼리 바위'를 정해진 대로 코끼리로만 보게 되면 바위의 진면목을 볼 수 없게 됩니다. 코끼리 바위가 코끼리를 알기 전의 이름들과 가능성들을 잊지 않으려고 하는 게 시죠. 바위의 질감과 빛깔 그리고 저마다의 시선에 따라 달라지는 명명을 회복하려면 코끼리 바위는 코끼리를 방법적으로 망각할 필요가 있죠. 자연은 그래서 제게는 소수자이고 스승이고 끝없는 성찰의 거울입니다. 저는 대자연보다 대도시에서 자연을 더 밀도 있게 느끼는 것 같아요. 결핍이 있으니까 그만큼 더 강렬하게 다가오는 거죠. 아스팔트 키드들이나 모니터 세대들이라고 다르지 않을 거라 생각해요. 아무리 질주를 하고 가상공간을 들락거리고 SNS를 해도 몸을 벗어날 수는 없을 테니까요.

노자가 말하길 "성인은 배(腹)를 위하고, 눈(眼)을 위하지 않는다"고 했다 합니다. 자연은 배와 같습니다. 세계를 분할하고 질서화하고 소유하는 시선보다 저는 귀의 감각을 좋아해요. 귀는 곧 태아의 몸을 닮아서 근원적인 시원의 세계로 우리를 이끌어갑니다. 자연을 이기고 나서 인간은 파산한다는 말이 있잖아요? "아! 저 까마귀를 보라. 그 날개보다 더 검은색이 없긴 하나옅은 황금색이 돌고 다시 연한 녹색으로 반짝인다. 햇빛이 비치면 자주색으로 솟구치다 눈이 어른어른하면 비취색으로도 변한다. 그러므로 내가 비록 푸른 까마귀라고 말해도 괜찮은 것이고 다시 붉은 까마귀라고 말해도 상관없는 것이다." 연암 박지원 선생의 『능양시집서(菱洋詩集序)』에 나오는 문장인데 이것이 바로 '배의 혀'라고 생각해요.

노지영 선생님의 말을 듣고 보니 선생님이 계신 이 문학관이란 공간이 새삼 더 귀하게 느껴집니다. 도시 제국의 질서 앞에 어떤 시원적 질서를 시화할 것이냐, 어떤 귀의 리듬을 회복하고, '배의 혀'로 노래할 것이냐를 늘 생각하실 것 같습니다. 지금 이야기를 나누는 공간을 아까 DMZ 같은 저지선이라 하셨는데요. 말씀을 듣다보니 이곳이 정말 시의 몸을 지키는 바리케이드 같습니다. 하지만 이 문학관은 열린 공간이고, 사람이 드나들며 소통하는 공간이라서요. 또 '시를 쓰는 신체'가 되기 위해서는 어떤 모드 변환이 필요할 것도 같습니다. 문학관의 관장이 아니라 시인으로서 꾸준히 시를 창작해내는 비결이 있다면요.

손택수 소아과 의사이면서 시인이었던 윌리엄 카를로스 윌리엄스(William Carlos Williams)는 환자를 진료하는 중간중간 진료카드에 노트를 했다고 그러네요. 저도 노트를 게을리하지 않는 편입니다. 아이디어나 발상보다는 저에겐 분위기가 더 중요해요. 어떤 골똘한 분위기를 조성해야 합니다. 그러기 위해 많이 걷죠. 그리고 그 분위기 속에서 메모를 할 때의 순간들을 다시 불러냅니다. 노트에 박제된 말들이나 이미지들을 초혼을 하듯이 불러내죠. 그리고 시로 몸을 바꾸어 입히고 나서는 다 지워버리거든요. 저에게 메모란 기록을 위한 것이라기보다는 망각을 위한 것이라고 보면 됩니다. 누가 볼까봐서 파쇄를 철저히 합니다.

노지영 버리는 곳 얘기해주세요(웃음). 파쇄를 하기 전에 제가 몰래 주워가고 싶네요. 시집을 낼 때도 시를 많이 솎아내는 편이신가요?

손택수 많이 솎아내죠. 시집에 수록되지 않은 시는 저만의 공간에 깊이 보관합니다. 그 시들이 나중에 시를 쓸 때, 한 줄을 연상해내는 데 도움이 되죠.

〈백조〉라는 '흰 바탕'

노지영 이제 선생님의 일터로서의 토대에 대해 본격적인 이야기를 좀 해볼까요? 선생님의 일터인 문학관 이야기를 안 할 수 없는데요. 선생님께선 노작 선생님과의 인연이 깊으세요. 「저물녘의 왕오천축국전」 등으로 13회 노작문학상을 받으셨고요. 그리고 현재 노작홍사용문학관의 살림을 도맡아 하고 계십니다. 선생님에게 홍사용 시인은 어떤 시인입니까? 어떤 문학적 조상인지요?

손택수 '노작'이란 호는 이슬 로(露), 참새 작(雀)을 써서 '이슬에 젖은 참새'라는 뜻입니다. 남양 홍씨 종친이신 홍신선 시인은 '참새의 노래로써 세상에 드러난다'는 뜻으로 읽기도 하시더군요.

노지영 참새. 참 작은 것들을 좋아하셨나봅니다.

손택수 '노작'이란 독수리나 매 같은 맹금류가 아니죠. 작지만 우리 곁을 지켜주고 노래하는 이슬 같은 투명함을 보여주는 시인입니다. 그가 남긴 작품이 비록 많지는 않지만 그의 작품들은 편수로 비교할 수 없는 중량감을 갖고 있어요. 「나는 왕이로소이다」가 100년이 지나도 살아 있는 이유를 저는 존재의 균열과 세계의 그늘을 온몸으로 앓고 있는 근대적 시인의 운명을 천명한 데서 찾곤 합니다. 창작자로서의 모습뿐만 아니라 잡지를 창간하기도 했고, 출판운동과 연극운동을 하기도 했어요. 또 대중음악, 민요 수집에 이르기까지 활발한 활동을 하셨죠. 서예도 쓰셨고요. 문화의 경계선들을 끝없이 출렁이게 하는 활달한 미디어 운동가로서의 면모도 인상적인데요. 그렇게 다양한 예술을 위해 헌신하신 분이 정작 자신의 창작집은 한 권을 남기지 않았어요.

노지영 자신에 대한 욕망을 내려놓고, 더 중요하다 싶으신 것들을 하셨나봐요.

손택수 그런 여력이 없었던 것도 아닌데 자기를 내세우려 하지 않았어요. 그게 어떤 면에서는 예술 하는 사람들의 초발심인 것이죠. 담백해지고 가난해지고 첫 마음을 잃지 않으려는 태도. 『논어』에 "그림 그리는 일은 흰 바탕이 있고 난 이후에 한다(繪事後素)"라는 말이 있는데요. 올해가 흰소의 해잖아요, 홍사용 선생은 흰옷을 즐겨 입으셔서 '백우(白牛)'라는 호를 쓰시기도 하셨습니다. 그분은 여백처럼 있으려고 했던 분인 거 같아요. 여백과 무와 침묵으로서의 흰 바탕을 위해 일생을 바치신 분이죠. 그 여백 위에 다양한 색깔을 가진 사람들을 불러 그 여백을 채우게 하셨어요. 그 여백을 어떤 나타남의 가능성으로 실천하신 분이랄까요? 노작 선생님은 저에게 그런 분입니다.

노지영 올해로 노작 선생님이 만드신 〈백조〉라는 잡지가 창간 100주년을 맞는데요. 작년에 〈백조〉 복간 '사건'이 있었다, 저는 이렇게 명명하고 싶어요. 우리 문학사의 선구적인 동인지지만, 3호만 나오고 단명한 〈백조〉라는 잡지를 창간 100주년을 앞두고 종합계간지로 복간하셨습니다. 〈백조〉는 정확히 한 세기 전, 최고의 감각을 가진 문인 지성들이 만든 동인지인데요. 근대문학의 사상적, 감각적 다양성을 상징하는 선구적 잡지이기도 하고요. 현대적으로 그 잡지의 강점을 계승하여 4호부터 복간된 〈백조〉를 보니, 많이 반가웠습니다. 여러 가지 다양성을 선도하는 부분이 든든하기도 하고요. 아직 〈백조〉의 실물을 보지 못한 독자들도 있으니, 노작홍사용문학관에서 발간하는 이 잡지에 대해 소개해주시지요.

손택수 '사건'은 사건이었던지 여러 매체에서 조명이 있었습니다. 그에 값할 만한 무게를 가졌는지는 저희 스스로도 많이 부끄럽습니다. 저희 세대만 하더라도 국어시간에 〈장미촌〉〈금성〉〈개벽〉〈폐허〉〈백조〉〈문우〉 같은 동인지들 이름을 외웠던 기억이 있는데요, 요즘 학생들은 '백조' 하면 새를 먼저 떠올리곤 하죠(웃음). 예나 이제나 문학청년들의 곤궁하고 초라한 형편이라는 게 그리 크게 차이는 나지 않았던 것 같아요. 종로 낙원동에 '백조사'가 있었는데 송판 책상 하나, 헌 무명이불 한 채, 헌 양복 몇 벌, 원고용지 신문지 등이 "도깨비 쓸개같이 어수선하게 흩어져 있는" 곳에서 합숙하며 잡지를 냈다는 노작의 글이 있습니다. 얼마나 공간이 비좁았는지 다들 새우잠을 자서 야밤에 누가 화장실이라도 다녀오면 그 자리가 죽 떠먹은 자리처럼 온데간데없어져서 낭패를 겪었다는 이야기도 나오고요. 여기에 시대 상황도 녹록지 않았죠. 노작 선생이 기미만세의거에 참여해서 옥살이를 하시기도 했고 불교청년회 활동을 하면서 일경의 블랙리스트에 올라 있기도 했으니까 더더욱 검열과 감시가 심했어요. 발행인을 구하지 못해서 아펜젤러 같은 선교사나 망명한 백계 러시아인으로 바꾸어가면서 간신히 잡지를 낼 수 있었다고 합니다. 그때의 그 가난하고 높은 정신을 100주년에 맞춰 새롭게 조명해보자는 취지에서 시작했어요. 문단에 조촐한 밥상 하나를 차린다는 마음으로 시작했습니다.

노지영 이 잡지를 출간하면서 특별히 마음 쓰신 부분이 있다면요?

손택수　기존의 문예지들과 달리 공공기관에서 내는 매체니까 상업 출판사들과의 경쟁보다는 공공성이 더 도드라지길 바랐습니다. 그래서 편집위원들도 객원 형식으로 3호씩을 책임지고 계속 교체를 해볼까 합니다. 최고의 원고료를 보장해주면서 다양한 경험의 망을 사람들에게 열어주자 이야기하고 있어요. 그러다보면 여러 한계도 있겠지만 다양한 주체들이 매체 경험을 해볼 수 있을 거예요. 여기서 제일 문제는 저 자신의 욕망을 절제하는 거죠. 제가 관여하면 저의 네트워크들이 작동하게 될 테니까요. 사유화되면 안 되잖아요.

노지영　여백으로 계시려 하는군요. 편집위원들도 자기 할말을 하고, 여백이 되어가는 연습들을 하고요. 저는 잡지가 기성의 관행적 방식을 따르지 않아서 여러 가지 면에서 혁신적이라 느꼈어요. 국문학 연구자들의 글도 인상적이었고요.

손택수　그중 최원식 선생님의 원고를 보고는 놀란 사람들도 많았어요. 〈백조〉 잡지를 다 읽고 쓰셨어요. 아마 〈백조〉에 대한 최근 연구 중에 꼭 봐야 할 연구가 될 겁니다. 공력을 다해 써주셨어요. 저는 기존의 문학 제도에 젖어 있는 습관들을 따라갈 필요가 없다고 생각합니다. 두꺼울 필요도 없다. 동시대에 우세한 담론에 좌우되지 말고, 할말을 하자. 그리고 저자들에게 원고료를 보장하자.

노지영　든든합니다. 그래도 매체의 성격에 대한 기본적인 바람이 있으실 텐데요.

손택수 저는 환경만 조성하고, 운영자금을 확보하는 일에만 전념하기로 하였습니다. 메이저 출판사 따라하지 말고, 꼭 있어야 할 것들, 돈이 안 되는 것들, 상업 출판사가 안 하는 것들, 공공적인 것들을 논하고 싶습니다. 또 서구 중심주의적 세계문학 말고, 동북아와 제3세계의 질서를 이야기하는 세계문학들도 관심을 가졌으면 좋겠어요. 마음을 내려놓고, 젊은 편집위원들을 믿으며 맡겨두고 있습니다. 시청에서는 왜 이렇게 높은 원고료를 책정했는지 볼멘소리가 있거든요. 관료들을 이해시키면서 문학의 공공성이 어떻게 선한 영향력을 줄 수 있는지 설득하는 과정이 녹록지만은 않습니다. 그를 위해서 한국문화예술위원회의 지원금 신청도 하고 이런저런 공모사업에 참여도 하고 지역 문인들과 교감도 나누면서 매체의 지속성을 담보해가고 있습니다. 현실적인 또 다른 문제는, 지역의 이해를 어느 정도까지 반영할 것인가 하는 것입니다. 수준을 유지하기 위해서는 절제가 있어야 하고, 지나친 절제는 지역 내에서 불화의 요인이 되기도 하거든요. 앞으로 〈백조〉가 특정 출판사의 이해나 문학 제도의 관습들로부터 자유로워져서 문학 생태계의 다양성을 담보하는 하나의 렌즈가 되었으면 하는 바람을 가져봅니다. 그러다보면 노작이 생각한 여백들이 점차 생겨나지 않을까 기대하고 있어요.

노지영 선생님은 편집자부터 시작하여 출판사 대표까지 책과 관련된 일을 오랫동안 하셨지만, 노작홍사용문학관을 통해 책이라는 것을 넘어서 책 문화 전반과 문화예술로 그 관심을 확장하고 계신 듯합니다. 매체 운동가로서의 홍사용의 정신을 계승하려는 마음도 있으셔서 그런지, 문학이라는 것의 범위를 상당히 넓게

뒤를 보는 마음

보고 계신 것 같고요. 이런 〈백조〉 복간본의 사전 작업도 있었죠. 가장 골방문학에 가까운 시 장르와 공연예술의 토대가 되는 희곡 장르를 결합하여 〈시와희곡〉이란 잡지를 먼저 만드셨어요. 이 문학관에서는 창작단막극제도 운영하고 있는데요. 시와 희곡을 결합하여 매체로 만든 것은 시와 신극을 결합했던 노작 선생님의 관심과 상통하는 듯합니다. 두 장르가 어떤 방식으로 서로에게 자극이 될 수 있을까요?

손택수 노작 선생의 정신을 잇는 작업을 잘 짚어주셔서 고맙습니다. 희곡을 통해 연극을 상상적으로 경험했던 '문청' 시절의 꿈을 실현해본 거예요. 제가 유년 시절에 연극을 좋아했는데요. 청소년 시절에 잠시 연극도 했지만, 소질이 없다고 그만두라 해서 그만뒀죠. 왜 연극을 좋아했냐 하면요. 그것도 문학 때문에 그랬던 것 같아요. 저에겐 연극은 뭐냐면요. 시로 가게 되는 통로였죠. 연극 보러 다닐 돈이 없어서 헌책방에서 이강백 희곡집 같은 책을 사서 읽었어요. 제가 희곡을 읽을 때 그때 희곡은 정말 시적이었거든요. 개인적으로는 원래 등장인물들 흉내를 내면서 희곡을 소리 내어 읽다가 자연스럽게 시를 쓰게도 되었고요. 저는 아직도 그 버릇이 남아 있어서 한 편의 시를 점검할 땐 가능한 한 소리를 내어 읽어봅니다. 시를 쓰고 나면 반드시 몸을 관통시켜서 소리로서 점검해야 해요. 머리와 눈으로는 통과시켰는데, 퇴고하고 나서 소리 내 읽으면 어딘가 덜컹거리는 데가 있거든요. 그건 제가 제 꾀에 속은 부분이기 쉽죠. 이걸 몸이 잡아낸단 말이에요. 근본적으로 시는 시각 독자가 아닌 '청중'을 그리워하는 장르가 아닌가 싶어요. 시각 독자를 청중으로 전환하는 꿈을 꾸고 있는 거죠. 그래서 〈백조〉에서도 근대문학 초창기부터 '시극'을 실험했었고, 엘리어트도 같은 이유로 '시극'을 실험하지 않았을까요? 서구나 중국 같은 데선 그런 문화가 꽤 보편화되어 있다고 들었습니다. 그런데 국내의 시극은 최인훈 선생이나 황지우 시인 같은 몇몇 예외적인 사례로 국한되어 있어서 안타까워요. 볼만한 연극은 많은데, 읽을 만한 희곡은 드물어졌죠.

노지영 낭독극이라는 형식이 있긴 하지만, '문학적 희곡' 자체가 설 자리가 없는 것 같아요. 문학으로서 가치와 위상도 약화되었고요.

손택수 시극 같은 건 상업 출판사가 못하는 일이잖아요. 안 팔리니까요. '시'와 '희곡'을 부딪쳐서 공연의 시녀가 되어버린 희곡도

문학으로서의 본령을 되찾고, 시도 희곡을 매개로 연극성을 실험하면서 '시극' 문화운동이 일어나길 은근히 바랐던 게 사실입니다. 몇몇 젊은 시인들이 뜻을 같이해주어서 창작 시극이 제출되는 성과도 있었습니다. 의외로 시인들의 반응은 나쁘지 않았는데요. 희곡 쪽에서는 벽을 만났어요. 현실적으로 연극 실현을 전제에 두지 않은 희곡 창작에 작가들이 굉장히 부정적이었어요. 시극 이론도 개발하면서 의욕을 보였지만 결국 3호로 종간을 하고 그 바통을 〈백조〉가 이어받게 되었습니다. 절벽에 부딪치며 용감한 실험으로 끝났죠.

노지영 노작문학관에서는 문학 장르끼리만의 교류가 아니라 다양한 방식으로 문학이라는 것을 문화 전반으로 확대하는 시도들이 있는 것 같아요. 팟캐스트며, 글쓰기 강좌, 문학비평 강좌, 음악과 연극 등 종합문화공간으로서 다양한 시도들을 하고 있습니다. 노작문학관의 시도들을 통해 점점 협소해지던 문학이라는 것의 범위가 다시 넓어지고 있는 느낌을 받기도 하는데요. 비대면 시대에 주로 어떤 프로그램들이 이곳에서 운영되고 있는지 궁금합니다. 멈춘 것들과 새로 시작하고 있는 것들은 무엇인지요?

손택수 작년에 한국시인협회와 함께 청소년시낭송대회를 핸드폰으로 시도했어요. 요즘 청소년들은 정말 핸드폰을 자신의 신체처럼 다루더라구요. 시가 핸드폰과 만나니까 영상을 통해서 종합예술의 면면들이 살아나더군요. 시를 판소리화한 친구들, 애니메이션으로 만든 친구들, 영화로 만든 친구들, 춤으로 만든 친구들이 국경을 넘어서 그야말로 축제의 장을 마련해주었어요. 장애인

학교, 대안학교, 외국인 학생들까지 참으로 다채로운 장면들이었습니다. 시를 문제풀이용으로 접하던 학생들이 시 향수의 새로운 가능성을 보여준 거죠. 코로나의 역설이 아닌가 싶어요.

　　작년에 전국에서 주요 연극제가 거의 취소되었지만 저희 문학관은 낭독극 형식으로 전환해서 연극제를 무사히 마쳤습니다. 노작홍사용문학관이 아마 전문 극장을 가지고 있는 유일한 문학관이 아닐까 하는데요. 연극제에서 선정된 여섯 팀의 극단에 총 7천만 원 가까운 예산이 지원되었어요. 연극인들이 감격스러워하더라고요. 그 밖에도 어려운 예술인들의 예산을 지켜내기 위해 사서 이런저런 고생을 좀 했습니다. 예산이 깎이는 빌미를 만들지 않도록 작게나마 저희라도 노력하고 싶었어요. 팟캐스트며 UCC며, 단행본 출판사업이며, 기획전시 공간이며, 지역문학 자료 발굴작업이며, 데이터베이스 정리사업이며 그런 것들이 다 결과물들입니다. 우리 문학관은 이런 시도들을 계속해나갈 계획입니다.

노지영　시집 『떠도는 먼지들이 빛난다』에 실린 박준 시인의 발문에 그런 표현이 나오더라고요. 손택수 시인은 "자신의 '앓음'들을 세상을 향한 공공의 영역으로 옮겨낸다"고요. 선생님께서 일하고 계신 이 문학관이란 장소가 선생님의 '앓음'을 공공의 영역으로 확장시키는 좋은 마당이 될 수 있을 것 같습니다. 앞으로 이 문학관에서 또 어떤 프로젝트들을 해보고 싶으신지, 시의 가능성들을 어떻게 타진하고 싶으신지도 궁금합니다.

손택수 저희 문학관 명함에 박힌 슬로건이 '공공문학(Community Literature)'이에요. 원래는 미술에서 나온 개념인데요. 예술의 공공성이 미술에만 국한될 수는 없잖아요. 말하자면, 문학을 광장의 언어로 번역해보자는 거죠. 조각이나 설치미술 혹은 타이포그라피나 미디어아트가 번역기가 될 수 있겠죠. 오래전 고양시에서 낡은 조각상들을 철거하는 작업이 있었는데 이때 이런 실험을 했었어요. 지금도 그때 조성한 '마상시공원'이 남아 있습니다. 올해는 동탄 도심 한복판에 문학공원이 들어서게 되는데요. 저는 〈백조〉의 동인들을 이 지역을 중심으로 모셔보자는 생각입니다. 그럼 자연스럽게 나도향, 방정환, 안석영, 이상화, 현진건 같은 분들이 한자리에 모이면서 동탄이 근대문학의 작은 수도 역할을 할 수 있겠죠. 이렇게 관료들을 설득하고 있는데 뜻대로 될지는 지켜봐야죠.

시집의 쓸모

노지영 선생님이 경유하고 앓아온 세계들은 어떤 방식으로든 공동체의 서사로 연결되는 느낌이에요. 아버지, 어머니, 할아버지, 할머니 등의 개인적인 가족 이야기를 통해서도 선생님은 늘 공동체적 서사를 이야기하셨던 것 같고요. 또 그런 이야기들에 육친적 감각으로 공명하면서 독자들은 있어야 할 세계, 있었으면 하는 공동체들을 상상하기도 했는데요.

손택수 제가 가족을 중요시했던 건, 가족을 하나의 상징이라 생각했기 때문이에요. 할머니, 할아버지를 통해 설화적인 세계, 전근대라고 이야기하는 세계를 이야기할 수 있을 거라 생각했어요. 또 아버지, 어머니 이야기를 통해서는 당연히 근대세계의 이야기들이 내 몸을 통해서 흘러나올 거라 생각했고요. 『나무의 수사학』부터는 저라는 사람에게 와서, 이후 『떠도는 먼지들이 빛난다』에서부터는 일상의 모습들을 많이 드러내고 있는 편입니다.

노지영 그래서인지 시에 가족 지분이 많다는 생각이 들어요. 우리가 아이 하나를 키우려면 온 우주가 도와야 한다는 말을 많이 하는데요. 선생님의 시를 읽다보면 한 시인이 좋은 시를 계속 쓰기 위해서는 온 가족과 온 우주가 협업을 해야 하는구나 하는 생각이 듭니다. 1970년에 태어나 이제 지천명의 시인으로 살고 계신데요. 나의 가족이 나에게 부여한 천명은 무엇이라 생각하십니까?

손택수 저는 가족이기주의자예요(웃음). 김수영의 시에 정말 아내가 많이 나오잖아요? 아내가 그에겐 세계를 보는 창이 아니었나 싶습니다. 저 또한 가족을 통해서 세상을 만나는 거죠. 어머니가 아프실 때는 지하철에서 노인들을 보는 제 시선이 달라지더라고요. 누이가 마트에서 일을 하게 된 이후론 감정노동자들의 삶에 자꾸 관심이 갑니다. 조카애가 대학생이 되고 나서야 비로소 요즘 청년들의 삶을 유심히 살피기 시작했어요. 저희 내외는 단출하게 둘뿐이어서요. 작은 가정이나 비슷한 환경을 지닌 사람들과 자주 만나게 됩니다. 그리고 그들을 통해 1인 가족들의 애환도 알게 되었어요. 가족이 고정되어 있지 않고 어딘가로 흘러간다는 느낌이에요.

노지영 앞으로 또 어떤 존재들을 경유하면서 어떤 공동체적 서사를 써나가고 싶으신지도 궁금해요.

손택수 한 편의 시도 쓰다보면 애초의 작심과 전혀 다른 방향으로 갈 때가 흔한데 제가 뜻한다고 그리로 갈 수 있을지 알 수 없는 일이죠. 이 답은 바쇼의 하이쿠로 대신할까 합니다. "내 오두막에서 당신에게 대접할 만한 것은 모기들이 아직 어리다는 것!" 이 전문인데요. 이 시, 좋지요? 손님에게 대접할 만한 것을 찾다 찾다 못 찾아요. 미안한 마음에 옳거니 모기가 아직 어려 손님이 헌혈을 하지 않아도 되니 그 또한 환대가 아니겠는가, 생각하죠. 얼마나 궁핍했으면 이런 생각까지 다 하게 되었을까요? 오십대 이후의 시작에서는 특정한 '무엇'보다는, 그런 마음의 지향성이 더욱 중요해질 것 같습니다. 나와 타인이 겹쳐지는 순간, 그 순간 속에 놓였을 때 비로소 시인이란 자각이 오니까요. 나를 어느 정도 잃고서 얻게 되는 회복의 도리와 함께 있고 싶어요. '자비(慈悲)'에서 '자(慈)'는 아이에게 젖을 물리며 사랑스러운 눈을 한 어머니의 모습을 본떴다 하고, '비(悲)'는 배고파 우는 아이에게 마른 젖을 물리며 피눈물을 흘리는 어머니의 모습에서 왔다고 합니다. 젖이 있을 때나 없을 때나 젖을 물리는 것이 사랑이라는 걸 시를 통해 배워나가겠습니다! 너무 선언적인가요?

노지영　앞에서도 어릴 때의 꿈이 농부라고 이야기하셨고, 저도 그런 글을 읽은 적 있습니다. 또 어떤 글에서는 생물학자가 꿈이었다는 고백을 읽은 적도 있고요. 자신이 어릴 적 꾸었던 꿈으로 귀환해가려는 욕망이 우리 모두에게는 있을 텐데요. 여태 꾸었던 꿈 중에 진짜 어떤 꿈으로 귀환하고 싶으신지요?

손택수　저는 원소가 되고 싶어요. 나중에 사라져 원소가 되면 인간들이 만들어놓은 관념이나 제도 혹은 질서들로부터 자유로워질 수 있지 않을까요? 요즘 제가 뭘 하고 있나 생각해보면요. 홍사용 선생님이 눈물의 왕이잖아요. 그 눈물의 왕이 묻힌 무덤을 제가 지키고 있는 거죠. 화성에 유명한 능이 있지만, 그런 권력자들의 왕만 있는 게 아니라 시인의 눈물로 이루어진 능이 있다. 눈물의 능, 누릉(淚陵)이 있고, 저는 그 능을 지키는 종9품 능참봉이다, 이런 말을 하곤 합니다. 우스갯소리로 하는 말이기도 하고, 겸양의 뜻으로 하는 말이기도 하죠. 그런데, 어떤 의미에서는 그 묘지기라는 게 무엇이냐, 저는 시인이 겸할 수 있는 최고의 직업이 아닐까 합니다. 묘역을 지킨다는 건 삶과 죽음에 대한 명상이 동반되는 거잖아요. 저를 둘러싼 환경들이 저에게는 그냥 공간이 아니라 상징체계가 되어서 다가오는구나, 생각할 때가 많은데요. 문학관 맞은편에 보이는 도시 문명의 환락가를 보면서도 죽음을 통해 이곳을 성찰하라는 뜻인가 생각하기도 합니다. 문학이라는 것의 근본적 역할 가운데 하나가 삶과 죽음에 대한 이야기를 하는 것일 텐데요. 사라지는 것들을 바라보면서, 삶과 죽음을 깊이 들여다보게 돼요. 언어의 그늘, 삶의 그늘, 저의 그늘들을 성찰하게 됩니다.

노지영 자신의 삶과 죽음의 여정 속에서 그래도 사람들이 특별히 기억해줬으면 하는 그늘이 있다면요. 손택수에게는 이런 기억의 그늘이 있다, 하는 게 있다면?

손택수 제가 유년 시절에 물가에서 놀다가 두 번 죽다가 살아난 적이 있어요. 그때 저희 할머니는 '물귀신이 머리카락을 잡아당

기면 죽는 거다'라고 했었는데 머리카락을 두 번씩이나 잡혔던 겁니다. 그때 물속에 잠기면서 제게 소용돌이치는 물의 이미지가 생겨난 거 같아요. 이 죽음과 연결된 이미지가 평생을 따라다닙니다. 정확히 뭔지는 잘 모르겠어요. 자꾸 떠오르니 질문해보는 수밖에요. 나중에 알게 된 건데 첫 시집 『호랑이 발자국』의 서시인 「화살나무」부터 그러한 소용돌이치는 이미지가 나오더군요. 해결되지도 않고, 해결할 수도 없는 미지의 이미지가 제 안에 늘 맴돌고 있는 거죠. 이게 시와 무슨 상관이 있을까, 문득문득 떠올리죠. 이건 이미지이고요. 이런 이미지에 끝없이 제가 답을 해야 할 이야기들을 만들 수 있겠죠.

노지영 죽음의 경험에서 비롯된 자꾸 떠오르는 소용돌이의 이미지가 선생님께는 '메멘토 모리(Memento mori)' 같은 메시지를 주기도 하지만요. 선생님의 시는 전반적으로 따뜻해요. 그런 느낌을 주는 시 중에 하나가 선생님의 최근 시집에 실린 「시집의 쓸모」 같은 시였던 것 같습니다. 이 시의 제목을 시집 제목으로도 고려하신 것으로 알고 있는데요. 누군가 선생님의 시집을 식탁 다리 아래 받쳐놓은 모습을 따스하고 유머러스하게 묘사한 시죠. 시집이라는 것이 단단히 받치고 있는 세상을 우리에게 잘 보여주고 있는 시이기도 합니다. 선생님은 자신의 시가 지쳐 있는 오늘날의 독자들에게 어떤 '쓸모'가 되길 원하십니까?

손택수 잘 읽어주셨는데요. 쓸모의 강박으로부터 사람들이 놓여났으면 좋겠어요. 그럴 때 놀이가 시작되죠. 그 기쁨은 굉장합니다. 저는 그러한 기쁨이 모든 예술의 기원이 된다고 생각해요. 서점 매대에서 팔리지 않는 시집을 보면 슬프기도 하지만요. 또 이 세상에 아직 상품화가 안 되고 교환가치의 회로로부터 반품되기 바쁜 시가 어딘가에 남아 있다고 생각하면 적잖이 위로도 되잖아 요. 시집은 읽고 감상하는 용도인 것 같지만, 책꽂이에 꽂아두고 책장을 장식하는 것도 하나의 용도죠. 제 친구는 그 시집을 식탁 다리를 받치며 국그릇 내부의 평형을 유지하는 용도로 변경을 한 거예요. 그런 방식처럼 기존의 용도에서 우리를 해방시키는 쓸모 를 시가 계속 추구해나갔으면 해요. 제 시도 그렇게 읽혔으면 하 고요. 독자들도 더러는 자신의 용도를 회로 바깥에서 찾아보면 어떨까 싶습니다.

노지영 그런 용도 변경과 새로운 배치로 해방을 이어나가는 게 시인의 눈이지 않을까 합니다. 그러한 해방을 이어오신 문학의 선배님들께 대담을 정리하면서 이제 공통 질문을 하나 드리려 하 는데요. 시집의 쓸모를 이야기했으니, 이제 '시학'의 쓸모에 대해 서도 묻고 싶어요. 오늘날 우리가 이어나가야 하는 '시학'이라는 것이 있을까요? 결코 잊지 말아야 할, 잘 간직해야 할 시의 원리 가 있다면 말씀 부탁드립니다.

손택수 제가 문학관에 있다보니까 아카이브의 중요성을 절감하 고 있어요. 사실 새로움이란 것이 그냥 타자가 아니라 더 가치 있 는 타자가 되는 것이고, 그것은 사회적 기억 속에 보존된 옛것과 새로운 관계를 맺을 때 가능한 것 아니겠습니까. 이전의 가치들 이 시간의 파괴적 작용으로부터 보존될 때 전통이 생겨나고 독창 성도 가능해지는 거죠. '시인과의 대화'를 이어가는 매체들도 창

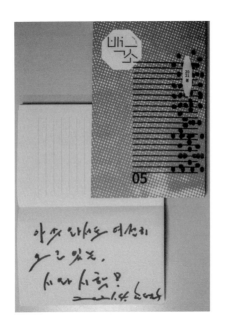

작과 시학 양쪽에서 역사적 기억의 퇴적층들을 차곡차곡 쌓아가
다보면 '시학'의 실체가 드러나겠죠. 먼저 독창성들을 가능하게
하는 풍부한 저장소가 되어야 할 텐데요. 시도, 시학도 '아주 와서
도 여전히 오고 있는' 향기들과 함께하길 빕니다.

*

그의 책상 머리맡에 걸린 달력의 이면을 본다. 흰 여백 위에 그의 필
치로 쓴 '섭'이라는 글자가 위풍당당하다. 숫자 질서로 빼곡하게 채
워진 달력을 뒤집어서 시인은 저렇게 새로운 질서를 적어놓는구나.
저 글자가 그의 뒤통수에서 '섭정(囁情)'을 하면서, '섭리(囁理)'를 드

러내는 일을 도울 것이다.

그가 문학관의 사무로 잠시 자리를 비운 사이, 책상 뒤편의 달력을 들쳐보았다. 소곤거릴 '섭'자의 뒷장엔 독특한 캘리그라피로 '보작산방(寶雀山房)'이라는 한자도 쓰여 있다. '작(雀)'을 보물처럼 지키겠다는 의미일 것이다. 노작 선생님을 지킨다는 뜻에서 쓴 것이 겠지만, 참새같이 작은 것들을 보물처럼 지키겠다는 다짐이기도 한 것 같다. 화려한 새도 아니고, 맹금류도 아니고, 다만 작은 참새 한 마리를 보물처럼 지키는 마음이 바로 시의 마음이 아닐까. 나의 자연은 바로 소수자다, 그 앞에서 머뭇거리며 소수자들의 소곤대는 소리들을 들으려 한다, 힘주어 말했던 그의 말이 오래 귓전을 울렸다.

시인과의 대화 3
시인은 그렇게 살겠지   신용목

2000년 〈작가세계〉 신인상에 「성내동 옷수선집 유리문 안쪽」 외
4편이 당선되어 작품활동을 시작했다. 시집『그 바람을 다 걸어야
한다』『바람의 백만번째 어금니』『아무 날의 도시』『누군가가
누군가를 부르면 내가 돌아보았다』『나의 끝 거창』『비에 도착하는
사람들은 모두 제시간에 온다』등과 산문집『우리는 이렇게
살겠지』와 소설집『재』가 있다. 백석문학상, 현대시작품상,
노작문학상, 시작문학상을 수상했다.

시간   2021년 7월 29일(목) 오후 3시
장소   조선대학교 신용목 시인 교수연구실

시인을 몇몇 장소에서 본 적이 있다. 시청 앞 잔디밭에서, 한낮의 궁궐에서도 본 적이 있다. 어떤 문학상의 수상식 장소에서 보았고, 어떤 문학단체에서도 볼 기회가 있었다. 그러다보니 메일과 책이 오간 적도 있었고, 언젠가는 한 기관에서 같은 일을 할 뻔도 했었다.

그런 것들은 스침이고, 기억할 만한 첫 만남은 따로 있다. 몇 년 전 문학 5개 단체가 모여 남측에서라도 '통일'을 준비하자는 취지로 제법 진지한 행사 하나를 시도한 적이 있었다. 거절에 실패해서 나는 협회 결성식의 사회를 맡게 되었다. 내빈들이 많이 초청된 행사가 어떤 분위기를 요구하는지도 모르고 말이다. 단체들이 합의한 내용으로 구성된 행사 대본을 받아들었고, 정해진 식순에 따라 행사를 시작했다. 그러나 행사 진행 중 일부 청중들이 불만을 표하는 일이 벌어졌다. 국기에 대한 경례와 애국가 제창을 생략한 것이 이유였다. 자리에 앉아달라 요청했지만 350명의 청중 중에 절반가량이 착석하지 않고 항의를 표시했다. 원로 어르신과 내빈들이 몇 번을 앉았다 일어나면서 장내는 더욱 어수선해졌다. 단상 위에서 상황을 정리해야 했던 나는 서둘러 국기에 대한 경례를 선언하고, 애국가 제창까지 함께 했지만, 마음속이 엉망진창이 되었다. 같은 마음의 공동체가 된다는 건 정말 섬세한 준비를 해야 하는구나. 행사가 끝날 때까지 자리를 지키며 사람들의 불편해하는 시선을 감당하는 것은 나 같은 심약한 체질에게는 수명을 단축시키는 일과 다르지 않았다.

한껏 멍해진 눈동자로 나의 허술한 진행을 자책하고 있을 때, 낯선 번호로 문자가 하나 도착했다.

"아. 저는 신용목입니다. …… 이 정도는 아무것도 아닙니다."

그것이 시인에게 받았던 최초의 문자였다. 나는 그 문자를 보고 울 뻔했다. 청중들이 불편해하거나 아마추어로 보고 있을 거라 생각했는데, 이렇게 연민의 눈으로 달래주는 사람도 무리 중에 존재한다는 것이, 그저 고마웠다.

그날 이후 나는 행사 트라우마가 생겼지만 그래도 그날의 경험이 나쁘지만은 않았던 것은 곤혹스러워하는 누군가에게 이 정도는 아무것도 아니다, 이 정도는 괜찮다, 라고 말해주는 한 사람을 발견했기 때문이다. 난감하다 못해 무참해지는 마음을 시인도 여러 공동체를 통과하며 경험한 적 있었기 때문일까. 슬픔의 경험은 같은 슬픔을 겪는 사람들을 바라볼 수밖에 없게 만든다. 낯선 이에게도 처음으로 말 걸게 만든다.

돌이켜보건대 여러 번의 스침을 최초의 만남으로 만든 사건은 시인의 따뜻한 문장 하나였다. 친소 관계없이, 위계 관계없이, 그는 먼저 말을 걸어 타인의 곤란을 위로해줄 줄 아는 사람이었다. 그 '첫번째 문장'을 만난 이후, 시인과 자세히 대화할 기회가 생기면서 나는 그의 시를 더욱 신뢰하게 되었다.

그리고 오랜만에 기차 안에서 다시 만났다. 시인은 서울에서의 일정들을 마치고, 광주의 일터로 귀환하고 있었다. 서울에서 있었던 대담에서는 '서정의 미래' 같은 무거운 이야기를 나누었다고 해서, 남도로 향하는 기차 안에서는 일부러 맛집을 중심으로 가벼운 질문을 시작했다. 시인은 허둥지둥 맛집을 검색하고, 나는 그의 약점을 알아내서 즐거웠다. 제자 찬스를 써서, 그는 한참 후에야 대인시장에 있다는 맛집을 알아봐주었다.

광주에 도착하자마자 배를 먼저 채우니, 대화가 한결 더 가벼워졌다. 맛집 찾기에 성공한 시인은 운전 분야는 더 자신 있다고 힘주어 자랑했다. "그 바람을 다 걸어야 한다"던 시인이었지만, 그는 걷기만큼이나 운전에 소질이 있는 것 같았다. 차에서 수다를 몇 마디

나누고 나니, 금세 시인의 일터였다.

유리창의 손자국

노지영 기차를 타고 오면서 이 얘기 저 얘기 나누었지만, 그래도 독자들에게 시인의 근황을 전해야 할 것 같습니다. 올해는 유난히 폭염이 심한데, 이 유난한 더위에 어떻게 살고 계시는지요? 시인의 피서법을 듣고 싶어요.

신용목 일단 안 움직이는 건데요(웃음). 대체로 많은 시간을 집에서 머물고 있어요. 거의 모든 일을 집에서 하는 편이라서요. 그리고 모든 것들이 단순해지고 있더라고요. 꼭 좋은 것은 아닌 것 같지만요. 단순한 것들이 보여주는 골격이 있다는 생각이 들어요. 내 몸이나 내 삶이 바뀌는 과정을 흥미롭게 스스로 관찰하면서 보내고 있습니다. 팬데믹이라는 게 자기를 들여다보게 만드는 것 같아요.

노지영 선생님에겐 『나의 끝 거창』으로 대표되는 거창 시대가 있었고, 일산, 부천, 경기도 시대도 있었고, 또 이제는 광주 시대를 살고 있으세요. 호주나 베를린에서의 이국 경험도 있었지만, 과거와 현재 속에서의 광주는 선생님에게 여러 생각들을 품게 하는 도시일 거 같은데요. 소회에 대해 듣고 싶습니다.

신용목 노지영 선생님에게도 그러시겠지만, 광주는 우리에게 특별한 부분이 있잖아요. 『나의 끝 거창』이란 시집에도 광주 이야기가 나오는데요. 고등학교 때, 열일곱 살 정도였죠. 처음 광주를 왔는데, 그때의 숙소가 마침 조선대였어요. 조선대학교 본관 3층에서 처음으로 박스를 깔고 잤던 기억이 나요. 그때는 역사적 체험을 하면서 실감하는 역사를 배워나갔다고 할까요. 지금은 그때와 비교하면 사실 광주가 살짝 다르게 느껴지는 점이 없지 않아요. 그때의 이야기들이 이제는 유리관 안에 들어가 있거나 벽에 걸려 있기도 하죠. 물론 그것은 역사의 발전이기도 한데요. 그 발전이 내려놓고 가는 지점도 어딘가엔 틀림없이 있을 테니까요. 지금의 이곳은 일종의 박물화되어가는 열망들을 바라볼 수 있는 장소이기도 하죠.

왜 우리가 기차 타고 오면서 계속 팬데믹 이야기를 했지만요. 팬데믹도 마찬가지잖아요. 우리가 요즘 회귀와 회복을 많이 말하는데요. 그 회귀와 회복이 이전의 제도나 시스템이 되어서는 안 되잖아요. 우리가 어렵다, 어렵다고 하는데 그래도 어렵다고 말하는 사람들은 스피커를 가진 사람들이죠. 말할 수도 없고, 들리지도 못하는 목소리가 아직 밑에 더 있을 거 같거든요. 그런 목소리를 끄집어올릴 수 있는 펌프로서의 시민성 같은 것, 그런 것들이 운동의 관점에서도 좀더 건강하고 확장적으로 지속될 수 있으면 좋겠다. 그런 에너지들이 제 안에만 들어 있지 않고, 좀더 밖에 있으면 좋겠다는 생각을 합니다.

노지영 어떤 말씀인지 대략 알 것 같기도 합니다. 광주항쟁이 벌써 40년이 넘었으니까요. 말하기는 조심스럽지만, 광주라는 공간에 대한 감각도 변화하고 있을 거 같기도 해요. 광주라는 곳은 이전 세대에게 원죄의식, 죄책감이라는 면에서 텍스트의 형태로 먼저 다가왔는데요. 지금은 도시 전체가 하나의 박물관같이, 일종의 사적같이 느껴지면서 어떤 숭고성 안에 갇혀 있는 것 같기도 한 것 같아요. 그런 것이 지금의 젊은 세대들에게는 너무 오래된 감각처럼 느껴질 거 같기도 하고요. 그래서 이전의 경험들이 후속 세대들에게 어떤 식으로 공명할 수 있을까 고민스럽기도 하고 그렇습니다. 작년에 저도 5·18 40주년 서울 광주 협력사업을 준비하면서, 5·18을 매개하고 있다 여겨지는 작품들, 즉 '포스트 5·18세대'라 할 만한 작품들이 어떤 작품들이 있을까, 찾아볼 기회가 있었는데요. 경험 기억이라는 것이 어떻게 고착되지 않고 소통되어 당사자 아닌 이들의 감각으로 재생산될 수 있을까, 많이 고민이 되더라고요. 세대 간의 단절감이 심각해졌다는 생각이 들기도 하고요. 그래서 선생님 같은 매개자로서의 시인의 역할이 더욱 중요한 것 같습니다.

　　선생님의 「나도 가끔 유리에 손자국을 남긴다」(『아무 날의 도시』)과 같은 시를 보면요. 유리관 안에, 박물관 안에 갇혀 있는 것들을 바라보면서, 그 유리창에 기대어 그래도 손자국을 내는 일, 차단된 차가운 표면 위에 내 고유한 지문으로 손자국을 내면서 정동과 온기를 스미게 하는 일이 이야기되잖아요. 선생님이 쓰신 어떤 시구절처럼, "유리에 이쪽과 저쪽이 함께 스미는 순간"(「누구여도 좋은」)을 새로이 발견해내는 일이 더욱 필요할 것 같습니다.

신용목 단절의 문제를 말씀하셨지만, 저는 그런 단절의 문제를 다음 세대에게 찾는 건 다소 무책임하다는 생각이 들거든요. 광주가 중요하고 기념해야 할 것들이 있는 건 사실인데, 그 기념해야 하고 중요하게 가져가야 할 것들은 정신인 것이지 그것으로 생겨난 결과물들은 아닌 것 같아요. 결과물로 만나다보니까, 후배들에게는 광주에서 저희가 느꼈던 에너지처럼 다가오지 않는 것 같아 아쉬울 때가 있어요. 586세대가 우리에게 엄청난 선물을 준 것은 사실인데요. 어떤 면에선 많은 것을 가둬버리고 있는 듯한 느낌이 들어요. 잘 지적해서 말씀해주신 것 같습니다.

노지영 경상도 태생인 선생님은 경상도 거창에 대한 장소애를 담아 자전적 서사를 한 권의 시집으로 묶기도 했었는데요. 이제는 같은 남도이지만 다른 의미로 묵직한 마음을 주는 광주라는 공간에 살고 있습니다. 요즘은 어떤 방식으로 광주라는 도시 공간과 장소애를 맺고 있으실지 궁금합니다.

신용목 좀 전에 어릴 적 이야기를 했지만, 사실 그때의 광주는 제 일상 속의 공간은 아니었잖아요. 그런데 지금은 광주가 일상을 영위하는 공간으로 완전히 바뀌어버린 거죠. 그 실감은 이곳이 가지고 있는 역사적 상징성과 부딪칠 때와 또다른 느낌을 줘요. 제가 일상을 이야기하는 순간에 광주가 가지고 있는 상징성이 즉자적으로 저에게 침투해오는 것 같지는 않습니다. 그렇지만, 내 일상들이 어떠한 토대 위에 있다는 생각은 하게 되죠. 왜 길을 걷다가 문득문득 뒤를 돌아보았을 때가 있잖아요. 실제로 아무것도 없는 곳일지라도 뭔가 거쳐왔던 발자국들과 그 발자국에 내가 올라섰다는 느낌이 들 때가 있는데요. 그런 느낌을 바로 광주가 주는 게 아닐까. 계속 뭔가를 한번 더 고민하게 만들고 생각하게 만드는 '그것'이라 할까요. 그냥 밥 먹을 때, 아니면 집에 가서 잠들려고 누웠을 때, 문득문득 침범해오는 순간들이 있어서요. 마치 핀처럼 내 흐릿한 일상들을 박아주고 있다는 느낌이 듭니다.

노지영 광주라는 공간으로 이동한 궤적이 선생님의 일상 감각과 연관이 클 것 같아 해당 지역과 관련된 질문들을 몇 가지 드려봤는데요. 선생님은 경상도 시골(?) 태생이고, 또 그런 경험들이 시에 묻어나오기도 하지만, 독자들에게는 또 '도시 남자'로 기억되기도 하잖아요. '아무 날의 도시'를 살아오고, 소외된 도시 정서들을 시로 쓰기도 하고요. 일반적으로 시인들은 고향의 어조가 내 모국어에 남아 있다는 것을 인식하면서 살 거 같은데요. 선생님에게도 공간의 이동이 모국어 쓰기에 영향을 주는 부분이 있을까요?

신용목 엄청나게 많죠. 그래서 소통이라는 문제를 더 피부로 느껴요. 제가 말할 때, 심지어 학생들이 자막 처리해달라고도 하거든요. 못 알아듣겠다고요(웃음). 이곳이 꼭 광주라서 그런 건 아닌 거 같고요. 제가 말귀를 아직 잘 못 알아듣기도 해요. 그러다 보니 뭐라고 할까요. 소위 자의식 같은 것이 더 발동되는 것 같아요. 제가 광주에 있지만, 광주사람이 되었다고 말할 수 없는 지점들이 더 느껴지죠. 영원히 다가가야 하는 뭔가로서의 영역이 있다는 생각이 들어요. 영원히 그렇게 남아 있을 수밖에 없겠다는 것. 그래서 그 과정이나 노력을 멈추는 순간, 여기서는 탈락되어 버릴 수 있겠구나, 그런 느낌들이 들죠. 처음부터 이곳에서 굳건한 모습으로 서 있는 분들과는 다를 겁니다.

저는 고향에 아직 일가친척들이 다 살고 있는데요. 그쪽 분위기와 이쪽 분위기는 여전히 차이가 크죠. 그렇지만 늘 느끼는 게 있어요. 생각은 다르지만, 감각은 다르지 않잖아요. 추우면 똑같이 춥고, 더우면 똑같이 덥고, 때리면 똑같이 아프니까요. 그런 고통을 통해서 무언가를 이해하려고 했을 때, 제가 가지고 있던 원래의 정서가 또다른 장과 만날 수 있는 가능성이 있지 않을까 생각해요.

노지영 사투리의 어조가 다소 남아 있지만, 공통감각으로 잘 만날 수 있을 겁니다(웃음). 참. 조선대학교에는 언제쯤 부임하신 거죠?

신용목 작년 3월부터요. 코로나의 역사와 함께 학교 일도 시작된 거죠.

노지영 코로나의 역사와 본격적인 직업 선생님으로서의 삶이 거의 일치하는 상황이군요. 그럼, 아직 '광주사람 다 되었네'라는 말은 못 들어보셨나요?

신용목 사람을 만나야, 그런 말도 들을 텐데요(웃음). 사람을 만날 기회가 드물어요. 제가 그냥 여기저기서 주장하고 다니죠. 저 광주사람이에요, 그렇게.

접촉의 질감

노지영 주요 일터가 바뀌면서 수도권에 사실 때와는 삶의 풍경이 많이 달라졌을 것 같습니다. 요즘 주로 어떤 공간에 머무는지, 어떤 풍경을 가장 많이 보면서 지내시는지, 시인의 눈이 주로 어떤 대상에 머무는지 궁금합니다.

신용목 주로 텔레비전(웃음)? 요즘 시선이 가장 많이 머무는 곳은 아무래도 넷플릭스가 나오는 텔레비전이고요. 그리고 천장도 많이 보게 되죠. 집 주변 산책을 많이 하는 편이에요. 제가 양림동 뒤쪽에 사는데요. 그 양림동이 예전에 선교사들이 와서 살았던 곳이거든요. 나름 역사문화 마을이라고 해요. 숲도 좋고 해서, 그쪽을 느릿느릿 걸어다니죠. 예전에 김현승 시인이 그 마을에 살았거든요. 제가 딛는 곳을 디뎠겠거니 생각하면서 지내고 있습니다. 그리고 나중에 이야기를 드릴 기회가 있을지 모르겠는데, 금방 말씀드렸다시피 제가 학교에 운이 좋게 온 거잖아요. 그

러다보니 가장 많이 생각하고, 많이 바라볼 수밖에 없는 대상이
바로 학생이죠. 학생들을 가르치다보면 제가 가르치는 게 아니라
배우고 있다는 생각이 들어요. 실제로도 많은 것들을 배우고 있
고요.

　　노지영　　요즘 가장 많이 손에 머무는 소품이 있다면요? 많이 보는
　　대상도 좋고요.

신용목　　아무래도 가장 많이 만지는 것은 마우스와 키보드, 가장
많이 쳐다보는 것은 모니터가 되겠죠.

　　노지영　　의외로 이런 손목 보호해주는 인체공학적 마우스를 쓰고 있으시네요? 뭔가 IT 계열 종사자처럼.

신용목 이런 거 잘 모르는데요. 영상 번역하는 황석희 씨가 지인이거든요. 불편한 게 있으면 좋은 제품으로 추천해줘요.

노지영 책상 위에 손을 얹어두고 있으니 어쩌면 이 책상을 만질 일이 가장 많을 것 같아요. 아까 이 연구실의 책상들도 선생님이 직접 나무로 만드셨다고 하셨고요. 이 큰 책상을 어떻게 만들게 되신 거예요? 원래 목공을 배우신 건가요?

신용목 목공을 배운 건 아니고요. 원래 제가 아래층을 연구실로 사용했었어요. 그때는 거창에서 목수 일을 하는 친구가 와서 책상을 더 크고 길게 짜주고 갔었죠. 그런데 천장에서 물이 새서 책들도 많이 버리고, 상한 것도 많아서 이동을 하게 되었거든요. 한번 그런 일이 있고 나서는 제가 직접 나무를 사고 잘라서 책상을 좀 작게 만들었죠. 제가 있는 연구실의 공간 자체가 부채꼴 모양이라서 이런 모양으로 나올 수밖에 없었어요.

노지영 그럼 이 나무로 된 책꽂이들도 다 만드신 건가요?

신용목 연구실에서 이런 나무로 된 건 제가 다 만들었어요. 소품들도요. 약간 허술하기도 하지만요.

노지영 나무로 목공을 한다는 게 생각보다 시간이 많이 소요될 텐데요. 나무가 좋으세요? 나무 질감이 어떻게 느껴지시나요?

신용목 나무를 좋아해요. 나무 질감 아닌 것들은 잘 못 견디는 것 같아요. 왜 하이그로시 소재같이 차가운 느낌들도 있잖아요. 질감이라고 말할 수 없는 이상한 느낌을 주는 것도 있는데요. 그런 소재는 나와 접촉하고 있다는 느낌이 잘 안 느껴져요. 반면 나무는 무언가와 접촉되는 시간들을 주는 것 같아요. 왜 나무를 자르는 직소 같은 기계가 있는데요. 이 책상을 만들 때 새벽 4시 ~5시에 연구실에 기계를 가지고 와서 직접 나무를 잘랐어요. 시끄러우면 안 되니까, 선생님들이 출근하기 전에 아주 일찍 와서요. 이런 종류의 나무가 무겁고, 부피가 크잖아요. 이런 큰 책상들은 엘리베이터로 이동하기가 어렵고, 어디서 잘라 붙여서 들고 오기도 어렵고요. 그래서 나무를 배달시켜서 제가 여기서 다 잘라서 만들었죠.

뒤를 보는 마음

노지영 새벽부터 학교에서 목공을 하다니, 나에게 맞는 질감과 함께 살기 위해선 엄청 부지런해져야 하는 거군요. 참. 요즘 아침형 인간으로 사신다고 저에게 홍보해주셨는데요. 요즘은 주로 어떻게 시간을 쓰고 계신가요? 반복되는 것은 무엇이고, 어제와 다른 차이가 있는 것은 또 무엇일까요?

신용목 팬데믹 때문에 시간 쓰는 방식도 변한 것 같아요. 옛날에는 바깥에서 사람들 만나고 놀고 들어오면 12시가 넘는 경우도 허다했었죠. 지금은 집에 많이 있으니까요. 얼른 자고, 새벽 시간에 작업하는 게 의외로 집중이 잘 될 때가 있어요. 시라는 것이 다른 장르와는 조금 성격이 달라서, 순간의 집중력이 많이 필요하기도 하잖아요. 성실하게 앉아서만 해야 한다는 부담이 좀 덜한 장르이기도 하고요. 평소에는 카카오톡에 있는 '나와의 채팅'에라도 계속 메모를 합니다.

나의 끝, 연작

노지영 요즘은 저녁 시간, 누군가와의 교제의 시간으로 할당해두었던 시간이 아예 삭제된 느낌도 드는데요. 사람들과 종종 이야기해보면 그 시간을 고독이 발효되는 시간으로 받아들이는 분들도 있고, 이렇게 된 김에 선생님처럼 넷플릭스 몰아서 보는 분들도 있고(웃음), 그렇게 시간을 쓰는 과정에서 초조함을 느끼는 분도 있고, 또 홀로 시간을 쓰는 게 의외로 자신과 잘 맞는다는 걸 새롭게 발견하는 분도 있고, 뭐 다양한 것 같습니다. 제가 선생님을 많이 뵌 것은 아니지만, 선생님께서는 시간에 있어서는 늘 겸손하게 말하세요. 바쁘고 일정이 많은 것 같은데도, 늘 시간이 다 된다고 그러고, 요즘 백수로 지낸다고, 놀고 있으니 괜찮다고 말씀하실 때가 많아서 꽤 신기했는데요. 선생님처럼, 마음이 바쁘지 않게 살아가는 비결이라는 게 있을까요?

신용목 비결은 아니고요. 옛날에는 뭐든 잘하고 싶은 욕심이 컸었죠. 그런데 지금은 제 한계를 알아버린 거 같아요. 제가 할 수 있는 건 하고, 안 되는 것은 하지 말자, 이렇게 정리한 거죠. 이것이 나라면, 그냥 나를 보여주는 것이 시 쓰기지, 하고 생각하게 되었죠. 예전에는 외부에서 오는 스트레스가 굉장했던 것 같은데, 요즘은 그냥 나를 조금 더 정확하게 보는 것, 제대로 보는 것에 더 관심을 기울이고 있어요. 그러다보니까 그냥 뭔가 초조하거나 조급하거나 그런 마음이 많이 사라진 것 같아요. 물론 스트레스가 없을 순 없죠. 숙제를 끝내야 한다든가, 서류 같은 걸 처리해야 한다든가(웃음), 그런 것들을 제시간에 해야 할 때는 바쁜데, 그렇지 않고 제 본업이라고 해야 할까요. 문학, 글이라는 것을 대면했을 때, 그 초조함은 많이 사라진 것 같아요.

  노지영 언젠가부터 그런 마음의 변화가 있었던 것 같나요?

신용목 이게 꼭 좋은 것 같지만은 않은데요. 『나의 끝 거창』을 쓰면서부터 더 그렇게 된 것 같아요. 솔직히 말하면 그 책을 쓴다고 했을 때 주변에서 말렸었거든요. 옛날이야기를 쓰려다보니 옛날 방식을 따를 수밖에 없었던 것도 있었고, 그 시집은 『아무 날의 도시』까지 쌓아왔던 방식, 독자들이 응원하고 좋아했던 감각 같은 것들과는 다소 거리가 있었으니까요. 누가 읽겠냐, 우려 섞인 이야기들을 좀 들었어요. 그런데 그 책을 쓸 즈음에 제 주변에 계신 분들, 고등학교 때부터 저를 잘 알고 있고, 저와 같이 활동했던 분들이 좀 돌아가셨어요. 돌아가시는 모습을 보면서 그냥 '내가 왜 저걸 안 쓰고 이런 것을 써야 하지' 하는 생각이 들었고, 그때 제가 쓰고 싶은 글에 대한 생각이 강해졌던 것 같아요. 나라는 사람이 평생 글을 쓴다면, 내가 쓰고 싶은 글을 써야겠다, 결심했죠. 나머지는 운이 좋으면 따라올 것이고, 아니더라도 내가 글을 쓰는 것 자체가 중요하다, 그다음이 다른 이유들이다, 하는 생각을 하게 되었죠. 이제는 외부의 상황들로 조급해지지 않으려 해요. 어제 서울에서의 일정에서도, '시의 미래'에 대해 어떻게 생각하냐고, 그런 질문들을 받았는데요.

노지영 그런 질문들에 많이도 답하면서 살지 않으셨나요? 서정의 미래, 시의 미래 같은 질문들⋯⋯

신용목 많이 답해왔죠. 어제는 조금 뭉뚱그려서 이야기해도 괜찮은 자리였거든요. 어둡다, 밝다와 같이 이야기하는 것이 사실은 자본의 논리나, 시장의 논리나, 시적 작용의 논리를 가지고 이야기하는 거잖아요. 사회학적 측면에서 이야기하는 것이고요. 그러나 저는 왜 우리가 시를 쓰는지, 시가 왜 태어났고 존재하는지로 들어가면 그런 부분은 큰 문제가 되지 않는다고 생각해요. 그냥 인간이 있고, 삶이 있는 거잖아요. 백 년 뒤에도 사람이 산다면, 인간이 있고 삶이 쓴 시가 있겠죠. 시가 그렇게 있었으니까요. 미래에도 그렇겠죠.

노지영 그렇게 있었던 것을 믿으며, 시 작업을 꾸준히 지속해오셨어요. 2000년 〈작가세계〉로 작품활동을 시작한 이후, 2004년 『그 바람을 다 걸어야 한다』에서부터 2007년 『바람의 백만번째 어금니』, 2012년 『아무 날의 도시』, 2017년 『누군가가 누군가를 부르면 내가 돌아보았다』의 네 권의 시집을 출간하셨고요. 『나의 끝 거창』이라는 소시집도 있습니다. 나름 새로운 세기인 2000년, 21세기 밀레니얼을 열면서 작품을 시작한 이래, 20여 년의 시간이 흘렀어요. 생의 절반 정도를 시인으로 살아오셨는데요. 생애 주기 안에서 지금은 자신에게 어떤 시기라 명명할 수 있을 거 같으신지요?

신용목 그러고 보니 벌써 그렇게 되었네요. 사실은 제가 『아무 날의 도시』를 쓸 때부터 이번 시집이 마지막 시집일 수도 있겠다는 생각을 하면서 쓰기 시작했거든요. 첫번째, 두번째 시집은 계속 쫄아(?) 있다가, 세번째 시집을 낼 때는 그냥 능구렁이처럼 넘어가는 거 같았는데, 그게 좀 괴로웠어요. 제가 시인으로서 내 쓰임이나 역할이 다할 수도 있겠다는 생각을 하면서 그 뒤로 두 권의 시집을 냈던 것 같아요. 이제 곧 다음 시집이 나올 텐데요. 한 달 안에요. 이 시집이 마지막이라고 생각하면서 준비해요.

생각해보면, 저는 늘 끝에 계속 서 있는 느낌으로 살아온 거 같기도 해요. 늘 그런 마음을 가지면서 시집을 묶고, 정리를 계속하게 되는 거죠. 그렇지 않고 내가 앞으로 이런 것들을 쓰겠다, 저런 것들을 써나가야겠다, 계획하는 방식이 저는 시인으로서 가능할까 싶어요. 다른 뛰어난 시인들은 가능할지 모르겠지만, 저에게는 불가능한 것 같고요. 저는 그냥 그때그때 맞닥뜨린 것들 속에서 뭔가를 할 수밖에 없는 사람인 것 같아요. 오히려 어떤 단계를 생각하면 더 막막하고 안 보이는 느낌이거든요. 앞으로 제가 시를 쓰고, 또 어떻게 작업해야지 하는 생각은 제 머릿속에 들어 있지 않고요. 저는 지금 쓰고 있는 것, 제가 보고 있는 것, 그것이라도 제대로 쓰고 봤으면 좋겠어요. 그리고 그게 맞는 거 같고요.

노지영 선생님의 이야기를 들어보니 『나의 끝 거창』이란 책이 그냥 나온 제목이 아니군요(웃음). 선생님의 시집들은 어쩌면 '나의 끝 ○○'의 연작을 써 내려가는 것일 수도 있겠어요. '끝'의 감각, 끝에 서 있는 감각으로 오늘을 써나가기에 그다음이 새롭게 마련되는 것도 같고요. 그간 선생님이 출간하신 시집과 책들을 쭉 보면은요. 예전에는 어렵다는 말도 독자들에게 제법 들었을 거 같은데요. 최근 시집으로 올수록 점점 사람의 호흡을 존중해주는 방향으로 변해간다는 생각이 들었어요. 선생님의 시들이 짧지 않은 시들이 많은데도 말이죠. 『누군가가 누군가를 부르면 내가 돌아보았다』에서도 그런 느낌을 강하게 받았고요. 최근 시를 읽어갈수록 더 몰입감이 생기더라고요.

　　선생님의 『나의 끝 거창』이라는 소시집을 저는 도서관에서 처음 읽었어요. 그 한 권을 서가에 서서 꼼짝 안 하고 한숨에 읽은 기억이 있습니다. 현대문학의 핀 시리즈가 물론 다른 시집보다 얇기도 하지만, 선생님의 그 시집은 다른 시인들의 동일 시리즈보다는 제법 두께가 있는 편이잖아요. 그런데도 어떻게 이런 독서경험이 가능한 것인가, 삶의 리듬과 시의 리듬을 어떤 방식

으로 결합하기에 가능한 것인가 궁금하기도 합니다.

신용목 감사합니다. 『나의 끝 거창』이란 시집은 저에게는 굉장
히 특별한 시집이었고요. 그 시절에, 그 나이대에 느꼈던 것을 최
선을 다해서 써야지, 마음먹고 썼던 것들이에요. 그런 마음을 언
어로 옮긴 것은 『나의 끝 거창』이 처음이자 마지막이 되지 않을
까 하는 생각이 들어요. 평소에 시를 쓸 때는요. 어떤 사건, 어떤
순간 자체를 재현하려고 하는 것 같지는 않아요. 그것이 저에게
어떤 느낌을 줬다면 그 이미지를 언어로 옮기고, 그때부터는 그
언어화된 세계가 구조를 가지게끔 여기에서 또다른 구조를 만들
려고 애를 쓰죠. 그래서 이 구조와 이 구조는 서로 닮아 있으면서
도 전혀 다른 구조인 거죠. 시를 완성할 때는 이미지를 완성하는

것이고, 이미지를 구조화시키는 것으로 생각해서요.

그런데 최근의 시집에서 그렇게 느끼셨다면요. 이런 차이 때문인 거 같아요. 예전에는 제가 사건이나 사물이나 현상을 대할 때, 거기서 뿜어져나오는 이미지를 매우 거창한 데서 찾으려고 했던 것 같은데요. 뭐 심오하다면 심오하고, 특별하다면 특별한 어떤 의미를 찾으려고 한 거죠. 그런데 지금은 그렇지 않으려고 애를 써요. 아무렇지도 않은 일상들이 주는 느낌이나 감촉들을 편안하게 가져와서 이쪽으로 옮겨놓고 있어서 그렇지 않을까. 그러려고 조금 더 애를 쓰고요. 큰 것들, 깊이 있는 것들, 이런 것들을 통해서 뭔가를 하려는 게 아니라, 굉장히 작고 사소한 것들, 사물과 현상이 가지고 있는 날 것의 느낌들에서부터 출발하는 것이요. 하지만, 또 정작 시를 쓸 때는 그렇게 가벼워지지만은 않더라고요. 이것도 한계죠.

노지영 사소하고 일상적인 것들을 꼭 손에 쥐고 있다가 펴게 되면, 또 넓은 세계가 펼쳐지지 않을까 합니다. 그게 선생님 시의 넓이와 깊이로 다가오기도 하고요. 선생님의 시집을 보면요. 아버지에 관한 이야기가 종종 나와요. 시「게으른 시체」같은 시에 표현된 아버지를 보면서, 서사가 아닌 시 장르에서도 이런 특이한 아버지상이 출현할 수도 있구나, 하는 생각을 한 적이 있어요. '그날의 아버지'에 대한 세간의 시들을 엮어서 안희연 시인과 『당신은 우는 것 같다』 같은 산문집을 내기도 하셨는데요. 때로 아버지란 조상과 어떤 관계설정을 하는지가 작가의 문학 작품을 읽는 흥미로운 척도가 되기도 해요. 선생님의 아버지는 시인의 시에 어떤 영향을 미친 분인가요?

신용목 시에도 보이지만요. 아버지와 마찰이 매우 심했어요. 전통적 계보 속에서 나를 있게 하면서 나에게 한계까지도 준 분이 바로 아버지예요. 전 세대로서의 폭력성과 가족으로서의 폭력성이 결부되어서 모든 억압을 나에게 행사하는 사람이 가장 가까이에 있는 아버지라는 한 인간인 것이죠. 아버지라는 기표 자체가 인간의 어떤 면을 확인할 수 있는 존재인 거 같아요. 실은 제가 아버지와 우리 가족의 어른들을 다 미워했거든요. 형님들과도 성향이 달라 어울리기 힘들었고요. 제가 고등학교 시절에는 명절 때 식구들이 고향에 한 서른 명 정도 다 모이곤 했어요. 시골집이 작지 않음에도 서른 명 정도가 다 앉아 있을 수 없으니까, 아버지가 컨테이너 박스를 집 옆에 가져다놓았어요. 두 칸짜리였는데요.

어느 날, 저는 친지들과 어울리기 싫어서 박스 한 칸에 혼자 들어가 있었어요. 마침 다른 한 칸에 아버지와 삼촌들 세 명이 와서 두런두런 이야기를 하더라고요. 당시 아버지가 암을 앓고 있었거든요. 아버지 포함 삼 형제 중 둘이 암을 앓고, 그중 한 사람은 심한 고혈압 환자였죠. 이렇게 투병하는 세 분이 나누는 이야기가 컨테이너의 다른 칸에 누워 있는 저에게도 들리는 거예요. 아들 형제들이 모여 나이 든 어머니보다 먼저 이 세상을 떠날 수도 있다는 것을 아파하면서 이야기를 하고 계셨는데요. 제가 집안 어른들을 정말 싫어하고 있다고 생각했는데, 그 이야기를 엿들으면서 어느새 울고 있더라고요. 저에겐 그 모든 딜레마들을 한꺼번에 던져주는 존재가 바로 아버지였던 거 같아요. 보통 어머니에게는 애초부터 연민이랄지 사랑이랄지 이런 것들이 굉장히 투명한 방식으로 교차하잖아요. 아버지에게는 그런 감정교류가 안 되고 있는데도, 컨테이너 박스 벽 너머로 오가는 대화들 때문에 제가 옆에서 울고 있는 상황이 생기더라고요. 그 닫히고 허약한 벽 사이로 오가는 정서들, 그것이 상징적으로 아버지와 나와의 관계를 보여주지 않았을까. 저에게 아버지란 존재는 딜레마의 총체성 그 자체인 것 같아요.

노지영 저도 문화적 갈등이 심한 집안에서 성장해서요. 한국 사회에서의 가족사는 원초적 고난과 민족사의 은유라고 생각하면서 성장했었거든요(웃음). 제가 선택하지 않았음에도 저에게 일방적으로 던져진 모든 제도적, 관계적 모순들이 있고, 가족은 그것을 집중적으로, 가장 아프게 체험하는 최초의 질문이 되는 거 같아요.

신용목 그렇겠죠. 사랑도 그렇잖아요. 설명이 안 되니까 우리는 쓸 수밖에 없잖아요. 아버지와의 이상한 딜레마 때문에 저는 계속 고민하고 쓸 수밖에 없었던 것 같아요. 아직도 돌아가셨지만, 해결은 안 됐죠. 무려 떠나신 지 13년이 지났는데도요.

조폭과 시인

노지영 아버지에 대한 이야기도 그렇고요. 선생님의 시집을 통해 쓸쓸한 슬픔의 풍경을 발견하는 독자들이 많습니다. 반복되는 시어들의 효과 때문이기도 할 텐데요. 신과 관련한 시어들도 많이 보이고요, 어둠의 이미지를 환기하는 시어들도 많이 보여요. 시인으로서 시어를 배치하는 부분을 민감하게 신경 쓰실 거 같은데요. 그럼에도 자주 출몰하는 단어들이 있다면, 시인으로서 의식하고 쓰시는 건지요? 가장 많이 반복되는 단어가 무엇이라 생각하십니까?

신용목 저는 그런 부분을 특별히 의식하지는 않아요. 아마 시를 쓸 당시의 관심이 그렇게 드러났을 겁니다. 반복적으로 나타났을 것이고요. 일부러 그것을 삭제하려 하지도 않고 있어요.

노지영 무의식에게 모든 권한을 양도하시는 건가요?

신용목 그날, 그 나이대의, 그 순간에 뭐가 나에게 왔는지를 보여주는 거겠죠. 내 고민이 어느 지점에서 계속 이어지고 있고, 어느 지점에서 단절되고 있다는 걸 보여주는 게 중요하지 않을까. 두번째 시집에 이르기까지 아마 가장 많이 등장한 시어는 '바람'이겠죠. 그다음부터는 그냥 '나' 아닐까요? 세계가 보이지 않았을 때는, 그 세계가 가장 정확하게 투영되어 있는 장소가 '나'일 수도 있겠다는 생각이 들어요. 그런데 '나'라는 것이 명확하게, 굳건하게, 선명하게 그 자리에 있는 것이 아니니까요. 수많은 타자들은 물론 나 또한 늘 막을 가지고 떨리는 존재일 수밖에 없으니까, '나'라는 존재가 허상 같은 거, 잡히지 않는 것이기도 하니까요.

노지영 그런 '나'라는 존재를 시는 물론 산문이나 다른 형식으로도 종종 표현해주신 것 같아요. 예전에 『노작문학상 수상작품집』에 74년도 탄생부터 수상 시점까지의 매해의 기억들을 선생님 스스로가 세 줄 정도로 재치 있게 정리하신 약사를 아주 재미있게 읽은 적이 있습니다. 최근에 다시 읽어봐도 재밌더라고요. 초등학교 때였던가요. 은사님이 코스모스 꽃씨를 따던 선생님을 특별히 불러서 "용목아, 항상 약한 자의 편이 되어야 한다"고 말씀하셨다 하죠. 다른 대중강연 같은 자리에서도 그 에피소드를 반복해서 이 야기해주시는 걸 들었어요. 당시의 은사님의 눈에는 쌈 잘하고, 공부 잘하고, 패기만만하던 초딩이 특별히 우려되는 지점이 있었 던 것 같다고 말씀하신 바 있는데요. 혹여나 조폭(?)이 될까봐서 요. 물론 재밌으라고 한 말이기도 하지만, 어쩌면 "약한 자의 편이 되어야 한다"는 그 말은 선생님의 기억과 삶 속에 오래도록 되풀 이되고 있는 전언 같기도 합니다. 평생 내 안의 '조폭 되기'를 경 계하면서 우리는 살아야 할 텐데요. 약자를 위해 산다는 것, 약한 자의 편이 된다는 것은 시인에게 어떤 모습으로 가능할까요?

신용목 생각해보면 그때 선생님은 진짜 제가 조폭이 될까봐 그 렇게 말하신 것 같아요(웃음). 그냥 저는 운동을 잘하는 편이었 고요. 지금은 좀 작은 편이지만, 그 당시는 키와 덩치도 큰 편이 었어요. 그런데 질문하신 내용을 생각해보면요. 너무 자연스러운 게 아닌가 해요. 시인들은 다 약자 속으로 들어갈 수밖에 없지 않 나요? 다치고 버려진 자들 속으로 들어갈 수밖에 없지 않나 싶어 요. 기본적으로 글을 쓴다는 것은 여기에 있는 말들로 다 표현할 수밖에 없기 때문에, 저 말을 쓰는 것이고요. 또 여기에 있는 세 계가 전부가 아니기 때문에 저기의 세계를 그리는 거잖아요.

저는 그렇게 다른 세계를 바라보는 것이 무언가를 억압 하고 착취하는 세계일 거라 생각하지 않습니다. 조금 더 아름답 거나 조금 더 인간에게 다가가거나 조금 더 의미 있는 무언가, 조 금 더 다르게 바라보는 방식을 찾는 작업이 시를 쓰는 일이라면

요. 그 사람도 그렇게 살아야 하겠죠. 그것을 포기하면서 자기 문학을 추구한다면 그것이 온전한 작업일까요? 그건 아닐 거 같아요. 문학에서 추구하는 게 있다면, 삶에서도 그런 것이 인정되어야 하는 부분이 있겠죠. 그렇지 않다면 이 세계가 생각하는 구조나 시스템이나 글 속에서 군림하는 어떤 것들이 저쪽으로 가지 못하게 할 테니까요. 물론 그러려면 인간을 계속해서 바라봐야 하죠. 제가 종종 쓰는 표현이기도 한데요. 잘린 풀들이 풀들의 향기를 더 많이 갖고 있듯이, 다치고 부러지고 소외되고 그런 사람들이 인간의 향기를 더 많이 가질 수밖에 없을 겁니다.

노지영 인간은 나약하고 심약하고 취약한 세계에서 벗어날 수 없을 거 같은데요. 그 안에서 맡을 수밖에 없는 향기, 쓸 수밖에 없는 세계에 대해서도 말씀해주셨어요. 선생님의 산문집『우리는 이렇게 살겠지』는 이렇게 글로 쓸 뿐만 아니라 사진으로도 남길 수밖에 없는 이미지들을 기록해두기도 하셨는데요. 그 책은 선생님이 직접 찍은 사진과 산문이 병치되어 있는 사진 산문집의 형식을 띠고 있습니다. 선생님의 시의 연장이기도 하고 일종의 각주 역할을 해주는 산문들이 같이 실려 있어서 선생님의 시를 좋아하거나 어려워하는 독자들에게 매우 반가운 선물이었을 거 같아요. 이러한 산문들을 쓸 때와 시를 쓸 때, 선생님에게는 차이가 있나요? 마음이 어떻게 다른지 궁금해요.

신용목 그 책을 내고 나서, 시도 어려운데 산문도 어렵다고 욕을 많이 먹었죠(웃음). 아까 어떤 일상 속에서 체험을 하고 나서 그것을 시로 옮길 때, 느낌만 가져온다고 이야기한 바 있는데요. 그

체험의 순간을 잘 재현한 것이 산문이겠죠. 어떤 이론적인 설명 보다, 제가 생각하기에는 쓰고 난 후의 느낌이 더 중요한 거 같아 요. 쓰고 나서 이것이 신용목이라는 한 사람의 이야기구나 싶으 면 그것은 산문인 것 같고요. 제가 썼을지라도 완성 후에 이것이 내 것이 아닌 거 같다, 싶으면 시인 것 같고요. 제 체험에서 나가 서 그때의 느낌들만 만들어내는 것이 시가 되는 거죠. 이것 하나 가 다른 거 같아요.

노지영　시라는 것이 타자 감각을 더 주는군요.

신용목　그렇죠. 『우리는 이렇게 살겠지』란 책의 앞에도 썼지만, 그 책에 실린 산문들은 주로 시작 메모들이에요. 일상들을 메모 했던 것들인데, 거기에 살을 붙여서 순간들을 구체화하였죠.

노지영　그 책을 보면 시와 산문이 서로 연결되어 있고, 사진도 같이 병치되어 있는데, 각기 다른 장르들을 연결하면서 기분이 어떠셨어요? 그냥 술술 되던가요?

신용목　제가 많이 게을러서, 애초에 약속했던 것보다 2년이나 늦 게 나온 책이기도 한데요. 글을 쓰는 사람들은 다 그런 것을 느낄 거 같아요. 활자로 표현하는 한계, 정말 '그것'을 담고 싶은데 미 처 못 담는 거 있잖아요. 그 실재에 이르지 못하는 아쉬움이 커 요. 물론 사진이 그것을 완전히 극복해주는 건 아니지만요. 그래 이런 느낌이었어, 라는 감각을 또 선물할 수 있는 부분이 있죠. 그런 역할을 사진이 하기도 하고요. 또 여백이 하기도 하는 것 같아요. 말을 하다가 멈추는 순간에 나머지 의미들이 뛰어든 순간, 그 순간을 같이 만들어내는 게 사진이기도 하죠. 움직임이 아니라 정지시키는 것이 일종의 여백이라는 생각이 들었어요. 우리가 아까 차를 타고 송정역에서 연구실까지 왔잖아요. 차의 속도계를 보면서 이곳까지 왔는데요. 그 모든 속도를 한꺼번에 보여주는 속도계와 같은 느낌을 사진과 여백과 짧은 문장들의 조합이 만들어내는 듯도 해요. 한순간, 내가 걸어오고 달려왔던 모든 순간의 속도를 한 번에 보여주는 속도계를 그려내고 싶죠. 그런 경이로운 느낌들을 제가 늘 동경하는 것 같아요.

노지영 읽기 과정, 독서행위의 과정을 생각해보면요. 선생님의 사진을 먼저 보고 나서 시를 볼 때와 시를 보고 나서 사진을 볼 때 재생되는 느낌이 서로 다르더라고요. 사진을 잘 찍으셔서 그런 것 같기도 하고요. 독자들이 시에 다가갈 수 있는 경로를 다양하게 열어두는 작업이어서 저는 참 좋았어요. 그 산문집의 책날개에는 이런 인상적인 구절이 있더라고요. "나는 글보다 사람이 더 소중하다고 믿는다. 글은 동시에 수많은 사람을 만날 수 있지만, 사람은 한 번에 한정된 사람만 만날 수 있으니까. 오로지 그 사람만으로 오롯이 거기 있"기 때문에 글보다 사람이 소중하다, 그렇게 이야기한 구절이 있던데요. 아직도 그 마음은 동일한가요? 왔다갔다하진 않나요?

신용목 아니요. 전혀 왔다갔다하지 않습니다.

노지영 어떤 시인들은 사람, 관계 다 필요 없고, 내 인생에 평생

남을 시 한 편만 쓸 수 있다면 모든 걸 포기할 수 있다, 이렇게 말하는 분도 있잖아요.

신용목 끔찍한 사람들이죠. 우리가 인간이고, 또 인간이기 때문에 쓰는 건데요. 인간을 착취하면서 뭔가를 이룰 수 있을까요? 저는 〈서편제〉 같은 영화는 너무 폭력적인 영화 같아요. 삶을 훼손하는 예술, 삶보다 위대한 예술이란 건 허구 같고요. 오히려 그것이 파시즘이 아닐까 싶어요. 파시즘을 너무 쉽게 연결하는 것에 대해 조심스럽긴 하지만요. 저는 학생들에게도 말해요. 자기가 할 수 있는 데까지 하고, 안 되는 걸 억지로 자기를 해치면서까지 하지는 말라고요. 물론 학생들에게 무진장 열심히 써야 해, 그런 말을 하기도 하지만요. 건강하게 제 앞에서 밥 먹고 술 마시는 게 더 중요하지, 골골대면서 시 한 편 잘 쓰는 걸 원하지 않아요. 시를 쓰는 순간에만 시인인 것이지, 술 마시면 술꾼이고, 아르바이트하면 생활인이잖아요. 그렇게 다중인격체로 사는 것도 나쁘지 않아요.

슬픔의 등본

노지영 사람들에게는 시인이라는 존재가 뭔가 치명적인 아픔을 겪거나 기인적인 자질이 있는 사람이라는 통념이 있죠. 그런데 선생님을 뵈면 멀쩡하고(?) 원만한 사회생활을 하는 사람이 예의도 바르고, 시도 잘 쓴다는 생각이 들기도 하는데요. 요새 원만하고, 똑똑하고, 게다가 겸손한 사람들이 시를 잘 쓰는 시대인 거 같아 좀 심심하다고 생각하는 사람들도 있을 것 같아요. 선생님은 자기 자신을 어떤 부류의 사람이라고 지각하면서 시를 쓰시는지요?

신용목 방금 말씀해주셨잖아요.

노지영 아. 멀쩡하고 원만한 사람이요? 그런 타인의 시선 말고, 자가진단하기에는요?

신용목 저도 농담 삼아서, 내가 시인들 중에 제일 멀쩡해, 제일 평범해, 그렇게 이야기하는데요. 주변 사람들이 아니래요. 정말 이상한 사람이래요. 저보고 왜 이상한 사람이라 그러는지 이해는 안 되는데요. 저는 정말 노멀하고, 평범하게 사는 사람인 거 같아요. 그냥 술 좀 좋아하고, 사람 좀 좋아하고요.

노지영 제가 선생님을 멀리서도 뵈었지만, 처음 유심히 바라본 게 서울광장에서 6·10합창단 같은 거 참여할 때였던 거 같아요. 선생님이 친구들과 어울려 서울광장 잔디밭에 앉아 있는 거예요. 젊은(?) 시인들 중에도 이런 거에 관심 가지면서 늦은 시간까지 자리 지키는 사람이 있구나, 생각했었어요. 그리고 얼마 있다가 다시 뵈었는데요. 제 지인 부부가 시민청에서 결혼식을 했었거든요. 제가 마침 사회를 봐서, 그때 만난 하객들과 같이 날도 좋고 해서 경복궁 나들이를 했었어요. 그런데 또 그 궁궐에서 선생님이 친구들과 떼를 지어서 놀고 있는 거예요. 저희 그룹도 머릿수가 꽤 되었는데, 선생님 쪽 세도 만만치 않더라고요. 엄청 친화적인 분이구나, 시를 보면 완전 고독하게 있는 상태를 즐길 줄 알았는데, 의외다 생각했었죠.

신용목 전 이중인격인가봐요(웃음). 글을 쓰거나 작업을 할 땐 말 걸면 안 되고, 과도하게 예민해질 때가 있는데, 그때는 제가 생각해도 가까운 이들에게 못되게 굴 때가 있죠. 그렇지 않고 밖에 나왔을 때는 사람 좋아하고, 사람 좋다 하는 말들도 제법 들어요. 그 두 가지 모습을 다 보는 가족들은 정말 싫어하겠죠. 뭐야, 하면서 이중인격이라고 생각할 거 같기도 하고요.

노지영 분열된 나라는 존재를 제일 가까이서 목격하는 게 가족이니까요. 그런 나에 대한 속성들을 바라보면서 또 시가 실감을 찾는 게 아닌가 합니다. 모 문화재단에선가 선생님이 강연하는 영상을 봤는데요. 젊은 학생들에게 좋아하는 시를 물어보면 윤동주를 말하는 경우가 많다, 자화상같이 자전적 시를 잘 쓰기 때문이다, 뭐 이런 식의 말씀을 하셨던 것으로 기억합니다. 그렇다면 선생님의 시에서 선생님의 자전적 서사, 선생님의 자화상을 가장 잘 드러내주었다 싶은 시가 있을까요?

신용목 생각해보면 저는 대체로 그런 시들을 쓰고 있는 것 같기도 한데요. 아무래도 첫 시집의 첫 시가 대표적이겠죠.「갈대 등본」같은 시. 그 시가 아버지와의 갈등, 어렸을 때의 방황했던 순간들에 대한 이야기들이 나오니까요.

노지영 시집의 표제 구절이 나왔던 시, "아버지의 뼈 속에는 바람이 있다/ 나는 그 바람을 다 걸어야 한다" 그 시 말씀이시죠. 아무래도 '등본'이 서류다보니, 자전적 서사면에서는 그 '서류'를 압도할 수 있는 시가 저도 잘 안 떠오르네요(웃음). 그 시 이후에도

자신의 자화상을 계속 그려나가고 있으신데요. 이제 시인이면서 직업 선생님으로의 삶을 선택하셨습니다. 시를 쓰고, 동시에 가르친다는 것은 시인으로서 경계해야 할 점들을 지속적으로 생각하게 할 것 같은데요. 시는 생활이기도 하지만, 또 시를 가르치면서 시가 안 좋아졌다는 이야기를 듣는 시인이 있는 게 현실이기도 해요. 시인으로서 시를 가르치는 것의 유해함이 있을까요?

신용목 간혹 시를 가르치면서 시가 안 좋아지는 분들은 정말 열심히 가르치는 분들이 아닐까요? 저는 학생들에게 지금 배우는 입장이기 때문에, 딱히 유해함이 있다고 생각하지는 않아요. 만약 유해함이라는 게 있다면, 제가 그동안 알아온 것들을 그저 사용하는 것에 그칠까봐, 혹여나 가르치는 과정을 제가 기계적으로 받아들이는 부분이 있을까봐, 그게 조금 걱정이 되죠. 예전보다 그렇게 되기 쉬운 조건이니까요. 사실은요. 학교에 오기 전에 시집을 더 많이 읽기는 했어요. 지금은 다른 일들을 병행해야 하니까 독서량이 예전만 못해요. 그러한 상황이 안 좋은 건지도 자각하지 못한 채 편리함과 익숙함 속에 머무는 것, 제 아는 지식을 돌려쓰는 형태로 사는 것을 제일 경계해야 할 겁니다. 물론 제가 게을러지고 관성화되지 않게 지금은 저의 학생들이 잘 도와주고 있지만요. 저는 학생들이 그냥 친구들, 스승님들 같아요. 다른 사람들에게는 눈치를 안 보는데, 학생들에게는 눈치가 보이죠.

노지영 제가 선생님의 시 중에 「공동체」라는 시를 참 좋아하는데요. 네번째 시집, 『누군가가 누군가를 부르면 내가 돌아보았다』에 실린 시요. 제법 긴 시임에도, 낭독할 때에 그 진가가 드러나는 시라 생각했었습니다. "바닥에서 씻기는 꽃잎처럼 그러나 당신의 구두에 붙어 몇 발짝을 옮겨가"면서 우리는 함께 어딘가를 가고 있는 무리들을 평생 떠올릴 텐데요. 선생님에게 공동체라는 것은 어떤 의미일까요? 어떤 공동체가 선생님의 인생에 도래했으면 하시는지요?

신용목 공동체란 말이 굉장히 아름다운 말이면서, 굉장히 위험한 말이잖아요. 왜냐면 그 바깥에 있는 자를 배제하는 듯한 느낌을 줄 수 있으니까요. 하지만 문학에서 이야기하는 공동체는 그런 공동체는 아닌 거 같아요. 예컨대 국민이라는 테두리에 갇혀서 국민적 공동체가 되는 것은 공동체의 외부를 만드는데요. 국민이 있으면 난민이 있을 것이고, 제가 남성이라면 여성이나 소수자가 있을 거 아니에요. 그들의 고통과 제 삶 속의 고통이 연결

될 수 있었으면 좋겠어요. 감각이란 생각이 다른 존재들을 연대하게 하는 힘이니까요.

　가령 우리가 북한을 만날 때, '문학'이 먼저 만나야 한다, 뭐 그런 식의 이야기를 하곤 하는데요. 저는 그런 이야기가 그냥 하는 말이 아니라 생각해요. 생각은 달라도 인간들의 감각은 같으니까요. 느끼는 거, 꼬집으면 아픈 감각, 거기에서 출발할 수 있을 거라 생각해요. 물론 사회학적으로 고통이란 연대할 수 없는 거라 하잖아요. 하지만 문학적으로, 미학적으로는 서로가 연대할 수 있다고 믿고 싶고, 또 그렇게 고집부리고 싶어요. 관념은 전달이 안 되지만, 만져지는 촉감, 포옹했을 때의 체온, 이런 것들은 물질로서 전달되는 거잖아요. 그런 물질적 전도가 가능한 육체끼리의 공동체, 그것을 저는 공동체로 상정하고 있습니다.

노지영 선생님 말처럼, '우리주의'에 갇히는 것을 경계하면서, 통각을 함께 느끼는 상호주관적인 존재들을 문학이 잘 발견해낼 수 있다면 좋겠네요. 그런 영역이야말로 굉장한 미지의 세계겠죠. 그렇게 도래할 공동체와의 물질적, 감각적 전도를 위해 선생님은 어떻게 살아가려고 마음먹으셨는지 궁금하기도 한데요. 계획적이고 체계적으로 시를 써나가시는 분은 아니라 하셨지만, 그럼에도 시인으로서 앞으로의 계획이나 다짐이 있다면요?

신용목 특별한 건 아니고요. 그냥 제가 뭘 깨닫거나 알지 않았으면 좋겠어요. 계속 모르는 상태로 헤매면서, 실수하고 방황하면서요. 실수한다는 게 누군가를 억압하고, 착취하고, 고통을 주며 괴롭히는 게 아닌 한에서겠죠. 시라는 것을 쓰는 과정에서 알아버려서, 노하우가 생겨버려서, 관성이 생겨버려서 기존의 틀을 답습하는 것을 피하고 싶어요. 제가 아는 게 전부가 아니라는 실감을 제가 한시도 놓치지 않았으면 좋겠어요. 나, 다 알고 있어, 특히 가정에서 아버지들이 가족들에게 그렇게 말하잖아요. 어떤 곳에서도 제가 그러지 않았으면 좋겠어요. 제가 쓰고 싶고, 쓸 수 있는 것을 쓸 수 있는 용기가 제 안에 있었으면 좋겠어요. 어떤 다른 것들에 휘둘리거나 다른 조건에 맞춰지는 것이 아니라, 정말 제가 쓰고 싶고, 쓸 수밖에 없고, 써야 하는 시들을 꿋꿋이 써나갈 수 있으면 좋겠다는 마음이요.

노지영 다음 시집에 그런 마음이 잘 반영되어 있나요?

신용목 다음 시집은 팬데믹 시집이라서요. 집에 혼자 있는 이야기들을 썼어요. 거창한 저것이 있는 게 아니라 그냥 '여기 있는' 제 이야기를 담았어요. 제목이 좀 길어요.『비에 도착하는 사람들은 모두 제시간에 온다』라는 제목으로 문학동네에서 출간할 예정이에요.

노지영 다음 시집이 독자들을 만나기 직전, '제시간'에 저희가 선생님과 이야기하게 되어 기쁩니다. 이제 대화를 좀 정리하고자 하는데요. '시인과의 대화'를 진행하면서 시인분들에게 공통 질문을 하나 드리고 있습니다. 다소 진지한 질문인데요. 오늘날 우리가 추구해야 하는 시학이라는 것이 어떤 게 있을까요? 선생님께서 소중하게 여기고 있는 시의 원리가 있다면 말씀 부탁드립니다.

신용목 질문을 받으니 머릿속이 하얘졌네요. 시의 원리까지는 아니지만요. 그냥 쓰는 것, 쓴다는 행위, 그리고 쓰는 자, 그것 이외의 다른 모든 것들을 뒤로 물리는 것이 저는 중요하다 생각해요. 다른 의미를 두지 말고 그냥 어떤 순간을 언어로 옮기는 것이 저에게는 시죠. 저는 세상의 언어가 다 타버린 다음에도 출렁이고 있는 바다 같은 게 있다면 그것이 시라고 생각하는데요. 어떤 슬픔이나 고통이 있다고 할 때, 제가 그 슬픔과 고통을 쓰는 게 아니라, 시가 그것을 저에게 허락하는 거 같다고 느끼거든요. 시는 그렇게 출렁여도 된다고 허락하는 존재죠. 사실 이 세상은 그러지 말라고 하잖아요. 그냥 모든 슬픔을 원인과 결과 속에 집어넣고 해명하려 하니까요. 그러나 우리는 원인과 결과 이전에 슬플 수 있는 존재고, 슬픔은 그 순간 자체가 절대적일 수 있습니다. 그런 슬픔을 허락하는 것, 저는 그것이 바로 시라고 생각해요.

*

남도 쪽에 다른 일정이 있어, 시인이 추천해준 양림동의 게스트하우스에서 하루를 묵게 되었다. 광주에 하루 더 머물기로 한 것은 들르고 싶은 곳이 있었기 때문이었다. 어떤 글에서 전일빌딩에 대해 쓴 적이 있는데, 직접 보지 않고 기사를 참고해서 쓴 것이 못내 맘에 걸렸다. 245개의 총탄이 스쳐갔으나, 이제는 생활문화시설로 사랑받고 있다는 전일빌딩을 직접 가보고 싶었다.

마침 시인은 전일빌딩에서 일반인들을 대상으로 자서전 쓰기 수업을 하고 있었다. 오늘이 수업 마지막 날이라 학생들에게 인사를 하러 갈 거라 했고, 덕분에 전일빌딩을 포함해 사적지가 된 금남로 일대를 같이 둘러보며, 못다 한 이야기들을 좀더 나누게 되었다.

기사에서 본 대로 전일빌딩 9층과 10층의 벽과 바닥에는 계엄군의 헬기 사격을 증언하며 여러 각도의 총탄 자국들이 흩어져 있었다. 관람객들의 발자국이 바닥을 훼손하지 않도록, 바닥의 탄흔 위에는 특별히 거대한 유리관이 덮여져 있었다. 유리관으로 만들어진 관람로를 따라 걸어가면서, 나는 내 발자국이 완전히 가닿을 수 없는 바닥을 내려다보았다. 탄흔이 새겨진 바닥과 차단된 유리관길 사이의 붕 뜬 거리를 바라보았다.

탄흔 245개가 발견되었다 하여 '전일빌딩245'라는 이름으로 불리고 있지만, 전시실에는 헬기 사격을 부인하는 계엄군과의 소송 중에 탄흔 25개가 추가로 발견되었다고 기록되어 있다. 그렇게 이름이 되지 못한 탄흔들이 이 도시의 어딘가에는 여전히 숨어 있을 것이다. 이제 거대한 문화시설이 된 이곳은 관람객들이 무심히 지나치지 못하도록, 탄흔마다 일일이 동그란 스티커를 붙여두고 있지만, 여기 금남로 1가 1번지를 벗어난 세상의 골목골목에도 저런 동그라미 표식을 붙여두지 못한 말 못 할 탄흔들이 즐비할지 모른다.

시인은 저 많은 '동그라미'들을 보면서, 저 동그라미 밖에 있는 어둠들을 다시 떠올리고 말 것이다. 그의 시 「후라시」에서처럼, 색색의 스티커와 오늘날의 '후라시' 불빛이 만들어낸 저 동그라미 바깥을 하염없이 걸어갈 것이다. '깨진 얼굴'이 "깨뜨릴 수 있는 동그라미"에 대해 생각하면서, 시인이란 또 그렇게 살겠지, 출렁이겠지.

시인과의 대화 4
집으로 가는 길 김해자

1998년 〈내일을여는작가〉로 등단하며 작품활동을 시작했다. 시집
『무화과는 없다』『축제』『집에 가자』『해자네 점집』『해피랜드』가
있고, 민중 구술집『당신을 사랑합니다』와 산문집『내가 만난
사람은 모두 다 이상했다』『위대한 일들이 지나가고 있습니다』
『시의 눈, 벌레의 눈』등을 펴냈다. 전태일문학상, 백석문학상,
이육사시문학상, 아름다운작가상, 만해문학상, 구상문학상,
허난설헌시문학상 등을 수상했다.

시간   2021년 11월 8일(목) 오후 12시
장소   김해자 시인 자택

비대면 시대가 지속되면서, 화상 모임을 선호하지 않는 김해자 시인을 직접 대면할 기회가 많지 않았다. '시인과의 대화'를 핑계 삼아 시인의 얼굴을 보고 싶었지만, 다른 때와 달리 만나는 일이 순탄하지가 않았다. 한번은 시인의 신체적 컨디션이 좋지 않았고, 한번은 나의 일정이 꼬여서 시인에게 양해를 구해야 했다. 또 한번은 내 신체적 컨디션이 말도 못 하게 형편없었다. 어쩌다보니 만나기로 한 약속을 세 번이나 연기한 상태였다. 아마도 다른 시인이었다면 어떻게든 시간을 조정해서 강행했을 텐데, 그녀는 거듭되는 결례에도 불편한 기색 하나 없이 너무 애쓰지 말라고 다독여주었다. 여차하면 자신이 서울로 가면 되는 것이라며, 쉬러 오고 싶을 때 부담 없이 집으로 놀러 오라는 것이었다.

원고 마감이 임박하여 다시 일정을 잡았다. 『아파도 미안하지 않습니다』라는 책에서 이야기하듯, 내 저질 체력 때문에 상대에게 미안해하지 말아야지 결심한 바 있었지만, 그런데도 누군가를 만나는 과정은 미안함의 연속이었다. 여전히 컨디션은 회복되지 않아, 계획된 일정들이 버거웠다. 어떤 심포지엄에서 내가 왜 몸이 아프게 되었는지를 고백하는 기이한 형식의 발제를 한 후, 나는 심리적인 후폭풍을 앓고 있었다. 바닥에 가라앉았던 기억들을 언어화하는 과정에서 마음이 흙탕물이 되었다. 병원을 들락거려보았지만 컨디션은 쉬이 좋아지지 않았다. 더는 일정을 미룰 수 없어 만나기로 약속한 날에 일찌감치 집에서 나왔지만, 딴생각에 빠져서 천안행 급행 지하철을 눈앞에서 지나치고 말았다.

민감해서 더욱 아프던 여성들은 오늘날의 세상을 어떤 모습으로 살아가고 있을까. 질병서사가 창궐하는 시대에, 여성의 삶을 먼저 통과했던 세상의 선배들은 어떻게 살아가고 있는지 궁금했다. 대학이나 문화기관에 한발 걸치며 도심에서 살아가는 여성시인들은 그나마 안부를 물을 기회가 있었지만, 주머니를 털어 타인에게 선물하느라 가진 게 언어밖에 안 남은 가난한 여성시인들은 더욱 외곽으로 숨어버린 것 같다. 돌봐야 할 존재는 많지만, 돌봐주는 사람이 없는 여성시인들은 이 기복 심한 시절에 어디에 기대면서 살아가고 있을까. 다들 무사한 것일까.

가방에 넣어둔 시집을 꺼내 보았다. 시인이 쓴 책 중에 시인의 친필 사인이 없는 유일한 시집을 무심히 집어온 것이었는데, 마침 시집 표지에 인쇄된 표제가 눈에 들어온다. 흰 바탕에 군더더기 하나 없이 선명히 텍스트만 인쇄된, 검박한 디자인의 시집 표지가 새삼 미덥다. 거기엔 "집에 가자", 집에 가자고 쓰여 있다. 정처 없이 떠도는 마음에 한 시집의 제목이 묵직하게 말을 걸어온다.

그래, 집에 가자. 시인의 집에 가보자. 지혜롭게 나이를 먹어가는 여성을 만난다면, 오늘의 마음이 괜찮아질지도 모른다. 시를 쓰면서도 마음이 건강할 수 있는 여성을 만난다면, 이런 번민의 마음도 잠시 쉴 수 있을지 모른다.

떠돌이 시인의 정주서원

노지영 선생님. 안녕하세요. 그동안 잘 지내셨는지요?

김해자 네. 개인적으로 제 사적인 생활을 어디에 노출하는 걸 좋아하지는 않는데요. 지영 씨가 단풍 구경을 못 했다고 해서, 이런 방식으로 만나게 되었습니다. 오늘은 그래서 그냥 지영 씨에게

제 시에 등장하는 이름들의 실물들을 보여주고 싶었어요. 광덕사 호두나무랑 느티나무도 보여주고 싶었고요. 500살이란 게 무엇일까 함께 느껴보고 싶었죠. 기왕이면 산책하면서 대화하고 싶었어요. 저는 발로 생각하는 사람 같거든요. 걸을 때 생각이 잘 나고 아이디어도 잘 떠오릅니다.

노지영 어쩌다보니 여성시인 분을 모시는 게 이번이 처음이더라고요. 코로나가 장기화되면서 여성들의 삶이 정말 고단해졌잖아요. 대학이나 문화공간에 적을 두고 있지 않은 여성시인들의 삶은 어떨까 싶었어요. 거리두기로 인해 창작 시간이 늘어난 사람도 있고, 그림자 노동이 늘어난 분들도 있고, 뭐 다양한 모습일 거 같은데요. 비대면 시대를 보내는 선생님의 시간은 어떻게 편성되어 있을까 궁금했습니다.

김해자 여성들이 비대면 시대에 좀더 많이 힘들 겁니다. 일도 하면서 식구들 밥을 챙겨 먹이는 일을 담당해온 사람들이 많은데, 이게 보통 일이 아니잖아요. 애들과 환자가 있는 집은 음식 준비하고 만들고 치우고 만들고 하다보면 금세 밤이 되어 있을 거예요. 우리가 이만큼 살게 되었다 말하기도 하지만, 들여다보면 여성들의 일상은 많이 달라지지 않은 거 같아요. 의미 있게 생각하거나 가치를 부여해주지 않는 그림자노동이라는 게 몇천 년간 이어져왔는데 쉽게 바뀌겠어요. 저도 일어나기 무섭게 후다닥 뛰어나가고 밤에 들어와 빨래하고 식구들 된장국 끓이고 하면서 삼사십대를 살았는데요. 지금의 여성들도 큰 차이가 없이 사는 경우가 많아요. 우리 딸이 커서 그러더라고요. 아침에 가스레인지 위에 놓인 찌개를 보면 여전히 따뜻할 때도 많았다고, 그래서 엄마가 오늘도 새벽에 들어왔나보다 했다고요.

여기 시골에 와서 달라진 것은 아침형 인간이 되었다는 것 정도예요. 아침에 일어나면 바로 텃밭으로 가고 싶지요. 새소리도 듣고 밤새 자란 작물들, 풀들, 나무들도 봅니다. 산도 우러러보고요. 그러다가 보이는 대로 한 줄 끄적이는데요. 그게 하루 화두가 되기도 하고 시의 일부가 되기도 하죠. 바람만 쐬려고 나왔다가 못 참고 준비도 없이 손으로 풀을 뽑는다거나 호미를 들게될 때도 많습니다. 덕분에 모기도 많이 물리고요. 그런데 그 좋은 시간이 저에게는 글 쓸 수 있는 거의 유일한 시간대이기도 해요. 이른 아침을 놓치고 나면 내 일정대로 맞추어 글을 쓰기가 어렵거든요. 그래서 아침 일찍 일어나자마자 들기름 두 숟갈 먹고 한

두 시간이라도 책상에 앉아 있으려 노력합니다. 밭에서 일하고, 동네 언니들과 대화하고 나면 에너지를 많이 쓰게 되니까 체력적으로 힘들어서 이후엔 또 쉬어줘야 하거든요. 일상생활로 들어가서 그때그때의 역할을 하다보면 글쓰기에 집중한다는 것이 쉽지 않죠. 그래서 이러한 조건의 다른 여성작가들은 밥 주고 재워주는 '문학의집'들을 유랑하게 되는 거 같습니다.

노지영 코로나 이후에 레지던스 같은 창작공간이 여성작가들에게 더욱 절실하다는 생각이 듭니다. 지금 이야기를 나누는 이 손님용 방도 문인들의 사랑방이자 여성들의 '문학의집' 같은 공간을 생각하며 만드셨다 들었어요. 저도 다음에 놀러 올 땐 꼭 자고 갈게요(웃음). 오늘 선생님 집 구경을 처음 했는데요. 아까 선생

님 집 마당으로 들어오면서 항아리 단지에 퇴비를 발효시키는 것
도 보았고, 베란다의 햇볕에서 저렇게 싱싱하게 자라는 상추들도
보았어요. 또 선생님의 서재에서는 기후위기 시대를 자기 체온으
로 견디어나가게 하는 더 작은 집이죠. 자그마한 텐트도 보았고
요. 선생님이야말로 여성시인으로서 이곳저곳 유랑하시다가, 이
제는 선생님만의 삶의 방식으로 하나의 공간에 정주해가신다는
느낌을 받았습니다.

김해자 지영 씨의 이야기를 들으니 이반 일리치가 말한 '정주'라
는 개념이 지금의 저를 설명하는 단어가 될 수 있는 것 같습니다.
제가 집을 고치고 있다고 하면 누군가는 배부른 소리 하고 있네,
생각하는 사람도 있을지 모르겠는데요. 실은 저에게 그동안 집이

란 공간은 항상 쫓겨 다니고 임시로 머무는 공간이었어요. 더 솔
직히 말하자면 안 쫓겨날 수 있는 집은 저에게 여기가 처음이에
요. 살면서 굉장히 많이 떠돌았었죠.

노지영　그렇게 평생을 떠도셨기 때문에 지금의 소박한 거처는
선생님께 더욱 각별한 장소일 거 같습니다. 제가 예전에 선생님
의 시집 해설을 쓰면서 '정주서원의 시'라는 표현을 쓴 적이 있
는데요. 구체적인 장소에 뿌리내리며 자연의 질서를 발견하고
자 하는 선생님의 자세를 보며, 그 어떤 수도자들의 '정주(定住,
stabilitas)서원'을 떠올렸던 거 같아요. 정주서원이란 죽을 때까지
하나의 수도원에 뿌리내리며 그곳을 지키겠다고 서원하는 수도
자들의 공적인 약속을 말하는데요. 더 나은 곳으로 떠나려는 허

황된 자기 욕망을 내려놓고, 하나의 거처에 소박하게 정주하면서 이웃과 사물을 구체적으로 만나겠다고 선언하는 태도를 말하죠. 오늘날은 그러한 태도에서 우리 인간들이 참 많이도 멀어졌다는 생각을 하는데요. 선생님의 시를 읽으며, 한 시인이 특정한 자연에 정주하면서 만드는 질문들을 엿보고 싶었어요.

김해자 제가 생각해도 그간 너무 오래 떠돌이로 살았습니다. 인생을 단순하게 압축하니 50년 정도를 떠돌았구나 싶네요. 누군가는 더 나은 미래를 찾아서 떠돌기도 했겠지만, 저는 어디론가 도피하면서 살아왔었죠. 자발적 도피라기보다 정말 쫓겨 다니며 살았단 표현이 정확한 듯합니다. 언젠가 제가 몸을 누였던 방들을 세본 적이 있는데요. 스무 군덴가를 세다 말고 소주를 마셨습니다. 목포에서 와서 학교는 서울의 언니 집에서 다녔고, 인천에 내려간 이후에는 자취방을 포함해서 20년간을 엄청나게 떠돌아다녔죠.

노지영 인천에서 노동자분들과 오래 활동하셨죠.

김해자 이런 이야기를 해도 될지 모르겠지만 그때는 사고가 많이 나던 때였어요. 86~87년만 해도 많이 그랬거든요. 당시 살던 자취방에서는 보안상의 문제로 집을 버리고 못 들어가게 되는 상황이 흔했습니다. 인천 자취방만 해도 효성동, 청천동, 갈산동, 삼산동, 가정동, 주안 언덕배기, 학익동, 송림동, 송현동, 신현동, 병방동, 다시 청천동, 다시 주안…… 거기서만 옮겨 다닌 곳이 열 군데 정도 되더군요. 거의 다 쪽방이었습니다. 이후에 딸이 전주로 학교를 가게 되었는데요. 처음엔 딸 혼자 하숙집에 살게 했었는데, 생각해보니 내가 무슨 위대한 일을 서울에서 한다고 하나 있는 애를 저 조그만 방에 맡기고 사나 하는 생각이 들더라고요. 당시는 서울 생활과 조직 생활에 찌든 것도 있었을 겁니다.

일은 많은데 생활은 계속 어렵고 마음이 많이 지쳤죠. 관계에서 오는 힘듦이 반복되고 있었어요. 전주에 내려와서는 오수연 소설가 등과 이웃하면서 한동안 잘 지냈는데요. 거기서 집을 이쁘게 꾸미고 살고 있었는데, 집주인에게 일방적으로 쫓겨났죠. 법적으로 따지면 이길 수 있는 상황이었지만 사람을 어떻게 이런 식으로 취급하나 싶어서 그 지역을 빨리 떠나고 싶은 마음이 들었어요. 그래서 빵 배달하는 후배에게 부탁해서 배달하러 다니다 허름한 농촌의 슬래브집 보게 되면 소개해달라고 부탁했었죠. 그 후배의 도움으로 기이하게 돌아 돌아서 지금은 여기 천안의 변방에 와 있네요. 저는 이런 게 운명이라고 생각해요. 그래도 이 지역에서는 6년 반이나 살았으니까 제 인생에서는 가장 오래 산 지역이네요.

노지영 아까 차 타고 올라오는 길에 알려주셨던 그 슬래브집에서 그렇게 오래 사셨던 거죠. 지금 사시는 집은 그 집을 지나서 좁은 길로 한참 더 올라와야 하더라고요. 올라오는 수고를 통해 살아갈 터전이 생기는 건가 싶기도 해요.

김해자 네. 저 밑에 보이는 슬래브집에서 6년 정도를 살았어요. 등단하고도 한동안 활동을 안 하고 떠돌았는데요. 여기 마을에 와서야 본격적으로 시를 쓰기 시작했던 것 같아요. 2015년에 이

지역에 처음 이삿짐을 풀면서부터 이상하게 시구절이 생각나더라고요. 그때부터 한 줄씩 시를 쓰기 시작했죠. 그 이후엔 신기하게도 하루에 서너 편씩 시가 써졌어요. 몇 달 만에『집에 가자』의 후반부를 썼고, 바로 출간했죠. 그러고서『해자네 점집』『해피랜드』는 물론『시의 눈, 벌레의 눈』까지 연이어 출간했어요.

노지영 선생님의 주요 작업들이 다 이 지역에서 비롯된 거네요.

김해자 네. 어쩌면 저는 이 광덕산의 슬래브집에 와서 시인이 된 거예요. 이 동네가 나에겐 어마어마하게 광덕(廣德)한 공간이죠. 그 집을 통해서 공동체라는 것의 힘을 처음 느끼게 되었고요. 지난번에 살던 슬래브집은 그렇게나 소중한 집이었는데, 또다시 쫓겨날 상황이 되었어요. 시골 마을에서는 자식들의 요구로 어르신들의 재산들이 탈탈 털리는 경우들을 자주 보게 되는데요. 그 집도 그런 방식으로 처리되는 상황이었죠. 생각해보면 저의 전셋집 유랑은 참 이상했어요. 살 만하게 고쳐놓으면 주인이 들어온다고 해서 나가라고 하고, 기껏 내 집이다 싶게 꾸며놓으면 팔아버리고를 반복하면서 쫓겨났죠.

노지영 맞아요. 집주인들은 갈대인가봐요(웃음). 저도 그랬고, 오늘날의 청년들에겐 너무나 익숙한 현실이죠.

김해자 네. 저도 너무 지쳤어요. 계속 그렇게 쫓기고 쫓겨남을 반복하는 삶이 정말 힘들었는데요. 제가 이 지역에서 쫓겨날 것이라는 소문을 알게 된 마을의 이장님이 이 동네에 살고 싶은 생각이 있냐고 물어보면서 지금 살고 있는 이 집을 소개했어요. 운명적이고 기적적으로 이 집이 저에게 왔죠. 저에겐 난생처음으로 맞이한 저의 집인 셈입니다. 아이고. 그런데 자꾸 이런 말 해도 되나. 다른 시인들은 여기서 멋있는 얘기 많이 하던데, 나는 뭐 폼 잡을 만한 멋있는 게 하나도 없네요. 계속 이렇게 쫓겨난 얘기만 해서 어쩌나(웃음).

노지영 무슨 말씀이세요. 폼 많이 나요. 거처를 마련한 것만큼 폼 나는 게 세상에 어디 있나요.

김해자 몇 개월에 걸쳐 이곳저곳을 고쳐가며 이렇게 거주할 수 있는 집으로 만들어가면서 살고 있죠. 앞에 채소 심을 밭이 30여 평이 되고요. 나무 자라는 정원도 30여 평 됩니다. 텃밭이 별로 크진 않아도 어마어마한 소출이 나와요. 밭에 쭈그리고 있으면 동네 언니들이 산에서 나물 캐서 내려오다가 놀리곤 하죠. "밭이 3만 평이라 할 일도 많다"고요(웃음). 주인아저씨가 생각해준답시고 제 밭에 제초제를 뿌리고 가는 일도 이제는 없을 겁니다. 제 것이라는 것, 침해받지 않는다는 것, 제 구상으로 제 공화국을 만들어간다는 것, 그것이 얼마나 마음 편한 것인지 예전엔 몰랐습니다. 그것을 '정주서원'이라고 부른다면 수십 년 떠돌며, 제 안에 숨어서 불안해하던 어린아이가 '맞아요' 대답할 거 같습니다.

노지영 저는 선생님이 정주하는 세계를 이야기하는 것이 곧 선생님의 시 이야기로 이어진다 생각하는데요. 정말 많은 곳을 경유하면서 살아온 이력이 있으세요. 전남 신안에서 태어나 학령기

를 목포에서 보냈고, 서울에서 학교를 나와 조립공, 시다, 미싱사, 학습지 배달, 학원 강사 등을 전전하며 노동자들과 시 쓰기를 하셨죠. 지금은 천안 광덕산 자락에 기거하며 바느질과 농사를 겸하고 계십니다. 선생님이 경유해온 시공간들은 지금의 선생님이 정주하는 공간에 어떤 영향을 미쳤을까요?

김해자 지금도 꿈을 꾸면 푸른 바다가 배경이고 산과 논과 염전들이 펼쳐지는 때가 있습니다. 태반과 연결된 몸과 무의식의 탯줄이란 게 참 강고한 것 같아요. 어린 저를 집 근처 당산나무에 줄로 묶어둔 채 언니 오빠들이 근처에서 놀았다는 이야기를 들었었는데요. 꿈속에서도 박박 기어다니는 아가 하나가 당산나무에 줄로 묶여 흙을 먹고 기어다니는 개미들이랑 놀고 있더라고요. 돌을 들추면 그 밑에 빨간 열매가 올라오고 계단에 앉아 있으면 안개가 해를 낳고 있어요. 거기엔 여덟 살 정도까지 보았던 당산나무가 있고 옆에는 마을 제사 지내는 정각정이 있고요. 한 집 걸러 사촌이고 두 집 걸러 오촌 육촌이던 곳, 거기 거기가 누구네 집이라 부를 수 있었던 그 경험을 여기 용경마을 와서 다시 하게 된 거 같아요.

노지영 네. 마을 이름이 용경(龍耕)이라고 하셨죠. 아까 마을에 들어설 때, 용이 밭을 간다는 뜻이라고 말씀해주셨는데요. 상상 속의 용이 밭을 갈고, 상상력이 필요한 시인도 밭을 가는 마을이라니 뭔가 그럴듯합니다. 그런데 참 이상한 것이요. 왜 이렇게 용들은 마을 이름에 많이 나오는 걸까요. 누군가 본 사람이 있으니까, 효능을 느껴봤으니까, 자꾸 그 기운을 빌려 쓰는 거겠죠.

김해자 그건 또 1박 2일 해야 하는 이야기고요(웃음). 이 용경마을이란 장소는 제 마음속 사진으로 남아 있는 유년의 공동체와는 또 다른 느낌이긴 합니다. 어렸을 때의 기억이라는 것도 제 위주로 변형된 기억일 테니까요. 그런데도 뭔가가 저를 여기에 강하게 묶어놓는 느낌을 저는 받았어요. 물론 공동체라는 것이 여전히 저에겐 지난하게 여겨지지만요. 여기에서는 그래도 순수한 주고받음이라는 것을 체험했던 것 같아요. 진짜 '정주'해보자는 내 인생의 첫 프로젝트가 이곳에서 시작된 거죠. 평소에도 누군가 현관문을 두드려서 밖에 나가보면요. 하얀 보자기로 덮인 밥솥을 들고 언니들이 서 있고요. 또 문 두드려서 나가보면 청국장 거의 다 끓였다고 다른 동네 언니들이 서 있곤 해요. 그분들과의 우정이 저를 여기까지 이끈 거 같아요. 제가 젊은 날 머물렀던 매머드를 연상시키는 공장이나 각종 투쟁 현장들이 있는데요. 이 집을 고치면서 마주치는 분들, 가령 전기공, 미장이, 간판장이, 알미늄 새시공 등으로 사는 변방의 경력자분들의 모습을 통해 이전에 경험한 삶의 자리들이 새로운 사진으로 접속되는 걸 느낍니다. 어쩌면 미의식이나 가치관이나 이런 것들은 어떤 학습을 통해 바뀌는 건 아닌 거 같아요. 무의식의 거대한 창고가 오늘 이 시간에 어떻게든 영향을 미치죠. 과거의 사진들이 현재와 만나 제3의 입체를 만들어주는 것 같습니다.

저처럼 느리게 살면서 새로운 것, 낯선 것을 쫓는 게 힘이 드는 사람들은요. 머무는 공간이 차지하는 비중이 매우 큰 거 같아요. 저는 오래된 것, 옛날 것, 고전적인 것에 매료당하는 체질인 것 같습니다. 우리가 모임이다, 학술대회다, 문학콘서트다 해서 만나고 헤어지지만 부지런히 만나도 그 사람의 뒷면이나 옆면은 잘 못 보게 되잖아요. 그런데 여기서는 참 신기해요. 어찌 살고 무엇을 먹고 뭣 때문에 마음고생을 하고 사는지 개개인의 입체가 너무 잘 보이거든요. 언어는 뒤로 물러나고 사람의 얼굴이 전면으로 튀어나온다고나 할까요. 그런 입체적인 육체성과 분명한 정동감이 제 작품들에 주인공 혹은 병풍으로라도 등장하는 것 같아요. 사람살이라는 게 이런 거구나, 몇십 년 피상적으로 만난 세상보다 이러한 만남들을 통해 구체적인 학습이 되는 거로구나 깨닫게 됩니다.

노지영 그렇게 선생님이 움직여온 공간과 이야기에 주목하면서 선생님의 시를 읽어나간 독자들이 참 많은 것 같아요. 동네 쪽방들과 공단을 누비고, 외진 현장의 이야기들을 찾아 글로 쓰셨잖아요. 상당수의 학생 출신 노동자, 소위 '학출'들이 안정된 생활을 찾아 다시 제도권 내로 들어와 자리 잡을 때에도 선생님은 노동자, 이주노동자, 장애인, 노숙자들과 함께 문학·예술치료 프로그램을 진행하면서 글쓰기를 해오셨어요. 그래서 선생님의 시를 노동문학, 민중문학이라는 장르 속에서 이야기하는 전통이 길었고, 범박하게는 현실참여적 경향의 시들로 기억하기도 합니다. 또 여성문학이나 생태문학이라는 범주 속에서 이야기하기도 하고, 문명비판이나 질병문학, 소수자 문학이란 코드로도 논의되는 것 같고요. 다양한 시선으로 여러 종류의 레테르를 붙이려는 시도들이 많이 있었던 거 같은데요. 선생님의 시를 읽어나가는 세간의 시선들에 대해서 시인으로서 한마디 하신다면요?

김해자 다 맞는 말씀입니다. 제 시가 여성문학의 범주에 들어가는 것도 맞습니다. 제 원체험에 닿는 지점이니까요. 저는 노동자 시인도 맞습니다. 좁은 의미로 범주화시키는 노동문학이 아니라면요. 저는 노동문학을 장르적으로 추구해야겠다 의도한 적은 없지만요. 몸으로 사는 시의 육체성을 중시하는 타입인가봅니다. 노동자적 체험이나 고독하고 두렵고 아프게 살았던 청장년 시절이 아직도 물밑에서 저를 끌어가는 것 같습니다. 나도 몰래 접속된다고 해야 할까요. 전에도 그랬고 지금도 가난한 사람들, 문자적 지성과 연관 없이 사는 사람들의 입말이 저에게는 높게 다가옵니다. 몸으로 사는 사람들에 대해 이입되며 이상한 미감과 비통함을 느끼죠. 안쓰럽다, 불쌍하다가 아니라 이들이 존엄하게 받들어지는 이상한 미학이랄까요. 영화를 봐도 현장에서 일에 집중하고 있는 여성 노동자들의 장면에 골똘히 마음이 머뭅니다. 그런데 제가 시에서 존중하고 존엄한 자리에 올리고 싶은 대상들은요. 제 시를 읽을 처지가 안 되거나 글자를 익숙하게 접하지 못할 때가 많아요. 이것이 제 모순이고, 슬픔이 되기도 합니다.

노지영 선생님의 시를 말하는 세간의 분류 방식도 유효하겠지만요. 저는 "모든 훌륭한 문학이 그렇듯 그의 시는 그렇게 단순히 요약되지 않는다"는 염무웅 선생님의 평에 공감했어요. 염무웅 선생님은 선생님의 시가 "연애시의 외양을 띠고, 때로는 선시(禪詩)의 깊이를 지니면서도 탁월한 정치시의 지평을 포괄한다"고 이야기하신 바 있는데요.

김해자 시가 단순히 요약되지 않는다는 염무웅 선생님 의견에도 동의합니다. 제 이성은 알아차리지 못했어도 분리를 넘어서려는 깊은 욕구들이 연애시의 외양을 입기도 할 것 같거든요. 로고스보다는 에로스나 정념들에 자주 기울어지는 성향이니까요. 또 정치시도 맞습니다. 그런데 체질상 너네 이렇게 하라고 말하는 식의 지나치게 구호적이거나 교훈적이거나 계몽적인 글은 잘 못 쓰는 거 같아요. 저는 그저 변방의 평민을 기초로 하여 만들어지는 민주주의를 날마다 꿈꾸는데요. 그래서 때로 저항시에 가까운 정치시가 나오기도 하는 거 같아요. 6년 전에 "만인에게 기본소득을"이란 부제를 단 「일하지 않는 자여, 맛있게 먹어라」와 같은 시를 쓴 적 있어요. 세월호 이후 촛불집회 등에서 낭송되고 언론에도 소개된 「여기가 광화문이다」라는 시는 약자들을 입 다물게 하여 죽음에 몰아넣는 참담한 시대 앞에 들려주는 공동의 육성 비슷한 것이기도 합니다. 소수자와 약자들의 언어라는 관점도 맞을 겁니다. 명령의 언어, 관료의 언어, 시스템의 언어는 병들었다고 느끼고 있으니까요. 소위 문학대중들에게 관심을 모으지 못하는 형태니까, 잘 팔릴 수 있는 언어는 아니니까, 어쩌면 그런 의미에서도 통하는 부분이 있겠죠.

전지적 미물 시점

노지영 선생님은 1998년 〈내일을 여는 작가〉로 활동을 시작하신 이후, 시집 『무화과는 없다』『축제』『집에 가자』『해자네 점집』『해피랜드』 등을 발간하셨어요. 산문집 『당신을 사랑합니다: 민중열전』『내가 만난 사람은 모두 다 이상했다』, 시평 에세이 『시의 눈, 벌레의 눈』 등을 내셨고요. 삶의 여파로 인해 데뷔 후 한동안 시를 쓰지 못하던 시절도 있었지만, 그래도 20여 년이란 긴 시력을 보유하고 계십니다. 선생님의 보시기에 그간 본인의 시가 어떻게 변화해간 것 같으신지요? 평자들의 목소리가 아니라 시인 당사자의 목소리로, 시를 그려온 방향들에 대해 듣고 싶습니다.

김해자 말씀처럼 제가 몸담았던 장소와 함께한 사람들에 따라 시가 이동해간 것 같습니다. 촌스럽기도 하다는 걸 알고 있는데요. 할 수 없어요. 저는 개념이나 추상으로 접근하는 것이 잘 안 돼요. 『민중열전』 같은 게 단적인 예죠. 그 책은 제가 만난 사람들을 기록한 것인데요. 거의 제 이웃이거나 친척이거나 후배 엄마거나 그래요. 특별히 골라서 취재한 것도 아닙니다. M.T다 뭐다 해서 찾아간 집 부뚜막 앞에서 두부 만드는 걸 돕다가 재밌어서 묻고묻고 하다보니 한 사람의 생애가 점차 완성되어간 겁니다. 그렇게 옆에서 관찰하면서 쓰다보니 이 책은 10년 이상 걸렸어요. 『시의 눈, 벌레의 눈』 같은 책도 마찬가지입니다. 10년씩 걸린 책이죠. 가까운 친구들 발문을 쓰거나 제가 존경하고 좋아하는 선배들 시를 강의하다가 만들어졌어요.

시는 더 그렇습니다. 제 삶의 동선을 따라서 시가 같이 이사 다닌 거 같아요. 제가 넓은 의미의 농경적 사회에서, 혹은 변방에서 소수자들과 어울려 산 지가 12년 정도 되는데요. 『해자네 점집』에 와서야 제 시에 농민이나 문맹의 할매들이 주인공으로 두드러지기 시작했어요. 작은 촌락에서만 벌어질 수 있는 풍경들이 펼쳐지고 먹거리 이웃들의 언어가 등장했죠. 그것도 입말의 형태로 말입니다. 제 시에는 지척에 덫을 둔 채 꽃을 먹는 고라니와 삶아도 꿈틀거리는 밤벌레, 땅속 지렁이와 같은 각종 미물이 시에 등장하는데요. 일부러 생태주의 시를 쓰겠다고 다짐한 적은 없지만요. 시점이 저절로 그렇게 이동해가더군요. 올해 5월만 해도 비가 20일 동안이나 왔었잖아요. 날씨 때문에 들깨나 콩들도 늦게 심었는데요. 7, 8월엔 가뭄이 아주 오래가서 땅이 갈라지고 타들어갔습니다. 10월 초에 갑자기 영하 날씨가 찾아오기도 했고요. 제가 몸이 약하고 마음이 불안해서 아마 더 과도하게 반응하겠지만요.

오래전부터 저는 이 지구가 새로운 차원으로 접어들었다는 느낌을 받았습니다. 근대문명이 정점에 든 오늘날, 코로나로 사람조차 맘대로 만나지 못하게 된 것이 날마다 충격이에요. 시

시때때로 놀랍습니다. 절멸을 가져오고 절멸로 가는 것처럼 보이
는 호모사피엔스라는 종에 대해 절박하게 생각하게 됩니다.

노지영　선생님은 그러한 시적 궤적 속에서 소수자의 언어를 시
화하셨지만요. 변방으로 향하던 시인임에도, 여기저기서 상을 참
많이 받으셨어요. 전태일문학상, 백석문학상, 이육사시문학상,
아름다운작가상, 구상문학상, 만해문학상 등을 수상하셨더라고
요. 아까 보니, 받으신 상과 상패들이 서재 안에도 들어가지 못하
고, 방 입구의 한쪽에 박스째 잔뜩 쌓여 있던데요(웃음). 그래도
상을 받는다는 것은 우리의 다양한 시적 조상들이 후대 시인의
이름을 호명하면서, 독자의 곁에 살아남는 방식인 거 같아요. 물

론 순위를 매기자는 건 아니지만요. 그래도 받았던 상 중에 어떤 이름과 연계되었던 순간이 선생님 기억에 남으시는지요. 그중 특히 의미 있게 와닿았던 이름이 있었는지 궁금합니다.

김해자 여러 기억들이 있지만요. 굳이 꼽자면 백석문학상이 기억에 남습니다. 저와 가까운 작가들이 모두 자기가 받은 것처럼 기뻐하던 상이어서요. 발표가 나고서 경상, 전라, 서울, 강원 각지에서 전화들이 엄청 왔어요. 그전에 백석과 제 시가 연결된다는 생각을 해본 적이 없어서 그런지, 제가 받았을 때 크게 축하해주었던 것 같습니다.

노지영 저는 선생님이 받으신 상 중에 특히 백석이라는 이름이 선생님의 시와 찰떡같이 연결된다고 생각했는데요. 백석 시가 보여주는 공동체성, 토속성은 물론 유년의 고향에 대한 그리움, 평화로운 삶에 대한 갈망, 그리고 마을 공동체와 나눠 먹는 음식들에 대한 감각과 일상의 풍경들은 선생님의 시편들과 자연스레 겹쳐지는 부분이 있죠. 저는 선생님이 방금 백석을 언급하시자마자 바로 「국수」 같은 시가 떠올랐는데요. "살뜰하니 친하"고 "그지없이 고담하고 소박한" 백석의 시 세계가 선생님의 시와 밀접하게 닿아 있다 생각해요.

김해자 그렇게 말해주니 반갑네요. 백석문학상을 받을 때는 너무 기분 좋아서 술 마시고 있다고, 마치 자기가 받은 것 같다고, 아니 우리가 받은 것 같다고들 하는 사람이 많았어요. 노동운동하던 사람도 이런 상을 받을 수 있다는 게 신기했나봅니다. 아마 제가 여성으로서는 그 상을 처음 받은데다, 지명도 없는 저 같은 사람이 받게 되어서 더욱 그랬겠지요. 시상식에도 참 많은 작가들이 와주셨어요. 새벽 4시까지 돌아가지도 않고 함께 축하해 준 분들이 서른 명이 넘었으니까요. 상을 수상하게 된 시집의 제목처럼 그야말로 '축제'의 시간을 보냈지요. "상을 줘야지, 내가 상 받을 나이냐"하며 문학상을 다소 혐오하거나 경원하던 김정환 시인조차 "상이란 게 이렇게 좋잖아"하면서 껄껄 웃으셨어요. 하지만 이러한 상만큼 사람을 분리시키고 등수를 매기는 데 기여하는 것도 없는 것 같아요. 양가감정이 또한 늘 저에게 있습니다. 부끄럽고 미안한 감정을 수반하는 묘한 감정이 있어요. 상이란 것에 스며들거나 수반되기 마련인 오염이라는 게 있잖아요. 제 작품에 비해 상이 과도하다고 생각하고 있어요. 상복이 다소 많았다고도 느끼고요. 상을 받는 동료들이나 스스로에게 말합니다. 돈도, 용기도 주니 좋고 감사하다고요. 그러나 밀린 빚을 갚거나 다음 작품을 쓸 양식을 마련하는 것 정도로만 상의 의미가 축소되었으면 좋겠다는 생각도 합니다.

노지영 선생님의 시를 읽다보면 시인이 경험한 공동체라는 육체가 축제적인 향연의 풍경으로 시 속에서 재생되는 것을 발견합니다. 조명되지 못한 채 억눌려온 시의 몸들이 왁자지껄하고 범속하고 물질적이고 유머러스한 일상을 통해 복권되는구나 싶어요. 선생님의 시와 산문이 아니라면 평생 어떠한 지면에 나올 기회가 없을 법한 무명씨의 사람들이 먹고 마시고 낭갈라 먹는 육체적 행위들을 통해 돌연 시의 주인공으로 출연할 때가 있는데요. 그렇게 요즘 선생님 시에 자주 출현하는 존재나 선생님이 관심 있게 등장시켜온 사람들에 대해 소개해주시겠어요?

김해자 종종 심각해지곤 하는 제 시에서 해학을 발견해줘서 고마워요. 농담 혹은 웃음 혹은 해학 비슷한 것들은 삶을 견뎌내는 아주 중요한 미덕 중에 하나라고 생각합니다. 인간의 몇 가지 안되는 장점 중에 하나이기도 하고요. 고통에 응답하는 방식이 다양하다는 걸 저는 중환자실에서 배웠어요. 언젠가 24시간 불을 켜놓고도 눈이 잘 안 보이는 채로 귀만 엄청나게 예민해져 있었는데요. 누군가가 한번 실려가곤 다시 돌아오지 않는 경우가 하루걸러 벌어지는 곳이었죠. 복도에서 통곡이 들리곤 하던 전쟁터 비슷한 상황이었어요. 그럴 때 바로 옆에서 "웨에에, 웨에에……" 소리가 이어지다 문장 하나가 탁 꽂혀요.

　　가령 "아유, 딴 디서 가래 좀 빌려와유" 같은 말이었는데요. 가래 못 뱉는다고 의사한테 혼나던 할머니의 이러한 농담엔 아마도 눈물이 매달려 있었을 거예요. 폐에 물이 차면 위험하니까 의사들이 수술환자들한테 가래나 침을 뱉게 하잖아요. 애쓸 만큼 애쓴 끝에 튀어나온 그 할머니의 농담이 제게 와서 웃음이 되었죠. 이러한 농담이나 웃음은 마치 도돌이표 같다는 생각이 들어요. 고통받을지라도 다시 삶으로 복귀하겠다는 일종의 대구 같은 역할을 하죠. 어쩌면 농담이라는 것도 신음의 뒷면이겠죠. 집중된 진지함이 없이는 대상이나 나 자신에게 몰두할 수 없고 또 무언가를 쓰기도 힘들 거고요. 그런데 이상하게도 저는 저보다 힘들게 산 사람들한테서는 힘들다는 얘기를 들어본 적이 없는 거 같아요.

노지영   제 입장에서는 조금 반성이 되는데요(웃음).

김해자   제가 반지하 천만 원짜리 방에 전세 살거나 난치성 암에 걸려서 투병 중인 노가다 출신 아주머니 같은 분들을 만나면서 이런저런 인연으로『민중열전』이라는 책을 펴냈는데요. 그분들의 구술을 적어나가는 방식으로 진행된 책이었죠. 그분들은 정말 힘든 상황들을 남의 얘기하듯 농담하듯 말할 때가 많다는 걸 새삼 발견할 수 있었어요. 왜 소곱창을 꼬들꼬들하게 만들려고 한겨울 새벽에 얼음물에 넣어서 빠득빠득 주무르곤 하잖아요. 마치 판소리에 추임새를 넣듯이, 소주를 부어 찬 속을 덥히듯이, 민중들은 고통의 기억이나 현재 지고 있는 짐들에 농담을 얹어왔다는 걸 그때 배울 수 있었죠. 배운 사람들이나, 조금이나마 세상이 공평해지고 정의로워져야 한다고 통탄하는 사람들이 민중들을 너무 불행하거나 고통스럽다고 지레짐작하는 게 아닐까 생각했어요.

사실 대부분의 민중서사들이 실제 민중적 삶의 리얼리티에 미치지 못하는 건 그 일상의 해학과 노동과 음식과 술과 각종 사연들을 농갈라 먹으면서 빚어지는 유쾌한 밥상을 오래도록 경험하지 못했기 때문이 아닐까 생각해봅니다. 단순하고 활기 넘치는 축제를 매일매일 거듭하지 않고서는 삶을 견뎌내지 못하는 사람들이 있는데요. 그들이 세상의 다수가 되고 있다면 우리에게는 더욱 더 농밀한 웃음이 필요한 것이 아닌가, 웃음이 더욱 세심히 관찰되어야 하는 게 아닌가 생각합니다.

노지영   그런 웃음의 흔적이 선생님의 책에 적지 않아요. 선생님의 산문집 『내가 만난 사람은 모두 다 이상했다』를 재밌게 읽은 적 있는데요. 이 산문집에는 "소위 마음이 아프다는 친구들 앞에서 이 소설의 이상한 이야기를 연극배우처럼 읽었더니 엄청들 웃었다"는 내용이 나옵니다. 그런 웃음의 공유 속에서 선생님은 이렇게 질문하고 계십니다. "그렇다면 이 이상한 나와 이상한 남과 이상한 세상을 받아들이고 이상한 것을 그대로 바라보며 함께 놀 수 있겠나요?"라는 질문인데요. 저는 이 질문이 선생님의 시 창작 태도와 깊이 연결되어 있다는 생각도 듭니다. 이러한 마음의 슬픔들과 함께 놀기 위해서는 시인에게 또 깊은 슬픔이 있지 않았을까 하는 생각도 들고요. 슬픔과 웃음의 변증법을 통해 어떤 세상을 보여주고 싶으신지 궁금해요.

김해자 몇 군데 수선한다고 달라질 것이 없을 정도로 저는 아주 깊은 멜랑콜리 상태에 빠져 있었는데요. 그것을 불과 2년 전에야 깨닫게 되었어요. 세계에 대한 엄청난 불안감이 공황상태에 가까울 정도였구나, 하는 것을 말이죠. 오래전 화학물질이 터져서 공장에서 일하던 노동자들이 열세 명이나 죽은 현장에 찾아간 적이 있었어요. 공장의 여기저기에 살점이 흩어져서 수습을 해야 하는 상황이었는데요. 겨우 시를 쓰고서 공장 앞에 나와 진혼제를 했었습니다. 시를 낭송하는데 제 온몸이 부들부들 떨리더라고요. 아마 그때 혈압을 쟀더라면 300 정도는 나왔을 거예요. 그런 상태와 비슷한 일들이 저에게 평생토록 이어져왔다고 이제는 자인하게 되었습니다.

솔직히 말하자면 저는 평생을 너무 쫓기고 불안하게 살았어요. 초식동물이 배가 고파서 소화가 안 되는 고기를 계속 먹고 살다보면 꼴이 말이 아니게 되어버릴 거 같은데요. 과하게 짐을 지운 어린애 모양으로 저는 늘 휘청거렸죠. 알고 보니 저란 인간은 정말 소심하고 겁이 많은 사람이었더라고요. 아픈 게 일상이다보니 아프지 않은 때가 축복이자 기적이라고 여길 만치 삶의 기대치가 낮았죠. 아마 그래서 몸이 아프거나 정신이 아픈 사람들의 심리 상태나 현재 주거 상태 같은 환경에 이입할 수 있었던 거 같아요. 내가 해봤던 거니까, 그냥 이상한 나와 더불어 노는 길밖에 방법이 없다는 것을 아니까요. 우리 모두에겐 타자와 공유할 수 없는 깊은 슬픔들이 있잖아요. 아픔 속에서 제게 온 고독과 슬픔을 벗 삼고 나서야 비슷한 처지의 사람들에게 웃음으로 다가갈 수 있는 것 같아요. 저 자신에게도, 타인의 상처에 대해서도, 판단을 멈추고 그냥 들여다보게 되었던 것 같습니다. 지나친 감정이입을 하면서 객관적 거리를 유지하지 못하면, 좋은 의도일지라도 상대에게 고문이 되는 것 같더라고요. 시라는 것도 그런 것 같습니다.

사유私有의 경계를 넘는 놉의 사유思惟

노지영 말씀을 들으니 제가 몸이 아플 때, 선생님이 어떤 걱정의 말 대신 제 별자리를 재미있게 읽어주시던 시간들이 떠오르네요. 그 점성술의 이야기가 엉뚱하기도 하고 신비하기도 하고 깊은 슬픔이 느껴지기도 하고, 그렇게 저에겐 매우 복합적인 감정으로 전달되었던 거 같아요. 타인의 상처에 대해 깊은 슬픔이 느껴질 때, 우리는 그렇게 막막한 하늘을 들여다보면서 세상을 운행해온 별자리를 읽어나가는 방법을 찾게 되는 거 같아요. 선생님의 독서력이 어쩜 그런 식으로 이루어져온 거 같다는 생각도 들고요.

김해자 노동자문학을 함께하려는 후배들이 맘 놓고 저를 비웃은 적이 있어요. "누나는 좀 배웠담서 시가 왜 그리 촌스러워요?" 뭐 이런 식의 말들이죠. 저는 문학 공부를 본격적으로 한 사람도 아니고, 다른 사람처럼 인문학이나 예술 서적을 많이 읽지도 못했습니다. 사느라 너무 바빠서요. 오십대에 이르러서야 저의 삶을 반추할 수 있는 이상한 책들이 제게 찾아오게 되었죠. 『내가 만난 사람은 모두 다 이상했다』가 나왔을 때, '길담서원'의 박성준 선생님이 글쓰기 특강을 해달라고 몇 달을 불러냈는데요. 기존의 틀과 달라서 그 책이 아주 특이하고 재밌었다 하더라고요. 알고 보면 제가 별로 아는 게 없어서 벌어진 일이죠. 제 맘대로 해석하고 자유롭게 쓸 수 있으니까요. 그때 박성준 선생님과의 만남을 통해 제 독서가 아주 깊어졌지요. 낱낱의 경험으로만 존재하던 저의 고민들을 진지하게 통찰할 기회가 왔다고 할까요. 이반 일리치나 레비나스 같은 분들의 책을 정말이지 학생처럼 열심히 읽어나갔어요. 비슷한 시기에 〈녹색평론〉의 김종철 선생님을 만났죠. 어두운 안개 속에서 앞차가 켠 미등(尾燈)을 발견하는 것 같았어요.

노지영 그런 미등들이 선생님의 글에도 제법 등장하는 거 같아요. 이번에 저에게 보내주신 신작시와 근작시, 그리고 산문에도 선생님의 독서력과 연관된 여러 이름들이 등장하더라고요. 차이나 미에빌, 자카리아 무함마드, 미야자와 겐지, 나카자와 신이치

등이 눈에 띄었는데요.

김해자 자카리아 무함마드는 제가 팔레스타인 갔을 때 저와 제 동료들 이름을 직접 아랍식으로 써주셨던 분인데요. 한국에 모셔 서도 대화를 나누었죠. 시인이란 이런 분이구나 싶은 깊은 사람 이었고요. 나카자와 신이치는 『사랑과 경제의 로고스』『대칭성 인류학』등 '카이에 소바주' 시리즈로 읽었는데 공감되는 부분이 많아서 여러 번 보고 있어요. 독서량이 많지는 않지만, 계속 옆에 두고 읽는 책들이 있습니다. 여전히 저는 무식하지만요. 그래도 괜찮습니다. 예전에 김종철 선생님이 그러셨잖아요. "김해자는 공부 안 해도 된다"고. 왜냐, 모르는 것투성이니까.

노지영 모르는 것투성이인 사람, 여기도 추가입니다(웃음).

김해자 얼마 전 9월인가에 허난설헌문학상을 받으러 강원도까 지 간 적이 있었어요. 차를 타고 좁은 길을 천천히 빠져나오는데 태어나서 그런 짙은 안개는 처음 봤어요. 진부터널의 칠흑 같은 안개를 통과하며 생각했죠. 내 뒤로는 안개가 더 짙어져 더 칠흑 같아지겠다 싶었죠. 이 한치도 알 수 없는 어두운 안개 속을 헤쳐 나갈 때는, 나 홀로 그 길을 멈출 수도 없어요. 내 뒤에 차는 또 나 에게 바짝 붙어 내 미등을 바라보고 쫓아올 테니까요. 나도 앞의 차에 붙어서 미등을 보면서 가고, 그냥 다들 이렇게 가고 있는 것 이죠. 그런데 그 칠흑 같은 세상을 비춰주는 미등 같은 책들이 뒤 를 밝혀주고 있어 그나마 한 치 앞이 안 보이는 길이라도 다 같이 천천히 갈 수 있는 것 같습니다. 그런 점에서 책이라는 것은 동지를 발견하는 방법 중 가장 효율적인 길이라고 생각하곤 해요.

노지영 선생님도 누군가에게 그런 책으로서의 동지가 되어주며, 다양한 글을 많이 써오셨어요. 최근의 신작시를 보니 거기도 아프가니스탄의 이야기가 나오던데요. 선생님의 시를 보면, 이러한 아프가니스탄은 물론 세계의 각종 내전 문제들을 지나치지 않으십니다. 이주노동자들의 이야기나 세계화의 하인들이 되어가는 계급의 이야기, 빈곤에 허덕이는 전 세계의 아이들이나 소외된 여성의 문제 등 오늘날의 국제 세계가 동시에 감당해야 하는 심적, 물적 고통들이 자주 소재화되고 있고요. 그런데 실제로는 아주 외진 이런 시골 동네에 살고 계시잖아요(웃음). 시골 산자락의 이런 작은 마을에서 어떻게 더 큰 '우리'를 어떻게 상상해갈 수 있는 것인지 궁금하기도 한데요. 시적 접근을 주로 어떤 방식으로 해나가시는지 이야기를 듣고 싶어요.

김해자 고립 혹은 고독이 준 선물 같습니다. 관계 혹은 조직적 일에서 벗어나다보니 더욱 세계를 마주보게 됐어요. 이상한 아이러니인데요. 단독자로 있는 시간들, 절대고독이라고 말할 만치 고립된 조건에서 오히려 우리가 사는 이 세계의 진실을 마주하게 되었다는 역설이 제 삶에서 발견되고 있네요. 저는 진득하니 책상에 앉아서 글쓰기를 할 팔자는 타고나지 못한 거 같아요. 먼저 몇 줄 단상을 메모해놓고, 재수 좋으면 일하거나 이동하면서 메모를 이어가기도 합니다. 저는 현실적인 사람이라서요. 주로 눈앞의 구체적인 장면에서 영감이 시작됩니다. 그 문장 하나가 새끼를 칠 거라는 걸 믿으면서 기다려보죠. 자연스럽게 그 문장의 실이 풀려나올 때까지요.

시라는 게 참 어려운 거 같습니다. 내가 쓰는 게 아니라 누가 던져주는 거 같다고나 할까요. 아무리 끝탕을 하고 애를 써서 몇 달 가슴을 사로잡아도 시가 희미한 채 뱅뱅 돌거나 형체조차 드러내지 않을 때도 있고요. 몇 년 뱅뱅 도는 형상을 수습해 오랜 퇴고 끝에 발표했는데 아무도 언급 안 하는 시도 있습니다. 그냥 휘딱 지나가는 바람 같은 걸 잡았는데 좋다고 여기저기서 인용하는 시도 있습니다. 그런데 저만 그런 게 아닌가봅니다. 청춘을 바쳐 애쓰고 신춘문예 등단해서 30년 가까이 시를 써왔어도 요새 시가 안 써진다고 우는소리 하는 친구들도 있으니 말입니다. 그런 얘기 들으면 그래, 시만 안 쓰면 내 인생이 얼마나 편하고 밝아질까 싶어요. 특히 머릿속에서 뱅뱅 돌기만 하고 몇 구절이 맘에 안 들 때가 있는데요. 일은 손에 안 잡히고 밥맛까지 없어지면 다 때려치우자 하는 생각도 많이 들죠. 하지만 내가 그것까지 안 하면 세종시청 앞에서 가서 피켓 들고 1인 시위라도 해야 하잖아요. 그래도 내게는 제일 쉬운 거니 그거라도 하자, 그렇게 생각해요. 마음을 다잡고 시를 씁니다.

노지영 여러 가지 현실적인 이유로 저는 현재 서울에 기반을 두고 살아가고 있습니다. 하지만 저도 선생님처럼 세속도시를 떠나 어딘가에 건강하게 정주하고 싶어, 시간이 날 때마다 어떤 지역이 저와 맞을까 종종 찾아보기도 하는데요. 그런데 전원이라는 게 이상향만은 아니니까, 정말 고려해야 할 게 많더라고요. 농촌이란 공간도 산업화의 과정 안에 이미 예속되어 있잖아요. 또 농촌이란 지역에서 모기 물리고 벌레 들끓는 흙이 저도 무서울 거

같기도 하거든요. 주변에 탈서울, 탈도시를 한 친구들이 없진 않은데, 이웃들과 새롭게 관계 맺는 문제들에 부딪히게 된 이야기를 들으면 겁이 많이 나기도 합니다. 농촌이나 지역과 어울리고 싶은데, 현실적으로나 심리적으로 다음 세대들에게는 쉽지 않은 난제인 것 같습니다. 선생님께서는 평소에 백수 겸 농사꾼으로 살고 있다는 말씀을 많이 하셨는데요. 농촌과의 경험이 점점 멀어지는 다음 세대들에게 어떤 조언들이 가능할까요?

김해자 귀농 부분에 대해선 개인적 결단보다 시스템적 접근이 더 필요하다고 생각합니다. 저기 저 창밖을 보세요. 7년 전에는 다 논이었던 자리인데요. 비닐하우스가 그 절반을 잘라먹었어요. 논이 고립되고 있어요. 여러 집 나눠 먹을 수 있는 다작물 소농은 지원 안 해주고 오이다 딸기다 해서 단일작물 하는 비닐하우스는 지원해줍니다. 바로 돈이 되니까요. 변방에 점 하나로 산다 해도 곳곳에 정치라는 것이 들어와 있습니다. 그것을 함께 고민하지 않으면, 공기 좋고 물 좋고 인심 좋고 하는 말들은 그저 꽃에 향수 뿌리는 말에 불과한 것 같습니다. 교환 논리를 넘어서는 경험이 갈수록 줄어들고 있어요. 그래도 저는 아직 한 줌의 흙이 묘목에게 젖을 물리고 있다고 믿고 있거든요. 다음 세대들에겐 이렇게 말해주고 싶습니다. 혹시 농촌에 살게 되면 아침저녁으로 동네 한 바퀴를 돌라고. 돌다가 누구 만나면 인사만 해도 먹을 것은 생긴다고. 땅이라는 게 엄청나게 많은 것을 생산하거든요. 이 손에서 저 손으로 전해지는 파니 배추니 감자니 고구마니 하는 것들이 늘 동네 길에서 이뤄지고 있습니다. 그리고 '놉'이란 것도 제안하고 싶어요.

노지영 '놉'이라는 말이 도시의 젊은 세대에게는 익숙하지 않을 텐데요. 타인의 땅에서 음식과 품삯을 받고 일하는 이들을 말씀하시는 건지요?

김해자 네. 제가 바로 그 놉을 하고 있습니다. 저기 보세요. 창밖저 아래 있는 긴 밭고랑이 다 제 밭입니다. 여기선 안 보이지만요. 언덕 위에 있는 저 밭도 제 것입니다. 이것이 놉을 해서 먹고 사는 이의 사유방식입니다. 물론 서류상 제 소유는 아니겠죠. 하지만 저 밭에서 누군가 고구마를 심으면 저도 제 땅의 일처럼 장화 신고 나섭니다. 커피라도 끓여서 대, 중, 소로 맞춰 고랑에 갖다줍니다. 들깨 심으면 나서고 서리태 모종 심으면 또 나갑니다.

소유의 문법으로 말하자면요. 저 밭에서 농사짓는 언니도 사실은 땅주인이 아닙니다. 왜 도지 얻는다고 하죠. 콩밭에 가서 콩 튀듯 팥 튀듯 바쁜 철에 손 하나만 까딱거려도 땅은 제가 안 심은 땅콩까지 쥐여줍니다. 텃세니 뭐니 말해도 우리네 농경사회가 그만큼은 됩니다.

노지영 낯을 가리는 저에게는 엄청난 훈련이 필요하겠군요(웃음). 도시가 주는 단절의 체험들이 힘들어서, 우선 저는 서울 구도심 야트막한 산자락 근처에서 살며 땅과 교감하는 훈련들을 해보려고 노력하는데요. 전업 농사를 짓는 '정농'까지는 아니더라도, 도시에서 텃밭을 빌려 채소와 꽃을 놀이 삼아 가꾸는 '유농'이나 '낙농'은 해보려 합니다. '농사'라는 것은 단지 무언가 수확물을 취득하는 게 아니라, 땅을 소중히 여기고 세상과 내가 깊이 연결되었다는 시적 태도를 훈련하는 과정이라는 말을 어떤 글에서 읽은 적 있어요. 선생님은 어떤 농사법을 통해 그런 태도를 훈련하시는지요?

김해자 단지 무언가 수확물을 취득하는 게 아니라, 땅을 소중히 여기고 세상과 내가 깊이 연결되었다는 감각을 느끼는 농사의 태도가 저에게도 정말 중요합니다. 시간이 지날수록 그걸 확인하게 되어 정말 신기하기조차 한데요. 농사를 짓게 되면 우선 늘 땅이 궁금하게 되었어요. 씨알을 묻을 때 그놈이 언제 나오는지 맨날 확인하게 되거든요. 씨알을 우산처럼 위로 올리고 나오는 떡잎들을 보면 정말 기적의 연속이에요. 물론 예전엔 호미질하다 지렁이가 나오면 질겁했었죠. 얼른 흙을 덮어주었는데요. 생각해보면 그게 지렁이 놀라지 말라고 하는 행위라기보다는 제가 무서워서 그랬다는 생각이 듭니다. 농사라는 게 물론 쉽지는 않아요. 저도 제 주제를 알고요. 그래서 백수 농법을 합니다. 백수 농법은 우정을 가장 높이 받들어야 가능한 농법인데요. 백 개의 손으로 이 집 저 집 다닐 넉살도 있어야 합니다. 아쉬운 데 바쁜 데가 어딘지 알아채는 안목도 필요하고요. 내 소유가 적어야 가능한 방식이죠. 내 일이 너무 많으면요. 옆집 가는 것도 부담스럽거든요. 다음은 제 소유의 텃밭을 민주공화국으로 만들려고 합니다. 민주라는 것은 소유가 아니라 점유를 인정하는 거라 생각하는데요. 농사를 작물 위주로 하지 않고요. 뜬금없이 머리 내민 놈들의 자리를 다 허락하는 방식입니다. 우정에 기반하면 이 집 저 집 이쁜 꽃들도 알아서 몇 뿌리는 제 텃밭으로 이사 옵니다. 놈의 농사도 좋아요. 동네를 어슬렁거리다보면 제 농사 이백 평 늘리는 것보다 쏠쏠해요. 사람들과의 우정과 환대는 밥을 매개로 이루어집니다. 밥상머리에서 저보다 20~30년 더 사신 분들의 재미난 이야기들을 받아적습니다. 이제는 다 압니다. 평소에 제가 사진 찍거나 녹음해도 이분들이 아무 말도 안 합니다. 부지불식간에 나온 말들을 다시 물어보거나 받아적으면 말들이 부자연스럽고 근엄해져버리거든요. 처음에 느꼈던 말맛이 안 나서요. 이제는 재밌고 공부되는 이야기하시면 녹음하겠다고 미리 허락을 받아두고 그분들의 생생한 대화를 녹음하곤 합니다.

노지영 선생님의 『시의 눈, 벌레의 눈』 같은 책을 보면서, 세간의 근엄하고 부자연스러운 비평언어들이 보여주는 조종사 같은 고공의 시야에 대해 생각하게 됩니다. 땅에 속한 벌레의 시야에서 바라보면 우리 인간은 더욱 무지한 존재일 텐데요. 그 시평 에세이에서 선생님은 "이 세상천지에 우리가 모르는 신비로운 것들이 얼마나 많고, 보이지 않는 것들이 얼마나 많이 존재하는지"를 매우 일상적인 땅의 언어로 이야기하고 계십니다. 특히 저는 칠곡 할매들이나 여성시인들의 희비극적 삶을 주목한 글들이 인상적이었는데요. 여성으로서 「웅녀의 시간」(『집에 가자』)들을 살아오면서, 더욱 신비로운 언어들을 많이 만나신 것 같아요.

김해자 신비와 경외는 저를 살게 하는 중요한 자양분인 것 같습니다. 이 세계를 넘어가는 꿈꾸기와 새로운 말을 낳는 것은 동시에 이뤄지는 것이라 생각하고요. 적어도 오랜 시간 배반하지는 않을 만치 친한 사이라 생각합니다. 계속 꿈을 꾸면서 말을 걸고자 하는 일, 타인과 함께 살고자 애쓰는 사람의 일이 결코 헛되지 않다는 것을 스스로 납득시키면서, 다른 사람들의 인간성에 호소하고자 하는 일은 일종의 자기초월과 비슷할 거란 생각이 들어요. 특히 여성으로서 글을 쓴다는 것은 투쟁과 수행 사이에서 시소를 타는 것이라고 생각합니다. 그만큼 지난합니다. 그만큼 힘이 듭니다. 투쟁을 포기하거나 억울함이나 분노에 먹혀버리면 글을 쓸 수가 없습니다. 한 번뿐인 생이 정말 몇 생을 산 것처럼 여겨지기도 합니다. 공희(供犧)의 연속이란 생각도 들게 되죠. 하지

만 그런 여성의 공희의 삶 속에서 저는 야생의 말을 발견해요.

지난겨울 몸이 아파 누워 있을 때 감나무 하나 사이 두고 사시는 '김금례' '이영구' 어머니 두 분이 제가 사는 집에 찾아오셨습니다. 그분들이 건넨 봉투 속에는 2만 원씩 들어 있었습니다. 이틀 후에는 싸락눈 살살 내리기 시작하는 오후 늦게 '우정인' 어머니가 제가 사는 집 언덕을 올라오고 계셨습니다. 들고 오시는 두루마리 휴지가 바닥에 끌렸습니다. 원래 살던 슬래브집에서 제가 백 걸음 정도 거리로 이사했을 뿐인데요. 빙판길이 녹기를 기다리다가 다시 눈발이 날리니까 또 며칠 못 움직이겠다 싶어서 퍼뜩 나섰다고 합니다. 새벽부터 노란콩을 가마솥에 푹 삶아서 제가 잠이 깨기를 기다렸다 현관문을 두드리셨죠. 어머니의 구부러진 열 손가락은 여든여섯 살의 나이와 함께 안으로 꼬부라졌을 겁니다. 먹어봐 괜찮아, 하루에 몇 마디 안 하고 뉘엿뉘엿 지는 입도 안으로 향했을 겁니다. 복지관에서 갖다주었다는 국수와 함께 두부 두 모를 꼬옥 쥐여주는 굽은 손들이 전하는 말이 있습니다. 그것은 학교가 가르친 훈육이 스며들지 않은 야생의 말입니다. 자본과 위계가 유통시켜온 명령에 다치지 않은 말입니다.

몸의 경험 없이 해온 너무 험한 말들 속에서 그간 우리는 오래 갇혀 지냈다는 생각이 드는데요. 평생 농사짓고 사는 분들과 7년 정도 이웃해 살면서 저는 스스로에게 많은 질문을 하고 있습니다. 제가 썼고, 앞으로 써야 할 시에게도 계속 질문하게 됩니다. 무논을 잠시 비껴간 학 그림자의 말, 삐그시 부침개 접시를 내미는 흰 부추꽃 같은 것이 보여주는 묶음의 말을 너는 쓸 수 있겠느냐고 묻습니다. 묽은 감을 입에 넣어주는 가만한 말을 너는 쓰고 있느냐고 묻습니다. 왕고들빼기와 쇠비름 개망초도 어루만지는 말, 삭아가는 청국장 속 짚풀처럼 서로 엉겨붙은 말, 너는 그런 말을 하고 있느냐고 묻습니다. 제가 하는 말들은 마늘에 난 밭에서 올라온 푸른 말일까요. 얼음 풀린 땅바닥에 올라온 냉이나 씀바귀 같은 말이 될 수 있을까요. 답은 "노"입니다. 그래서 저는 이제 막, 말을 배운 아이처럼, 더듬더듬 말하려 합니다. 글 이전에 말해진 몸의 언어를 되찾으려 합니다.

노지영 그런 시의 더듬거리는 말들이 어쩌면 더 필요한 시대인 것도 같습니다. 그 말들이 서로 엉겨붙은 지점이 어디에 있나 찾아보는 습관도 필요한 거 같고요. 너무나 험한 언어들이 횡행하여 세속도시에서는 가만한 몸의 말을 찾는 일이 쉽지 않은 거 같은데요. 선생님의 말씀처럼 우리는 훈육에 스며든 날카로운 말들을 언어전쟁의 방향으로 사용하고 있다고 느낄 때가 많습니다. 강렬하게 충돌하며 자신만의 새로운 그림을 그려나가는 것도 중요하겠지만, 저는 타인과 같이 어울려 그리는 그림이 그리울 때도 많아요. 문학은 불화의 기록들이지만, 그런 기록들은 화해와 동행의 공동체를 소망하는 마음들과 연결되어 있다고 생각하는데요. 선생님이 꿈꿔나가는 공동체에서 언어는 어떤 힘을 갖고 있나요?

김해자   인간 세상이라는 게 말싸움이 잦을 날이 없죠. 몸으로 치느냐 말로 치느냐, 그래도 총칼 들고 안 싸우는 것만 해도 어디냐 싶기도 해요. 제가 사는 마을도 작은 마을이지만요. 파벌도 있고 자잘한 냉전 같은 것도 제법 있습니다. 서로 간에 2년간 말 안 하고 지낼 정도로 서로 사이가 벌어지기도 해요. 정나미가 떨어져 인사도 않고 지내는 경우도 가끔 있고요. 그런데 그 계기라는 것이 거의 말 때문이더군요. 물론 호모사피엔스라는 게 뒷담화도 하면서 그룹과 개인의 안전과 활로를 모색하는 종자들이라 어쩔 수 없는 것 같긴 해요. 하지만 그것이 '세속'의 전투가 주가 되어서는 곤란하다는 생각이 듭니다. 저도 지영 씨의 말에 전적으로 동의해요. 문학이라는 게 "불화의 기록"이지만 "화해와 동행의 공동체를 소망하는 마음과 연결되어 있"었으면 하죠. 그리고 이러한 언어라는 것은 결국 언어 뒷면이 결정하는 게 아닐까 생각해봅니다. 언어가 앞면이라면 삶은 그 등짝이 되어주어야 할 텐데요. 삶과 분리된 언어, 등짝을 고려하지 않는 언어들은 자주 폭력이 되는 것 같아요. 에고를 부풀려서 강하게 전달되는 언어는 강한 무기가 되겠지만요. 인간의 관계 형성에는 매우 치명적이겠지요. 자기를 소외시키고 방어하는 언어들은 지성의 언어라고 말하기 어려울 것 같아요. 살림과 삶의 언어, 경외와 신비를 발견하고 동참하게 하는 언어, 근원으로 돌아가게 하는 언어. 저는 그런 언어를 글 이전의 말, 문맹의 말에서 찾아보고 있습니다.

노지영 어쩌면 요즘 젊은 세대들은 글 이전의 말, 몸의 말을 통해 만나는 경외의 순간들을 더욱 욕망하고 있지 않나 해요. 한동안 〈스트릿 우먼 파이터〉와 같은 프로그램이 세간에 화제가 된 걸 보면서, 표현의 주도권이 전환되고 있다는 것을 새삼 실감합니다. '스우파'는 코로나로 생계가 막막하던 거리의 여성 댄서들이 서로 팀을 짜서 댄스 경연을 하는 프로그램이에요. 경연프로그램의 긴장된 분위기를 좋아하지 않던 사람들도 그 프로그램은 참 많이 주목해주었는데요. 저도 그 프로그램을 보면서 여성들이 몸의 언어를 통해 자기 해방을 표현하는 순간들이 정말 황홀하게 느껴지더라고요. 언어로 주목되지 않았던 장소에서, 그런 보이지 않는 곳에서 누군가의 그림자로, 백댄서로 살아온 여성들이 세상에는 참 많잖아요. 이 세상의 그 많은 '백댄서'들이 위계적 예속에서 벗어나 '댄서'라는 정체성을 찾아나가는 과정이 시민들에게 이렇게 열광적으로 환호될 수 있다는 게 놀라웠습니다. 특히 질 스캇(Jill Scott)이라는 흑인여성가수의 〈워매니패스토 Womanifesto〉라는 느린 곡에 맞춰 춤추던 어떤 크루 팀들이 떠오르는데요. 선생님도 혹시 이 영상 보셨나요? 오늘 질 스캇의 노래도 선생님과 들어보고 싶었어요.

김해자 와. 춤은 물론이고, 배경 음악의 가사가 아주 흥미롭네요.

차이를 유발시키는 대상에게 뭐라 하기보다, 우리들은 이렇다고 열거하는 방식이 일단 맘에 듭니다. 너는 왜 그러냐는 화법은 익숙한데, 나는 이렇게 생각한다는 화법은 자주 잊어버리고 살잖아요.

노지영 그렇죠. 빠른 비트가 중요한 댄스 경연 프로그램에서 이들 여성댄서들은 일부러 느린 비트와 시각적으로 덜 화려한 퍼포먼스를 선택하거든요. 그렇게 무대 위에서 최선을 다해 춤을 추고는, 이 댄서들은 결국 꼴찌를 합니다. 하지만 누군가에게 인정받고 안 받고보다, 이들은 오늘의 유한한 무대에서 자신들의 목소리를 내는 방식을 중시했어요. 경연에서 계속 살아남는 방식 말고, 이렇게 자신들의 정체성과 자존감을 보여주는 방식이 사랑받는 시대구나, 설레었죠. 신기하게도 이런 영상들이 올라오자마자 수만 개의 댓글과 300만 이상의 조회수가 연이어지거든요. 기성의 질서를 벗어나 야생의 문법이 출현하길 원하는 사람들이 세상에 이렇게나 많아요. 몸과 언어가 엉겨 있는 해방의 에너지에 이렇게 열광적으로 감응하는 시대입니다. 오늘날 기성의 언어는 이러한 목소리들에 응답하고 있을까요?

김해자 말씀하신 영상에 흐르는 질 스캇의 노래에서 "난 단순히 엉덩이만이 아니야"라는 구절은 참 많은 의미를 포괄하는 것 같습니다. 엉덩이기도 하고 아니기도 하다는 선언은 자신이 물질이고 감각이되 그것 이상이라고 말하고 있네요. 추상화되기 쉬운 주의나 주장보다는 육체이자 영혼의 눈으로 "사악한 사회구조"를 꿰뚫어보는 것, 육체를 부정하지 않은 채 그것을 넘어서는 존재임을 표명하며 몸으로 세상에 항의하는 것이 어쩌면 제가 생각

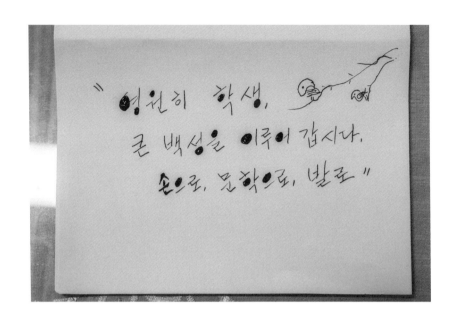

하는 시의 방향과도 일치하는 것 같아요. 이 세계를 넘어서려는 것이 시라면 말이죠. 이를테면 요즘의 정치시나 페미니즘 시들이 저는 자주 육체를 간과하고 관념화되는 게 아닌가 하는 우려될 때가 있는데요. 거대담론에 눌려 활기랄까 생명력이랄까 파토스의 생기랄까 하는 것들이 거세되는 경우를 보곤 해요. 하지만 그것은 예술의 본령이 아닌 거 같습니다. 이들 댄서들이 스스로를 수용하고 사랑하며 고귀함을 잃지 않으려는 노력들이 매우 인상적으로 보여요. 무작정 구걸하거나 무턱대고 돌을 던지거나 자존심을 내세우는 언어가 세상엔 많지만요. 그런 양자구도로부터 일거에 벗어나 새로운 출발선에 서는 것이 더욱 중요하겠죠. 그것은 다름 아닌 자기 존중에서 비롯되는 게 아닐까 해요. 자존감과 스스로에 대한 경외, 서로에 대한 경외를 지닌 채 함께 도약해버리는 즐거운 몸의 언어를 기대합니다. 유쾌한 싸움으로요. 우리 세상도 좀 이렇게 자존감 있게 갔으면 좋겠습니다.

노지영 저는 선생님이 그 어떤 변방에서도 세상에 대한 경외를 잃지 않으며, 자존감 있는 몸의 말을 탐색해온 거리의 백댄서였다고 생각합니다. 선생님이야말로 '스트릿 우먼 파이터'의 시조새죠(웃음). 스스로 백댄서가 되어 자존감 넘치는 몸의 말을 계속적으로 발견해온 선배님들 덕분에, 오늘날 이런 '댄서'들의 해방의 춤이 계속될 수 있지 않았나 합니다. 백댄서였고, 또 시의 댄서로 살아오신 여성시인 선배님께 이 지면을 빌려 감사의 말씀을 드리면서요. 이어지는 가장 중요한 질문을 드립니다. '시인과의 대화'를 진행하면서 만나는 시인들께 공통으로 드리는 질문인데요. 선생님께서는 시를 통해 어떤 세상을 꿈꾸십니까. 오늘날 우리가 추구해야 하는 시학이라는 것이 있다면 어떤 게 있을까요?

김해자 저는 거리에서 시를 낭송하다 시인이라는 명함까지 달게 된 사람인데요. 서로 어울리게 하고, 서로를 북돋우고, 같이 아파해주고, 같이 싸워주는 것, 그것이 노래와 시와 춤이 해온 중요한 역할 중에 하나라 생각해왔습니다. 부끄럽지만 삼십대 노동자일 때 저는 이런 그림을 상상했습니다. 로마제정에 반기를 들었던 스파르타쿠스 반란군이 압도적인 병력의 로마군에게 지고 또 지잖아요. 이들이 변방까지 밀려가 잠시 진용을 추스르는 동굴 속의 풍경을 상상해보는 거죠. 거기서는 상처투성이인 노예들의 신음이 여기저기서 흘러나올 겁니다. 많이 어둡습니다. 배도 고프겠죠. 승산은 안 보입니다. 일어설 힘도 없고요. 그때 누군가가 가

만히 일어나 천천히 한 음절씩 무언가를 읊습니다. 가사가 정확히 뭔지는 몰라도 점차 그 언어들을 누군가가 따라합니다. 따라하다 자기도 모르게 일어서겠죠. 일어설 힘도 없는데, 점점 더 많은 패잔병들이 일어서면서 시는 합창이 되고 이윽고 한 무더기의 춤이 됩니다.

　　너무 낭만적으로 들릴지 모르지만, 저는 이런 장면을 떠올리면서 젊은 날에 시를 쓰기 시작했습니다. 그리고 시는 그런 역할을 한다고 믿으면서 현장에서 시를 낭송하곤 했습니다. 물론 세상은 예전과 달리 급속히 바뀌고 있죠. 미래가 어떻게 될지 알 수 없는 짙은 안개 속에서 길이란 것이 잘 보이지가 않는 시대입니다. 코로나 시대를 통과하면서 안개의 농도는 더 짙어지고 있고요. 압도적인 비대칭이 심화되고 있는 오늘날의 현실을 바라보는 것은 이제 두렵기까지 합니다. 하지만 갈수록 심화되는 이러한 불평등 속에서도, 시라는 것은 이기고 지는 것을 넘어서서 뒤를 돌아다보는 시간을 열어줄 거라 믿습니다. 젊은 미래와 아직 태어나지 않은 미래 세대에게 말을 거는 것, 칠흑 같은 안개 속에서 깜박깜박 경고등을 켜는 것, 내가 앞사람을 따라가듯, 뒤에 오는 사람들에게 조용히 불을 비춰주는 것, 저는 그런 것이 시가 되었으면 좋겠습니다.

*

시인과 대화하며 나는 잠시 글썽인 적 있었고, 그녀도 그랬다. 같은 타이밍은 아니었던 것으로 기억한다. 시차를 두고 눈시울을 붉혔지만, 둘 다 무언가를 슬퍼하고 있었다. 준비한 녹음기가 정지되면서, 우리는 녹취를 의식하지 않은 채 여러 이야기들을 더욱 길게 나누었다. 말하는 것에 에너지를 쓰느라 그녀는 도중에 식은땀을 흘리기도 했다. '엉덩이'로 오래 말하는 일이 오래 앓았던 그녀의 몸 상태로는 너무 힘들어 보였다. 내가 미안한 기색을 보일 때마다 그녀는 이겨낼 수 있다는 듯 벌떡 일어나 탁자 위에 먹을 것을 올려주었다.
　　산기슭의 저녁은 생각보다 일찍 찾아왔다. 한순간 어두워져서 이방인의 눈으로는 그녀의 이웃들이 산다는 집들이 도무지 식별되지 않았다. 그녀가 보여주겠다던 콩밭도 그 경계가 구분되지 않는 한 덩이의 어둠으로만 보였다. 빛 공해가 없는 그 작은 마을은 밤이 되니 완벽한 이방의 세계가 되었다. 칠흑같이 어두워지기 전에 서울로 빠져나가야 했다. 일어서는 길을 배웅하며, 그녀는 광덕의 기운이 박혀 있는 호두과자와 내가 가지고 있지 못한 책들, 그리고 그녀가 농사를 지은 콩이나 햇들깨가루 등을 종류별로 바리바리 싸주었다. 단정하게 포장해놓은 수백 개의 까만 서리태 콩에는 놉 농사로 사유의 경계를 넘어온 시인의 땀방울이 알알이 맺혀 있었다.

　그녀의 집에서 빌려온 두툼한 망토 덕에 나는 기차를 타고 올라오는 긴 시간 동안 추위를 잊었다. 음악을 들으며, 세상의 변방에서 춤추던 백댄서들을 따스하게 떠올릴 수 있었다. 무대 뒤에서 그 많은 백댄서들이 춤춰왔기에, 그 어떤 새로운 춤들도 태어날 수 있었겠지. 그 거대한 망토로 보존된 체온들을 떠올리며, 나는 어느덧 서울의 한 기차역에 도착하였다.

　그런데 시인의 집에서부터 따스하게 두르고 있던 망토를 보고, 서울에서 만난 누군가는 대뜸 농부터 던지는 것이었다. 뜬금없이 두꺼운 넝마를 두르고 있어서 내가 서울역에 상주하는 '노숙자'로 보였다고 재밌어한다. 그래, 이런 말들에 부딪히는, 평면적 시선이 장악하는, 그래서 더 매끈히 차려입은 사람들이 교차하는, 이곳도 나의 집이겠지, 내가 살아가야 할 세속도시겠지.

　나는 망토를 더욱 단단히 여미고, 한결 추워진 서울의 온도를 생각한다. 입동이 지나서도 집에 가지 못하는 마음들을 생각하며, 나의 집으로 향한다. 앞서가는 이들의 미등을 본다.

시인과의 대화 5
겹의 그늘을 읽는 일   김경인

2001년 〈문예중앙〉을 통해 등단하며 작품활동을 시작했다. 시집 『한밤의 퀼트』『얘들아, 모든 이름을 사랑해』『일부러 틀리게 진심으로』가 있다. 현재 한양대 에리카캠퍼스 창의융합교육원 교수로 재직 중이다. 형평문학상을 수상했다.

시간   2022년 2월 7일(월) 오후 2시
장소   한양대학교 김경인 시인 교수연구실

시인의 실물을 보는 건 처음이었다. 카톡으로, 전화로, 줌 화상 세미나로 1년을 알아왔지만, 감염병이 창궐한 이후에는 직접 대면하지 않은 채 만나온 사람이 많았다. 그녀도 그렇게 랜선으로 알게 된 사람 중 한 명이었다. 손윗사람이고, 같은 성별이고, 세미나라는 명분 하에 주기적으로 대화해온 관계이긴 하지만, 일상적 습관이나 개인적 취향에는 무지했다. 실제로 만났을 때 어떤 방식으로 첫인사를 하는 것이 자연스러울지조차 예측이 안 되었다.

저 멀리 건물에서 바지런히 걸어 나오는 그녀의 속도에 나는 반사적으로 손을 흔들었다. 그런 나를 처음 보았을 때, 시인은 먼저 고개를 살짝 숙여 인사했던 것 같다. 과하게 반가움을 표시한 것 같아, 나도 이내 공손하게 고개를 숙여보았다. 이국에 살던 사람과 처음 만나는 느낌이었다. 각자의 문화 속에서 학습해온 인사법이 있을 것이라 생각하며, 우리는 서로를 향해 숨을 골랐다. 마스크를 쓰고 있었지만, 실제의 삶에 줌인 되어오는 한 사람의 얼굴은 줌 화상회의에서 보던 얼굴과 일치했다. 김경인 시인의 눈매가 맞았다. 상반신만 보아오던 그녀가, 처음으로 두 다리를 써서 나에게 걸어오고 있었다.

인간이 전신을 가진 존재라는 걸 확인하는 일은 얼마나 반가운 일인가. 알던 사람을 실물로 진짜 아는 일은 오늘날 얼마나 새로운 일이 되었는가. 오후 2시의 햇살이 그녀의 몸짓 뒤에 짧은 그림자로 어른거리고 있었다. 입체를 가진 사람이 분명했다. '선생님. 이렇게야 만나보는군요', 메시지를 넘어선 파라랭귀지의 기운이 어떤 피막 하나를 뚫고 온풍처럼 퍼지는 느낌이 들었다. 렌즈로 보던 달에 첫발을 내딛던 우주인들은 이런 마음으로 낯선 땅에 깃발을 꽂아왔겠지. 익숙하면서 낯선 사람의 손을 그렇게 덥석, 잡아보기로 한다.

실물과 실물

노지영 선생님의 시를 보면 "오늘의 맛", "오늘의 감정" 뭐 이런 시어들로 하루하루의 감각들이 표현되곤 하는데요. 독자들에게 간단한 근황을 전해주시지요?

김경인 저는 그냥 하루하루를 살아요. 아이 밥 차리고, 낮잠 자고, 간간이 웹툰과 넷플릭스 보고, 또 저녁이면 할 일 하고 그렇게 지냅니다. 오늘 하루 잘 살면 내일이 오겠구나, 이런 생각으로 그냥 하루하루를 잘 살려 하고요. 그렇게 쌓은 하루들이 모여서 이후의 나날의 날들이 된다고 생각하고 살지요.

노지영 아침에 읽은 선생님의 신작시가 떠오르네요. 네모난 웨하스처럼 하루하루 겹겹이 쌓이는 시간들……

김경인 네. 저는 별 특별한 일 없이 그럭저럭 보냅니다. 이번 해가 되면서 건강상, 단 거를 좀 덜 먹어야겠다 하는 생각은 하고요 (웃음). 그런 식으로 지내며 오십이란 나이가 됐어요. 얼마 전에 저희 아버지가 너는 이제 만으로도 오십이고 그냥으로도 오십이 넘었구나 그러시더라고요. 제가 마흔이 넘었을 때는 사십이라는 나이가 되게 나이가 많은 줄 알고 엄청나게 비극적으로 생각했었거든요. 그런데 오십이 되니까 그냥 하나도 비극적이지 않고요. 이제는 어쨌건 간에 살 날보다는 산 날이 더 많겠구나, 그런 생각이 들죠.

뒤를 보는 마음

노지영　선생님과 제가 주기적으로 줌 화상 세미나에서 뵙곤 했었지만요. 실물로는 선생님을 오늘 처음 뵈어요. 오늘은 우리가 AI 인간이 아니었다는 걸 확인하는 자리랄까요(웃음). 감염병 이후 줌 화상 세미나 속에서 납작하게 만나온 관계들이 참 많은데요. 피부를 가진 인간, 피를 가진 시인이라는 실체는 어떻게 다른 감각을 줄까 궁금하기도 했어요. 절 처음 보니 느낌이 어떠신지요?

김경인　저도 실물로 선생님 보니까 새삼 더 반가워요. 어느 순간엔가 비대면이 일상이 되다보니까, 실제로 만나는 것이 어색하기도 하네요. 하지만 선생님은 정기적으로 만난 사이라서 그런지 낯설지가 않아요.

노지영　저희가 명목상은 '수유너머 문화비평세미나'라는 이름으로 만나왔지만, 어쩌다보니 이름하고 일치하지 않는 만남을 갖고 있잖아요. 코로나19 이후에 저희가 한 번도 수유에서, 아니 실제 '수유너머'가 있는 연희동이란 공간에서도 만난 적이 없고요. 그곳에서 주도적으로 활약하시는 진성 멤버들은 저희 모임의 존재를 알지도 못할 것 같은데요. 감염병이 전 세계를 쥐락펴락하는 시간 동안 그냥 가상의 줌 공간, 진짜 실제의 '너머'의 공간에서만 뵈어온 사람들이 참 많은 거 같아요. 활동 반경도 다르고 거주 지역도 다르고 삶의 무늬도 전혀 알지 못하는 멤버들과 한동안 주기적으로 만나왔었죠.

김경인　현재의 줌 세미나 멤버들과는 지속적으로 만나오진 않았지만요. 예전에 최진석 평론가와는 3년 정도 스터디를 같이 한 적이 있었죠. 저에게 시가 잘 안 쓰였을 때가 있었는데요. 아마 2013년~2014년쯤이었을 거예요. 주변에 좋은 시들도 너무 많고, 저는 시가 시들해져서, 시고 뭐고 이제 그만 써야겠다, 하는 생각이 들 때였죠. 2012년에 두번째 시집 냈을 때, 실은 제가 그 시집이 마음에 무척 들었거든요. '아, 난 이제야 시라는 것을 쓴 거야' 이런 마음이 들 정도였는데요.

노지영 두번째 시집이 두께도 제법 있잖아요. 양만으로도 공들이신 게 느껴졌어요.

김경인 그런데 내고 나서 정말 악플보다 더 무서운 게 무플이라는 걸 정말 실감하겠더라고요. 기대가 있어서였는지, 출간한 후에 풀이 많이 죽었어요. 그때 저는 시인으로서는 다시 태어나는 방법은 재등단밖에 방법이 없겠구나, 심지어 이런 생각까지 들었으니까요. 그래서 그 무렵에 한동안 시를 안 썼어요. 시가 써지지도 않는 상황이니 '그러면 공부라도 해야겠다. 세계문학전집부터 읽어야겠구나' 이런 생각을 하게 되었죠. 그렇게 고전 읽기도 하고 공부도 하다보니 시에 대한 제 사유가 너무 부족하다는 생각을 많이 하게 되었고요. 그래서 틈틈이 기회가 되면 선생님들과 어울려 공부를 하려 했어요. 한 마흔쯤 되니까 버킷리스트를 만들어야겠다는 생각을 하게 되었고요. 그 첫번째가 바로 세계문학을 읽는 것이었죠. 저는 실은 스탕달 같은 작가들도 말로만 들었지, 실제로는 읽지 못했었거든요. 그런데 막상 읽어보니 참 좋더라고요. 다자이 오사무의 『사양』 같은 소설도 정말 좋았어요. 두번째 버킷리스트는 철학 등의 인문학을 좀 진지하게 공부하고 싶다는 거였어요. 그래서 '수유'라는 공간을 드나들며 여러 책을 읽었습니다. 전 그때가 참 좋았던 것 같아요. 물론 당시에는 만날 우울한 얼굴로 다니기는 했지만요. 그 무렵 저를 본 선생님들은 제가 되게 사연이 많은 사람인 줄 알았을 거예요(웃음).

노지영 그래도 지금 줌으로 하는 세미나와 비교하기 어려운, 실물 모임이 갖는 확실한 생기가 있었을 거 같아요.

김경인 그런데 저는요. 사실 실물 모임이 갖는 거리감이 더 컸어요. 선생님도 그렇지 않아요? '내가 누구냐'라는 것을 늘 누군가에게 말을 하고 다녀야 되는 게 너무 힘들잖아요.

노지영 그렇죠. 말을 많이 하다보면 어쩔 수 없이 자기 내면을 드러내게 되니까, 곧잘 후회하게 돼요. 그런데 제가 또 모임에서 침묵하는 걸 잘 못 참는 성격이거든요. 순서교대가 잘 안 되어서 사람들이 말을 안 하고 있으면 그게 무관심의 표현인 것 같고, 관계의 온도인 것도 같아서 자꾸 쓸데없는 얘기라도 막 하는 거예요. 뇌가 하는 말이 아니라 냉기를 못 참는 입술들이 바르르 떠는 말이랄까요. 그렇게 자기 내면의 바닥까지 노출하고 난 날엔, 돌아오는 길에 엄청 후회하죠. 남들은 신중하게 하나하나 취사해서 대화를 하는데, 나는 왜 이렇게 언어를 고르는 안목도 없고, 차분히 조절하여 말하는 억제력도 없나. 오지랖만 넓고 어수선한 저 같은 사람에게 언어를 다루는 일이란 불행의 급행열차를 타는 거다 생각하죠(웃음).

김경인 저도 그래요. 실제 사람들 만났을 때 다 누구나 그런 감
정을 느끼잖아요. 시선의 공포도 있고요. 줌은 그런 게 덜한 편이
잖아요. 저는 그래서 줌으로 만나는 게 더 편할 때가 있어요.

반반의 공간, 시인의 위생학

노지영 이제 작품 이야기를 좀 해볼까요. 선생님은 산문은 물론
비평도 종종 쓰시던데요. 요즘 시인들은 거의 시와 산문의 경계
없이 두 글쓰기의 영역을 넘나들면서 비평적 욕망을 전면화하는
사람들이 참 많지 않나요? 시인이 시도 쓰고, 표사나 해설도 같이
쓰고, 발문과 평론도 쓰고요. 상당수의 시인들이 그런 전천후의
글쓰기 체제를 감당하며 사는 것 같아요.

김경인 그런 것 같아요. 비평가들은 이론과 텍스트를 중심으로
보는데요. 그래도 시인들은 다른 것을 볼 때가 있잖아요. 쓰는 사
람으로서 시를 좀더 세밀하게 읽기도 하고, 시를 쓰는 과정이 얼
마나 힘들었는지 알기 때문에 시인의 마음으로 글을 쓰기도 하잖
아요. 그래서인지 시인들이 쓴 글을 읽으면 평론가들의 글을 읽
을 때보다는 조금 더 따뜻하다는 생각을 하게 되는 것 같아요. 시
를 못 쓰고 있을 때에도, 종종 그런 생각을 했었죠. '비록 시는 못
쓰고 있지만 그래도 뭔가 해야 하지 않을까?' 그런 마음으로 시
외의 글들을 좀 많이 썼던 시기가 있었죠.
　　　처음 산문 청탁이 오던 때를 생각해보면요. 저를 찾아주
는 게 그저 고마웠던 것 같아요. 시도 못 쓰겠고, 재등단해도 시

원찮은데 저에게 지면을 주면서 글을 쓰라고 부탁하니까 너무 반가웠던 거예요. 그런 와중에 다른 시인들은 도대체 어떻게 살고 있는지 궁금해지더라고요. 그때쯤 이원 시인과 인터뷰 기회가 있었죠. 물론 그전에도 조금은 알고 있었지만, 인터뷰하면서 조금 더 깊이 알게 됐고요. 진은영 시인도 원래 좀 친했지만, 또 그렇게 대화를 하다보니까 조금 더 깊이 알게 됐어요. 그래서 제가 만나고 싶은 사람들은 주로 이런 인터뷰의 방식으로 만나게 되었던 것 같아요.

노지영 오늘은 일터에서 선생님을 인터뷰하며 뵙게 되었어요. 선생님을 보여주는 공간이기도 하고, 방중의 학교가 변이 바이러스를 피해 대화하기에는 조금 안전한 장소일 것이라는 생각도 들어서요. 선생님의 일터를 간단히 소개해주신다면요.

김경인 이곳은 그냥 일하는 데예요(웃음). 시를 쓰는 곳이 아니고요. 보시면 아시겠지만, 여기 연구실은 뭐 아무것도 없잖아요. 시를 쓰는 용도가 아니라 업무 용도로 철저히 독립되어 있는 공간이죠. 저는 그런 분리된 느낌이 좋아요. 연구실 입구의 명패를 보셨겠지만, '김양희'라는 다른 이름을 가진 이의 공간으로 들어온 거잖아요. 저는 필명을 쓰고 있는데요. 필명을 쓴 다음에 그런 생각이 든 건지, 아니면 그런 느낌을 무의식적으로 바라면서 필명을 쓰길 원했는지 모르겠지만, 자연인 김양희로서의 저와 시 쓰는 사람 김경인으로서의 제가 딱 분리되어 있다는 느낌이 참 좋더라고요.

노지영 처음 들어설 때, 뭔가 관공서 사무실의 느낌이 물씬 풍겼어요(웃음). 시인의 연구실에 대한 통념을 깨는 공간이랄까요. 처음에 '김양희 교수연구실'이란 명패를 보면서 들어왔는데, 문을 여는 순간 정말 시인 김경인이라는 존재가 표백된 공간 같다는 느낌을 받았어요. 흔한 장식이나, 시구절이 적힌 종이 하나가 붙어 있지 않네요.

김경인 네. 저는 직무에 따라서 일하는 나와 시 쓰는 나를 분리시키는 그런 기분이 좋아요. 저는 그 분리가 잘 될 수 있도록 평소에 노력을 많이 하는 편이에요.

노지영 시는 주로 다른 곳에서 쓰고 계시죠? 저번에 얼핏 스터디카페 같은 데서 시를 쓰신다고 들었던 것 같은데요. 지천명의 여성시인이 스터디카페에 상주한다는 게 특이했어요. 코로나 이후, 도시의 여성 시인들은 또 어떤 방식으로 어떤 벙커에서 시를 쓰며 살고 있을까, 생각해보곤 하는데요. 선생님의 일상을 채우는 장소에 대해서 더 듣고 싶어요.

김경인 주로 집과 연구실과 스터디카페를 오가죠. 코로나 이전에는 이웃 도시인 과천 정보과학도서관에서 시를 쓰다가, 근래에는 주로 스터디카페에서 시를 썼어요. 스터디카페는 스터디하는 곳이잖아요. 그래서 우리가 하는 그런 비평세미나 같은 스터디도 하고요. 거기서 시도 씁니다. 시는 일종의 스터디라고 생각해요. 시는 계속 홀로 해야 하는 공부니까요. 공간을 옮긴 다음에도, 큰 문제 없이 써왔는데요. 스터디카페가 저녁 9시에 문을 닫게 되면서, 최근에는 시를 잘 못 쓰게 된 것 같아요(웃음). 시를 쓰다가 중간에 끊고 집으로 와야 하니까요. 그전에는 스터디카페에서 밤을 새울 수가 있었잖아요.

노지영 스터디카페가 24시간 사용할 수 있는 공간이었죠.

김경인 네. 24시간 있을 수 있었어요. 거기서는 편하게 밤을 새울 수가 있어서 좋았죠. 저는 그런 기분을 좋아하거든요. 아무도 없는 가운데서 홀로 깨어 있는 기분요. 그런 기분으로 거기서 밤새 시를 쓰곤 했어요.

노지영 가족들은 24시간 외박하며 시 쓰는 거, 양해가 다 되는 상황인가요?

김경인 아이들은 이제 다 커서요. 큰애는 대학생이고요. 둘째 아이는 중학생이에요.

노지영 그럼 배우자분은 시 쓰느라 선생님이 외박하는 거에 대해서 내심 기뻐하시는 분위긴가요(웃음)?

김경인 기뻐하는 것까진 아니고요. 하지만 제가 마감날까지 시를 못 써서 미칠 것 같은 모습을 보이는 거, 그거는 옆 사람에게는 너무나 민폐잖아요. 차라리 스터디카페에 가서 혼자 시를 쓰고 오면 그런 모습을 안 보일 수 있고, 집에 와서는 멀쩡해지니까요. 시도, 마음도 다른 곳에서 다 쓰고 오는 거니까 상대방 입장

에서는 차라리 그게 낫겠죠.

노지영 선생님이 생활 세계와 창작 세계를 철저히 분리하고, 생활인으로서의 김양희라는 이름과 필명으로서의 김경인이란 이름을 분리한 채 사신다는 얘기를 퍽 흥미롭게 들었는데요. 최근에 쓰신 산문에서도 그냥 선생님은 "시로만 말하고 싶"다고 밝히신 바 있어요. 그런데 글로만 그렇게 말하신 게 아니라, 진짜 연구실에 와 보니까 그 강력한 의지가 실감이 돼요. 진짜 시로만 말할 수밖에 없게끔, 주변의 매개물로 이야기하기 어렵게끔, 연구실을 지극히 심플하게 관리하고 계시네요. 책상과 파티션, 책과 책장, 테이블, A4용지 박스, 손님을 위한 약간의 다과…… 사무용품 외에는 군더더기가 하나도 없어요. 어떤 사물의 흔적으로 시인 자

체를 드러내지 않고, 연구실을 마치 "위생학"이 작동되는 공간으로 배치해놓은 것처럼 느껴져요. 학내에 있을 때도 인적이 드문 공간을 선호하시는 느낌을 받았고요. 여기 연구실에 들어와서 대화하기 전에 선생님과 먼저 학내 산책길을 좀 걸었잖아요. 그 조용한 장소가 약초원이라고 했던가요?

김경인　네. 연구실 뒤로 산이 있고요. 근처에 약초를 재배하는 곳이 있는데요. 사람이 거의 안 지나다녀요. 산책도 하고, 때로 풍경 사진도 찍고, 때로 누군가와 그곳에서 말하기 어려운 속 얘기를 나누기도 하죠.

노지영　선생님에게는 아지트이자, 대나무숲 같은 곳이군요.

김경인 아까 휴대폰 속의 사진 보여드렸죠? 지금은 겨울이어서 황량해지고 물도 다 말라 낙엽만 쌓여 있지만요. 여기 찍어둔 이 사진을 보면 다른 계절엔 이런 모습이에요. 구름도 매일 다르고요. 주변에 둘러싼 것들이 무슨 나무인지 다 알 수는 없지만요(웃음). 그래도 평소엔 이렇게 잎도 무성하고, 물도 가득 고여 있어요. 그리고 우리가 건너왔던 길도 지금은 그냥 돌길 같지만요. 원래는 물 고인 곳을 지날 때 물을 건너게 해주는 징검다리 역할도 해요.

노지영 다른 계절에 찍어두신 사진을 보니 여기가 정말 호수처럼 물이 차 있던 곳이군요. 지금은 물이 말라 저에겐 그냥 낙엽만 쌓여 있는 낙엽 무덤으로 보였나봐요. 휴대폰 안에 간직된 사진을 보니 시인의 시선이 머물 수밖에 없는 공간이네요. 물에 비친 구름이 정말 이뻐요.

김경인 참 이쁘죠. 그렇게 텅 비어 있고 구름이 담길 수도 있는 곳, 그런 게 좋은 것 같아요. 사실 저는 주변 시선을 굉장히 의식하면서 사는 편이거든요. 그런 시선으로부터 자유로울 수 있다는 것이 바로 자연이 주는 혜택인 것 같아요. 대체로, 시선의 주도권을 자기 스스로가 가지고 있지 못하잖아요. 아니, 주도권까지는 아니더라도 어쨌든 누군가의 응시 속에서 모두가 자유롭지 못하니까요. 저는 학생들 만날 때도 어떤 때는 시선이 굉장히 많이 의식되어서, 그 시선들에 압도될 때가 있거든요. 그래서 이렇게 누군가의 시선이 없는 공간들을 제가 특히 좋아하는 것 같아요. 어쩌면 그래서 스터디카페도 좋아하는지 모르죠.

노지영 그래도 시인이 오래 거하는 공간 내에서 시인이 손길이 자주 가는 사물들이 없을까, 저는 궁금하기도 한데요. 평소에 가장 많이 만지고 접촉하게 되는 사물들은 어떤 것이 있을까요? 평소에 잘 간직하고 있는 사물들도 좋고요.

김경인 사진으로 찍을 만한 게 있다면 뭐 이 정도가 아닐까요?

노지영 책상 위에 있는 이 펜정리대 말인가요? 멀리서 언뜻 보면 그냥 군더더기 없는 스테인 그릇처럼 보이는데요. 손으로 직접 들어서 만져보면 꽤 독특한 느낌을 주네요. 펜만 담는 공간이 아니라, 얼굴도 왜곡되어 비치는 거울이 되고요. 홀로그램처럼 움직이는 각도에 따라 무지개빛도 나요. 선생님 손으로 한번 들어

뒤를 보는 마음

봐주시겠어요?

김경인　이건 이원 시인이 준 거예요. 그리고 군이 내가 보관하는 어떤 사물이 있을까 돌아보자면요. 어떤 분이, 소중한 이름을 바느질로 새겨 손수 만들어준 열쇠고리 하나, 그 정도가 있겠네요. 평소에 가방에 달고 다녀요. 어떤 산문에서도 잠깐 썼지만요. 이 열쇠고리는 생일날 어떤 아이의 어머님께서 만들어주신 거예요. 어머님의 마음을 잊고 싶지 않아서 가지고 다닙니다. 하지만 어떤 사물이 저에게 소중한 것일지라도, 누군가의 비극이 나에게 소중한 체험이 되는 것은 피하고 싶어요. 무엇으로 특정되어 제가 늘 그런 방식으로 살아온 사람으로 여겨지고 싶지도 않고요. 나를 어떤 사물들로 전시하면서 살고 싶지도 않습니다. 물론 지금의 저에겐 소중한 것들이지만요. 부끄럽기도 하고, 부채감도 너무 큽니다. 평범하게 사는 제가 어떤 사물을 통해 조금이라도 괜찮게 살아온 사람으로 보이거나 다르게 보이는 일은 없었으면 좋겠어요. 저는 뭐랄까. 그러니까, 별로 윤리적이지 않은 저 같은 인간이 어떤 윤리적인 맥락의 시를 쓰고, 때로 그런 맥락에서 독해된다는 것이 사실은 굉장히 부끄러운 부분이 있어요. 그런 지점에서 약간의 자아분열이 있죠. 물론 제가 글을 쓸 때 염두에 두고 있는 부분이 있을지라도, 그래도 시를 쓰며 자신만이 볼 수 있는 영역이라는 게 있잖아요. 제 실체의 어떤 한 면은 오직 저만 볼 수 있죠. 제가 쓰는 글들이 제가 그동안 느껴온 부끄러움을 희석시키는 면죄부처럼 여겨지지 않았으면 좋겠어요.

노지영　선생님의 우려를 충분히 이해합니다. 선생님의 시집들을 읽으며, 자신이 쓴 '시' 이외의 것들로 이야기된다는 게 선생님에게 얼마나 무거운 짐이었을지 체감할 수 있었어요.

김경인 우리가 지금 대화하는 장소, 제가 재직하고 있는 학교가 바로 안산인데요. 제가 수업하는 '아카데미 글쓰기' 과목에서는 '자기표현의 글쓰기' 같은 걸 할 때가 있어요. 그런데 어느 날 한 학생이 자기의 속 이야기를 그 글에 힘들게 털어놓은 적이 있어요. 자기가 세월호 생존자라는 것을요. 그리고 그런 내용을 누구에게도 알리고 싶지 않다고 썼더라고요. 그 학생의 알리고 싶어 하지 않는 영역에 공감해요.

'나'에서 '나스러운' 존재들로

노지영 타인의 삶을 함부로 전시하지 않도록, 선생님의 말과 오늘의 뉘앙스와 삶의 그늘들을 잘 헤아려서 내용을 적절히 정리해야겠다는 생각이 드네요. '고통은 나눌 수 있는가'의 문제를 진술의 언어가 아닌 '시'의 언어로 더 많이 이야기할 수 있어야겠다는 생각도 하게 됩니다. 자. 그럼 이제 선생님의 시력에 대한 이야기를 더 나눠볼게요. 2001년 〈문예중앙〉으로 작품활동을 시작한 이후, 올해가 2022년이니 20년이 넘는 시간을 시인으로 지내셨습니다. 『한밤의 퀼트』 『얘들아, 모든 이름을 사랑해』 『일부러 틀리게 진심으로』 등의 시집을 내셨고요. 검색해보셨는지 모르겠지만요. 한국시집박물관 사이트인가요? 거기에 게시된 선생님 소개를 보니까, 선생님의 시 세계가 추상성을 갖고 있다고 서술되어 있더라고요. "상징이나 비유, 구체적인 이미지의 제시가 아니라, 정념의 세계를 추상적인 방식으로 구현"한 것이라는 설명이 눈에 띄었어요. 물론 2015년에 구축된 오래전 자료지만요. 선생님의 시세계를 그런 몇 줄의 표현으로 요약한 내용을 보면 시인으로서 어떤 감정이 드시는지 궁금해요.

김경인 그 문장을 들으면 제가 엄청 예술가스러운 사람 같네요. 엄청 예술에 심취한 사람처럼 표현되어 있어요. 그것도 멋진 추상화가를 이야기하듯이요.

노지영 비평언어라는 게 A가 아니라 B다, 혹은 X가 Y보다 낫다, 왜냐하면 무엇무엇 때문이다 블라블라, 뭐 이런 식의 틀로 이야기되곤 하잖아요. 구체성에 대해서는 이견이 있겠습니다만, 저는 선생님 시에서 이미지의 문제가 더 세밀하게 파악되어야 한다고 생각했거든요. 그런데 선생님의 시가 추상적이다, 이렇게 일갈하여 소개한 문장이 시인 당사자들에게는 어떻게 느껴질까 궁금하기도 했어요.

김경인 그건 그냥 제 시가 이해가 잘 안 된다는 뜻 같은데요(웃음). 뭔 이야기인지 바로 파악이 안 된다?

노지영 난해하다는 뜻?

김경인 난해라는 말은 그나마 멋지게 한 말이고요. 한마디로 얘기하면 명확히 이해가 안 된다는 뜻 같아요. 어쨌거나 우리가 시인과 시를 떨어뜨려서 생각하는 건 불가능하잖아요. 그런데 읽어도 뭔 소린지 모르겠거나, 아니면 독자들이 생각하고 예상한 지평과는 좀 다른 방식으로 자꾸 쓰니까 그렇게 말한 게 아닌가 해요. "정념의 세계를 추상적인 방식으로 구현"했다는 것은 그냥 좀 이해가 안 되게 시를 썼다는 얘기를 누군가 그럴듯하게 표현해준 것 같은데요. 그런데 사실은 그런 식의 평이 맞는 부분도 있어요. 왜냐면 제가 이 학교에서 교육 전담으로 있기 전까지는요. 실제 학생들을 직접적인 관계로 만난 적이 거의 없었거든요. 누군가하고 이렇게 속 얘기를 한다거나 이런 경험들이 많지 않았죠. 첫번째 시집을 쓸 때, 제 딴엔 세상과 격렬히 투쟁하며 쓴 시니까 이런 것이 리얼리즘일 것이라고 생각했었어요. 그런데 이제 와서 보니까 또 그건 아닌 것 같거든요. 그때는 말 그대로 '예술' 했었던 것 같아요. 물론 지금도 예술을 하는 거긴 하는 거지만요(웃음).

　　노지영　관대하시네요. 자신의 시에 대한 평을 보면서, '누가 내 시를 이렇게 추상이라고 규정해' 이러면서 분노하시는 분도 있을 텐데요.

김경인　그럴까요? 예전에 저는 스스로가 매우 특수한 어떤 경험을 했다고 생각했기 때문에, 그 특수한 경험을 특수한 방식으로 드러내는 게 저의 시 쓰기라고 생각한 적 있었어요. 그런데 나중에 생각하니까요. 상당히 일반적인 얘기를 굉장히 비일반적인 형식으로 드러냈기 때문에 결국은 시집이 망했구나, 하는 생각이 들더라고요(웃음). 지금은 학교에서 실제로 학생들을 만나다보니까요. 제가 시라고 하는 걸 상당히 고귀하게 생각했었구나, 하는 생각도 많이 들어요. 제가 사는 것과 남들이 사는 것이 뭐가 그렇게 다르다고 그렇게 유난을 떨었나 싶기도 하고요. 비슷한 어떤 이야기들을 다 변주하면서 우리 인간이 살아왔던 것일 텐데, 조금 더 다르게 얘기할 수도 있지 않았나 생각해보기도 하죠.

노지영 그런데 저는 선생님 시 읽으면서 추상적이라는 느낌은 전혀 안 들었거든요. 첫번째 시집은 한 여성의 가족서사로는 너무나 강렬해서, 저 같은 여성독자에게는 매우 구체적인 이미지로 다가오는 부분들이 있었어요. 가독성도 있어서 상당히 흡인력 있게 읽었습니다.

김경인 그렇더라도 가족서사가 너무 많았죠.

노지영 한국 시사에서 남성의 가족서사는 더 많이 담론화되어 있지 않나요. 예를 들어 이성복 같은 시인의 시 세계에서는 가족서사가 아예 전 시집을 읽어나가는 독해의 축이 되죠. 첫번째 시집에서는 시적 화자와 아버지와의 관계가 부각되었다면 이후엔 어머니, 연인, 자식과의 관계 등 가족서사가 아예 시인의 인생 탐구의 여정처럼 읽히기도 하잖아요. 물론 가부장적 세계에 혹사당하고, 이에 대항하여 연대를 꿈꾸는 여성서사들은 늘어났지만요. 선생님과 같은 형식의 가족서사는 매우 드문 형식의 여성서사가 아닐까, 저는 그렇게 생각했어요.

김경인 그게 패착이에요. 생각해보면 그래서 망한 것 같아요(웃음). 공감대 형성이 안 되는 거죠. 뭐 차라리 그냥 솔직하게 썼으면 모르겠는데, 이게 사실적인 경험이니까 이런 이야기를 그냥 시로 쓰기는 너무 미안하잖아요. 나름대로 어떤 극 형식으로나 은밀한 형식으로 넣어서 썼단 말이에요. 그러니까 더 알 수 없는 얘기가 되는 거예요. 전체 서사는 잘 모르겠고, 저만의 디테일만 살아 있는 형태랄까요. 제가 볼 때는 그래서 망한 것 같아요(웃음).

노지영 그래도 몇 달 전에 첫 시집이 복간되었잖아요. 김민정 시인같이 촉이 강한 편집자가 이 시집을 살려야겠다 싶어 문학동네에서 복간을 도와준 것이고.

김경인 제겐 참 고마운 일이지만, 다른 시집이 복간되면서, 저도 덕을 본 것이 아닐까요. 김민정 시인이 랜덤하우스 시집 출간이 중단될 때 편집자로서 굉장히 미안해했단 말이죠. 김민정 시인의 잘못이 전혀 아닌데도 말이지요. 당시에 시인과 편집자가 서로서로 미안해하는 그런 분위기가 있었던 것 같아요. 김민정 시인이 절판된 시집들을 복간하겠다 약속한 적 있었는데, 그 과정에서 제 첫 시집 『한밤의 퀼트』가 같이 구원된 거 같아요. 제게 첫 시집의 복간은 제 개인의 구원이 아니라 잊혀진 부족의 구원처럼 느껴지기도 해요.

노지영 망한 것들이 부활하는 게 진정한 구원이죠(웃음). 이번 기회에 선생님의 첫 시집을 읽을 수 있어 좋았어요. 독자로서 엄청난 속도의 몰입감으로 읽었는데요. 가족서사의 영향력도 한몫

했던 것 같아요.

김경인 말씀처럼 첫 시집에는 개인적인 가족서사가 참 많아요. 제가 왜 그렇게 썼을까 생각을 해보면요. 제가 장녀거든요.

노지영 K-장녀?

김경인 물론 K-장녀이기도 하고요. 동시에 '대리 아들'과 같은 위치를 의식하며 성장했죠. 우리가 아까 산책하면서 '피'라는 것에 대한 이런저런 이야기를 했지만요. 사실 가족과 집에 대해서 벗어나고 싶어한다는 것 자체가 그것을 항상 인지하고 있다는 거잖아요. 내가 왜 가족과 혈통의 부분을 예민하게 인지하고 벗어나려 하는지를 생각해보면, 저 자신의 무의식이 부계의 혈통을 마치 대리 아들처럼 무겁게 받아들이고 있었던 건 아닐까 하는 생각도 들죠.

노지영 '대리 아들'의 무게를 감당해온 딸들이 자신의 피를 마주하는 방식에 대한 서사가 앞으로 더 많이 필요하지 않을까요? 그런 면에서 선생님의 첫 시집은 아주 중요한 시집이 아닌가 하는데요. 아예 사람들은 자신의 정체성을 인정하지 않으려고 거부하거나 아니면 그냥 기존의 습속 안에 스며들어 자각하지 못하거나 할 때가 많잖아요.

김경인 '부계'에 저항하고 싶었죠. 어쨌든 저항해서 나로부터 '다시 쓰기' 해야 한다고 생각은 했는데요. 그렇게 '다시 쓰면서 보여줄 어떤 다른 스토리가 있느냐?'라고 물어보면 사실 확실하게 답하기는 어려워요. 다만 저에 대한 어떤 응시들, 가족사를 통해 '나'의 위치가 정해지는 상황들이 불편했던 것 같아요. 가령 '너는 이럴 거야' 내지는 '너는 뭐 이랬으니까 앞으로도 너의 앞날은 당연히 이렇지 않겠어' 이렇게 자신이 예상하는 어떤 모습대로 읽어내려고 하는 세간의 시선들이 저는 상당히 불편했어요. 이러한 불편함은 별로 행복하지 않았던 유년기와도 깊이 연결되어 있고요. 어릴 적에 제 꿈은 어른이 되어서 저 스스로의 목소리를 갖는 것이었거든요. 그래서인지 어렸을 때 제 일기를 보면, '나는 결코 잊지 않겠다. 커서 용서하지 않겠다' 이런 문장들이 간간이 나오기도 해요(웃음). 그런데 첫 시집을 내고 보니까요. 그런 세계가 너무 얄팍해 보이는 거예요. 그래서 산문에도 썼듯이, 첫 시집을 다시는 보고 싶지 않았어요. 당시에는 너무 거리 조정이 안 되어서 이런 생각을 하지 못했는데요. 지금 보니 너무 천연덕스럽게 드러난 세계관이 지나치게 노골적인 느낌도 들어요.

노지영 드러난 것도 있고, 여백으로 남아 있는 부분도 있는 거 같아요. 언젠가 그 이야기들을 더 잘 엮어주시면 되지 않을까, 하는 기대도 되는걸요. 주변에 대한 여러 시선을 두고 고뇌했기 때문일까요. 선생님은 삼십대 넘어 활동을 시작해서 2007년, 2012년, 2020년에 걸쳐 세 권의 시집을 내셨죠. 아주 가파른 호흡으로 시집을 출간하시지는 않았어요. 부끄럽지만 저는 선생님의 『일부러 틀리게 진심으로』란 최근 시집을 가장 먼저 읽어봤고요. 그 시집이 좋아서 두번째 시집을 찾아 읽은 후, 이번에 복간된 첫 시집을 가장 나중에 읽었거든요. 선생님의 세 권의 단독시집들을

역순으로 읽어서 그런지, 어떤 서사의 흐름을 역으로 추적해가는 느낌이 들었어요. 시인이 이런 시어들에 계속 집중하는 이유가 이런 흔적들 때문이구나, 연결망과 인과관계의 단서를 추적하면서 읽는 독서경험이 좋았거든요. 시집을 내는 주기마다 선생님의 진심이 이런 식으로 이동하고 있구나, 당대에 작용한 마음들이 어떻게 '텍스트-되기'에 도전하고 있는가를 살피는 과정도 흥미로웠습니다. 선생님의 시 작업을 평가하는 시선들이 다양하겠지만요. 시인 스스로가 생각할 때 선생님의 시적 궤적이 어떻게 이동해간 것 같으신지요?

김경인 아주 많이 달라졌기를 바랐지만, 돌이켜 생각해보면 처음에서 그렇게 벗어난 것 같지는 않은데요(웃음). 첫번째 시집을 냈을 때 아버지의 오랜 친구이자 또 시인이신 모 선생님께서 제 시를 읽으시고는 '네 시에는 아버지 얘기가 너무 많이 나와'라고 말씀하시는 거예요. 그 말을 들었을 때 속내를 들킨 것 같아서 너무 부끄럽고 창피하고 아버지께 미안하기도 했어요. 시집에 실린 이야기들이 알레고리가 아니라 내면의 사실이어서요. 예컨대 시집에 나오는 '아버지'는 실제와 상징을 다 아우르는 것이긴 한데, 실물 아버지와 상징 아버지가 어느 부분에서 겹쳐지고 어느 부분에서 분리되는지조차도 알 수 없을 정도로, 저에게는 하나의 서사로 꽉 짜인 아버지여서 그랬을 거예요. 그런데 그런 마음들을 정리해 첫 시집을 내고 난 후, 이런저런 과정을 거쳐서 이제 집이라는 대타자와는 어느 정도 분리가 되더라고요. 그러니까 이제 더는 그런 이야기를 쓸 이유가 사라지게 되었죠. 그러면서 다음의 관심 분야로 나갈 수 있게 된 것 같아요. 나 아닌 다른 사람의 얘기를 할 수 있게 되었죠. 나와 가족서사 말고, 이제 '나스러운' 어떤 것들에 대해서 써볼 수 있지 않나 이런 가능성이 생긴 것 같아요.

노지영 맞아요. '나'를 말하는 언어가 이후의 시집에서는 '나스러운' 존재들을 발견해가는 과정들로 연결되고 있더라고요. 같은 감정에 처한 약자나 지독한 슬픔을 가진 사람들에 대한 이야기를 그래서 독자들이 선생님의 시를 통해서 읽어낼 수 있는 것 같아요. 앞에서 말씀드렸지만요. 저는 『한밤의 퀼트』라는 선생님의 첫 시집을 최근에야 접할 수 있었는데요. 랜덤하우스에서 나온 시집 중 절판된 좋은 시집들이 제법 있잖아요. 저처럼 선생님의 첫 시집을 문학동네 포에지 재판으로 만난 독자들이 제법 있을 텐데요. 2007년 봄에 첫 시집에 쓴 '시인의 말'과 2021년 만추에 재판본에 쓴 '시인의 말'은 14년이라는 시차가 있고, 또 시야의 차도 있는 거 같아요. 특히 개정판 시인의 말에 보면 "「드라이브는 정오부터 시작되었다」「인형 가게를 지키는 쇼윈도의 인형」「그녀는 바지를 입고 있었고」세 편은 제외하였다"라는 문장이 부기되어 있던데요. 어떠한 시를 특별히 제외하려는 마음은 무엇일까, 묶으면서 다시 추리는 마음, 새롭게 '퀼트'의 조각보를 짜려는 마음은 어떤 것일까, 독자로서 살짝 궁금했습니다.

김경인 아. 제가 그걸 쓰면서도 제외한 걸 또 너무 강조한 게 아닌가(웃음).

노지영 그런 거죠. 머리말에서부터 이 세 편을 제외했다 밝히니까요. 오히려 확실히 강조가 되더라고요. 시인의 세계관이 어떻게 변화했길래 '제외'라는 행위가 생겼나, 그래서 그 세 편을 꼭 찾아보고 싶은 저 같은 사람들이 생기는 겁니다(웃음).

김경인 찾아보시면 알 거예요. 이 시들 못 써서 뺐구나, 이거 진짜 딱 그거예요. 비교해보시면 알아요. 그냥 못 써서 뺐어요. 진짜 이거 왜 넣었나 싶었어요. 아까도 늘 얘기했지만요. 첫 시집을 14년 만에 다시 들여다보니까 보이더라고요. 제 첫 시집에는 젊은 제가 고스란히 반영되어 있고, 그 자아가 얼마나 어설프고 불안에 떨고 있었는지도 너무 잘 알겠더라고요. 그 시절 저에게는 소중했으나, 그래도 어쩔 수 없는 일이죠. 그리고 제가 활동하기 시작한 2000년대는 우리나라에 아주 새로운 시인들이 쏟아져 나와 어떤 별자리가 만들어진 시점이었어요. 2005, 2006, 2007년…… 10년 정도가 그랬죠.

노지영 정말 그렇죠. 별들의 전쟁……

김경인 그런데 당대의 시단에는 다 그런 별만 있는 건 아니거든요. 아닌 사람들이 훨씬 많았죠. 그런데 지금 와서 나는 왜 그런 별자리에 속해 있지 않았을까를 생각해보면 이제는 알 거 같은 거죠. 당시엔 뭐 출간되는 계절이 안 좋았다거나 이러저러한 운명 탓을 해보기도 했는데요. 지금은 내가 좋아서 쓴 거를 뭐 어쩌겠나 그런 생각이 들어요. 그래서 저에겐요. 그 당시의 저에게 독자라는 게 있었을까 싶기도 해요. 독자라는 말들조차 좀 어색하게 느껴질 정도로요.

전 그때 시인이라는 말이 늘 버거웠던 것 같아요. 정말 그 시인이라는 이름 자체가 저에게는 너무 너무 버거웠고요. 아까 농담처럼 말했지만요. 그냥 어떻게든 나는 어른이 될 거다, 나중에 훌륭하게 될 거다, 막 복수해야지, 진짜 그런 식의 졸렬한 마음에 둘러싸여 있었어요.

노지영 정말 워딩 그대로 복수요?(웃음) 복수 대상이 누구예요?

김경인 그것도 명확하지가 않아요. 지금 생각해보면 그때는 그게 부계 사회의 아버지라고 생각을 했던 것 같아요. 지금 아버지가 그걸 들으면 너무 속상할 것 같긴 한데요. 어쨌든 간에 지금의 저는 예전의 제가 아니니까요. K-장녀로서 예전에 비해 많이 늙으신 아버지를 챙기며 또 그럭저럭 살고 있긴 합니다. 전 태어나 보니까 할아버지가 작가였어요. 작가면 작가지, 그냥 그렇게 생각할 수도 있는 사람도 있을 텐데요. 저는 그렇지가 않았어요. 중학교에선 고모가 학교 선생님으로 재직 중이셔서 선생님들은 저에 대한 관심을 제 가계에 대한 관심으로 표현하시곤 했죠. 그 시절에 선생님의 관심을 받는 학생은 지극히 제한적인데다, 저의 능력이 아닌 오직 가계로 주목받는다는 것은 참 이상하고도 불공정한 일이었다고 생각했어요. 중학교 국어 교과서를 통해서 할아버지를 알게 되고, 또 배워나갔기 때문에 저에게는 어떤 혈연의 기억이 없었는데도요. 여기저기서 저 이외의 것들로 제가 규정되었죠. 학교에서도, 쟤네 할아버지가 누구래, 이런 소문들이 너무 많이 돌았어요. 사실은 그런 것들이 성장기의 저에게는 생각보다 너무 큰 고통이었어요. 보이는 나와 실제의 나 사이의 간극이 너무 커서 오해도 있었고, 교우관계도 좋지 않았어요. 혹시 그런 게 뭔지 아시겠어요?

노지영 잘은 모르지만, 영화 〈우리들〉에 나오는 것 같은 그런 상황 아닌가요? 감정에 치명상을 입는 예민한 나이에, 아이들 간에도 엄청난 심리적 고투가 있잖아요.

김경인 그렇죠. 약간 비슷하죠. 저는 어떻게 보면 좀 순진하기도 하고 좀 예민하기도 했던 그런 아이였는데요. 원치 않게 알려지는 내용들이 너무 많았어요. 그런 것들이 사춘기 내내 있었기 때문에 왕따 문제 비슷하게 나타나서, 여러 가지 심리적인 어려움들을 많이 겪었죠. 저에게는 치명상이었지만, 생각해보면 그 시기의 주변 아이들도 충분히 그럴 수 있을 거 같아요. 제가 밖으로 보였던 어떤 모습과 저의 내면 자체가 너무 달랐으니까요. 소문은 빨라서 모든 사람들이 다 우리 집 사정을 대충 알고 있지만, 정확히는 모르면서 저를 대하는 느낌들이 있었거든요. 얘기를 하지 않음에도 불구하고 저에게 전달되는 기운들과 심리적 간극이 있고요. 물론 지금 생각하면은 큰 문제가 아닐 수도 있어요. 모든 사람들이 다 누군가를 깊이 이해하고 사는 건 아니니까요. 저도 저 스스로를 이해 못 하면서 살고 있잖아요. 생각이 수시로 바뀌기도 하고요. 그렇지만 그런 분위기에 대한 시선의 부담이 어린 나이부터 너무 컸던 것 같아요. 너무나 그게 커서, 사실 첫번째 시집 쓸 때까지도 그 시선을 벗어나지 못했던 것 같아요.

노지영 학창 시절에 겪은 최초의 사회관계에서 그러한 치명상을 겪었던 것이, 힘 있는 문학을 원하는 분들에겐 간과될 때가 많았는데요. 선생님의 시 쓰기가 그래서 저는 소중한 거 같아요. 선생님이 쓰신 이런 작품들이 그동안 축적되어왔기 때문에, 요즘에 나오는 여성서사들이 더욱 섬세하고 조밀한 방식으로 내면의 이야기를 풀어가고 있는 게 아닌가 생각해요.

김경인 요즘 젊은 작가들이 저보다 훨씬 뛰어나죠. 저는 당시에 많이 부족했어요. 사적인 이야기를 고백하는 것에 많이 치중되어 있으니까요. 지금 이렇게 말하면서도 중간중간 건너뛴 부분들이 너무 많은 이야기예요. 어린 나이에 만난 친구들에게 그런 걸 하나하나 설명한다는 건 상상조차 안 됐어요. 당시에는 어떻게 일반화시킬 수 없는 지독한 상황처럼 느껴졌고요. 지금 이렇게 세월이 흘러서 그 시절을 이야기해보니 너무나 구질구질하고 일반화된 얘기를 오래 늘어놓고 있었구나, 라는 생각을 하게 되는데요. 당시에는 제가 이렇게 겁먹은 인간이 됐는지, 스스로를 이해시킬 필요가 있었어요. 적절히 괜찮은 집에서 태어난 거 같은데 왜 가계를 향해 저렇게 미친 소리를 하는 건지를요. 첫번째 시집의 배경은 아버지와 같이 살고 있을 무렵에 집중되어 있는데요. 네 명의 형제 중 큰딸로 태어나, 대리 아들이라는 자리를 스스로에게 주고 살아가면서, 아버지와의 갈등이 참 많았죠.

노지영 생활 조건 면에서 남의 집보다는 괜찮았던 것 같은데, 그냥 문학적 포즈로서 아버지에 대한 반항을 하나, 뭐 이렇게 생각했던 독자들도 있었을까요?

김경인 아니요. 그때는 아마 제 시집을 읽은 독자가 별로 없어서 그런 생각까지는 하지 않았을 것 같아요(웃음). 당시에 저는 그냥 저의, 저만의 독자였기 때문에요. 저 스스로가 늘 저를 의심하면서 썼어요. 제가 과연 이 아버지를 죽여서 얻으려고 하는 게 뭘까. 결국은 아버지에 의해서 키워져서 삶을 이어가는데, 이렇게 지독하게 미워하는 이 가족들을 시에서 다 죽인 후에 내가 정말 뭘 얻으려고 이러는 거지, 이렇게 생각하고 나니까 좀 비참해지는 것들이 있었죠.

노지영 선생님 얘기를 듣고 나니까 시집이 또다르게 읽혀요. 선생님 첫 시집을 읽으면서 섬뜩하고 기괴한 이미지나 카프카 스타일의 상징 같은 거 참 많이 쓰신다고 생각했었는데요. 다시 시를 보니 상징성보다는 실재적 고통의 감각들이 널뛰는 느낌이에요. 핏줄이라는 게 진짜 엄청난 현실 감각이잖아요.

김경인 네. 저에겐 현실 감각 자체였어요. 이런 이야기를 말하는 것 자체로, 제가 제 핏줄을 조금이라도 환기하게 만든다면 그것도 저는 너무 괴로울 거 같아요. 제 필명부터 오해가 있었죠. 사람들은 제가 김동인의 손녀라서 김경인이라는 필명으로 지은 줄 안단 말이에요.

노지영 정말요? 전 상상조차 못했어요. 선생님 이름의 한자가 어떻게 되나요?

김경인 저는 이름에서 한자를 쓰지 않았어요. 그냥 한글 이름으로 '김경인'이에요. 사실은 당시에 친분에 있던 작가가 김경인이라는 필명을 지어줬거든요. 등단할 때 저더러, "양희 씨, 양희 씨 이름으로는 도저히 안 돼"하면서 김양희란 이름은 시인으로서 너무 촌스럽다고 그러더라고요. 저는 촌스럽다는 것에는 동의하기 어려웠지만 천양희 선생님이 계시기 때문에 다른 이름을 쓰는 게 좋다고 생각했지요. 이름 몇 개를 추천해주면서 이중에서 마음에 드는 거 한번 정해보라고 했어요. 김경인이란 이름이 그때 추천된 다양한 이름 중에 하나였어요. 그런데 당시에 제가 경기도에 살기도 하고, 이어지는 음성으로 '인'자가 들어가는 게 나쁘지 않아 보이더라고요. 발음해보고 나니, '경인'이 괜찮았어요. 남자 이름 같기도 하고, 여자 이름 같기도 하니까 중성적이어서 좋았죠. 그래서 그걸로 필명을 해야겠다 생각했는데, 나중에 할머니가 그 얘기를 듣더니 "너 할아버지 이름 비슷하게 정한 거니?" 이렇게 말씀하더라고요.

노지영 항렬의 돌림자처럼 지은 거라고 생각하셨나봐요.

김경인 첫 시집을 내고 나서 한 언론사에서 인터뷰를 하자 했었죠. 당시 저는 신인이기도 했고, 또 너무나 내면이 많이 약한 상황이었거든요. 그 신문사에서 인터뷰를 요청한 의도는 지극히 분명해서, 제 시에 대한 이야기는 거의 없었어요. 제 입장에서는 기대와는 다른 인터뷰라서 많이 당황했어요. 인터뷰 중에 필명에 대한 할머니의 말을 전했었는데, 기자가 그걸 솔깃한 문학적 서사로 편집해 썼더라고요. 이후에 제 이름이 그렇게 연상되어버렸죠. 그 기사가 난 뒤에 저를 걱정하시는 분께서, '할아버지의 이름에 기대지 말라'고 말하셨는데, 그 말을 듣고 많이 상처가 되었어요. 어릴 때부터 그 이름을 거부하고 싶은 욕망으로 시인이 된 건데, 결국 제가 이러한 부계의 이름으로 환원되고 마는구나, 생각하니 너무 허무했어요. 당시 '김동인의 손녀는 나의 모습 중 하나' 뭐 그런 식의 제목으로 기사가 났을 거예요. 다시는 신문과는 인터뷰를 하지 않겠다고 마음먹었어요. 물론 이후에는 어떤 인터뷰 요청도 없었지만요(웃음). 하지만 한편으로는 또 제 무의식을 의심해보기도 했어요. 제가 거기서 그런 이야기를 해버린 건 핏줄을 의식하는 어느 정도의 무의식이 작동한 것일 수도 있겠다고, 거의 항복하는 심정으로 생각하기도 했어요. 그렇게 보면 어쩔 수 없이 감당해야 하는 것이 되었다는 생각도 들어요.

노지영 애증 같은 건가요?

김경인 제게 그런 것이 없다고 말할 수는 없어요. 『한밤에 퀼트』라는 첫 시집을 내면서, 저는 그냥 뭐랄까, 무언가에 마음을 다 쓴 느낌이었어요. 이 시집으로 내가 시인의 이름을 얻은 게 너무 괴로웠고, 김경인이라는 이름으로 이런 부계를 부정하는 시집을 들고 나온 아이러니가 정말 괴로웠어요. 특히 일간지를 통해 나의 이름이 그런 식으로 소개되고 규정된 이후에는, 첫 시집에 대해 말하기가 더 두려워요.

노지영 평소에 선생님의 시를 읽을 때면, 자화상에 대한 이야기가 눈에 자주 들어오곤 했었던 거 같아요. 이번에 개정판으로 낸 첫 시집의 '시인의 말'에서도 "검게 칠해도 어쩔 수 없이 드러나던/ 누덕누덕 기운 맨 얼굴"에 대해 적어주셨더라고요. 개정판에 덧붙이신 그러한 시인의 말을 보면서 "한밤의 퀼트"라는 말이 저는 단박에 이해되는 듯한 느낌을 받았습니다. 첫 시집에서는 자전적 서사들의 편린을 비교적 많이 발견할 수 있는 거 같은데요. 개정판을 새로 낸다는 것도 전집을 엮는 것만큼이나 시인들에게 특별한 고민을 던져줄 것 같다는 생각도 듭니다. 하지만 상징적 아버지와 실제 아버지와의 관계 속에서 받았을 억압들이 저에게는 너무나 현실적인 것으로 체감되는데요. 선생님께서는 자신의 언어와 삶을 어떤 방식으로 내보일 수 있을까에 대한 고민을 다른 분보다 더 신중하게 해오셨을 것 같아요. 네모난 "흑과 백"의 바둑판에 함께 갇혀 있는 여성독자로서, 선생님이 느꼈을 고통이 저에게는 너무 아프게 다가왔어요. '피'나 '상속'같이 선생님 시에 무의식적으로 빈번히 출현하는 시어들도 독자들이 더욱 섬세히 붙들어야 할 시적 화두가 되어야 한다고 생각합니다.

김경인 '피'와 '상속'이라는 언어, 저에게는 너무 현실적인 것이었죠. 그럼에도 저는 그분과 유족이라고 생각할 만한 삶의 경험이 전혀 없거든요. 보통 유족이라고 하면 삶의 경험이 어느 정도는 있어야 된다고 생각하는데요.

노지영 실제로 할아버지를 본 적 있으세요?

김경인 없죠. 50년에 돌아가신 분을 제가 어떻게 봤겠어요. 하나의 집에서 우연히 태어난 저에게 그분의 자리는 집의 서가예요. 제가 떠나온 집이자, 일종의 '전집' 같은 것이죠. 이건 비유만이 아니고요. 저에게 할아버지는 서가에 오래전부터 꽂혀 있는 전집으로만 존재해요.

노지영 동인문학상 존치에 대한 문제들이 시인인 선생님께 큰 괴로움을 줄 것 같은데요.

김경인 이 문제는 시인으로서의 '나'와 일상인으로서의 '나', 이 둘이 오랜 시간 싸워온 문제이고, 아직도, 그리고 앞으로도, 쉽게 답을 내리기 어려운 문제이기도 해요. 저는 제가 지켜야 할 저의 문학이라는 것이 있고, 그것이 더 소중합니다. 시인으로서 제 입장에서 보면, 선대에 동의하기 어려운 지점도 많고요. 시인으로서의 자의식 때문에 오랫동안 관련 시상식에는 되도록 안 갔어요. 그런데 최근에는 시간이 허락하는 한, 갑니다. 일상인으로서 나의 껍데기를 쓰고 갑니다. 이제는 아버지가 너무 나이가 들었기 때문에, 아버지 홀로 거기를 갈 수가 없는 형편이라 모시고 같이 가요.

노지영 그냥 제사하듯이 1년에 한 번, 아버지가 제사해야 된다고 하니까 K-장녀로서 가는 마음일까요?

김경인 네, 그렇습니다. 아버지에게는 "아버지의 아버지"(「만담의 내력」)에 대한 애틋한 추억이 있으시니까요. 아버지는 반드시 그곳에 가셔야 하는 사람이니까요.

시를 선택한 사람

노지영 「만담의 내력」이라는 시였나요? "집을 양보하면 죽는다"라는 아버지의 언어 앞에서 시인의 어떤 이야기가 펼쳐질까 궁금했는데요. 선생님은 그러한 만담과 '이야기'의 길이 아닌 시의 '길'을 선택하셨죠. 최근의 산문 「시와는 무관하게」에는 이런 구절이 나옵니다. "첫 시집의 세계가 나의 출발임을 부정하"지 않으며, "집을 떠나기 위해서 나는 시를 썼고, 다행히도 집을 떠났고, 여전히 시를 쓰고 있다"고요. 선생님의 시에서처럼 세상은 어마어마한 흑과 백의 표현들 속에서 '이야기'들이 펼쳐지고 있죠. 선생님도 이야기꾼으로 살 수도 있었을 텐데, 소설이 아닌 '시'라는 장르를 선택하셨어요. 특별히 '시'였어야 하는 이유가 있나요?

김경인   피라는 것을 가리기에 좀더 나으니까요(웃음).

노지영   소설은 대상을 섬세히 재현해야 하니까, 3인칭으로 쓴다 해도 자꾸 연상되는 대상이 있고 그래서일까요?

김경인   그런 것도 있죠. 시는 어떤 표현이나 기법이 더 많이 들어갈 수 있기도 하고요. 그리고 제가 외부 세계에 대해서 조망하는 게 자신이 없어요. 물론 내면이란 것도 잘 모르긴 하는데요. 외부 세계에 대한 관찰력이 더 떨어지는 것 같아요. 그래서 소설은 쓸 수 없었죠.

노지영   저는 아는 소설가들과 만나서 대화할 때, 가끔 무서울 때가 있거든요. 제 내면의 편린이 이 사람 소설에 문장으로 들어가면 어떡하지, 제 마음을 세세하게 들킬 것 같아서 대화할 때 조심스러울 때가 있어요. 서사와 메시지가 비교적 분명한 형태의 글은 저에게 좀더 두려운 장르라 할까요. 그래도 시의 언어라는 것은 해석의 여지를 좀더 열어둔 장르이자, 망설이고 고뇌하는 것들에게 덜 폭력적으로 다가가는 장르가 아닐까 생각해요.

김경인   그렇기도 하죠. 그리고 요즘 진짜 좋은 소설가들이 많지 않아요? 소설을 안 쓴 것도 정말 잘한 것 같아요(웃음). 다만, 저는 그 오래된 전집의 세계에서 벗어나서, 저 스스로의 글을 쓰고 싶어요. 다행스럽게도 소설이란 장르가 저를 선택하지 않았고요. 저 또한 계속 시만 쓰는 사람이고 싶어요.

노지영 네. 그렇게 시를 선택하여 쓰는 사람이 되셨는데요. 그럼에도 선생님은 시인인 것을 생활 세계 속에서 거의 내색하지 않으며 살고 계신 거 같아요. 이번에 쓰신 신작 산문을 보니까요. "시인에 대한 일반적인 믿음을 허물어버리는 원인 제공자가 되고 싶지 않기 때문"에 시를 쓴다는 사실을 주변에 알리지 않는다는 이야기를 하셨어요.

김경인 저는 시인이란 말 자체에 부채감이 있어요. 시인의 삶, 문학적인 삶과 거리가 있는 저를 발견하니까요. 물론 소중하게 생각하고 있는 것들이 왜 없겠어요. 하지만 제가 이렇게 살고 있다는 걸 타인에게 전시하는 방식들은 경계해요. 오늘 찍는 사진들도 그래서 좀 걱정이 돼요. 선생님이 보시다시피 지금 여기는 거의 아무것도 없는 상태잖아요. 그런데 여기에서 사물들 중 무언가 하나를 사진 찍어 보여준다면, 그로 인해 시인의 삶이 특정 사물과 사건으로 특별히 의미화될지 모르죠. 또 그런 것이 문학적 서사로 사용될 수도 있을 거 같아요. 그런 방식이 너무 조심스러워요. 저는 아까 열쇠고리 하나를 보여주면서도 마음에 계속 걸리는 게 있었어요. 제 시를 평하거나 해설하는 글들이 간혹 제가 쓴 시를 윤리적인 코드로 읽어줄 때가 있는데요. 물론 참 고마운 일이죠. 저를 자기만 아는 이기적인 사람으로 보는 것보다는 나으니까요. 하지만 그만큼 부담이 많이 돼요. 부끄럽기도 하고요. 아니, 솔직히는 황송해요. 그 표현이 정확하겠네요. 정말 너무나 황송하기까지 한 감정이 들거든요. 저 같은 사람이 윤리적인 맥락의 시를 쓴다는 것이 일종의 면죄부를 받으려는 행위처럼 느껴지거나, 시인에 대한 일반적인 믿음을 허물어버리는 상황으로 이

어질까봐 항상 조심스럽습니다. 저에게 시가 소중한 만큼, 생활 세계 안에서는 제가 시인이라는 것을 티 내지 않으려 노력하죠.

정답의 그늘을 읽는 일

노지영 선생님의 '시'라는 것에 대해 가지고 있는 진심이 저는 그런 태도의 결로 느껴지곤 하더라고요. 최근에 출간된 시집이죠. 2020년 여름에 나온 시집 『일부러 틀리게 진심으로』가 선생님이 이번에 쓰신 산문들과 겹쳐져서 아프게 읽혔어요. 집을 떠나기 위해 시를 썼던 선생님이, 집에 돌아가지도 못하는 아이들을 바라보며 쓴 시들에서 기묘한 슬픔이 느껴지더라고요. 시집 해설을 썼던 장은정 평론가도 세월호의 사건을 통해 선생님의 시를 풀어내고 있던데요. 자신의 시가 그런 코드로 읽히는 게 부끄럽고 황송하다고 이야기하셨지만, 굳이 시집의 해설을 읽지 않더라도 오늘날 재난의 풍경들이 선생님의 시에 어른거리는 건 어쩔 수 없더라고요. 이런 시들이 여전한 재난 시대를 사는 우리들을 긴장하게 만들기도 하고요. 일상적인 재난의 풍경들 앞에서 시는 어떤 방식으로 진심을 드러낼 수 있을까 생각해봅니다. 최근에 출간한 시집, 『일부러 틀리게 진심으로』라는 시집의 제목에서 강조된 '진심'이란 말은 과연 어떤 뜻일까요.

김경인 『일부러 틀리게 진심으로』라는 말은 틀리게 하는 것을 진심으로 틀리게 했다는 뜻이거든요. 일부러 내가 틀린 거 아는데도 정말 진심으로 한번 틀리게 얘기해보는 거 있잖아요. 전 그런 게 진심이라고 생각했어요. 그 구절이 시집 제목이긴 하지만 처음부터 제목으로 염두에 두진 않았었죠. 실은 원래 제 시에 그런 구절이 있는지도 몰랐어요.

노지영 구름 사진 찍는 걸 그렇게 즐기시면서, 「흰 밤 구름」이란 시에 실려 있는 걸 모르셨어요(웃음)?

김경인 네. 김민정 시인이 이 구절을 제목으로 추천해주었을 때 이 구절을 어디서 가져온 거냐고 물어봤었으니까요.

노지영 다들 처음에 시집 제목을 들었을 땐 한 번에 이해되지 않는 느낌을 받았을 거 같아요. 요게 뭔 소리인가 싶어서, 다시 한 번 들여다보면서 생각을 하게 만드는 구절이잖아요. 이 시집의 표제도 아주 잘 지어진 작명이라 평가받곤 하던데요. '다르다'는 말이 상식과 교양의 용법으로 자리 잡은 사회에서, '틀리다'는 말의 과감한 사용은 매우 인상적이었습니다. 선생님이 말씀하시는 '틀림'의 의미에 대해서 좀더 부연 설명을 듣고 싶어요.

김경인 세상에는 정답이 다 있잖아요. 모든 것들에는 정답이 있으니까 정답을 한번 틀려보는 게 더 중요하지 않을까, 저는 그런 생각을 해요. 남들과의 다름을 인정하며 사는 삶은 우리에게는 이제 공통적인 감수성으로 정착된 부분이 있지만요. 일부러 틀리게 사는 삶은 생각보다 발견하기 어려운 것 같아요. 다르게 살고 있다지만 사실은 그 다름이라는 것도 정답의 범위를 약간 넓힌 것이라고 해야 하나요? 일부러 맘 잡고 각 잡고 틀리게 살기 위해서는 참 많은 용기가 필요한 것 같아요. 하지만 우리 시대에는 그런 것들이 좀더 필요하지 않을까 싶어요. 한번 좀 틀려봐야지 맞는 것이 무엇인지도 좀더 숙고해보게 되잖아요.

노지영 우리 시대가 고통이 일상화되어 고통에 둔감한 자들이 늘어가고 있다고들 하지만요. 선생님의 시를 읽으면 '일부러 틀리게 진심으로' 말하면서, "누군가의 핏줄 속을 분주히 흘러"다니는 초민감자들의 세계가 감각되곤 합니다. 지나친 공감 능력 때문에 같은 사건을 겪어도 감정적으로 더 많이 괴로워하는 사람을 '초민감자'라 하던데요. 이런 초민감자, 엠패스(Empath, Highly Sensitive Person)들은 감정이입이 커서 타인의 감정을 방어막 없이 자신의 것으로 느껴 고통받죠. 그래서 타인의 긍정적이거나 부정적인 감정뿐 아니라 신체적 증상까지 몸과 마음으로 온전히 수용하여 깊이 느끼기 때문에 다른 사람보다 에너지를 많이 쓰고 괴로워한다고 하더라고요. 스스로의 민감도가 시에 어떤 영향을 미치고 있는지 궁금합니다.

김경인 저는 제가 둔감하다고 생각하는 편인걸요. 선생님이나 그렇게 말씀해주시는 듯요.

노지영 시가 이런 모습인데, 그럴리가요. 남들이 횡설수설 이야기할 때에도, 선생님은 늘 귀담아듣고 주시하고, 타인의 말 중에 의외의 것을 채집해서 덧붙여주곤 하시죠. 타인이 흘려듣고 넘어가는 부분에 공감한다며, 의미부여 해주시는 모습을 자주 봤던 거 같아요.

김경인 아마 저에 대해 그렇게 느끼셨다면요. 어떤 맥락보다는요. 제가 특정한 말이나 단어에 좀더 민감해서 그런 게 아닐까 해요. 왜 말로 설명 못 하는 거 있잖아요. 정말 설명하고 싶은데 쉽사리 설명 안 되는 것들, 전체 주제와 상관없는 아주 사소한 거에 제가 과하게 집중할 때가 있어요. 특히 정황 같은 것에는 무척 예민한 편이죠. 어떤 상황에서 저 사람이 얼마나 미칠 만한 감정인가, 저 사람은 얼마나 저 침묵이 미칠 것 같을까, 이런 것에는 꽤 민감한 거 같아요.

노지영 일상의 모습은 제가 잘 모르지만요. 선생님의 시를 읽으면서 저는 슬프면서 기괴하고도 섬뜩한 초민감자들의 세계가 감각되더라고요. 그런데도 그러한 시집의 전반적인 정조보다는 산뜻하고 다정한 느낌을 주는 구절로 선생님을 기억하는 독자들이 많은 거 같기도 해요. 아마 작년 한 해 동안, 종로 한복판의 교보빌딩 현판에 선생님의 시가 걸려 있어서 그런 게 아닌가 싶기도 한데요. "올여름의 할 일은/ 모르는 사람의 그늘을 읽는 일"(「여름의 할 일」)이라는 시구절이 사람들에게 그런 인상을 주기도 했었죠. 광화문 한복판에 걸린 본인의 시를 직접 볼 때 기분이 어떠셨어요?

김경인 되게 신기하더라고요. 제 시가 저렇게 걸릴 수도 있구나, 제가 쓴 시 같지가 않더라고요. 그냥 신기한 감정이 들었어요.

노지영 저는 그 구절만 처음 봤을 때는 뭔가 산뜻하면서도 서글픈 느낌을 받았었거든요. 거리를 지나는 불특정 다수의 시민들이 선생님의 시구절을 보면서 여름의 의미를 생각하고, 거기에 드리워진 "모르는 사람의 그늘"에 대해 생각했겠죠.

김경인 사실 그 시에서 말하는 여름은요. 저에게는 굉장히 특정한 시기를 일컫는 여름이었거든요. 세 사람 정도의 그늘을 떠올렸던 여름이었어요. 그 시를 쓸 때쯤 제 주변에서 친지가 한 분 돌아가셨는데요. 그 친지가 어떤 분이었는지, 그동안은 잘 모르고 지냈었어요. 그런데 돌아가시고 나니까 저분의 일생은 어땠을까, 이런 것들이 갑자기 궁금해지더라고요. 저분도 돌아가시기 전에는 기쁜 일도 있고 슬픈 일도 있었겠죠. 그런데 저는 정말 그 어른을 완전히 모르고 있구나, 이런 생각이 들더라고요. 또 한 사람은요. 아까 우리가 산책하면서 길게 이야기했던 한 친구 있죠. 그 사람을 떠올릴 무렵이었어요. 도대체 제가 모르는 어떤 날들이 있었길래, 10년을 알았던 관계가 이렇게나 멀어져버렸을까, 제 그늘을 일방적으로 보여줘서 그것이 상대에게 폭력이었던 건 아닐까, 그래도 한 번만 저란 사람의 그늘을 읽어줬으면 참 좋았겠는데, 뭐 이런 종류의 생각을 하고 있었죠. 그리고 세번째가 가장 큰데요. 그 당시에 노회찬 의원이 세상을 뜨셨어요. 저는 그분을 잘은 몰랐지만요. 그렇게 될 때까지 그분에게 어떤 그늘이 있었을까, 하는 생각이 드는 거예요. 저의 그늘은 제가 잘 알기 때문에 쉽게 읽을 수 있지만, 모르는 사람의 그늘을 읽는다는 것은 살아생전에는 하기 힘든 일, 할 수 없는 일이 아닐까 하는 생각이 들었어요.

뒤를 보는 마음

노지영　엄청 레퍼런스가 분명한 시네요. 저도 선생님 시를 너무 추상적인 맥락으로 이해하며 읽었나봐요.

김경인　이 시는 정말 전적으로 떠올렸던 대상이 존재해요. 정념을 추상화시킨 시가 아니고, 상당히 구체적인 사건을 경험하고 나서 쓴 시이긴 합니다. 저는 노회찬 전 의원을 좋아했거든요. 그래서 그때의 갑작스러운 죽음이 너무 믿기지가 않았어요. 그분은 정치인이었지만 자신이 노동자임을 잊지 않았던 분이잖아요. 그분이 신던 신발이 너무 낡았었던 게 기억나요. 그분이 성공한 정치인이었다면 어쩜 그런 생각을 못 했겠죠. 실패하며 사라졌기 때문에 너무 슬펐어요. 그 일 무렵에, 추모하는 마음에서 쓴 시예요. 그래서 이 시가 광화문 한복판에 걸리니까, 또 내심 그런 마음도 들더라고요. 이 시는 노회찬 의원을 향해 쓴 거니까 노회찬 의원이 우리에게 있었다는 걸 사람들이 다 기억했으면 좋겠다, 그런 마음이요.

노지영　오늘 새로운 걸 알고 가네요. 6411이라는 버스번호와 여성의 날에 건네던 장미 같은 것들로 저는 그분을 기억하고 있었는데요. 또 이 시로도 그 그늘의 겹을 늘릴 수 있게 되었어요.

김경인　네. 이 시는 정말 그늘을 걷고 있다가 쓰게 된 시였거든요. 걷다보니 여름 그늘에 매미들이 정말 많이 죽어 있더라고요. 죽은 매미들의 껍질은 자세히 바라보니까, 또 되게 예쁘게 보였어요. 그 매미들을 유심히 보면서 생각했죠. 안 보이는 땅속에서 10년을 산다는 매미의 삶에도 우리가 모르는 사정이 있지 않았겠

나. 나중에 지구가 멸망할 때쯤 우리는 다 이렇게 매미 껍질처럼 살다가 죽게 될 텐데요. 제가 이 짧은 삶을 사는데도 이렇게 고통이 많다고 느끼는데, 세상엔 내가 모르는 사람들의 고통이 얼마나 많을까, 이런 생각을 했었죠.

노지영 선생님의 이 시구절은 거리를 걷던 많은 사람들에게 각자가 마주쳐온 여러 그늘들을 떠올리게 했을 것 같습니다. 그래도 어떤 사람들은 그 시구절을 보면서, 그늘만을 바라보진 않았을 거 같아요. '할 일'이란 시어에 집중하면서, 자신만의 위시리스트, 버킷리스트를 다짐했던 사람들도 많았을 거 같은데요. 이렇게 작년 한 해는 이 시를 통해 '여름의 할 일'을 기억하게 해주셨으니까요. 이제는 다시 다가올 봄에 할 일이 무엇일까 독자들 스스로가 곰곰이 생각해봐야 할 거 같습니다. 오늘 마련된 이 대화를 통해 선생님께서는 참 많은 이야기들을 들려주셨는데요. 그래도 하나만 더 진지하게 물을까 해요. 제가 '시인과의 대화'를 진행하면서 시인들께 드리는 공통 질문이 하나 있거든요. 오늘날 우리가 꿈꾸어야 하는 시, '시학'이라는 것이 있다면 무엇일까요. 우리를 견디고 지탱하게 만드는 시의 원리, 시는 이랬으면 좋겠다 하는 선생님만의 지향이 있다면 이야기를 듣고 싶습니다.

김경인 제가 시를 쓰는 사람이니까, 이런 질문이 가능한 거겠죠. 만약 미술을 했다면, 미술의 원리 같은 걸 물었으려나요?

노지영 퉁쳐서 예술의 원리, 미학의 원리라고도 할 수도 있겠지만요(웃음). 선생님이 시를 각별하게 아끼고, 그 시라는 언어의 특정한 화법 속에서 삶을 지탱할 힘을 얻는 분인 것 같아서요. 그래서 드리는 질문이죠.

김경인 저는 왜 제가 소설이 아니고 시를 쓰는가를 다시 생각해 보면요. 저에게는 두 가지의 의미가 다 중요한 거 같아요. 새로이 규정하는 힘과 벗어나는 힘, 그 두 가지의 의미 모두요. 그것이 동시에 작용하는 것이 좋아요. 왜 상징도 그렇잖아요. 영토화와 탈주화가 가능한 것. 규정된 언어, 그리고 그것에서 벗어나는 것, 저는 그러한 것에 매력을 느껴서 시를 쓰는 것 같아요. 저에 대한 규정이 있겠지만, 그 규정은 규정 아닌 것들을 계속 상상하게 만드니까요. 그렇지만 그 상상이란 기본적으로 현실에 있다고 생각해요. 저는 모든 것들이 투명하지 않다고 생각하는 사람인데요. 사실 그 불투명성이라는 게 우리를 구원한다고 생각해요. 조금 논리가 안 맞는 말이긴 하지만 세상이 상당히 불투명하기 때문에, 인류라는 존재가 그래도 좀더 투명한 무엇인가를 향해서 가고 있었다고 생각을 해요.

　　　정말 불투명하면 안 되는 어떤 지점을 보면서, 무엇이 불투명하면 안 되는가를 찾아나가는 게 저는 역사라고 생각하고요. 하나의 프레임 안에서만 볼 수 없이 얽혀 있는 목소리가 많을 거라고 생각하는데요. 노동자의 목소리든, 사용자의 목소리든 각자의 입장에서 보면은 이해 안 되는 인생은 없거든요. 심지어 가해자의 인생도 구조적 연결고리로 얽혀 선명하게 단언하기 어렵잖아요. 그런데 그 불투명한 세상 가운데서도 어떠한 투명성을 가져야 되는가를 다시 생각하게 만드는 것, 이런 것이 성찰이라 생각하고요. 그런 성찰을 가능하게 하는 것이 시라서, 그래서 저는

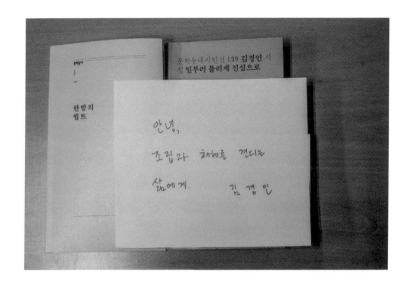

시를 쓰는 것 같아요. 너무나 불투명한 것들 가운데서 조금이라도 투명한 것을 찾으려 하는 과정이 우리가 생각하는 상상력이기도 하니까요. 그런 상상력 속에서 시는 끊임없이 저를 성찰하게 만들죠. 물론 소설도 저를 성찰하게 만들지만요. 소설이란 것은 좀 길잖아요. 기나긴 서사적 완결성 속에서 끝이라는 게 강조되고요. 하지만 시는 그렇지 않잖아요. 순간순간 고민하고 있는 과정, 질문하는 과정 자체로도 존재할 수 있고요. 고민하는 중에도 끝낼 수 있죠. 고민이 완료되지 않아도 존재할 수 있는 형식이라 생각해요.

*

시인과 길게 대화하였지만, 이곳에 적어두지 못한 대화가 더 많다.

뒤를 보는 마음

실물로는 처음 만난 시인이었지만, 시인과 내가 함께 아는 사람들이 의외로 겹쳐서, 지금은 연락이 닿지 않는 여러 사람의 그늘을 함께 떠올릴 수 있었다. 시인이 자주 걷는다는 산책길을 걸을 때, 우리는 우리와 멀어진 누군가가 어떤 시간을 살고 있을까를 상상했고, 요즘 흔히 쓰이는 '손절'이라는 말의 의미에 대해서도 한참을 이야기했다. 자신의 미숙함으로 상대에게 손절당했다고 생각했던 시간이 있었지만, 그것은 타인의 또다른 고통을 읽지 못했던 시간이었는지 모른다. 그 겹겹이 깊었던 누군가의 그늘을 읽어주지 못했던 여름이 있었노라고, 시인은 자신을 책망하기도 하였다.

손절이라는 말은 관계를 섬뜩하게 급랭시키는 말이지만 우리는 무의식적으로 비용편익분석을 하면서 타인을 손절하기도 하고, 자신의 심리적인 손상을 피하기 위해 손절당함을 감수하기도 한다. 나의 미숙함과 타인의 성숙함이 지나치게 불균형하여 견디기 어려울 때, 아니 조금은 성숙해졌을지라도 타인의 미숙함을 관대하게 포용해줄 정서적 여유가 없을 때, 나는 스스로의 무기력을 정당화하며 타인의 그늘을 섬세히 읽는 것을 포기하곤 했었다. 그렇게 나의 심리적 안전을 먼저 생각하는 순간, 누군가에게는 감당하기 어려운 심리적 재난이 찾아왔을지 모른다. 마음이란 자원도 한계가 있어, '손절하면서', '손절당하며', 연결을 이어가지 못한 관계들이 나 또한 많았다.

기나긴 겨울을 끊고, 봄으로 달려가고 싶지만 고르디우스의 매듭처럼 한 번에 칼로 자를 수 없는 세계는 도처에 가득하다. 대부분의 관계는 얽혀 있는 내부의 존재들이 스스로 풀어야 하는 매듭일 때가 많아, 현실에서 과감히 잘라보아도 꿈을 통해 더 엉킨 형태로 귀환한다. 멀리서 보면 골칫덩이로 엉킨 뭉치에 불과하지만, 가까이

서 보면 그 매듭은 한 인간의 생애를 직조해온 텍스트들로 이루어져 있기 때문이다.

　시인과 대화하고 돌아오면서, 나는 내가 호기롭게 던진 질문들에 말할 수 없는 부끄러움을 느꼈다. 시인에게 많은 질문을 쏟아내고 나서도, 몸은 더 무거웠다. 복잡한 매듭을 스스로 풀어보겠다고 한데 엉겨 있는 존재들을, 나는 그 자체로 존중하며 살아온 사람이었던가. 엉킨 뭉치에서 한 오라기의 실이라도 빼내기 위해 분투하고 있는 사람들을 그냥 매듭 뭉치로만 규정하며 살아오진 않았던가. 풀다 풀다 어딘가에서는 뚝 끊겨버릴지라도, 그 매듭 뭉치 중 한 오라기의 시를 끝끝내 붙들고 있는 사람들…… 나는 그들의 그늘을 진심으로 바라보는 데 너무도 서툴렀다.

　내가 이해하지 못한 그늘들은 더 큰 매듭으로 뭉쳐져 한밤의 꿈속에서 나를 짓누를지 모른다. 겹의 그늘을 품고 있는 '내부의 전시장'을 좀더 섬세히 들여다보는 한낮의 시간이 필요할 것이다. 그늘을 읽지 않은 채 맞이한 봄이 무슨 수로 여름을 향할 수 있겠는가. 그러한 자연의 주기를 나는 알지 못한다.

시인과의 대화 6
번역들

김정환

1980년 〈창작과비평〉에 「마포, 강변동네에서」 등 5편의
시를 발표하며 작품활동을 시작했다. 시집 『지울 수 없는
노래』 『하나의 2인무와 세 개의 1인무』 『황색예수전』 『회복기』
『좋은 꽃』 『해방 서시』 『우리 노동자』 『사랑, 피티』 『노래는
푸른 나무 붉은 잎』 『김정환 시집 1980~1999』 『해가 뜨다』
『하노이-서울 시놉시스』 『거푸집 연주』 『내 몸에 내려앉은 지명』
『소리책력』 『자수견본집』 등이 있고, 장편소설, 평론집, 예술
산문집, 희곡 등에 걸쳐 다수의 저서를 출간했다. 백석문학상,
아름다운작가상, 만해문학상을 수상했다.

시간   2022년 4월 28일(목) 오후 3시
장소   김정환 시인 자택

김정환 시인을 만나 뵙고 싶었던 건 P선생님의 글 때문이었다. P선생님과 나는 얼마 전까지 한 문학단체에서 기관지 편집을 함께하였다. P선생님이 그 기관지의 편집일을 하자고 제안했을 때, 나는 다소 의아한 마음으로 질문한 적 있다. "좋은 소리도 못 들을 게 분명한데, 왜 군이 선생님 나이와 짬밥에 그 잡지를 맡으려 하세요?"까마득한 후배의 울퉁불퉁한 질문 앞에서 P선생님은 "내가 한마디 하고 싶은 말이 있어서 그렇소"라고 짧게 대답하였다.

  P선생님은 그 매체를 통해 「한국문학은 헤어지자」 1, 2라는 글을 연재하고, 후배들을 모아 관련 세미나를 개최하고, 올 초에 「풍화에 대하여」라는 권두 산문을 남기며 2년의 편집주간 임기를 마무리했다. 특히 그 과정에서 썼던 「풍화에 대하여」(〈내일을여는작가〉 80호)라는 글은 건축의 풍화가 우리 문학과 문화조직에 어떤 유비로 가능한지를 성찰한 글이라 인상적이었다. P선생님이 마지막으로 남긴 그 글을 나는 조병수 건축가가 지은 거제의 '지평집'에서 읽었다. 노출콘크리트 벽체는 여기저기 금이 가 있었고, 그렇게 크랙이 생긴 자리마다 잡풀이 피어나는 집이었다. 잡풀과 금들이 하나의 무늬를 이루고 있는 집에 묵으면서, 나는 소멸의 운명 속에 놓인 글쟁이들이 마지막까지 어떤 식으로 '한마디'의 말을 남기고 있는지에 대해 생각했다. 그 글에는 『풍화에 대하여(On Weathering)』라는 건축가의 서적과 함께 김정환 시인의 시가 소개되어 있었다. 문학이라는 건축을 통해 토건의 욕망이 보이거나, 글이라는 집이 "모서리뿐인 형식뿐인 격식뿐인/ 관청을"(김수영, 「의자가 많아서 걸린다」) 닮아가고 있다고 느껴질 때, 나는 풍화의 시간에 몸을 내주는 묵직한 어른을 만나 뵙고 싶다는 생각을 하곤 했다. 비슷한 감정에 싸였을 때 P선생님은 김정환 시인의 글쓰기 작업에 위로받아왔던 것 같다. 매끈하게 포장한

건축보다 거친 내면의 주름을 가진 풍화된 건축을 바라보면서, "세월이 닳고 닳으며 드러내는 미래"(『소리책력』)에서 문학의 위의를 찾아보고 있었다.

그러나 P선생님은 길고 난해하다는 김정환 시인의 최근 시집을 세 권이나 연재 해설(『소리책력』『개인의 거울』『자수견본집』)한 강짜 독자였고, 나는 김정환 시인이 보내준 신작시 몇 편만 읽고도 막막해하는 게으른 독자였다. 게다가 시인은 적어도 시집 3부작 정도는 집중해서 읽어야 진짜 독자가 아니겠는가를 주장하며 평론가에게 시집 해설 3부작을 책임지라 요구하는 강단 있는 예술가이자, 나 같은 얄팍한 독서력을 가진 이들을 날카롭게 직관하는 감별사이지 않은가. 어수룩하게 읽고 연락해도 될까, 부담스러웠지만 다행히 동행하는 사진작가가 김정환 시인 자택을 몇 번 찾아간 적이 있다 해서 묻어가는 심정으로 약속을 잡았다. 김정환 시인이 사진작가 부부의 결혼식 주례를 서준 인연이 있어서 대담 자리는 자연스레 후배 부부를 동반한 술자리 약속이 되었다.

그렇게 시인이 30년 넘게 살고 있다는 당산동의 자택에 방문하였다. 얼마 전에도, 또 얼마 전에도, 몇몇 젊은 후배 문인들이 술을 '세게' 먹고 갔다는 그 집이었다. 질서정연하게 도열된 책들과 음반 사이에는 연필과 만년필, 샤프 같은 필기도구들이 그의 필력처럼 한가득 꽂혀 있었다. 어디서든 글을 놓치지 않도록 집 안 곳곳에 연장들이 수북했다. 한 시인의 뇌 구조를 그대로 본뜬 것 같은 묵직한 공간이었다.

커튼이 드리워진 작업실

노지영 사회적 거리두기가 많이 완화되었지만, 감염병 이후에는 시인들의 삶의 자리와 독자들의 거리가 여전히 먼 것이 사실인데요. 요즘 어떻게 지내시는지요?

김정환 크게 달라진 게 없어요. 생각은 좀더 복잡해졌지만요. 그냥 별다른 생각 없이 살아요.

노지영 기존의 일상 패턴과 크게 달라진 게 없으세요? 김정환 선생님 하면, 시 쓰신 다음에 술 드시고, 글 쓰신 다음에 또 술 드시고, 독자들이 이런 식의 루틴으로 떠올리는 사람이 많을 텐데요.

김정환 한동안 술을 일주일에 한 번씩밖에 못 마셨어요. 코로나 이후엔 술을 그렇게 자주 먹을 수가 없었으니까, 일주일에 한 번 술 먹고 아내와 산책하고, 그다음 나머지 6일은 대체로 집에만 있었는데요. 이런 패턴이 코로나 확진자의 격리하는 주기와 패턴이 완전히 맞잖아요. 밖에서 하루 술 마시고 6일 동안 자가격리하는 패턴이죠. 나같이 나이 든 사람은 알아서 조심하라는 거구나, 한동안 정부 말을 잘 들으면서 살고 있었는데요. 그래도 요새는 약속이 한 두세 배로 늘어난 것 같아요. 이제 거리두기가 진짜 풀렸구나, 생각하죠.

노지영 여태까지 '시인과의 대화' 연재를 통해 여러 시인분과 대화할 기회가 있었지만, 선생님을 만나 뵙는 것은 왠지 마음이 좀 무거웠습니다. 제가 읽지 못한 선생님 책들이 어느 정도 되는지 찾아보다가 정말로 놀랐거든요. 편집회의에서 김정환 선생님의 책이 100권도 넘을 거라고 걱정해주신 선생님이 있었는데, 막상 찾아보니까 출간하신 책이 백 권 정도가 아닌 거예요. 무려 초록창 포털에서만 선생님 도서가 37페이지에 걸쳐서 소개되고 있더라고요. 선생님의 이름으로 출간된 책만 150권에 달하다보니 원래 읽었던 것들과 주섬주섬 새로 찾아 읽은 것들을 합쳐도 한없이 독서가 부족합니다. 선생님의 작품을 읽는 속도가 선생님이 작품을 쓰는 속도를 따라가지 못한다는 말을 실감하면서, 부끄러운 마음을 털지 못하고 이렇게 찾아뵙게 되었어요.

김정환 여러 번 난감해질 때가 있어서 인터뷰나 대담을 이제 잘 안 하려고 해요. 내 글을 따라온 사람과 대화해야 하는데, 그냥 내 이름을 겨우 아는 사람이 인터뷰하겠다고 나서서 이것도 설명해달라고 그러고 저것도 설명해달라고 하는 경우가 있었죠.

노지영 안 그래도 한 기자님과의 출간 인터뷰에서 선생님이 책도 안 읽고 온 것 같다고 혼쭐(?)내는 내용을 본 적이 있었어요. 그런데 저도 이미 읽은 선생님의 책에 분야별로 새로 찾아 읽은 것을 더해봐도 스무 권 정도밖에 되지 않더라고요. 물론 숫자가 중요한 건 아니지만, 출간하신 책의 십 분의 일 정도나 봤을까요. 어떻게 면피라도 해보려고 이 자리에 첫 시집 초판과 가장 최근에 출간하신 시집을 챙겨왔어요. 상징적으로요(웃음). 오늘의 대화를 시작하기 전에 그 많은 책들에 압도된 상태와 한껏 찔리는 마음 상태를 솔직히 고백해야 할 것 같아 말씀드려요.

김정환 첫 시집 초판을 어떻게 구했네. 그 정도면 많이 읽고 온 거예요(웃음). 그런데 내가 많이 쓰는 게 아니고요. 독자들이 훨씬 더 많이 읽어야 하는 거라 생각해요. 출판계와 언론이 문제이기도 하죠. 한 달에 시집 딱 한 권 읽고, 시 독자를 자처하는 문화가 너무 오래되었잖아요. 이러면 문학이 망하죠. 문학은 그렇게 하는 게 아니지. 그러니까 날 보고 많이 쓴다고 뭐라고 그럴 게 아니고, 다른 사람들이 나도 좀 저렇게 부지런히 써야겠다, 이렇게 생각하는 게 맞겠죠. 독자들도 시집만 읽으려면, 하루에 열 번씩은 읽어야 된다고 생각해요.

내 시집 잘 읽었다는 사람도 드문데, 그 드문 사람 중에 내 시집들을 한 번에 다 읽었다고 그러면서 가끔 자랑하는 사람도 있어요. 저건 무슨 소린가, 시라는 걸 그렇게 빠르게 읽었다고

말할 수 있나, 하는 회의도 들죠. 청탁받을 때 맨날 듣는 말이 한 페이지, 혹은 두 페이지에 맞게 시를 써달라 하는 주문인데요. 잡지에 실을 때 시를 25행 이내로, 아무리 많아도 50행 이내로 보내 달라고 그럽니다. 그러면 내가 안 써요. 그냥 다음에 봅시다, 그러고 안 써. 그래도 계속 이렇게 해보는 거야. 400행 시를 보내도 되냐고 말해보고, 괜찮다고 말하면 싣는 거죠.

노지영 400행 시도 실을 수 있냐고 물어보셔서, 저도 청탁드릴 때 좀 당황했습니다.

김정환 보통 1,000행 넘는 작품 하나밖에 없다, 그러면 대부분 청탁을 하려다 물러나죠. 그런데 이게 내가 이상한 게 아니고요.

나는 우리나라의 출판하는 사람들, 교수, 직장에 있는 사람들이
전부 게재 기준을 정하는 게 문제라고 봐요. 아마추어들이 기준
을 정하는 거야. 여기서 아마추어라는 말은 질이 떨어진다는 게
아니고요. 전업 작가가 아닌 다른 직업이 있는 사람들이 기준을
정한다는 얘기예요. 직업 있는 교수들이 틈날 때마다 시, 소설 같
은 것을 쓴다면 오히려 내가 칭찬을 해줘야 하는 거잖아요. 바쁠
텐데도 참 창작열이 왕성하시네, 하면서요. 그런데 반대로 다른
직업이 있는 사람들이 글쓰기의 양과 기준을 정해서 나에게 너무
많이 쓰는 거 아니냐, 그렇게 말하곤 하니까 이상한 거죠. 나는
따로 직업이 없어서 글만 쓰는데요.

　　　여기서 너무 많이 쓴다는 거는 못 쓴다, 라는 말과 비슷
하게 들려요. 그런 소리를 안 하면 내가 오히려 자진해서 듣게 될
지도 모르는데, 자꾸 그런 소리를 잊어먹을 만하면 하니까. 그거
는 부당하잖아요. 그 사람들이 틈틈이 쓰는 글을 내가 칭찬해줘
야지, 그 사람들이 계속 글만 쓰는 나를 비난하면 안 되는 거지.
그러다가 우리나라 문화가 아마추어의 문화가 된 거야. 분명히
말하지만 여기서 아마추어란 질을 얘기하는 게 아니에요. 물론
글 잘 쓰는 사람 참 많죠. 나보다 글을 잘 쓰는 사람들 많아요. 그
런데 전업으로 여러 가지 글을 쓰려고 하는 시도에 대해서 자꾸
폄훼를 하면 전반적인 문화 수준까지 떨어지게 돼요.

　　노지영 출판사들도 힘들다보니, 예술의 규격화를 자연스럽게 유
　　도하는 문화가 있죠.

김정환 베스트셀러라는 게 그러한 문화적 분위기를 만들어요.

출판사들은 독자들이 단박에 떨어져나갈 걸 염려하는데, 그런 분위기에 작가가 말려들면 안 돼요. 그런 문화가 작가들을 많이 죽입니다. 독자들이 접근하기 좋은 익숙하고 만만한 형태의 작품만을 요구해서는 안 되는 거죠.

노지영 그 많은 선생님의 저작들은 책의 물성면에서도 만만한 형태가 아닙니다. 매우 촘촘하고 빽빽한 느낌을 주곤 해요. 예전에 김현 선생님이 많은 글을 속도감 있게 쓰기 위해 글씨를 깨알같이 썼다는 이야기를 읽은 적 있는데요. 선생님이 출간한 책들에서 종종 보이는 빽빽한 편집과 작은 글씨들, 가령 이론과실천에서 나온 『김정환 시집 1980~1999』이나 두꺼운 분량의 장시 3부작 장편시집들의 폰트 사이즈는 기성의 출판 관습에 비추어 볼 때 매우 이례적이라는 인상을 받았습니다. 가독성을 중시하는 독자들에게는 불친절하다는 인상을 줄 수도 있음에도 그런 편집으로 구성된 책들이 보이는데요. 특별한 이유가 있을까요?

김정환 독자들이 글씨 활자를 조금만 작게 해서 출판하면 뭐라 그런다 하죠. 그런데 영화 잡지의 글자 크기는 훨씬 작은데도 아무 소리 안 하지 않습니까. 릴케 시집이 3만 행인데, 충분히 한 권 짜리로 모아서 책을 낼 수 있죠. 책 전체를 오래 두고 읽는 사람은 항상 펴볼 수 있게 한 권으로 모아둔 책을 사고, 또 골라놓은 것 위주로 읽을 사람은 선집을 선택해서 살 수 있게 책이 다양하게 나와야 되는데, 이 판형이란 것을 출판사가 다 비슷하게 통일해왔잖아요. 이런 분위기는 옛날 운동권 중심의 출판사에도 상당한 책임이 있어요. 사회과학 출판사 같은 걸 할 때, 대중이 큰 글

자를 좋아한다고 그러면서 활자 크기를 키웠어요. 사회과학 서적을 내는 의식 있는 출판사들이 다시 옛날의 활자 크기로 돌아가야 해요. 요즘은 장편소설도 보면 800매 이상 넘는 게 없더라고요. 거기다 또 경장편이라고, 읽기 좋은 400매 정도의 책이 유행하죠. 생각해보면 800매 정도가 경장편이잖아요. 그렇게 되어서만은 좋은 작품이 나올 수가 없지. 그냥 잘 팔리는 책이 나올 수는 있어도요. 책이 잘 팔리는 건 잠깐이에요. 문학에 대한 전체 독자가 줄어들고 있으니, 결국은 그게 잘 팔리는 것만이 아니고요. 그런 문화적 분위기를 빨리 고쳐야 합니다. 외국 출판의 좋은 선례들이 저렇게 많잖아요.

노지영 선생님 댁의 풍경은 예전에 기사를 통해서 언뜻언뜻 이미지로 만나본 적이 있었는데요. 선생님의 시집을 가장 열심히 읽어온 독자 중 한 명인 박수연 선생님께 전해 들으니, 선생님께서 소장하셨던 몇만 권 분량의 책이 모두 기증되어 현재 집의 벽면에는 책 대신 시디가 도열되어 있을 거라고 하더라고요. 어린 시절에 청계천에서 책 보따리 장수 노릇을 하면서 귀한 책들도 많이 소장하셨다고 들었는데, 전교조 사무실에 모두 기증하셨다고요.

김정환 사회과학 서적류를 기증한 적이 있었지. 지금 책상 뒤를 보면 우리나라에서 낸 예쁜 책들이 하나도 안 보일 거예요. 우리나라에서 낸 책은 시공사 책 말고는 내가 안 사요. 저쪽 방에 시공 디스커버리 시리즈라고, 그 정도가 유일하게 내가 모으는 국내서고요. 보기 좋고 듬성듬성 부피만 키운 책들, 그런 건 내가 집에 안 키워요(웃음). 그런 책들을 여기 서재에 다 꽂아놓으면 너무 어수선해. 작업 환경이 좀 진중해야 글도 좀 진중하게 쓸 거아니에요. 저렇게 내용으로 승부하는 진중한 책들을 책꽂이에 쭉 꽂아놓으면 마치 음반을 쭉 꽂아놓은 효과와 비슷하죠. 시디를 저렇게 쭉 꽂아놓으면 여기서 음악이 들리거든.

노지영 그러고 보니 진짜 시디랑 큰 차이가 없는 사이즈의 책들이 많네요. 작업하실 때 늘 음악을 틀어놓으신다고 들었어요. 선생님의 시 쓰기에도 지대한 영향을 줄 거 같다는 생각이 드는데요.

김정환 이렇게 음반을 꽂아놓으면 음악이 들리는 것처럼, 저 정도로 책을 잘 만들어놓으면 시에서도 음악이 들려요. 저쪽에서 그 내용이 나한테 전달이 된다고. 그러니까 여기 작업 환경은 음악 틀어놓은 거랑 똑같은 거지. 가끔 음악을 어떻게 듣는지 가르쳐달라는 사람이 있는데, 나는 음악을 커튼처럼 쳐놓은 채 들으라고 말해요. 이 음악이 누구의 무슨 음악인지 이런 거 일일이 신경 쓰지 말고 이렇게 커튼처럼 쳐놨다가 자신의 귀를 끌어당기면 그때 관심을 가지면 되는 거죠. 그런데 그 말대로 하는 사람이 없는 것 같아요. 글들을 다 잘 쓰는 사람인데도(웃음).

노지영 책의 자리를 음악에게 내어준 의미를 알 것 같기도 합니다. 지금 나오는 음악은 어떤 음악인가요?

김정환 금방 말했잖아요. 지금 무슨 음악이 나오고 있는지 모르고 들어요. 그냥 커튼 쳐놓은 거지.

노지영 지금도 커튼 쳐놓으신 거군요. 여기도 커튼, 저기도 커튼…… 그래서 요새 시디 커튼보다는 유튜브 커튼으로 많이 들으신다고요(웃음).

김정환 시디는 한 장씩 바꿔 들어야 하니까 정신없죠. 옛날에 내가 엘피로 듣길 포기한 게, 엘피는 이십몇 분마다 음반을 갈아야 되잖아요. 지겹게 갈았는데요. 그런데 유튜브로 연속 재생인가 들을 때는 오페라만 모은 300곡, 뭐 이런 걸 길게 틀어놓고 들을 수 있죠. 600시간이 넘는다는 소린데, 그냥 아무 생각 없이 들어요. 베토벤, 모차르트 전집 들으려면 그냥 400시간이 흘러가죠. 바흐를 한 500시간 내내 틀어놓고 좋다, 안 좋다 이런 생각 없이

들어요.

상투에 저항하는 영구기관

노지영   음악을 들을 때 시와 만나는 지점들이 그런 것일까요? 음
악의 리듬이나 형식이 선생님의 시 언어로 번역되는 지점이 있겠
죠?

김정환   짧은 음악으로 안 듣다보니, 내가 짧은 시를 잘 안 쓰게
된 건지도 모르겠어. 물론 마음에 드는 경우에는 단시도 써서 주
죠. 장시 잘 쓴다는 게 단시를 잘 쓰는 데도 도움이 되고, 또 단시

잘 쓰는 게 장시 잘 쓰는 데도 도움이 되니까. 그런데 유별날 건 없는데도 괜히 그걸 구분하는 게 문제야. 언젠가 무슨 상 공모하는 걸 보니까 거기에 아예 이렇게 써놨더라고요. '장시 제외'(웃음)! 솔직히 상이란 걸 공모제로 운영하는 것도 너무 웃긴 거죠. 왜 그렇게 진행하나 물어보면 운영자들이 돈이 없어 그랬다고 해요. 발표되는 시를 다 읽고 심사하면 심사비가 엄청나게 드니까, 공모제에 응모한 작품만 심사한다는 거죠. 그런데 그런 형태로 운영하면서도 장시 제외, 특별히 이렇게 구분해놓은 건 참 놀랍잖아요. 그런 표시를 보면 이제야 나의 뜻이 통하고 있구나, 이런 형식에도 누군가 신경을 쓰기 시작했구나 하면서 더 쓰는 거지.

노지영 공모에서도 장시 제외 규정을 특별히 두는 것은 물론이고, 시인이 장시집이나 장편시집을 내게 될 때도 그런 작업을 매우 일회적이고 예외적인 걸로 주목하는 경향도 있는 것 같아요.

김정환 일종의 버릇으로 굳어졌다 봐야죠. 그 사람들이 나빠서가 아니고요. 너무 많이 쓴다, 이런 말도 그냥 말하다보니까 버릇이 돼요. 장시랑 서사시도 다 같은 거로 생각하고요. 내 시를 두고 길어서 문제라는 사람이나 시 길이에 신경을 쓰고 있지, 내가 길이에 신경을 썼다면 그렇게 길게 쓰겠어요? 말이 안 맞는 말들이 자꾸 상식이 되는 거예요. 그런 상식들이 모여서 상투가 되고, 그런 상투성이 문화를 아마추어 수준에서 영영 못 벗어나게 하는 거죠. 일종의 완강한 제도, 가장 나쁘고 완강한 제도인데요. 그걸 못 깨면 문학을 한다는 의미가 없어요. 모든 시인이 장시를 써야 한다는 얘기가 아니잖아요. 그렇게 말한다면 미친 거지. 미친놈은 나 하나로 족해요(웃음). 어지간한 평론가들도 얘기하는 거 들어보면, 그런 상투가 모여 있는 악성의 제도에 강하게 사로잡혀 있어요.

노지영 평론가들이 독자가 되어서 작품을 읽을 때, 결국은 평론이나 논문의 형식으로 어디에 발표하잖아요. 매체나 학술단체에서 요구하는 형식과 분량으로, 꼭 그만큼의 분석으로 말해야 하니까 관행적인 말하기 형식에 예속될 수밖에 없는 거 같아요.

김정환 그거부터 깨야 돼. 그런데 그런 현실을 비판하는 사람들조차도 그런 형식에 얽매여 쓰죠.

노지영 선생님의 책들은 기성의 출판 형식에서 벗어나는 비판적 작업들이기도 하지만요. 더불어 장르적 형식을 넘나드는 출간 작업이기도 합니다. 시집은 물론 번역물, 역사물, 문학평론, 소설, 오페라 대본, 음악교양 서적, 미술평론 서적 등을 출간하며 전방위 예술가로 활동해온 선생님의 작업에서는 방대한 지식적 정보들이 출현하는데요. 상당수의 책들을 기증하셔서 집에 책이 없는 상태인데도, 어떻게 그렇게 방대한 레퍼런스를 품은 책들이 나올 수 있는지 궁금해요.

김정환 레퍼런스는 그래도 책에서 나오겠지. 사실 이게 평론이 해야 할 일이잖아요. 평론이 안 하는 것들을 결국 내가 하게 되는 거죠. 장르를 넘나들면서 언어를 발전시켜야 하는 게 평론가의 역할인데요. 그런 방식으로 언어를 발전시키다가 비트겐슈타인도 나오는 거죠. 비트겐슈타인은 전업으로 철학만 한 사람이 아니라 다양한 분야를 마구잡이로 넘나들잖아요. 음악 언어, 미술 언어 이런 것들을 상충시키고 결합하면서 언어 수준을 높여가고요. 그렇게 공통 언어를 만들면서 발전시켜나가는 게 평론가들의 역할인데, 요즘은 평론가들이 그런 역할을 잘 안 해요. 그냥 제가 좀 무식해서요, 이렇게 말하면 끝나는 줄 알아. 평론을 쓰니까 일부러 해드리는 말씀이에요. 누군가에게 이런 것 좀 해보라고 권하다보니, 내가 쓰는 영역에서도 그런 경향이 비중 있게 드러나는 거지, 나는 스스로 방대하다고 생각한 적이 없어요.

정말 방대한 사람들도 많지. 음악에 있어서도 나더러 많이 듣는다고 그러는데, 내가 가지고 있는 시디의 한 네 배는 이렇게 진열을 해야 한국 사회에서는 마니아 소리를 듣는다고(웃음). 그런데 막상 마니아를 만나면 내가 깨지기 싫으니까 아까 같은 얘기를 합니다. 음악만 듣지 말고 마음으로 들어라, 그런 말……왜 음악을 딱 숫자로 듣는 사람들이 있거든. 음반 숫자나 스피커가 얼마짜리인가 가격 따지는 사람들. 하여간 다른 분야에 대해서 약간의 취미는 있는데 진지하게 접근할 생각이 없는 사람들이 너무 많아요. 그렇게 문화가 가난해지는 책임이 언론과 평론가에게 있지, 누구에게 있겠어요?

우리나라는 특히 교수 대접을 너무 많이 하는 사회예요. 언론의 기자들이 그 방면의 전문가가 누군지 잘 모르니까 그냥 교수나 되어야 전문가로 생각하면서 편하게 전공 교수를 찾을 수밖에 없는 거고, 그러다보니 글쟁이들이 전부 교수가 되려고 기를 씁니다. 규정만 있고 내용은 없는 글, 그 규정에 맞춰 쓰느라 헉헉거리다가, 겨우 교수 되면 진이 빠져서 글이 더 안 나가는 경우가 많죠. 하지만 역으로 생각해보세요. 그런 문화 속에서도 자기 자리에서 글 열심히 쓰는 사람, 글을 깊이 있게 잘 쓰는 사람을 발견할 때면 내가 얼마나 존경하고 싶겠어요? 나 정도는 전혀 방대한 사람이 아니야. (서재에 있는 외서 한 권을 꺼내 보이며) 요만한 책 한 권이 무려 1천 페이지가 넘는데, 이런 걸 한 10권쯤은 써야 이 방대하다 할 수 있지.

노지영 (들어보며) 천 페이지가 넘는 책인데, 진짜 작고 가벼워요.

김정환 김사인이가 날 보고 자꾸 방대하다고 그러는데, 엿 먹이려고 하는 소리지(웃음).

뒤를 보는 마음

노지영 웬만한 사람들은 다 방대하다고 하던데요(웃음). 그래도 김사인 선생님이 선생님을 "속필 다작의 천재"로 명명하며, 수사를 제일 많이 동원해서 방대하다고 말씀하시는 것 같기는 해요. 선생님의 저작뿐 아니라 번역 전집들도 대개 비슷한 느낌으로 책의 물성 면에서는 빽빽하다는 느낌을 주는데요. 여러 장르와 분야의 글들을 번역하고 계시지만, 셰익스피어 전집 번역을 위시하여 문학동네의 문학 전집 시리즈 번역 등 문학 번역을 엄청난 속도와 생산성으로 감당하고 계십니다. 이런 전집 번역 저작들을 촘촘하게 압축해서 출간하는 형태는 한 시인의 에센스를 드러내기 위한 형식일 수도 있지만, 동시에 우리 문학의 지적, 문화적 토대를 탄탄히 조성해야 한다는 선생님의 다급한 마음도 반영된 게 아닌가 했습니다. 가령 "셰이머스 히니 시집 열두 권을 한 권으로 때려 묶는 단행본형 시전집"의 출판 방식을 두고, 방금 언급한 김사인 시인은 "세계 출판사상 초유의 변칭과 묘기를 즐기고 있다"고까지 이야기한 바 있어요. 우리나라의 출판 관행에서는 발견하기 힘든 형태가 분명한데요. 때로는 종이책이라는 지면이 선생님의 생각과 기획을 담기엔 너무 좁다는 생각도 듭니다. 그래서 진은영 시인이 선생님의 작업을 두고, "난생처음" 만나는 "아포리즘의 영구기관"이란 표현을 썼지만요. 그것은 단지 시 작업에 한정되는 것 같지는 않습니다. 책이라는 형식은 선생님에게 어떤 의미일까요?

김정환 책이라는 형식은 독자 서비스죠. 제일 많이 팔린 책이 성경 아니에요. 그다음 팔린 책으로 셰익스피어를 들 수 있는데요. 셰익스피어 책만 40권이 넘어요. 그런데 셰익스피어 작품의 전체를 다 보고 싶고, 틈나는 대로 펼쳐서 전체를 보고 싶은 사람도 있잖아요. 성경처럼 한 권 안에 내용이 이렇게 많이 들어가 있는 게 나 같은 사람에게는 훨씬 낫죠. 그걸 열 권, 스무 권씩으로 만든 책을 사는 사람은 진열 공간이 넓은 사람이고요. 이문구 선생님이 옛날에 나한테 하신 말씀이 있죠. 맨날 책들이 집으로 오니 3개월에 한 번씩은 정기적으로 책을 버리는데도, 네 책은 지금 벌써 몇 년째 못 버리고 있다, 그러신 거야(웃음). 진열된 책이 많은 것보다 버리기 힘든 책들이 백 권이라도 이런 식의 장서로 있는 게 낫죠. 온갖 유행하는 스타일의 책들, 딱 30분 보면 끝나는 책들을 만들고, 그걸 또 서재에다 쭉 진열해놓으며 흐뭇해하는 건 큰 낭비예요. 그런 태도야말로 삶의 질이 훨씬 떨어져 있는 거죠. 그런데 그런 책들을 만드는 사람들이 나 같은 사람 보면 또 욕까지 하니……

노지영 한 번만 읽히는 책, 한 번만 읽고 버려지는 책들에 대항하면서 책을 만들어오셨는데요. 그런데 선생님이 쓰신 책들은 여기 거실에서는 안 보이네요. 저는 어딘가 자택의 한곳에 선생님의 그 많은 책이 쭉 꽂혀 있지 않을까, 기대하면서 방문했는데요.

김정환 내 책을 여기다 진열할 거면 그렇게 많이 안 썼겠지(웃음). 보성고등학교 가면, 거기 내 책들이 다 있을 거예요. 보성에서 수학한 동문들의 작품을 모아 한국문학도서관을 만들었거든요. 임화, 이상, 염상섭, 김기림, 그리고 조세희, 조정래, 또 베스트셀러 작가인 김진명 등등 작품들을 모아서요. 한 20년 전 얘기니까 지금까지 계속 모으고 있을지는 모르지만, 어쨌거나 거기

내 코너가 있으니 모아놓은 걸 볼 수는 있겠죠.

노지영 선생님이 그 많은 분야를 망라하여 정력적으로 외부의 시와 다양한 문화를 책으로 소개하는 이유는 우리 문학의 토대가 허약하다, 문화의 폭이 좁다는 인식 때문이라 생각합니다. 기성의 '좁은 의미의 서정시'가 열어내지 못한 사회적인 영역을 적극적인 형식으로 얽어나가고 있으시고요. 최근에 출간한 『자수견본집』이란 시집의 서시 격의 시, 「페넬로페의 실」이란 작품을 보면 첫 문장이 "실내의 등장인물이 신약처럼 적다"라는 문장으로 시작해요. 성서의 등장인물들과 선생님이 글쓰기 작업을 하는 규방의 등장인물이 교차하는 거대한 스케일을 보여주죠. 선생님의 1만 행이 넘는 장편시집이나 문화 대식가로서의 책 작업들을 보면 시라는 예술이 다룰 수 있는 레퍼토리가 정말 무궁무진하다는 생각이 들어요. 고대 그리스의 '시'라는 개념에 가장 근접한 스케일로 시를 쓰고 계시지 않을까, 하는 생각도 들고요. 시가 장르성이 공고해서 그런지 선생님 같은 작업을 하는 어른들을 만나 뵙는 게 정말 드문 일이기도 합니다.

김정환 나보다 나이 든 어른들은 시가 짧아야 한다는 생각을 많이 갖고 있어요. 그게 아주 자연스럽다고 생각을 하죠. 그런데 조선 시대만 해도 그렇게 짧은 시 쓴 사람들만 있지는 않았잖아요. 긴 글들 참 많죠. 그런 경향들은 일제강점기 문화 통치하에서 낭만주의적인 감상적 시를 키워왔던 것의 잔재가 아닐까 하는 생각도 들어요. 가령 음악과 비교하자면, 음악에는 교향곡이 있고, 엘가의 〈사랑의 인사〉 같은 곡도 있고, 그렇잖아요. 내가 방송하면서 보니까 엘가의 〈사랑의 인사〉는 어떨 때는 일주일에 다섯 번 씩도 방송에 나와요. 짧고, 유명하고, 달콤하니까. 이런 소품은 아주 근사한 대중가요처럼 2, 3분 만에 회까닥 사람을 감동시킨 후, 아련하게 사라지곤 하죠. 아련하게 사라진다는 건 우리 마음속에 늘 남아 있다는 것이니, 물론 그 역할이 대단합니다. 이런 소품들이 교향곡 같은 큰 작품보다 떨어지는 게 아니고, 그 역할이란 게 분명히 있죠.

하지만 어떤 작곡가들이 소품만 쓰겠어요. 세상에 소품만 쓴 작곡가는 한 명도 없어요. 그런데 우리나라는 이상하게도 소품만 쓰는 시인들이 99프로는 되는 거 같아. 그래서 나 혼자라도 한번 장편을 써보자. 나 혼자라도 한번 미친놈 돼보자. 뭐 이런 마음으로 쓰는 거지, 별거 아닙니다. 그런데 다행인 거는 그래도 내가 보기에 아직 안 망한 거 같아. 1만 행이 넘는 장시를 써놓고도 망했다는 생각이 안 드는 거 보니까 아직은 나한테 여력이 있다는 거죠. 그게 좀 다행이다, 그런 생각은 있는데, 별거는 아니에요. 나에게 아직도 애정이 있는 후배 시인들은 그래도 형 너무 많이 쓰는 거 아니냐고 묻곤 하죠(웃음). 그러면 나도 야, 너희들 평소에 릴케, 릴케 하는데, 그 릴케가 시를 얼마나 썼을 것 같냐, 반문합니다. 후배들이 글쎄요, 그러면 릴케의 시 전체가 3만 행이 넘는다고 이야기해줍니다. 그러면, 아, 3만 행…… 우리가 게으른 거 맞구나, 하면서 웃죠. 릴케의 『두이노의 비가』를 두고 참 많은 말을 하는데, 그거 한 편이 몇 행인 줄 아냐, 물으면 다들 선뜻 답을 못해요. 한 편이 거의 150행이야. 150행……

구체와 총체의 문화적 조합

노지영 단형시의 완결적 미학이 강조되는 한국 시단의 풍토에서 선생님의 지속적인 장시 창작은 매우 예외적인 행보라 여겨져서 그에 대한 말씀을 길게 나눴는데요. 시라는 것의 원형적 맥락들을 모두 복원하여 시 통사를 보여주려는 작업을 특히 장시 집필 작업으로 하고 계신 게 아닌가 합니다. 방금 일례로 언급한 장시 창작을 넘어서, 선생님의 작업 분야는 정말 다양합니다.

1954년 서울에서 태어나 1980년 계간 〈창작과비평〉에 시「마포, 강변에서」외 5편을 발표하며 작품활동을 시작하신 후 30여 권의 시집을 내셨죠. 시집『지울 수 없는 노래』『황색예수전』『회복기』『해방서시』『우리, 노동자』『기차에 대하여』『사랑, 피티』『희망의 나이』『하나의 이인무와 세 개의 일인무』『노래는 푸른 나무 붉은 잎』『텅빈 극장』『순금의 기억』『김정환 시집 1980~1999』『해가 뜨다』『하노이-서울 시편』『레닌의 노래』『드러남과 드러냄』『거룩한 줄넘기』『유년의 시놉시스』『거푸집 연주』『내 몸에 내려앉은 지명』『소리책력』『자수견본집』등의 시집을 내셨고, 소설『파경과 광경』『사랑의 생애』, 산문집으로는『고유명사들의 공동체』『이 세상의 모든 시인과 화가』『어떤 예술의 세계』등과 평론집『삶의 시, 해방의 문학』, 음악 교양서『클래식은 내 친구』『음악이 있는 풍경』『내 영혼의 음악』, 역사교양서『20세기를 만든 사람들』『한국사 오디세이』『음악의 세계사』, 희곡『위대한 유산』등을 발간하셨습니다.

줄기만 간단히 소개한 게 이 정도고, 각종 번역을 포함하자면 지면에 일일이 언급이 불가능할 정도인데요. 이런 무수한 영역들의 조합이 또 선생님의 시 자체라는 생각이 들어요. 그 시라는 장르성에 국한되지 않고, '예술소'라 할 만한 것들을 망라하는 작업을 해오셨고요. 그런 예술소들을 경유하여, 시민사회의 일원으로서 각종 단체활동까지 감당하는 과정은 선생님의 시를 어떤 형태로 이끌었는지 궁금합니다.

김정환 그런 게 모두 시가 된 거죠. 내가 시를 이끌었던 게 아니고요. 그런데 나의 모든 공적인 활동들은요. 내가 원해서 한 건 하나도 없었어요. 처음 징역을 산 것부터 그랬죠. 그런데 그런 생각은 있어요. 단체운동 같은 걸 열심히 할수록 망하지 않는 게 내 의무다, 이런 생각이요. 왜냐하면 열심히 단체활동하다가 내 문학이 망해버린다면, 저렇게 많이 쓰던 김정환도 운동이란 걸 하더니 망하지 않느냐 뭐 이렇게 생각하겠죠. 그러면 앞으로 누가 운동이란 걸 하겠어요. 김정환 시가 갑자기 좋아졌네, 웬일이냐, 어디 단체에서 뭘 맡더니 시가 좋아지네, 이런 모습을 보여주지는 못할망정 말이죠. 그래서 공적인 일에 바쁜 사람들은 훨씬 더 자기 글을 잘 쓰려고 노력해야 해요. 안 그러면 망하는 거지.

노지영 보통 임기 중에는 시 안 쓴다, 이렇게 생각하기가 쉬운데요.

김정환 그러면 안 돼요. 내가 단체를 할 때, 걔들이 너무 좋아서야, 너희들이 크면 되지 나까지 쓸 게 뭐 있냐, 싶었죠. 한번 2년인가를 안 쓴 적이 있는데, 자기들끼리 쑥덕쑥덕하더라고. 거봐, 김정환도 단체 대장 맡으니 못 쓰잖아, 뭐 이러면서요.

노지영 때로 문학단체들의 지향을 보면서 마음이 복잡할 때, 주변에서 김정환 선생님 같은 어른의 이야기를 들어봐라, 하는 제안을 들었어요. 그래서 처음에 청탁 전화 드릴 때는 매우 나이브하게도 선생님께 이 시대의 시가 어떻게 가야 할까, 지혜를 묻고 싶다는 식으로 말씀드린 바 있는데요. 이번에 저에게 보내주신 400행이 넘는 장시를 대면하면서, 해독이 어려운 경전류를 통째로 보내주신 느낌을 받았어요. 상투적인 질문은 하지 말라는 뜻이구나 싶어서 아차 했습니다. 제 질문의 그릇을 넘어서는 시적 지향을 읽어내라는 뜻 같아서, 시와 산문을 읽어보고 한참 고민을 하였는데요. 선생님이 쓰시는 시에 인명이 등장하는 것은 어렵지 않게 발견할 수 있지만, 특히 장시 형식을 통해 인물의 실명을 이렇게 빈번하고 노골적으로 드러내는 것은 나름의 의도가 있으시지 않을까 합니다. 「실낙원, 그 후의 그러나」라는 시에는 '한국민중구술열전'을 통해 20세기사(史)를 펼쳐낸 박현수 씨와 노원희 부부 내외에게 드리는 시로 부제가 달려 있는데요. 선생님의 신작시들을 읽으면서, 시 장르가 보여줄 수 있는 『사기』의 열전 형식이 있다면 이런 모습이 아닐까 싶기도 하였습니다. 탄생과 죽음의 문제가 성서와 고전들을 경유하여 예술과 역사의 문제를 비추고 있고, 무수한 생애들의 가닥이 당대의 나와 연결되어 있습니다. 이런 지속적인 작업이 역사와 철학, 인류학, 종교학, 사회학, 윤리학 등에 종속되지 않은 시적 형식으로 정신의 구체와 총체를 이야기하는 방식이라 이해해도 될까요?

김정환 그렇죠. 나는 시라는 걸, 글이라는 걸 평생 손에서 놓은 적이 없어요. 그런데 요새는 사람이 많이 죽을 뿐 아니라, 나이가

이제 70살 가까이 되니까 내 주변에도 죽는 사람이 많아졌어요. 재작년, 작년엔가 주변에서 20명이 넘게 죽었으니까, 그 사람에 대한 생각이 저절로 글로 가고요. 그냥 별도로 그 사람에 대해 쓰려는 게 아니고 자연스럽게 글이 나가죠. 최근에 발표하는 시가 그렇게 나와서, 거의 한 5년 전에 쓴 것들을 교열을 보면서 발표하고 있어요. 한 5년 동안 그냥 쓰기만 하고 발표는 안 한 것들이 있는데, 이러다가 감당이 안 되겠네 싶어서 쓰는 것을 중단하고 5년의 세월을 덧입혀 고치고 있죠. 옛날에 쓴 작품을 다시 5년 만에 교정을 볼 수 있는 그런 행복을 누리는 사람은 아마 없을 거예요. 그건 부지런해야 가능한 거거든. 일단 청탁보다 부지런하게 써야 가능한 거죠. 미리 써놓은 시가 있어야 청탁에 응하니까요. 누가 죽었다는 소식을 들으면 자연스럽게 예전에 써놓은 글을 교정 보면서 새 글로 만들죠. 그러니까 사람 죽은 다음에 추도시 발표한 게 유일한 내 최근작의 형태예요. 이번에 보낸 시도 5년 전에 쓴 시를 고친 거죠. 친구네 결혼식장 가고 그랬던 일이 6년 전에 있었던 일입니다. 그렇게 5년 전에 쓴 시를 다시 고치면서 내가 제일 많이 하는 게 뭐겠어요. 줄이는 작업이죠. 쓸데없이 쓴 게 5년 만에도 안 보이면 내가 글쟁이도 아니지. 이것도 많이 줄인 거예요. 그러니까 이것도 너무 길다고 하면 나는 할말이 없어 (웃음).

노지영 선생님의 작업을 두고 언젠가 황현산 선생님은 시인이 집필해나간 "그 모든 것들의 조합에서 감각과 운명의 총체를 본다"고 이야기하신 바 있어요. 그래서 독자들은 "미학과 정치의 당대적 통합을 한시도 쉰 적 없"(유성호)는 시인으로서 선생님을 기억하기도 하는데요. 시의 장르주의와 분할주의에서 벗어나 한 인간의 역사를 인류사의 총합 안에 교직시키는 지속적 작업은 독자들의 취향을 교정시켜 시를 다른 방식으로 읽어보자는 제안으로 이어지는 것 같습니다. 선생님은 독자들이 이러한 작업들 앞에서 어떤 반응을 보였으면 하시는지요?

김정환 내가 이런 작업을 해왔던 것은요. 일단 첫째로는 나에 대한 극약 처방이에요. 남들 하는 대로 하다가는 죽을 때 후회가 많겠다 싶었죠. 주변에 나이 든 사람들이 가끔 이런 말을 해요. 야, 나도 너처럼 써보는 건데, 그런 말…… 물론 젊은 친구들은 아직 그런 얘기하는 사람이 하나도 없지만요(웃음). 여하튼 일단 나 스스로가 문제예요. 내가 안 망하려는 방법이죠. 안 망한다는 건 계속 책이 잘 팔린다든가 뭐 이런 게 안 망하는 게 아니고요. 문학을 하면서, 야, 이걸 내가 지금 40년 넘게 하는데 이거밖에 안 되나, 이런 생각이 들면 망한 거죠. 그렇잖아요. 일단 내가 안 망하는 게 제일 중요하고요. 그다음에 독자들이 안 망하는 게 무엇보다 중요한데요. 문화 환경이 나빠서 독자들이 책을 제대로 이해할 기회가 많지 않아요. 독자들이 한 권이라도 제대로 된 책을 읽고 삶에 도움을 얻어야 그게 독자의 행복인 거죠. 부지런히 팬 미팅을 다니는 게 중요한 게 아닙니다. 출판사도 그래서 망해가고 있어. 독자층을 넓혀야 하는데, 작가들의 팬덤에 의지하여 책을 판매하고 있다는 건 독자층이 점점 더 좁아지고 있다는 거죠. 글쟁이가 발품을 팔아 독자를 직접 만나야 책 한 권을 사주겠다는 건데, 시인이 그런 분위기에 끌려가선 안 됩니다.

가장 보통의 문화

노지영 작품을 일부만 읽고, 책을 너무 쉽게 말하는 분위기에도 휩쓸리기 쉬운 거 같아요. 독자들이 작가의 책을 한두 권만 읽고 누구의 시는 어떻다고 쉽게 정의하곤 하잖아요. 그런데 흥미롭게도 선생님의 경우는 시가 어떻다 하면서 하나로 요약하는 문장을 제가 본 적이 없는 것 같아요. 최근 비평들을 보면 많다, 길다, 뭐 이런 양적인 측면에 놀라는 게 먼저고요(웃음).

김정환 나는 시인이 요약당하는 순간에 끝난다고 봐.

노지영 어떻게 이렇게 요약이 안 되는 문화적 조합을 시 속에서 계속 이어가고 계실까, 신기합니다.

김정환 별 게 아니고 그런 기준이 보통이 되어야 해요. 참 이상한 게 시집을 해설하는 사람들이 그냥 하나의 이론을 가지고 그 시집 전체를 설명하곤 해요. 대체로 그 의미를 산문화하는 데서 끝나죠. 한 10년 전, 20년 전만 해도 그런 식으로 접근한 글을 읽으면 기분 나빠하는 시인들이 있었어. 그런데 요새는 거의 그냥 하나의 이론에 맞춰 쓰는 게 해설이 아닐까 싶을 정도로 그냥 해설자가 공부한 하나의 이론으로 시인의 시가 말끔하게 정리가 돼. 시인이 그런 해설을 받고도 기분 나빠 안 한다는 건 벌써 문화가 또 그만큼 또 퇴행했다는 소리죠.

젊은 시인들이 한창때 시를 얼마나 잘 쓰겠어요. 시집 한 권으로 시를 모았으면 얼마나 다양한 세계가 담겨 있겠습니까. 시집을 1년 만에 낸 것도 아니고, 대개는 5년은 걸려서 낸 것일 텐데, 독자들이 얼마나 잘 읽어줘야 합니까. 그런데 그냥 똑같은 소리를 반복하고 있는 경우가 많아요. 내가 결코 대단한 게 아닙니다. 기본이죠. 기본. 기본으로 돌아가야 해요. 뭐 하러 시를 쓰고 글을 씁니까. 끊임없이 달라져야 하는 거죠. 누가 나보고 변했다고 그럴 때가 있어요. 그럴 때 나는 야, 그렇게 변하려고 기를 쓰는데 사람 변하는 게 그렇게 힘들더라, 오히려 이렇게 답변해요. 그렇게 변하려고 기를 쓰는데도 못 변하는 게 큰 문제입니다. 시인이라면 어쨌거나 변하려고 기를 써야죠.

노지영 선생님의 책 출간 작업이 그러하듯 선생님의 시도 하나로 요약될 수 없는 문화적 조합을 보여주고 있는데요. 다종의 영역들과 사투하는 언어를 한쪽에서는 사변과 요설로 이루어진 방언처럼 여기는 독자들도 있습니다. 저도 선생님의 언어 운용방식 속에서 요설에 가깝다는 김수영의 어떤 시들을 떠올리기도 했었어요. 『소리책력』이나 장시 연작 3부작을 보면 시의 기획적 설계가 눈에 띄게 드러남에도 불구하고, 독자들은 그 총체를 인식하기보다는 파편적인 경구들을 감각해가며 부분부분 아포리즘을 향유하는 방식으로 선생님 시를 읽기도 하는 것 같습니다. 물론 그 파편적인 언어가 많이 아프고 아름다워 줄을 치면서 깜짝깜짝 놀라기는 합니다만, 그러한 독서방식이 역설적으로 선생님이 조합한 세계의 총체로 가닿는 데에 진입장벽이 되고 있지는 않나, 하는 생각도 들어요.

김정환 내 시를 두고 요설이라는 소리를 많이 하는데요. 그런데 그 요설이 요사스러운 소리라는 뜻인지 풍요롭다고 할 때 요설이라는 것인지 또 헷갈리면서 쓰는 사람이 있어요. 그 두 개의 말이 서로 다른 이야기잖아요. 말이 많다는 것은 풍요롭다는 거니까 그건 김수영이 추구한 것과 비슷한 거고, 다른 축의 요설은 뭔 말인지 몰라서 뭔가 희롱당하는 느낌이라는 건데요. 그것도 구분을 안 하면서 이야기하니, 나는 그런 말 크게 신경 쓰지 않습니다.

노지영 선생님 시를 베스트셀러로 만들었던 80년대의 대중 독자층들은 여전히 정치적 이데올로기를 익숙한 단형 미학 속에서 단성적 어법으로 발화하는 것을 선호하기도 하는데요. 그래서 어떤 독자들은 선생님 시의 극히 일부만 언급하며 사회적 존재로서의 시인의 생애를 복기하는 방식으로 선생님의 시를 향유해온 것 같습니다. 저도 실은 해방신학적인 전통을 가진 신앙공동체를 드나들면서, 선생님의 시를 하나의 코드로 수용하려는 독자들을 많이 봤거든요. 자유실천문인협의회로 상징되던 문학운동이나 리얼리즘 민중운동으로 한정하여 선생님의 시 작업을 30~40년 전의 메시지로 읽어내려는 독법들이 여전한데요. 그런 선호되는 독법들이 민주주의의 진상과 연결되어 있는지는 고민이 됩니다. 의미의 권력에서 쪼개져서 더 자유로운 언어를 열망할 필요가 있고, 그런 언어는 더욱 민주적인 형식 속에서 존중되어야 할 텐데요.

김정환 아아. 그게 고민이죠. 그게 정말로 잘 안 되고 있지. 우리가 맨날 고대 그리스를 언급하면서 민주주의를 이야기하잖아요. 그리스의 실상은 별 게 아닌데, 민주주의와 더불어 문화예술이 더욱 발전했고, 문화예술이 발전하면서 민주주의도 더 발전했다, 그런 거잖아요. 그런 바람 속에서 그리스라는 상을 만들고, 동일시의 착각 속에서 우리 상도 만들어온 거죠. 그런데 지금의 상황을 보세요. 정권을 바꾸고, 맨날 촛불, 촛불 했지만, 5년 만에 깨졌어요. 5년 만에 깨지고도 왜 깨졌는지 반성이 없고, 열 받은 사람만 있어. 반성하는 사람은 없다는 것, 그게 정말 놀라운 일이에요. 정권 잡은 쪽이 정권 잡힌 쪽을 비판하면서 보수 야당도 깨졌고 여당도 깨졌다, 그럼 반성이 깊어야 하는 거죠. 아프다, 나가자, 싸우자만 반복하면서 한쪽에 의석을 몰아준다고 되는 일이 아닙니다. 이게 다 문화가 약해서 그래요. 문화가 약해서…… 심지어 그냥 옛날 싸우던 시절로 돌아가길 바라는 사람도 있어요. 막상 그런 상황이 오면 데모에 참가도 안 할 거면서(웃음).

      이래서는 독자들도 발전할 수가 없어요. 문화를 육성한

다는 게 뭐 좀 잘하면 그것을 밀어주고, 돈으로 때려 부어서 지원한다고 되는 게 아니에요. 우리나라 문인들이 30만 명이라는데, 백만 원씩만 나눠도 3천억 원은 들 텐데, 그런다고 우리의 문화 수준이 올라갈까요? 독자의 기준을 높여나가야 해. 그 기준은 어떻게 생기냐, 그게 바로 평론가의 역할이야. 이건 언론의 역할이 중요하다는 것과 똑같은 소리죠. 다시 강조하지만, 각 장르를 넘나들고 각 장르 언어를 섭취하면서, 그것을 충돌시키거나 융합하는 방식으로 언어의 수준을 계속 높이는 역할이 제일 중요해요. 그리고 산문에서는 특히 기초적인 사전 작업 같은 게 중요하고요. 무엇보다 어린이 사전이 중요해요.

노지영 이번에 저희 매체에 보내주신 이번 신작 산문은 그간 편찬을 준비하던 『어린이 국어사전』의 머리말이라고 하셨는데요. 왜 특별히 이 글을 주셨을까, 생각했어요. 한 번에 가독되진 않아서, 어린이들을 위한 글이라기보단 성인 독자를 향한 글처럼 느껴지기도 했고요.

김정환 그럴 줄 알았어(웃음). 우리나라의 사전이란 게 저작권이 없어요. 저 사전의 설명을 이 사전에 베껴도 상관이 없죠. 저작권을 따지면 누가 뭘 만들 수 있겠냐 하면서, 그냥 가져다 베낄 뿐이죠. 그렇지만 기본적으로 먼저 어린이 사전을 공들여 만들어야 합니다. 어린이 사전에서부터 감성을 뜯어고쳐야 해요. 이게 어린이만을 새롭게 하는 게 아니거든요. 어른들도 어린이 감성으로부터 새로 시작해야 해. 자기가 잃어버린 게 뭔지, 잃어버린 것이 얼마나 손해 본 건지, 어른들이 그런 걸 잘 모르거든요. 옥스퍼드 같은 데서 발간한 사전, 왜 외국에는 그런 거 있잖아요. 아이들이 익혀야 하는 단어의 기본 숫자, 가령 어렸을 때는 5백 단어, 중학교 되면 한 2천 단어 같은 기준…… 나도 그 단어 숫자에 맞춰서 썼어요. 거기에 없는 단어는 안 들어가 있죠. 그 정도 단어가 기본이니까 읽는 게 어렵다고 생각하면 안 돼요. 원래 아이들은 감성이 엄청 넓거든요. 어른이 되면서 그 감성이 갈수록 좁아지는 거죠. 애들은 가르쳐주는 대로 배우니, 뭘 가르쳐주느냐가 중요한데요. 어른들은 그냥 팔다리를 자르고 애들이라고 하면서 먹기 좋은 것만 남깁니다. 하지만 애들이 보는 거라고 해서 그렇게 하면 안 돼요. 이게 어린이를 자꾸 억압하는 거거든요. 거꾸로 어른이 자기가 얼마나 많은 걸 잃어버렸는지, 얼마나 많은 걸 잃어버렸는지를 깨달아야 어린이한테 제대로 해줄 수가 있습니다.

유년이라는 문제는 문학에서 정말 중요하잖아요. 그런데 우리가 자기 어린 시절이라는 걸 얘기하면 대체로 비슷하게 말하곤 합니다. 거의 상투로 가득 차 있어요. 어디선가 들은 얘기 그냥 대충 섞어서 말하는 사람이 많죠. 언론에서 나오는 얘기들도 하나같이 똑같아요. 예를 들어 추석날 되면 뭐 귀향하는 얘기가 나오고…… 유년에 대한 이야기를 풀어나가는 방식도 매년 똑같죠. 내가 방송을 할 때 보면, 문화 수준 높은 클래식 팬들을 자처하는 청취자들도 작년에 썼던 멘트를 그대로 사용해도 모르고 지나가요. 뭐라 항의하는 사람도 하나 없고요. 그런 상투적 표현으로 꽉 차 있는 유년 기억이라는 건 우리의 진정한 유년이 아니죠. 그 유년을 찾는 일이 진짜 어른이 되는 일이고 미래의 일입니다. 그런 기반이 있어야 예술로 뭘 할 수가 있는 거지.

노지영 그럼 어린이 사전은 중단하시고, 정말 더 작업 안 하시는 건가요?

김정환 어린이 사전을 만들다가 왜 못 만들었냐는 건 산문에 설명을 했지만요. 어린이 사전 '기역' 부분을 작업했는데 그것만 3천 매 분량이야. 그래서 출판사가 난색을 보인 거지. 사전 전체를 다 작업하면 2만 매라는 소리인데, 2만 매가 되면 어른 사전보다 더 두껍거든. 보리라는 출판사에서 어린이 사전을 꽤 잘 만들었는데, 그것도 5천 매가 넘을까 말까예요. 그러나 내 주장은 어린이 사전은 그래야 된다, 어른 사전도 저거 제대로 된 게 아니다, 뭐 그런 거죠.

노지영 선생님의 다양한 교양서들처럼 어린이 사전도, 선생님의 무수한 번역도, 선생님의 시를 읽는 중요한 비밀이 될 거라는 생각이 듭니다. 모든 걸 분할하고 추상화하여 사유하는 어른의 습성에서 벗어나 언어의 지체를 유년의 감각으로 새로이 열어가는 게 중요하겠죠. 그래서 선생님의 사전 편찬은 그러한 작업의 일환이자 예술의 공공적 역할에 대한 질문처럼 느껴지기도 해요. 유행하는 담론이나 거대담론에 편승하지 않으면서도 작가가 쓰고 싶은 것을 쓰고, 창작하고 싶은 형식대로 출판하는 것, 종과 형식의 다기한 표현방식을 제시하는 것이 선생님이 보여주셨던 출판으로서의 공공적 자세였다는 생각도 들고요. 이러한 작업들을 통해 선생님의 글쓰기 여정은 물론 전기적인 생애사도 돌아보게도 되는데요.

선생님께서는 자유실천문인협의회란 문학 조직의 상징적 존재면서, 노동자문화운동연합회 활동도 하시고, 한국문학학교 교장을 지내셨고요. 또 각종 문화기획과 공연기획 등에도 열정적으로 참여하며 예술의 공공적 역할에도 관심을 가져오신 것으로 알고 있습니다. 그렇다면 오늘의 시대에 예술의 공공성이라는 것은 어떻게 존재할 수 있으며, 문학이라는 분야에서의 공공적인 역할이 있다면 어떤 형태로 가능할까요? 선배님으로서의 경험을 전해 듣고 싶습니다.

김정환 그런 건 복잡하게 접근할 게 아닙니다. 무엇보다 행동과 대등한 정도의 영향을 끼치는 좋은 글을 써야죠. 글쟁이 자체가 더 발전을 해야 되고, 그 글이 발전할 풍토를 만들어야 되고, 무엇보다도 독자의 수준을 높여나가야 됩니다. 그게 공공이지 공공이 뭐가 있겠어요. 좋은 글이 많이 나와야 합니다.

노지영 네. 선생님. 모두를 위한 말씀 감사합니다. 이제 선생님이 해주신 말씀을 기억하면서 오늘의 대화를 좀 정리해야 할 것 같은데요. 제가 시인과의 대화를 진행하면서 시인 분들께 마지막으로 공통적인 질문을 하나 드리고 있습니다. '시학'과 시의 근본 원리에 대한 다소 진지한 질문이에요. 선생님께서 생각하시는 오늘의 시학, 우리가 추구해야 할 시의 원리라는 것이 있다면 어떤 것이라 생각하십니까?

김정환 지금 한 얘기가 다 시학에 대한 얘기지.

노지영 물론 그렇죠(웃음). 그래도 혹시나 장시 스타일 말고, 단형시, 하이쿠 스타일의 문장으로 짧게 정리한다면?

김정환 오늘 한 얘기가 모두 시학 얘기였다(웃음).

노지영 네. 말씀처럼 총체적 형식으로 오늘의 시학을 조감해야 하는군요(웃음). 저는 선생님의 『전망은 그릴 수 없는 아름다운 그림』이라는 산문집을 재밌게 읽었고, 그 표제가 갖는 의미도 참 좋아하는데요. 전망을 도식적으로 그릴 수 없다고 하셨지만, 선생님의 글쓰기 작업을 통해 전망을 새롭게 꿈꿔보려는 많은 후배들이 있다는 게 또 이 시대의 전망이 아닐까 합니다. 간단히 마지막 인사 부탁드릴게요.

김정환 그게 발전입니다. 멀리 가야죠. 이때까지 한 얘기가 모두 마지막 인사입니다(웃음).

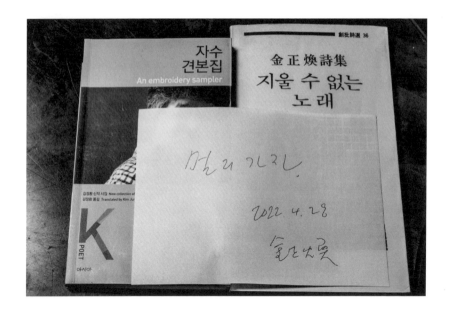

*

김정환 시인은 특유의 복장을 고수하는 것으로 유명하다. 베이지톤 체크 셔츠에 크록스 슬리퍼, 스티브 잡스만큼이나 트레이드마크가 된 고유의 스타일로 그는 홍대의 술집을 누볐다. 오늘의 후배들은 산울림 소극장 근처의 단골집에서 같이 족발을 먹고, 또 그 근처 단골 가게로 흘러들어가 같이 음악을 들었다. 물론 술과 함께였다. 테이블의 한쪽에는 〈나의 해방일지〉라는 드라마의 주인공이 모아둔 것처럼, 영롱한 초록빛 술병들이 점점 쌓여갔다. 빈 술병이 늘어날 때마다 시인은 술자리의 격이 높아지고 있다고, 오늘은 아내에게 면이 서겠다고 뿌듯해했다.

　　김정환 시인과 술자리 대화를 이어가면서, 나는 힌두의 사두가 화두를 던지는 것 같은 느낌을 받기도 하고, 유대의 랍비와 대화하고 있는 느낌도 받았다. 춘추전국시대의 제자백가 중 '예자(藝子)'라는 현인이 있었다면 아마 이런 방식으로 문답해주지 않았을까 싶었다. 시인은 매일매일의 현실에 참전하면서도 '비공(非攻)'의 언어를 사수했고, 후배 문인들은 세상과 마음이 혼탁해질 때마다 그를 찾았다. 어지러운 시대에 비전(非戰)의 비전(vision)으로 묵수(墨守)해온 묵자 같은 현인에게 제자들이 모여들었듯이, 후배들은 '예수(藝守)'의 글쓰기로 시의 거푸집을 단련해온 한 전위적 예술가에게 모여들어 술을 즐기곤 했다.

시인의 품위는 어떻게 지켜질 수 있는가. "울음의 중력"과 "중력의 천박"(「전집의 역전」)에 끌리던 상투적 습관을 내려놓고, 한 시인의 전집이 세상의 '거푸집'이 되는 '역전'의 시절을 상상해본다. 요약되지 않고, 번역되지 않는 시 쓰기에 참전하여 매일매일 예술가의 존엄성이라는 일당을 받는 한 시인은 자신이 써온 '전집'을 또 어떤 아름다움으로 풍화시킬 수 있을 것인가. 김정환의 시를 읽으며, 그 망할 수 없는 언어들 앞에서 겹겹이, 기대해보는 것이다.

시인과의 대화 7
강은교 포에틱 유니버스 강은교

1968년 〈사상계〉 신인문학상으로 등단하여 작품활동을
시작했다. 시집『허무집』『풀잎』『빈자일기』『소리집』『붉은
강』『오늘도 너를 기다린다』『벽속의 편지』『어느 별 위에서의
하루』『등불 하나가 걸어오네』『바리연가집』『초록 거미의
사랑』『아직도 못 만져본 슬픔이 있다』등을 펴냈으며,
산문집으로『젊은 시인에게 보내는 편지』『무명 시인에게
보내는 편지』『추억제』『그물 사이로』『잠들면서 참으로 잠들지
못하면서』『꽃을 끌고』등이 있다. 한국문학작가상, 현대문학상,
정지용문학상, 유심작품상, 박두진문학상, 구상문학상 등을
받았으며, 현재 동아대학교 명예교수이다.

시간   2022년 7월 28일(수) 오후 2시
장소   부산 범어사 근처 Tea1 카페

교재에 나오는 시인이었다. 이번 학기에 한 학교에서 현대시를 감상하는 과목을 강의했는데, 그 과목의 교재가 김소월론에서 강은교론으로 끝나고 있었다. 교재의 총 15개의 챕터 중 마지막 챕터에서만 유일하게 여성시인을 다루고 있었는데, 그 마지막 챕터의 주인공이 바로 강은교 시인이었다.

수강생들에게 교재에 수록된 시인 중 만나고 싶은 한 사람을 골라 시공간 제약 없이 자유롭게 가상인터뷰를 해보라는 과제를 내준 적 있었다. 여성 수강생이 많아서인지 상당수의 수강자가 강은교 시인을 선정해서 가상인터뷰를 진행했다. 과제를 받으며, 독자들에게 사랑받는 시인의 명편들을 골똘히 바라보았다.

강은교 시인은 문학 교재에 박제된 시인이 아니라 오늘날의 독자들에게도 여전히 대화하고 싶은 마음을 불러일으키는 시인이었다. 해당 문학 교재의 작가론에 나오는 시인 중에서 가상인터뷰가 아닌 실물 인터뷰를 할 수 있는 유일한 현역 시인이기도 했다. 기회가 되면 만나보고 싶었다. 물론 기존에도 문학 행사를 통해 만난 적이 없진 않았지만, 짤막하고 가벼운 시간이었다. 더 읽어보고 싶었다.

처음 강은교 시인에게 전화를 걸었을 때, 시인은 시골의 한 오두막으로 우리를 초대했다. 시인에게 오두막이란 말을 들었을 때 나는 문득 문명의 삶을 거부하고 월든 호숫가의 작은 거처로 들어갔던 소로가 떠올랐다. 소로의 글을 번역(『소로우의 노래』, 1999)하기도 하였던 인연이 시인 자신을 소로 같은 삶으로 이끌지 않았을까. 시가 무엇인지를 질문하며, 하루하루 신중하게 살고 있을 시인의 모습이 그려졌다.

그러나 시인이 말한 시골집은 내가 사는 도심에서 너무 먼 곳에 있었다. 설레는 장소들은 늘 그렇게 멀다. 대중교통으로 가려면

서울역에 가서 기차로 동대구역을 가야 하고, 거기서 다시 지하철을 타야 한다. 대구역으로 가서 버스터미널로 이동한 후 시외버스로 한 시간 이상을 들어가는 곳이다. 물론 버스에서 내린 후에도 또다시 도보로 30분을 걸어들어가야 하는 변방 중의 변방(?)이다.

만나기로 한 날짜가 다 되어서 시인은 약속 장소를 변경했다. 시골집에 에어컨이 없어서 젊은 사람들의 방문이 염려되는 모양이었다. 남부의 폭염 강도를 예측할 수 없어서, 수긍하는 수밖에 없었다. 아쉬운 대로 시인의 산책로가 있는 범어사 인근에서 만나기로 했다. 그렇게 시골 마을의 오두막은 다음의 시간으로 미뤄졌다.

낙동강가의 시골집, 범어, 그리고 순례의 노래

노지영 그동안 쓴 시와 산문들을 솎아내면서 바쁘게 지내셨다는 이야기를 들었어요. 그리고 선생님이 사는 곳에서는 텃밭을 솎아내는 작업도 하신다고요?

강은교 맞아요. 여러모로 솎아내고, 내 마당을 '전지(剪枝)'하고 있지요. 내가 마당과 텃밭에 막 심은 것들이 있는데, 아랫집에 사시는 여자분이 이렇게 말해요. "여백의 미 몰라요? 더 심지 마세요, 제발" 그러더라고요(웃음).

노지영 오늘 이야기도 전지를 잘해야 한다는 미션이 생겼네요. 마침 선생님의 마당에 대한 이야기를 해주셔서 말인데요. 오늘은 원래 낙동강가 근처에 있는 작은 거처에서 선생님을 뵙기로 했었잖아요. 그곳의 이야기를 좀더 자세히 듣고 싶어요.

강은교 어느 날 갑자기, 우연히 그렇게 되었어요. 나는 굉장히 이사를 많이 다닌 편인데요. 어떤 동네로 갈 때마다 시집 한두 권씩을 내곤 했죠. 그런데 너무 시에만 의미를 둔 건지 모르겠지만요. 시집 두 권 정도를 내면 이상하게 먼저 살던 곳을 떠나서 이사하게 되더라고요. 부산에 와서도 비슷했어요. 무언가 고갈되는 느낌이 들어 자꾸 어디로 떠나고 싶더라고요. 지금 사는 집을 떠나긴 떠나야겠는데요. 나이가 들어 이사하기는 힘들고, 어떻게 다른 방법이 없을까 고민했죠. 그래서 시골에 한번 가보자 싶었어요. 새집에 이사 가는 대신에 찾아낸 공간이었죠. 거기서 시집이 하나 나왔는데요. 벌써 5년이나 되었으니 이제 한 권 더 나와야 해요. 거기서 내가 얻는 게 많죠.

노지영 재밌네요. 다음 시집이 선생님을 새로운 집으로 끌고 간 걸까요? 현재 대도시인 부산과 낙동강가의 작은 시골집을 오가며 글을 쓰시고 계신데요. 처음에 찾아가려고 구글 지도를 봤더니 진짜 한 마을의 끝에 위치하더라고요(웃음). 그 공간은 선생님에게 어떤 곳인지 궁금해요.

강은교 별다른 곳은 아니지만요. 그 집이 그 마을의 끝집이거든요. 끄트머리 야산에 앉힌 집이라 그 집에서는 아래의 풍경이 그냥 쫙 보이죠. 집까지 올라가긴 힘들지만요(웃음). 집이 높아서 좋아요. 저녁에 데크에 앉아서 멀리 도로에 불 켜지는 걸 기다리죠. 저 멀리 고속도로에 불이 쫙 켜지면 어떤 손이 저 불을 켤까,

생각해요. 자동으로 켜지는 건지도 모르겠지만, 그래도 어떤 손 길을 거치게 될 거 아니에요. 나는 항상 저 불을 누군가 켠다고 생각하면서 불이 켜지는 시간을 기다렸어요. 지금은 LED등으로 바뀌었는지 불빛이 하얗게 변해버렸지만, 처음에는 그게 옛날 등 이어서요. 크리스마스트리같이 오렌지빛이었거든요. 크리스털 같기도 하고, 다이아몬드 같은 보석보다 더 이쁘기도 하고요. 아래 국도에서 이어지는 고속도로가 대구로 가는 길이라 물류 화물 차들이 지나가는 게 보이는데요. 큰 차들은 네 바퀴에 전부 불빛 이 달려 있잖아요. 어두워지면 그 불빛들이 쫙 켜지니까 마치 신 데렐라의 호박마차들이 쭉 달리는 것처럼 보이죠. 그런 풍경을 보다보면 이제 우리 집의 태양등들이 싹 켜지는 순간이 와요. 그 등을 보면서 저거는 누구, 저거는 누구, 이러면서 내 후배들을 쫙

뒤를 보는 마음

불러세웁니다. 지금은 모기가 많지만, 11월에서 7월 초까지는 정말 예뻐요.

노지영 처음 선생님과 통화를 할 때, 시골의 작은 오두막이라는 표현을 쓰셔서요. 저는 문득 소로의 월든 호숫가 같은 오두막 풍경이 떠올랐어요.

강은교 그런 풍경도 있죠. 원래 그 지역이 연못이 많고, 반디도 나오는 아주 깨끗한 곳이죠. 내가 그 지역에 처음 왔을 때는 주변이 전부 연밭, 연꽃밭이었어요. 팔월에는 연꽃이 쫙 피니까 정말 환상적이었죠. 「연꽃 미용실」이란 시에도 나오는 풍경이요. 그런데 어느 날 보니 연꽃이 싹 없어진 거야. 연근이 안 팔려서요(웃음). 원래 지역 주민들이 꽃을 보려고 한 게 아니라 연근 때문에 그렇게 연을 심었던 건가봐요. 그래서 이 지역이 지금 다 논이 돼버렸어요. 두 집인가 빼고서, 연꽃을 다 갈아엎고 논으로 만들었다고 하더라고요. 우리 시골이 그래요. 형편이 말이 아니죠. 지금은 연근이 또 귀해졌어요. 더 귀해지기를 기다리죠. 어느 날 그곳이 다 연밭이 되는 날을요.

노지영 문명과 적절히 거리를 둔 낙동강가 시골집은 자연풍이 지배하는 장소라 에어컨 같은 편의시설이 없다고 하셨는데요. 젊은 세대의 편의를 배려하여 오늘은 그 거처를 선생님이 묘사하는 풍경 속에 남겨둔 채, 이렇게 범어사의 한 자락에서 뵙게 되었습니다. 이 범어사길도 시인이 소중히 여기는 산책로 중의 하나라 하셨어요. 선생님의 시집 『아직도 못 만져본 슬픔이 있다』나 『그

푸른 추억에 서다』 등 여러 산문집에도 범어사에 대한 이야기가 종종 나오고요. 선생님이 범어사라는 공간을 참 아끼시는구나 싶었습니다.

강은교 범어사라는 사찰의 이름은 설화에서 기원하는 것으로 알려졌지만요. '범어'라는 말의 뜻이 '범패어산(梵唄魚山)'이라는 말을 줄인 거라고 하더라고요. '범패'는 신을 찬양하는 노래를 말하고, '어산'도 노래라는 뜻이고요. 이 지역은 노래로 가득한 곳이죠. 그러니까 여기는 시인의 동네예요. 여기 사는 사람들은 다 시인이어야 합니다. '고래' 동인 중에 석지현 스님이 알려줬어요. 범어에서는 보허성(步虛聲)이 들린다고요. 보허성이 '걸음 보'자에, '빌 허', 그리고 '소리 성' 자거든요. 허공에 울리는 소리로 가득한 곳이죠.

노지영 선생님의 산문에 보면 종소리에 대한 이야기가 종종 나오는데요. 작년엔가 모 문화재단에서 하는 라이브 방송에서는 지방에서 직접 종을 들고 와서 독자들에게 종소리를 들려주시는 걸 보고, 신기하기도 했었어요. 범어사 종소리는 어떤가요?

강은교 내가 산책하며 한 바퀴 도는 코스가 있어요. 마침 지나가던 시간이 범어사가 종을 치는 여섯 시였나봐요. 멀리서 종소리가 울려오는 거 있죠. 이 동네에서만 들을 수 있는 범어의 소리가 울리는데, 긴 여운이 오잖아요. 그래서 걷다가 한참 서 있었죠. 할 수 없이……

노지영 그런 세상의 소리들이 들릴 때 걷다가 서고, 걷다가 서면서 지금 이 범어라는 동네에 거주하고 계신데요. 범어사 인근의 도시와 시골의 자연을 오가며 여전히 삶을 순례하듯 살고 계십니다. 어쩌면 선생님이 걸어오신 삶의 궤적이 그런 순례 속에서 보허성의 소리를 찾아나가는 과정이었던 것도 같아요. 앞에서는 비교적 최근의 동선을 중심으로 해서 이야기를 해봤지만요. 선생님이 한 명의 시인으로서 한반도를 순례해오고 거주해온 역사는 한국 현대사의 굵직한 사건들과 맞물려 있어서 더욱 인상적입니다. 1945년 함경남도 홍원에서 해방둥이로 출생 후 백일 만에 서울에 있는 아버지를 찾아 월남하셨죠. 〈개벽〉지의 기자였던 아버지를 찾아서요. 1950년에 한국전쟁 발발 후 부산으로 피난했다가 서울로 상경하여 수학하셨고요. 연세대에서 영문학과 한국 근현대문학을 공부합니다.

독자분들을 위해 선생님의 문학적 여정을 간략하게나마 소개해보자면요. 68년에 문화계와 지성사에서 가장 중요한 매체 중 하나인 〈사상계〉라는 잡지에 신인문학상을 통해 작품활동을 시작하셨고, 〈샘터〉라는 매체를 중심으로 〈70년대〉 동인에 참여하셨어요. 70년대 군사정권의 억압적 현실과 산업화의 물결 속에서 본격적으로 시를 쓰셨고요. 그후 50여 년간 한국 현대사의 굵직굵직한 사건들을 절절한 통증의 언어와 함께하셨죠. 병고의 체험을 갱신하여 허무와 생성에 대한 울림 있는 글들을 쏟아내었고, 오랫동안 독자들에게 큰 사랑을 받아오셨습니다. 시집 『허무집』을 시작으로 하여 『풀잎』 『빈자일기』 『소리집』 『어느 별에서의 하루』 『초록 거미의 사랑』 『바리연가집』 『벽속의 편지』 『아직도 못 만져본 슬픔이 있다』 등 14권의 시집을 출간하셨고요. 아울러 『추억제』(1975)를 시작으로 하여 시집 못지않게 애독되었던 10여 권의 다양한 산문집들을 발간하셨어요. 그리고 83년부터 동아대에 재직하면서 부산으로 오셨습니다.

강은교 나는 항상 다른 데를 그리워하는 거 같아요. 정말 많이 돌아다니며 시를 썼어요. 아버지 따라 서울에 올라와서요. 필동에서부터 시작해서 초동, 그다음에 혜화동, 명륜동, 삼선교, 결혼해서는 보문동에 살았고요. 그리고 멀리 부산까지 밀려났지. 처음 부산에 올 때는 그냥 또다른 공간으로 오는구나 정도로 철없이 생각했는데요. 여기 와보니까 서울특별시에 산다는 게 또 어떤 것이었던가를 너무 절실하게 알게 됐고, 그런 생각들이 글에 반영되기도 했죠.

노지영 83년부터 부산 동아대에서 재직하셨으니, 부산에서만 40년을 사신 거네요.

강은교 지금이 22년이니까, 40년…… 정말 부산에서 긴 시간을 보냈네요. 정년을 하고도 10년이 됐으니까요. 내가 쓰는 이메일 아이디 중 하나가 필그림(pilgrim)이기도 한데요. 순례자라는 뜻 이죠. 90년대 말 미국에 잠깐 갔을 때, 그때는 인터넷이 크게 활 성화되지 않았을 때였는데요. 거기 도서관에서 뭘 하려면은 아이 디가 있어야 한다고 해서 이메일 주소를 처음 만든 게 'pilgrim'이 란 말을 넣은 거였죠. 그런데 당시에도 미국에서는 필그림이란 말을 이메일로 쓰는 사람이 참 많더라고요.

'70년대'에서 2020년대까지

노지영 선생님의 시적 순례를 해온 시간과 장소들은 평자와 독 자들에게 큰 관심을 받아왔는데요. 그중에서 특히 '70년대'란 시 간을 빼놓을 수 없을 것 같아요. 시적 준거점이 마련된 중요한 시 기였고, 50년간 독자들에게 애송되어온 시들이 쏟아져나왔죠. 그 때 형성된 동인 관계가 지금까지도 유지되고 있는 것은 놀라운데 요. 정희성, 김형영, 윤상규(윤후명), 석지현, 박건한, 임정남 선생 님과 〈70년대〉라는 이름의 동인지로 활동하셨고, 현재에도 〈고 래〉라는 동인지를 출판하면서 동인들과의 모임을 지속하고 계십 니다. '마월'이라고 하던가요? 매월 마지막 월요일마다 〈70년대〉 동인들끼리 아직도 정기모임을 하신다고 들었어요. 이번 주에도

동인 모임을 하러 서울에 다녀오신 것으로 아는데요. 〈70년대〉 동인들이 지금까지도 동인지를 출판한다는 건 정말 예외적인 사건이기도 합니다.

강은교 예외적인가, 좀 우스운가? 노지영 씨 같은 세대가 보기에는 좀 우습지 않아요?

노지영 우리나라 동인지 역사를 서술할 때, 〈70년대〉라는 동인지는 상대적으로 연구는 좀 덜 됐다는 아쉬움이 있거든요.

강은교 당대에 더 활발한 활동을 못해서 그렇겠죠.

노지영 이합집산이 일반화되기 쉬운 동인 모임에서 현역으로 글을 쓰며 계속적인 출판 작업을 해나가는 원로 모임이 존재한다는 건 매우 이례적인데요. 생멸 주기가 짧은 동인지, 혹은 70~80년대에 등장한 무크지들을 중심으로 이야기하다보면 우리가 문학사를 불연속적으로만 인식하기 쉽잖아요. 이런 연속적인 작업을 해온 동인이 있다는 것만으로 참 귀하다는 생각이 들어요. 물론 요즘은 지역마다 각종 동인 모임이 참 많고, 느지막이 퇴직 후에 글쓰기 시작한 이들이 각종 지원사업을 수혜받으며 모임을 이어가는 일도 흔하지만요. 주목받는 작품을 쉬지 않고 꾸준히 생산해온 원로 현역 문인들이 이렇게 정기적으로 동인지를 출간하는 형태는 정말 드물어요. 어쩌면 현대문학사 속에서 거의 유일한 사례가 아닐까 싶기도 합니다.

강은교 이런 원로들의 동인 모임이 긍정적인 선례가 된다면 다행입니다. 보통 그전에는 시대의 필요에 따라 한번 모이고 나서, 나중에 동인들이 다시 모이는 걸 좋게만 보지는 않았잖아요. 문학적 지향점도 달라졌을 테고, 별다른 필요도 없을 거란 생각을 상투적으로 많이 했었죠. 그런데 이렇게 〈70년대〉 동인처럼 다시 모일 수도 있네, 계속 현역으로 활동하며 동인지를 출간하네, 이제 우리도 쉬지 않고 더 써야 하지 않을까, 이런 식으로 후대 사람들에게 동기부여가 된다면 그나마 좀 괜찮을 거 같아요. 하나의 선례로는 의의를 가질 수 있겠죠. 그런데 그다음엔 좀 웃을 거 같기는 해요(웃음).

노지영 그 웃음이 어떤 방향일지 모르겠지만, 우는 것이 전부가 되는 것도 안타까운 일이니까요. 선생님 말씀대로 시대의 필요에 따라 일시적으로 모이는 것에만 가치를 두면, 문학이라는 것을 너무 도구적으로 인식하게 될 수 있잖아요. 일시적으로 빛나는 일도 어렵지만, 장기적인 연속성을 보이는 일은 더 어려운 것 같아요. 게다가 지금은 대학원 중심으로 문단이 협소하게 유지되는 시대라, 학계 그룹으로 모이거나 지원사업 중심으로 관계가 형성되곤 하는데요. 〈70년대〉 동인처럼 다양한 성격을 가진 문인들이 원로 공동체를 유지하면서 이해관계에 구애되지 않고 시를 쓰는 모습을 보여주는 게 우리 문학사에 얼마나 중요한 자산인지 다시 한번 생각해보게 됩니다. 문학적 영향력이 있는 원로들이 범지역적으로 정기 교류를 하는 것 자체가 의미 있고요.

　　선생님만 해도 한 달에 한 번, 무려 부산에서 서울까지 왕래하시잖아요. 물론 시라는 것이 영구적 새로움을 추구하는 작업과 연결되어 있기 때문에, 늘 청년 시인을 중심으로 담론이 흘러가게 되지만요. 그런데도 청년 시인에 대한 세간의 궁금증이 넘치는 것에 비해 새로운 이야기가 그렇게 승한 것 같지는 않은 것 같거든요. '원로들의 세계'에 대해서는 독자들이 너무 단편적으로만 이해하는 풍토도 있고요. 원로 공동체의 세계에 무지한 사람들이 정말 많아요. 건강한 원로들의 세계도 균형감 있게 소개될 필요를 느낍니다.

강은교 맞아요. 언론들도, 원로 당사자들도 다들 끝났다고만 하죠. 우리 사회는 그래요. 끝났다는 말을 너무 쉽게 해요. 원로가 되면은 사람들이 어떤 역할 속에 갇히는 걸 당연하게 여기기도 하고요. 좋은 시를 썼던 사람들도 다 끝났다고 생각하고 뭐 도사 같은 소리만 하려는 경우도 많아요. 신변잡기 에세이와 구분되지 않는 산문적인 시를 너무 소박하고 느슨하게 쓰기도 하고요. 민음사의 '오늘의 시인총서'에 포함되었던 아주 잘 쓰던 원로 시인들조차 이런 경향에서 자유롭지 않습니다. 음풍농월의 시를 무시하던 사람들이 음풍농월을 하게 되는 것을 어른 되는 수순으로 여기죠.

노지영 젊은 사람들에게 담론을 맡기고 물러서 있는 게 교양이라고 또 생각하는 분위기도 있으니까요.

강은교 물론 그렇게 어른스럽게 구는 것도 재주인데요. 저는 재주가 없어서요(웃음). 그리고 나이가 들었으니 물러나서 가만히 있으라는 말도 폭력이에요. 젊은 사람들도 나중에 들어야 되는 말이잖아요. 어떤 모습으로 현역이 되느냐가 더 중요하지 않을까요.

노지영 선생님의 현역정신이야말로 진짜 있어야 할 교양이라고 생각합니다. 제가 선생님을 만나 뵙기 전에 올해 2022년에 나온 〈고래〉라는 동인지를 살펴봤는데요. 곽효환 시인이 진행한 동인들의 좌담이 실려 있어 특별히 재밌게 읽었습니다. 그 좌담에 참여한 동인분들이 60년대 말 〈현대시〉 동인들의 난해성을 의식하면서 당대의 실존적 문제들 속에서 사회의식을 언어화하기 위해 많이 고민하셨다는 말씀을 하시더라고요. 그런데 그 말을 들으니 또 궁금해졌어요. 그러한 시대를 거쳐 오늘날 2020년대를 살아갈 때, 선생님은 시인으로서 어떤 것들이 제일 의식되고 고민되시나요?

강은교 의식되는 게 정말 많죠. 시인으로서 많은 소리를 채집해야 하니까, 당연히 용산 참사나 세월호 참사 같은 사회적 사건도 의식이 되지만요. 나는 〈슈퍼밴드〉 같은 프로그램에 나오는 젊은 세대들의 움직임도 의식되고 그래요(웃음). 그리고 이 두 가지가 내 시의 밑바탕에 깔려 있어야 한다고 생각하고요. 그러다보니 연구자들이 나를 분류하기가 좀 애매한가봐. 한쪽에서는 전통 서정이라고 그러는 사람도 있고, 현실인식이 강하다는 사람도 있고, 뭐 여러 가지예요. 명확히 분류가 잘 안 되는가봅니다.

노지영 시인을 초기시, 중기시, 후기시와 같이 통시적으로 구분하거나 전통 서정시, 사회참여시와 같이 분류하면 논문 쓰기에는 좋으니까요(웃음). 허무의식 탐구에서 사회참여적 성향으로 변

뒤를 보는 마음

모했고 나아가 생태주의적 사유로 변화했다, 선생님의 시를 이런 흐름으로 정리하는 걸 많이 봤는데요. 학문이라는 게 분류학에 기반하다보니, 그냥 그렇게 시인들을 재단해서 바라보는 아카데미의 관행이 있는 것 같아요.

강은교 그래요. 가르치기 좋게 말하는 관행이 있죠. 한쪽에서는 나를 전통 서정이라고 재단하는 평자들도 있는데요. 어쩌면 모든 시가 전통 서정이 아닐까요? 시에서 용산 참사 같은 사회적 문제를 의식하는 것, 이것도 따져보면 전통 서정이잖아요. 우리가 말하는 한용운 시인도 전통 서정 위에 서 있는 거고요. 내가 봤을 때 그런 건 우리 식의 분류 방식은 아니에요. 서양식이죠. 시적 테크닉과 시의 내용을 어떻게 손쉽게 분리할 수 있나요?

바리라는 구원자와 '시적 식구들'

노지영 서양식의 분류법으로 선생님의 시를 재단하기엔 섭섭한 부분이 많죠. 그렇기에 선생님 시에 자주 등장하는 서사무가의 대표격인 바리데기를 언급하지 않을 수 없는데요. 고통의 세계를 경유하는 바리데기의 생애를 통해 세계의 모순을 드러내오셨고, 그러한 시도는 바리데기에서, 시인의 페르소나인 운조로, 그리고 이제는 당고마기 고모라는 여성들의 서사로, 현재까지 끈질기게 이어지고 있어요. 시에 보면 설녀라든가, 유화, 혹은 향가에 나오는 주인공들같이 서구 신화에 대응되는 전통적인 여성 신화의 주인공들도 등장하고요. 그래서 선생님의 시를 읽다보면, 저는 마치 '강은교 포에틱 유니버스'가 펼쳐지는 느낌을 받기도 합니다. 왜 마블사에서 나온 영화들을 보면 아실 텐데요. '마블 시네마틱 유니버스'라는 용어가 있잖아요. 어벤져스같이 마블 코믹스 영화 시리즈에 등장하는 신화적 주인공들이 어떤 가상과 현실의 집합체 안에서 활동하는 공유된 세계관이라는 게 있는데요. 선생님의 시에 나오는 바리데기며, 당고마기며, 운조 같은 여성 히로인들이 그런 집합체의 세계를 공유하며 움직이는 느낌을 받아요. 각자 고유한 성격을 가진 개체로 시에 등장하면서도, 이들이 서로의 영역을 넘나들며 경계를 허물죠. 선생님의 시집에 등장하는 캐릭터들은 이러한 시리즈성이 있어서요. 독자들이 시를 읽을 때 여성 주인공들로 구축된 시적 복잡계에 초대받는 느낌을 받아요.

강은교 참 재밌는 얘기네요. 이런 말이 도움이 될지 모르겠는데요. 왜 샤갈이 마을을 많이 그렸잖아요. 〈나와 마을〉이라는 그림을 보면 거기에는 생명의 나무도 있고, 농부도 있고, 여자도 있고, 염소도 있고 그렇죠. 샤갈의 그림에는요. 어릴 적 고향 마을에서 만났던 당나귀며 염소, 소, 양, 닭이나 물고기 같은 동물들이 인간의 세계와 함께 상징적이고 환상적인 풍경으로 어울리고 있어요. 그런 마을의 그림을 나도 꿈꾸죠. 예를 들면 언덕배기엔 비리데기, 내 최초의 시집 『허무집』에서 「비리데기의 여행노래」를 부른, 영원한 처녀인 나의 시적 주인공인 바리가 살고요. 그 밑 연꽃이 피어나는 늪가엔 높이 앉은, 당고마기 고모의 집이 있으며 그 또 한편에는 운조의 집이 있는 거죠. 근처엔 그들이 하는 미용실(시 「연꽃미용실」)도 있고 찻집(시 「찻집 '1968년 가을'」)도 있고요. 허리가 깊이 굽은 할머니 모종 가게나 온갖 것을 파는 철물점도 있

　는 식의 각개의 시에 등장하는 내 '시적 식구들'이 다 함께 어울리는 마을이죠.

　　한때 나는 바리(비리데기)라는 인물의 이미지화를 위하여 아름다운 바리의 나신이 발이라든가 망사 커튼 뒤에서 어른거리는 모습을 사진 찍을 꿈을 꾸기도 했고, 샤갈의 그림처럼 내 마을의 그림을 한 장의 커단 지도사진으로 만드는 꿈을 꾸기도 했어요. 바리나 운조, 당고마기 같은 이들은 나에게 피붙이와 다름 없는 존재인데요. 당고마기는 결혼하고 애를 낳아서 남편 찾아다니는 캐릭터지만, 바리는 결혼을 안 한 채 영원한 소녀로 존재하는 캐릭터잖아요. 그래서 동시에 주체적인 여성 캐릭터가 될 수 있고요. 그렇게 샤갈의 마을처럼 살과 피를 입힌 존재들로 가득한 나의 마을을 하나 만들었으면 좋겠어요. 노지영 씨 이야기를 들으니, 그런 시의 마을을 더 만들고 싶네.

노지영 선생님의 『잠들면서 잠들지 못하면서』라는 산문집에 샤갈 그림이 등장하던 게 생각나네요. 이번에 발표하신 신작 산문을 보면요. 선생님의 마당이 소개되고 있잖아요. 선생님의 말씀을 들으면서 그러한 마을로서의 마당의 이미지가 중첩되더라고요. 마당이라는 게 집의 외부지만 또 집의 연장이잖아요. 집의 연결태로서 그 마당에 생멸하는 존재들에 대한 이야기들을 선생님께서 해주고 계셔서 그 마당과 시 마을의 풍경이 더욱 기대가 됩니다. 그리고 그러한 피붙이들로서의 시적 식구들을 묘사할 때요. 최근의 시들에서는 '고모'로 설정된 관계가 많이 나와서 또 흥미로웠어요. 우리가 보통 모계 사회가 갖는 친화력 때문에 이모라는 호칭은 온갖 식당에서 익숙하게 사용하잖아요. 친하면 다 이모인 세상인데요(웃음). 그런데, 고모라는 부계사회에서 온 모성은 저에게는 훨씬 낯설고 거리가 먼 타자처럼 느껴지거든요.

강은교 그 호칭은 내 개인적 체험과도 연관되어 있어요. 나는 어렸을 때부터 고모 있는 사람이 항상 부러웠거든요. 아버지가 항상 정부(政府) 따라서 먼저 떠나버리고, 우리 어머니는 맨날 아버지를 찾아다녔죠. 아버지 따라 월남하고, 피난 왔다가 부산에서 어떻게 또 아버지를 만나고…… 어머니의 삶 자체가 바로 당고마기의 삶이었어요. 그러다보니까 나는 아버지와 관계된 가족을 만날 수가 없었지. 이북에는 한 마을이 다 강씨 마을이라는데 말이에요. 그런데 사람들은 고모 이야기를 시로 썼으니 이제는 이모 시를 쓰셔야지요, 그런 농담만 해요(웃음).

노지영 새로운 가계도를 계속 더 만들어달라는 의미겠죠? 역사 전기비평에서는 가계도를 읽어나가는 게 참 중요하잖아요. 선생님의 말씀을 들으니 아버지와 어머니에 대한 생애사적 체험이 '시적 식구'를 구축하는 작업에도 많은 영향을 미쳤다는 생각이 드네요. 신화적 주인공들의 퍼즐이 조금씩 짜맞춰지는 느낌입니다.

강은교 이런 당고마기 고모를 지금도 사방에서 만나니까요. 나는 아직도 써야 할 게 많아요. 당고마기만 가지고 그냥 연작시를 쭉 써서 처음부터 끝까지 지도를 만들어가고 싶거든요.

노지영 바리에 대해서는 그렇게 쓰시지 않았나요? 현대문학에서 바리라는 존재를 처음으로 호명한 분이라는 글을 읽은 적이 있는데요.

강은교 청탁 때문에 글을 쓰는 경우가 많으니 더 집중해서 쓰지 못해 늘 아쉬움이 크죠. 이제는 그만 쓰라 생각하는 사람들도 있을지 모르겠지만, 바리에 대해서도 그냥 쫙 백 편쯤 더 쓰고 싶어요. 그런 취지를 살려 내가 한때 「운조의 현」 연작을 썼었죠.

노지영 '운조'를 자기화된 페르소나로 말씀하실 때가 있던데요. 그래서 만나 뵈면 좀더 자세히 듣고 싶었어요. 어떤 평론가가 '리듬(韻律)'과 '해조(諧調)'의 존재라고 운조의 한자 조어를 풀었던데, 맞나요?

강은교 아. 그건 영업 비밀(웃음)! 그 이상 이야기하면 좀 민망해서요. 여하튼 운조는 내가 만든 이름이에요. 시와 소리가 내 옆으로 오도록 어떤 한 사람을 만들고 싶었어요. 한때 아픈 여자들과 기생 이야기부터 시작해서 신사임당, 소서노 등 여성들에 대해 본격적인 연작시를 쓰려고 기획한 적이 있었죠. 자료도 많이 찾았지만, 제대로 못 쓰고 중단해서 아쉬워요.

노지영 선생님께서는 68년 문학 활동을 시작하신 이후, 여성시단을 바라보는 세간의 시선을 전환시킨 장본인이시잖아요. 여성시의 계보를 끌어안으면서도 '여류시인'이라는 멸칭이 섞인 꼬리표를 떼어내고 문학적 개성으로 여성시 담론을 전환시킨 상징적인 인물로 회자되기도 합니다. 그런 선생님이 여성 이야기를 이어가는 것은 남다르게 받아들여질 수밖에 없을 것 같아요.

강은교 여성시인으로 살았지만, 여성시인으로서의 상징성은 약화된 부분이 있죠. 내가 83년에 부산으로 내려오면서 생계를 책임져야 하는 가장으로 살았거든요. 내가 살던 부산은 특히 보수적인 데라서, 스스로의 목소리를 자유롭게 낸다는 게 쉽지 않았죠. 젊은 시절 쌩쌩했던 목소리를 유지하는 게 힘들었어요. 언젠가 같은 학교 선생님이 나를 보면서 이렇게 묻더라고요. "주인은 뭐 하시나요?"라고요. 처음에 나는 그게 무슨 말인지 못 알아들었어요.

노지영 주인이요? 혹시 남편이었던 임정남 선생님을 주인이라고 칭한 건가요?

뒤를 보는 마음

강은교　그랬겠죠. 그 사람은 사회운동을 했으니 특별히 직업이 있는 사람이 아니었고요. 실제로는 내가 나의 주인이니까, "주인은 학교에 있죠. 학교 다녀요" 이렇게 대꾸했는데요. 상대는 그게 아니라는 식으로 대화를 이어간단 말이에요. 더 말을 섞기 힘들어서, 돌아가셨어요, 그렇게 마무리지었죠. 생각해보면요. '주인은 뭐 하나' 같은 표현은 참 무서운 말이에요. 처음 들었을 때 너무 놀랐어요. 나의 어떤 위상이 그냥 그 말 한마디에 다 표현되는 거니까요. 우리 때는 여자 교수 자체도 별로 없었고, 보직을 맡아 처장 회의에 들어가도 내가 유일한 여자였거든요. 어딜 가나 여자는 나 혼자였어요.

　　　지금 와서 가만히 생각해보면요. 요즘 눈높이에서는 성희롱이라 할 만한 말들을 옛날엔 참 많이 감당해야 했던 것 같아요. 그런 조건에서 살다보니 그간 내가 쓰는 언어도 영향을 받았겠죠. 호주제가 없어지고 요즘은 인식이 많이 달라져서 상대에게 강하게 대응해도 살아갈 수 있지만요. 그 당시는 강한 모습을 보이면 사회생활 자체가 쉽지 않았어요. 그러다보니 주인의 행방을 찾는 언어들 앞에서 내 마음이 갈리고 갈려 둥글둥글한 몽돌이 된 거 같아요. 혼자 가장으로 살려면 돈을 벌어야 하고, 부모라는 부담까지 감당해야 했으니까요. 둥글둥글하게 대응하며 생활에서 살아남는 일이 내가 쓰는 글에도 영향을 많이 주었어요.

노지영　'주인은 뭐 하시냐' 이렇게 물어본다는 게 한 인간을 소수적 위치로 길들이는 대표적인 언어인 것 같아요. 모든 인간이 교차적인 정체성을 갖고 있잖아요. 여성이면서 시인이자 교수직을 가진 선생님은 더더욱 정체성에 대한 고민이 깊으셨을 거 같아

요. 우리 모두 어떤 곳에서는 약자성과 소수성을 갖지만 또 어떤 곳에서는 다수성과 주류성을 가진 복합적 존재일 텐데요. 사회가 경직될수록 상대를 자기가 아는 단일한 정체성으로만 고정시켜 말하곤 하죠. 그런 폐쇄적인 사회에서는 부드럽지 않으면 조직 사회 자체로 진입하기도 쉽지 않고요. 선생님이 활동하던 시대에 는 여성이 주류 시스템 내에서 활동을 한다는 것 자체가 여성으 로서의 수난사를 겪는 일이 아니었을까 싶어요.

강은교 실제로 나를 주인처럼 먹여 살리던 이 학교라는 울타리 에서 그런 시선들을 일상적으로 만나는 것이 힘들었죠. 서울에 서 살다가 부산에 외따로 떨어지다보니 외로움도 깊어지고, 그래 서 그리움도 더 커지고요. 하지만 그런 위치 때문에 오히려 내가 시를 계속 붙들고 있을 수 있었겠구나, 하는 생각도 들어요. 모든 좋은 문학은요. 다 유배의 문학이고 소외의 문학이고 주변의 문학이잖아요. 중심에 있어서 문학을 하는 게 아니라 변방에서부터 새로운 소리가 나오는 거니까요. 그런 면에서 바리는 나에게 구원자예요. 영원한 변방인이고요.

노지영 바리와 같이 변방의 소외된 것들과 버려진 것들의 소리를 들어오셨지만, 그래도 생애사적인 면에서 볼 때 바리 같은 막내로 태어난 건 아니시잖아요. 실제로는 장녀시죠?

강은교 사 남매 중 장녀인데, 막내가 남자인 집안이죠. 보통 그 시대에는 아들을 낳을 때까지 딸을 계속 낳잖아요. 그런 집안에서 나는 글을 쓰느라 장녀 역할을 제대로 못했고요. 오히려 손아래 동생이 장녀 같았어요. 우리 어머니가 돌아가셨을 때 모셨다든가, 집안 대소사를 처리한다든가 이런 것들을 동생이 챙겨왔으니까요. 다만 내가 단 하나, 우리 아버지의 명예를 되찾아드렸던 것 정도가 장녀로서 했던 의미 있는 일이 아닐까 해요. 우리 아버지가 민립대학건설운동을 했던 독립운동가였는데요. 한때 좌익 세력으로 몰렸어요. 연구실 옆방에 계신 사학과 선생님이 그대로 두어선 안 된다고 하더라고요. 같이 활동했던 사람들의 명예가 복권된 것과 달리 우리 아버지는 그냥 좌익활동을 한 사람으로만 묻혀 있었으니까요. 독립운동을 했던 주요 인물이니까 보훈처에서 관리번호는 붙어 있는 사람인데요. 막상 살펴보니 아버지 서류에 '유족 없음' 이런 식으로 처리되어 있더라고요. 유족 스스로가 자료를 찾아서 밝히지 않으면 역사적 사건들조차 국가에 의해 정확히 처리되지 않는다는 것에 놀랐죠. 어떤 자료를 보니까 심지어 아버지 이름이 한용운 옆에 붙어 있었던데 말이에요. 그래도 지금은 묻혀 있던 이름을 되찾아서요. 예전에는 아버지 이름인 '강인택'을 인터넷에 검색하면 '강은교의 아버지' 뭐 이런 식으로 나왔었는데요. 이제는 내 이름과는 별도로, 한국의 독립운동가로 검색이 돼요. 단독으로요.

노지영　바리가 오구대왕에게 약수를 구해준 상황과 비슷한데요? 재밌어요. 묻혀 있던 아버지 이름을 딸 바리가 생명수로 살린 셈이네요.

강은교　그러네. 노지영 씨 말대로 내가 바리가 됐네(웃음). 우리나라에 독립운동을 했던 사람 중에 변절을 한 사람이 워낙 많으니까요. 당시에 재판을 돕던 변호사는 혹시나 아버지에 대해 조사하다가 어두운 기록이 나올지라도 놀라지 말라고 하더라고요. 그런데 그 당시 무슨 다른 활동을 한 게 아니라 아버지가 독립운동을 하다 낙향을 하신 거였거든요. 그래서 내가 국가를 상대로 장문의 편지를 썼죠. 아버지가 그때 낙향을 했으니 어머니를 만나서 나라는 존재가 태어날 수 있었던 거라고…… 당시에는 모든 활동을 끊고 아버지의 명예를 살리는 것에 전념했어요. 다행히 편지를 쓴 그다음 달 삼일절에 바로 건국훈장이 나오더라고요. 이후 현충원 독립유공자 묘역에 안장했고요.

시와 산문이 끌고 가는 곳

노지영   시의 본질을 고심하면서도 산문의식 또한 놓치지 않으려고 노력하셨고, 시만큼 많은 산문들을 써오셨잖아요. 부끄럽지만 저는 여태까지 저는 주로 선생님의 시집을 읽어왔는데요. 최근에 출간한 시산문집 덕분에 선생님의 다양한 산문저작들을 찾아보게 되었어요. 『추억제』(민음사, 1975), 『그물 사이로』(지식산업사, 1975), 『잠들면서 참으로 잠들지 못하면서』(한양출판사, 1993), 『강은교의 시에 전화하기』(문학세계사, 2005), 『그 푸른 추억 위에 서다』(솔과학, 2021), 『범어에서 보내는 편지』(계간 『사이펀』 연재, 미출간) 같은 저작들과 『어느 불면의 백작 부인을 위하여』(이룸, 2007) 같은 산문선집 등 그 종류가 정말 다양하더라고

요. 번역과 동화, 이론서 등 다양한 영역에서 저작물을 발간하면서도, 이렇게 다양한 형식의 산문집들을 꾸준히 발간하셨다니 놀라웠어요. 선생님께 시 작업과 병행하여 지속적으로 산문을 쓰는 일은 어떤 의미를 지니는지 궁금합니다.

강은교 나에겐 꿈이 두 개가 있어요. 그 하나는 앞에서 말한 것처럼 내 시의 주인공들이 사는 마을 하나를 만드는 것입니다. 샤갈의 그림처럼 내 마을의 그림을 한 장의 커다란 지도 사진으로 만드는 꿈이죠. 또하나의 꿈은 내 "시의 용어"들을 만드는 것입니다. '마을'의 꿈이 '시의 꿈'이라면 용어들의 꿈은 '시적 산문의 꿈'이지요. 아무도 읽지 않고, 기억하지 않는다고 하여도 말입니다. 초극사시, 추이미지, 소리심, 삼투, 잠행, 변추 등이 그런 꿈의 산물이라 할 수 있어요. 그것들이 내 시의 뼈를, 살(肉)을 단단히 받쳐준다면, 그래서 나의 용어들이 깊디깊은 시의 산을 오를 수 있다면, 배경에 부는 시의 바람소리가 될 수 있다면…… 하는 꿈을 꾸는 것이지요. 보다 솔직히 말하면 '서양 원피스'를 벗어내려는 노력이고요. 물론 서양시 공부를 한 내가 그런 꿈을 꾼다는 게 좀 어리석게도, 좀 가망 없이 생각되기도 합니다만, 조금이라도 그런 노력을 해야겠지요.

노지영 특히 『젊은 시인에게 보내는 편지』(문학동네, 2000)처럼 릴케의 서간집 제목을 빌려 시작의 원리와 본질을 논하는 시산문집이 말씀하신 작업의 일환인 것 같습니다. 그것과 대응되는 성격의 『무명 시인에게 보내는 편지』(큰나, 2009)라는 산문집도 그렇고요. '초극사시(超極私詩)'의 시론이 시인 특유의 자유로운 스타일로 설파된 인상적인 형식의 산문집이라 여겼는데요. 어떤 특정한 스타일에 예속되지 않고 그간 시 쓰기와 산문 쓰기의 경계, 이론적 방법론과 구체적 글쓰기의 경계에서 시인 고유의 화법을 억압하지 않는 산문집들을 만들어오셨다는 생각이 듭니다.

강은교 우리에겐 자신의 시학적 견해를 펼치려면 논문 스타일로 글을 써야 한다는 고루한 관념들이 있잖아요. 왜 우리는 릴케나 니체 같은 글이 없을까, 나는 그 점이 늘 아쉬웠어요. 어떤 형태로든 시와 산문을 병행하여 글을 쓰고 싶어요. 내가 지금 '범어에서 보내는 편지'를 산문으로 연재하고 있는데요. 일상 스토리를 풀어쓰는 산문 말고, 내가 바라보는 시적인 사유를 그 밑에다가 흐르게 하는 글을 쓰고 싶죠. 그렇게 써야 즐겁고, 그다음에 또 나만의 어떤 용어를 만들어낼 수가 있으니까요.

노지영 그런 말씀을 들으니 선생님의 시에 자주 쓰이는 평이해 보이는 시어들이 선생님의 시적 사유들을 산문적으로 받쳐내는 중요한 재료가 되는 것 같기도 해요. '보다', '들여다보다'같이 시와 산문에 중첩되어 사용되는 담백한 모국어들이 새삼 새롭게 읽히기도 합니다.

강은교 대체로 내 첫번째 시산문집에서부터 시적으로 자주 쓰기 시작한 '들여다봄'이라는 용어적 표현은 마치 '모더니즘'이라는 용어처럼 이제 와선 좀 철 지난 외투 같은 느낌이 있죠. 하지만 함께 이야기를 나누다보니 1930년대 영미 모더니즘의 미덕을 다시 생각하게 되네요. 그 특성 중에서도 객관성이랄까, 그것에서 파생되는 관찰성과 이미지를 동반하는 리얼리즘성은 아직도 유효하지 않은가 합니다. 30년대 여성 모더니스트 버지니아 울프는요. 물론 그 지나친 '잿빛 냉소성'이 좀 마음에 들지 않을 때도 있지만요. 늪지대에 간 경험을 자신의 일기에 이렇게 쓴 적 있어요. "그 아름다움을 어찌 쓸 수 있을까, 저 물고기가 미끼를 무는 소리, 비늘이 긁히는 소리"와 같이 세심한 관찰성을 보이는 문장으로요. 물론 모더니즘은 어느 시대에나 있어왔고, 앞으로도 있을 것이겠지만요. 내가 「범어-산문 I」에서 말하곤 했던 '리얼-모더니즘'이란 말도 그런 방향에서 생각해주면 좋겠어요.

노지영 그러고 보니 '리얼-모더니즘'과 같은 용어도 있고, 주력적으로 사용한 시어들을 받쳐주는 산문적 용어들이 정말 많이 사용되었던 것 같아요. 또 그렇게 '보는 법'만 이야기하신 것이 아니라 '듣는 법'의 문제에도 천착하여 그것을 시적 산문의 언어들로 만들어오셨고요. 가령 '소리심' 같은 단어를 빼놓을 수 없죠. 그러한 용어로 의미의 핵을 표현하는 용어를 만들고, 다시 수천의 이미지가 '소리심'과 함께 치밀하게 꿰매지며 의미의 총체에 가닿는 순간을 시화하려 하셨죠. 『소리집』이 『초록 거미의 사랑』 같은 시집으로 이어질 때 독자들은 한 번도 들은 적 없는 무명(無明)의 소리가 '핏문'의 굿시 형식으로 육화된 모습을 만나게 되고요. 그리고 가장 최근에 출간한 시집인 『아직도 못 만져본 슬픔이 있다』(2020)에 이르러서는 기존의 소리라는 것을 시집 내에서 상투적으로 시화하는 방식에서도 벗어나려는 시도를 하는데요. 소리와 이미지가 다가오는 형태를 먼저 제시한 후 시 말미에 제목을 제시하는 독특한 형태로 시들을 수록하고 있어요. 장르라는

뒤를 보는 마음

벽과 경계를 넘어서서 다가오는 '소리'들의 특성을 보여주려는 시도일지요?

강은교　잘 보셨다고 생각되는군요. 시 말미에 제목을 붙이는 시도는 큰 의미는 없을지도 모릅니다만, 기존의 화법을 넘어서보려는 시도였어요. 오랫동안 내 시의 답답한 형식, 그저 시적 울타리에 갇혀 있는 내 시의 '소리-소리심'에 투덜대기만 하던 중 가끔 클래식 음악을 들으면서 소나타 형식의 끝부분, 코다의 어법을 시에 가져와보면 어떨까 하는 생각을 늘 하고 있었는데요. 그걸 2020년도 출간된 시집에서 실천하게 된 겁니다. 출판사의 젊은 시인 편집자는 나의 그런 시도에 난색을 표했습니다. 이유는 그런 식으로 시집을 만든 적이 없다는 것이었지요. 제목은 항상 앞에 있어야 한다고요. 그 젊은 시인 편집자의 목소리는 약간 신경질적이기까지 하였어요. 하긴 어쩌면 그 대답 때문에 '별스럽지도 않은 별스러움'의 모험을 고집하지 않았나 생각되기도 합니다.

노지영 별스러운 모험들이 별스럽지 않은 모험이 되는 세상도 꿈꾸시나봅니다(웃음).

강은교 그런 시도와 모험들이 우리 문학을 풍성하게 하고, 어떤 시학적 체계를 만드는 데 기여될 수 있다면 아주 좋은 일이죠. 그러기 위해서는 무엇보다 우리 문학을 서양 문학론의 어떤 개념들을 가져다 붙여서 재단하지 말고 우리만의 고유한 성격을 드러내는 용어들로 재구성하여 쓸 수 없을까 고심해야 합니다. 그러나 우리가 문학에 원용하는 신화부터가 그런 면에서는 아쉽죠. 서구 신화는 다들 잘 아는데, 우리 전통 신화는 사람들이 너무 모르니까요.

노지영 그래서 선생님이 바리데기 신화는 엄청 홍보해주셨잖아요. 바리데기 홍보대사.

강은교 홍보했죠(웃음). 황석영의 『바리데기』 출간 이후에는 일상에서 많은 사람들이 더 익숙하게 쓰고 있고요. 그럼에도 다른 전통 신화에는 여전히 무지한 것도 사실이죠. 당고마기 신화도 사람들이 그렇게 모르는 줄 몰랐어요. 우리나라 평론가들, 유학파 독자들은 서양의 신이나 로마 신화에 대해서는 줄줄 꿰고 있죠. 누가 부인이고 아들이고 형제인지 가계도까지 다 외워서 이론으로 구조화하고요. 그러나 그리스 신화라는 것도 다양한 방식으로 문학화가 됐었기 때문에 그렇게 서구 사회에서 오랫동안 문화적 지위를 가진 것 아니겠어요? 전통 신화를 무속의 영역으로만 보고 폄하하는데요. 그런 문화적 자원을 참 신화로 승격시켜야 해요. 바리는 이승과 저승의 경계를 왔다갔다하는 여신이고, 당고마기는 다산의 여신이잖아요. 물론 지금은 모두 글로벌화되어 있는 시대지만요. 서양의 신화는 섬세히 따져보면서 우리의 신화에 이렇게 관심이 없다는 건 정말 안타까운 부분이죠.

노지영 선생님이 말씀하시는 전통 신화의 여성 주인공들은 앞으로의 문학과 콘텐츠 문화산업에서는 더 자세하고 매력적으로 그려질 텐데요. 후대의 창작자들에게 무엇보다 청량한 마중물이 될 거라 생각해요. 선생님은 이렇게 우리 문화에 근거한 사유들을 시와 산문 쓰기를 통해 지속적으로 밝혀오셨고요. 때로는 시와 산문들이 결합된 형식들을 실험하기도 하셨잖아요. 그래서 최근에 열림원에서 출간한 『꽃을 끌고』라는 시산문집이 저는 더욱 인상적으로 느껴졌습니다.

　　기존에 쓰셨던 시와 산문집 작업들을 망라하는 출판 형식이라 생각했어요. '시란 무엇일까'를 두고 평생을 질문해오신 선생님이 50년간 써온 시와 산문들을 서로 대응시키면서 자신의 시관을 조각보처럼 정리하고 있는 형태인데요. 순간의 압축성을 보여주는 시 형식이 삶의 어떠한 구체적 맥락들과 연결되어 있는지를 탐색해볼 수 있었어요. 물론 산문의 언어가 시 자체로 환원

되는 일은 경계해야 하지만요. 은유라는 장막 뒤에서 생의 구체성을 실감하지 못하는 독자들에게는 시로 향하는 매력적인 미로 하나를 알려주는 형식이 아닐까 싶습니다.

강은교 책의 머리말에서도 밝혔는데요. 이번에 시산문집을 준비하면서 내가 50년간 써왔던 시와 산문 전체를 통독해보았어요. 나에겐 아주 의미 있는 작업이었죠. 원래 처음에는 그간 써온 시들을 정리하는 산문으로 새로 쓰려 했었어요. 그런데 내가 써왔던 시들을 모아 퍼즐 조각을 맞추다보니까, 그 시절에 내가 왜 이런 시를 썼는지가 정확히 기억이 안 나더라고요. 그래서 지금 시점에서 무언가를 새로 쓰기보다는 기존에 발간한 산문집에 의거해서 나의 시를 이야기하는 게 가장 정직한 방법이다 싶었어요. 그 산문들이 내가 시를 쓰던 그 시절의 생각을 가장 잘 나타내주는 거니까요. 이번 시산문집을 엮으며 젊은 시절에 쓴 『추억제』나 『그물 사이로』 같은 산문이 특히 많이 참고되었어요. 오래전에 출간된 책이라 젊은 독자들은 만나기 어려웠던 책들이죠.

노지영 집필 시기가 어느 정도 참고되었을지라도, 선생님의 그 많은 시와 그 많은 산문을 읽고 선정하는 작업조차 쉽지 않으셨을 거 같아요. 어떤 마음으로 시와 산문을 고르고, 어떤 질서로 시와 산문을 조응시키셨는지 궁금합니다.

강은교 이번 기회에 내 시들을 통독하면서 시의 배경이 되는 생각들이 무엇일까, 생각해보려 했는데요. 최근에 쓴 「운조의 현」 같은 시들은 내가 왜 이 시를 썼나 얼마든지 설명을 할 수 있는 작품들이죠. 그런데 오래전에 쓴「사랑법」같은 시들은요. 이 시를 어떤 마음으로 썼는지 잘 모르겠는 거예요. 내가 왜 이 책을 낸다고 했을까 자책하고 있었는데요. 어느 날 새벽에 영감이 왔죠(웃음). 시를 쓸 당시의 산문들을 찾아봐야겠다. 그래서 옛날 책들이 있는 책장에 가서『추억제』란 산문집을 꺼내 봤어요. 그제야 시를 쓰던 당시의 분위기가 생각나더라고요. 그렇게 시의 토대가 될 만한 산문들을 골라 시와 대응을 시켰어요. 가령「빈자일기」같은 시는 내가 샘터사 시절에 쓴 작품이거든요. 당시 나 스스로가 쓴 시에서처럼 '삯전 받는 여자'로 살고 있었죠. 다달이 받는 월급 앞에서 "수그려라 수그려라"하면 수그리면서, 다른 사람들을 돌아보게 만들었던 시예요. 그런 이야기가 예전에 썼던 산문에 다 나오더라고요. 그렇게 당시의 산문들을 찾아봤더니 새로 쓰느라고 법석을 떨거나 지금 시점에서 하는 말이 거짓말이 되는 상황을 극복한 셈이 되었어요. 늘 새것을 써야 한다는 강박이 있었는데요. 나에게는 너무 좋은 경험이 되었습니다.

노지영 저는 선생님의 산문집들을 이번 기회에 읽어보고 좀 놀랐어요. 예전에 쓴 선생님의 산문과 요즘 쓰시는 산문의 어조가 정말 다르더라고요. 선생님을 현실참여적인 계열의 민중시로 분류하는 독자들이 있잖아요. 솔직히 선생님의 시만 봤을 때는 그런 견해가 크게 와닿지는 않았거든요. 그런데 선생님의 초기 산문들을 읽어보니 구체적으로 전달되는 사회적 맥락들이 정말 많이 보였어요. 이렇게 당당하고 선명한 어조로 자기 견해를 밝히시던 시인이 부산이라는 공간으로 이동하면서는 그 언어가 많이 절제되고 정련되는 모습이 보이고요.

강은교 맞아요. 『추억제』부터 시작해서 그동안의 산문집들을 다시 읽어보다가 나도 놀랐으니까요. 그런 식으로 내 언어가 가부장제 안에서 영향받아왔구나, 생각했죠. 물론 얌전한 성격은 옛날과 큰 차이는 없지만요. 홀로 타지에서 가장으로 버텨오면서 참 많은 것들을 부드럽게 말하게 된 것 같아요. 그런데 더 놀라운 것은 어조는 변했는데, 나라는 사람의 성향은 40년이 넘도록 또 하나도 안 변했더라고요. 물론 '주인'에 대한 편견이 지배하는 사회이다보니 외부로 표출되는 언어들은 부드러워졌지만요. 나의 내면은 그냥 똑같아요. 그때나 지금이나 내 안에는 불이 아주 가득해요. 활활 타는 사람이고, '푸시시' 물로 꺼야 하는 사람이죠. 그러다보니, 맨날 이사 다니면서 그런 거로 내 스트레스를 풀어왔던 것 같아요. 그래서 그런 불의 마음을 감싸고 있는 배경을 내 산문에서 끄집어내는 게 제일 좋겠다 생각해서 그 옛날 책들을 활용했죠.

노지영 이번에 출간되는 시산문집에는 간간이 사진들도 삽입되어 있습니다. 책에는 사진 이미지에 대한 별다른 캡션이 없어서 제시된 사진의 물상들이 무엇을 의미하는 걸까 골똘히 생각에 잠겨보게 되더라고요. 기발간된 선생님의 책들에는 종종 오래전에 활동했던 사진 기록이나 육필의 기록, 각종 스케치들이 아카이빙되어 있는 것을 볼 수 있습니다. 『어느 불면의 백작 부인을 위하여』 같은 산문선집이나 〈고래〉 같은 동인지, 심지어는 『강은교의 시 세계』와 같은 연구서에서도 텍스트 외에 시인의 물성이 감각되는 사진들을 찾아볼 수 있어서 전기적 자료 차원에서도 독자들은 반가운 마음으로 그 사진들을 살펴보게 되는데요. 아까도 '보

뒤를 보는 마음

는 법'에 대한 이야기를 나누기도 했지만요. 독자들이 선생님의 책에 삽입된 사진들을 만나게 될 때는 어떤 방법으로 바라보는 것이 좋을까요?

강은교　이번 시산문집에는 내가 직접 찍은 사진들이 실려 있어요. 물론 아마추어구나, 그렇게 볼 수밖에 없는 사진들이긴 한데요. 전체 5부의 내지마다 한 장씩 넣었죠. 열림원의 민병일 씨가 사진을 잘 찍는 전문가이기도 한데요. 예전에도 산문집에서 이미지 작업을 도와준 적이 있어서, 그 인연으로 사진을 골라줬어요. 창피할지라도 이번에는 내 이름으로 사진들을 넣어봤어요. 평소에 사진 잘 찍는 사람이 굉장히 부러웠거든요. 전시회도 해보고 싶긴 했지만 재주가 너무 없고요. 나름 DSLR도 있고, 망원렌즈 같은 연장도 있는데(웃음), 실력은 부끄럽죠. 그래도 가까이에서 내가 본 것들을 책에다 남기는 것도 참 좋겠다 생각했어요. 이번에 나오는 책은 그런 작업들이 실려 있어요.

노지영 이번 기회에 선생님의 시집과 산문집을 천천히 순례하면서, 선생님께서 그동안 어떠한 심층의 소리들을 폭넓게 껴안으면서 생명의 마당을 일궈오셨는지를 느낄 수 있어 참 좋았습니다. 제가 '시인과의 대화'를 연재하면서 만나 뵙는 시인들께 공통적으로 질문을 하나 드리고 있는데요. 다소 진지한 질문입니다만, 선생님께서는 평생의 작업 동안 어떠한 시의 원리를 꿈꿔오셨는지 여쭙고 싶어요. 오늘날 우리가 추구해야 하는 시학이라는 게 있다면 어떤 모습이어야 할지, 조언의 말씀 부탁드립니다.

강은교 시라는 건 모범 답안이 없잖아요. 서정성도 있고 사상성도 있고 이런 것이 적당히 모두 있어야 하는 것같이 생각하는 모범 답안을 우리가 늘 가정하곤 하는데요. 예술이라는 것은 모범 답안이 없을수록 좋은 거 아니에요? 재치를 연마한다고 해서 시가 되는 게 아니죠. 김수영만 봐도 재치의 시가 남은 사람은 아니잖아요. 내가 생각하는 것은요. 우연, 정말 우연이 시에 잘 얹혔을 때 시에서 '샤갈의 마을'이 펼쳐지는 거예요. 르네 마그리트의 〈파이프〉나 프랜시스 베이컨의 삼면화들처럼 예술과 우연들이 결합하는 작품이 나와야 하는데요. 그런 시들이 자주 나오지는 않겠죠. 하지만 쉽지 않을지라도 쭉 가려고 애는 써야 하지 않을까 싶어요.

스무 살 무렵, 서점에서 『빈자일기』라는 시집을 집어들었을 때의 감정이 떠오른다. 문학동네 포에지 시리즈 복간본에는 강은교 시인의 젊은 시절 사진이 표지 전면을 차지하고 있었다. 정면을 응시하는 시인의 눈동자가 깊고 서늘했다. 정면을 바라보는 일이 촌스럽게 느껴져서 다수의 시인이 비껴서 바라보는 자세를 선호하는 것 같은데, 시집의 표지에서부터 강은교 시인은 정면을 뚫어져라 바라보며 독자의 눈동자를 파고들었다. 그 어떤 것에도 거리낌이 없는 표정이었다.

　　최근에 출간된 시집 『아직도 못 만져본 슬픔이 있다』(2020)의 책날개를 펴보니 시인은 이제 뒤를 돌아 먼 산을 바라보고 있다. "가장 큰 하늘은 언제나/ 그대 등 뒤에 있다(「사랑법」)"고 노래한 바

있듯이, 시인은 '등 뒤'에 있는 독자들에게 스스로가 바라본 풍경을 안내하고 있었다. 구불구불한 머리칼들이 당고머리 고모의 뒷모습인 양 낯설고도 신비로웠다.

차를 마시며 환담을 할 때, 시인은 〈슈퍼밴드〉라는 음악경연 프로그램에 대해 이야기했다. 프로그램에 참가한 청년들이 일상의 소리를 채집해서 노래를 만들고, 장르성에서 벗어나서 음악을 연주하는 장면들을 특히 인상적으로 봤던 것 같았다. 그중 클래식을 전공한 정통 유학파 첼리스트 하나는 다른 뮤지션 동료와 협업하면서 "악보가 없어도 음악이 될 수 있다"는 말을 했다고 한다. 큰 첼로를 자유롭게 돌리며 자기 색깔을 깨닫고, 현악기를 타악기처럼 연주하면서 소리의 경계를 넘나드는 젊은 세대에게 시인은 무한한 신뢰를 보였다.

그러나 생각해보면 그런 작업은 강은교 시인이 원조다. 시인 또한 그렇게 '악보 없는 소리'들을 찾아 시 작업을 해왔다. 부산에서 '시바다'라는 이름의 시 낭독 모임을 이끌고, 공연예술인들과 함께 퍼포먼스와 마임, 노래 등을 결합한 문학 행사를 하면서 경계를 넘나드는 슬픔의 소리들을 찾아다녔다. 그 소리들이 아픈 이들에게 가닿아 시 치료를 하게 되길 꿈꿨다. 공연을 시작할 때마다 마음의 울림을 전하고 싶어 시인은 징 하나가 들어가는 캐리어를 사서 끌고 다니기도 했다.

대화를 마치고 서울로 돌아가는 길, 마지막으로 시인과 함께 범어의 산책길을 걸었다. 무언가 아쉬움이 남아 빠르게 걷지 못하고 보속을 줄여보았다. 그때마다 시인의 등이 눈에 띄었다. 커다란 징 하나를 끌고 다녔을 그 자그마한 등이 미더웠다. 저 작은 체구로 그 무거운 쇳덩어리를 끌고 다니며 시인은 반백 년의 시를 써왔으리라.

사뿐사뿐 범어의 땅에 발을 내딛을 때마다 시인의 걸음 뒤로 보허성 (步虛聲)이 울렸다.

시인과의 대화 8
시인의 둘레길   김기택

1989년 〈한국일보〉 신춘문예로 작품활동을 시작했다. 시집
『태아의 잠』『바늘구멍 속의 폭풍』『사무원』『소』『껌』『갈라진다
갈라진다』『울음소리만 놔두고 개는 어디로 갔나』『낫이라는 칼』
등이 있고, 산문집『다시, 시로 숨 쉬고 싶은 그대에게』, 동시집
『빗방울 거미줄』, 그림동화『꼬부랑 꼬부랑 할머니』등이 있다.
김수영문학상, 현대문학상, 미당문학상, 지훈문학상, 이용악문학상,
대한민국예술원상 등을 수상했다.

시간   2022년 10월 7일(금) 오후 2시
장소   경희사이버대학교 아카피스관 휴게실

시인은 자신의 일터가 영휘원(永徽園) 맞은편에 있다 했다. 다소 낯선 이름의 영휘원이란 장소를 포털에서 검색해보면 한때 명성황후가 묻혀 있었던 홍릉의 일대라고 소개된다. 대한제국의 마지막 황태자이자 식민 조선의 마지막 이왕(李王)이었던 영친왕의 생모가 봉안된 장소라고도 검색된다. 영친왕의 아들로 돌을 넘기지 못하고 죽은 이왕세손(李王世孫)의 봉분도 바로 옆 숭인원(崇仁園)에 나란히 봉안되어 있다. 무덤을 도심의 녹지대로 탈바꿈한 영휘원에는 왕조의 무덤을 지켜오던 귀한 산사나무가 있었다고 들었다. 한때 수형이 아름답기로 유명한 보호수였지만, 150년까지 수령을 늘린 후 고사목(枯死木)이 되어버린 나무다. 이제는 수명을 다해 천연기념물 지정조차 해제된 노거수(老巨樹)의 흔적은 마지막 왕조의 근친들처럼 그곳에서 보호되고 있을 것이다.

시인의 일터에서는 그 산사나무가 내다보일까. 나는 일상에서 시라는 장르를 그런 '고사목'의 운명처럼 말하는 사람들을 종종 만난다. 기원전부터 모든 예술을 총칭하는 대표적인 이름이었으나, 이제 '시'라는 것은 유동하며 변화하는 시간 속에서 하염없이 가장자리로 밀려나고 있는 느낌이다. '시학'이라는 것도 어쩌면 연구실과 지원사업의 호위로 유지되는 보호수의 운명처럼 느껴지기도 한다.

한때 보호수였던 고사목의 인근에 시인의 연구실이 있다. 4층의 작은 예식장을 리모델링한 건물 안에 자리 잡은 공간이다. 그 건물의 전면으로는 영휘원이라는 사적지를 마주하고, 건물의 뒷면으로는 곧 어떤 형상으로 변화할지 모르는 청량리동의 재개발지대가 위치한다. 이 건물을 구글 지도로 찾아보면 이질적인 공간 속에 끼어 있는 시인의 창작공간은 더욱 실감나게 부감된다. 광활한 녹지대와 낡은 집들이 다닥다닥 붙어 있는 재개발지대의 경계에 시인의

시 쓰는 공간이 위치해 있다. 그러나 보다 엄밀히 말하자면 시인의 책상이 있는 연구실 건물은 구 왕조의 보존구역보다는 언젠가 헤집어질 재개발구역 쪽에 속해 있다 할 수 있는데, 이 재개발 직전의 구역이 시인이 출퇴근하며 지나가는 거리 중 하나라 한다. 이 지역은 우리나라의 70년대쯤으로 타임 슬립한 것처럼, 골목 너비를 최소로 좁힌 채 빼곡하게 붙어 있는 집들이 즐비하다. 멀찍이 위성지도로 훑어보면 낡은 집들이 타일을 붙여놓은 듯 질서정연하게 늘어서 있어 마치 대규모로 조성된 비닐하우스 밭을 보는 듯한 느낌이다.

　　원래 대화를 나누기로 약속했던 장소인 시인의 연구실로 찾아갔다. 여느 시인들과는 다르게 그의 연구실은 별다른 장식이나 군더더기가 없는 공간이었다. 낮은 탁자에는 그간 시인이 출간해온 시집들이 어떤 족보처럼 층층이 쌓여 있고, 한쪽 옆으로는 지도에서 본 재개발지대의 집들처럼 빼곡한 모양새로 책들이 도열해 있다. 테트리스 게임을 하듯 책을 가로세로로 틈 없이 꽂아둔 책장이었다.

　　이런 틈 없는 틈 속에서 시인의 시들이 나왔겠구나, 잠시 생각에 잠기는 사이, 시인은 이야기하기에 더 적절한 공간이 있다며 건물의 꼭대기로 일행을 안내했다. 널찍한 루프탑이 시원하게 연결되어 있고 한쪽으로는 휴게실이 마련되어 있는 공간이다. 주변에는 한층 깊어진 하늘이 펼쳐져 있고, 옆면의 창문 너머로는 가을바람에 술렁이는 나무들도 보였다. 물론 무료로 제공되는 커피도 있었다. 조금 더 환한 공간, 좀더 넓어진 테이블에 시인이 출간해온 시집들을 올려놓으면서 오늘의 대화는 시작되었다.

시인 기택 씨의 하루

노지영　이 계절을 어떻게 느끼고 계시는지요?『다시, 시로 숨 쉬고 싶은 그대에게』라는 선생님의 산문집을 보면 시의 결 속에서 계절감을 발견하는 형태가 책의 체제 자체가 되기도 하는데요. 저희 같은 일반 독자들이 느끼는 계절감과 시인의 감각은 좀 다르지 않을까 싶어요.

김기택　그 산문집에도 쓴 것 같은데요. 예전에는 가끔 그해의 첫 가을의 느낌을 냄새로 맡았거든요. 집을 막 나서는 순간, 시원한 바람과 함께 코로 확 들어오는 그 공기가 있어요. 이것이 정말 가을 냄새구나, 그 냄새가 내 온몸을 관통하듯이 훑고 지나갈 때, 말로 다 할 수 없이 상쾌했죠. 그런데 제 후각이 둔해져서 그런지 올해는 그 냄새를 못 맡았어요. 그러나 하루가 다르게 서늘해지는 것은 어느 해보다 잘 느껴지더라고요. 올해 여름은 유독 덥다고 느꼈고, 절대 물러나지 않을 것 같은 더위였는데요. 계절의 변화를 실감하고 있죠. 오늘 아침은 좀 추웠고요.

노지영 일터에서도 늘 계절의 변화를 느끼실 듯해요. 이 근처를 자주 산책하신다고 들었는데요.

김기택 봄에 꽃들이 괜찮고요. 그다음 10월 말, 11월 초에 단풍이 아주 아름다워요. 그래서 제가 가끔 가서 사진도 찍고 그러죠.

노지영 사진 좀 찍으시나요?(웃음)

뒤를 보는 마음

김기택 아니요(웃음). 그냥 그때그때 휴대폰으로요. 보여주려는 게 아니고 그냥 제가 두고 보려고요.

노지영 평소 시인의 근황과 삶의 루틴을 듣고 싶어요. 예전에 선생님의 「8시」라는 시를 읽으면서, 크게 공감한 기억이 있거든요. 일상을 살아가는 도시의 현대인들이 '8시'라는 시간을 통과하는 전투적인 방식을 이렇게나 페이소스 가득한 방식으로 묘사할 수 있구나, 감탄하며 읽었는데요. 오늘은 빽빽한 아침 '8시'가 아닌 느긋한 오후 2시라는 시간에 선생님과 만나 뵙고 있어요. 지금 이 시간은 어떤 일상에 소속되어 있고, 또 어떤 분침 사이에 있는 시간인지 궁금합니다.

김기택 요즘은 예전처럼 다급한 초침 소리가 들리지는 않습니다. 「8시」에 나온 풍경처럼 분침과 초침 사이를 비집고 들어가려고 애쓰지도 않습니다. 요즘은 그냥 집과 연구실을 늘 왔다갔다하는 편이고요. 이번에 나온 신작시집에 보면 「사무원 기택 씨의 하루」라는 시가 있거든요. 요즘은 그 시에 나온 모습과 거의 비슷합니다. 버스를 타기도 하고 운전해서 오기도 하지만, 집에서 학교까지 걸으면 한 시간 정도 걸리는 거리여서요. 일주일에 3~4일은 걸어다닙니다. 가끔 경희대도 걸어서 왔다갔다하고요. 하루 중 오후 2시는 좀 여유가 있는 시간이죠.

노지영 「사무원 기택 씨의 하루」에 보면 댁이 길음 뉴타운으로 나오던데, 거기서부터 여기 학교까지 걸어 다니신다고요? 산책 길이 좋은가봅니다. 요 앞 영휘원을 지나는 길인가요?

김기택 영휘원은 입장료가 있어서 자주 가지는 못하고요(웃음). 이 주변에 짧은 둘레길이 있어요. 경희사이버대는 경희대 안에 있지만요. 연구실이 부족해서 경희대에서 걸어서 20분 정도 걸리는 이곳에 일부 교수의 연구실이 있습니다. 창밖에 보이는 저 숲이 영휘원과 숭인원입니다. 영휘원은 고종의 후궁 엄비(순헌황귀비)의 원(園; 왕의 사친(私親)이나 왕세자와 그 빈의 무덤)이고, 숭인원은 조선의 마지막 황태자인 영친왕의 아들 이진의 원입니다. 이진은 생후 9개월밖에 못 살았다고 하죠. 제가 주로 산책하는 곳은 영휘원, 숭인원의 주변을 도는 작은 둘레길이에요. 한 번 돌면 30분 정도 걸리죠. 그리고 저기 반대편 창문으로 보이는 곳은 60~70년대에 지어진 것으로 보이는 옛날 주택단지입니다. 집과 집 사이 골목이 아주 좁아서 리어카 한 대 겨우 지나갈 만한 골목들이 즐비해 있습니다. 그 길을 지나가다보면 마치 70년대 거리에 와 있는 느낌이 들어요. 이 주변이 좀 낙후된 지역인데요. 근래에 재개발이 진행되고 있어서 몇 년 후에는 고층 아파트로 다 바뀔 것 같습니다. 출퇴근할 때 종종 지나다니는 길입니다.

시인의 초상, 시인의 조상

노지영 연구실이든 산책길이든 요즘 선생님의 삶의 동선에서 시선이 자주 머무는 사물들이 있을까요? 선생님에게 특별히 말을 거는 사물들이 있는지 궁금합니다.

김기택 사실 저는 길을 다니고 어떤 공간에 있어도 무심히 지나치는 경우가 대부분이에요. 의외로 사물에 있어서도 둔감한 편입니다. 시력이 약해서 자세히 보지도 못하고, 사물과 제대로 소통하지도 못하죠. 도시 생활에 길들어서 그런지 자연이나 사물과 소통하는 감각이 무뎌져 있거나 마비된 것 같습니다. 그래서 이런 몸에서 어떻게 시가 나올까 저도 의아합니다. 이러다가 영영 시를 못 쓰게 되는 게 아닌가 걱정될 때도 있어요. 그러다가 갑자기 시가 나오면 안도하는 거죠.

노지영 선생님이 쓰신 산문들을 보면 자동화되고 익숙해진 고정관념 속에서 사물들을 낯설게 바라보는 방식들을 특히 강조하시고요. 논문이나 창작론을 봐도 "사물과 세계가 다가오도록 명하는 부름에 응답하는 것이 시 쓰기"다, 이런 부분들을 강조하셔서 독자들 입장에서는 초민감한 촉수로 24시간 사물을 바라보실 것 같은데요.

김기택 "사물과 세계가 다가오도록 명하는 부름에 응답하는 것이 시 쓰기"라고 한 건 제 말이 아니고 하이데거가 한 말인데요. 하이데거는 인간이 말하는 것이 아니라 '언어가 말한다'고 했었죠. 이때 말하는 주체인 언어란 침묵 상태의 언어이고 그 침묵에는 사물과 세계가 다가오도록 명하는 부름이 있다는 것입니다. 제가 하이데거의 예술론을 깊이 이해하고 있는 건 아니지만요. 다만 제가 시를 써온 경험에 비추어 어렴풋이 느낄 때는 그 언어가 되기 전의 어떤 느낌이나 정신, 내면의 움직임 같은 것이 있고, 시인은 그것이 다가오길 기다리게 되는 것 같아요. 그래서 저는 시를 쓸 때 수동적이게 되는 편이고요. 그러니까 강하든 약하든 하이데거가 '부름'이라고 말한 그 힘에 끌려야만 시가 나오는 것 같습니다. 물론 그렇게 쓰지 못한 시가 훨씬 많아요. 부름에 이끌리는 시는 가끔 나오는 거죠.

노지영 그러니까 선생님이 주체가 돼서 자기 목적성을 가지고 무언가를 써야겠다 생각한다기보다는 수동적으로 기다리다가 뭔가가 확 다가오거나 부를 때, 시가 나온다는 것이죠? 하이데거를 좋아했던 김수영 시인도 강조했던 것 같은데요. 존재가 본래의 모습을 개시하면서 비은폐가 되는 그런 상황일까요?

김기택 그렇죠. 비은폐, 비은폐성이라고도 하고요. 저는 어떤 대상을 본 후에 바로 쓴 시가 거의 없어요. 왜 그런지는 모르겠지만요. 갑자기 나무를 봤는데, 그것과 전혀 관계없는 다른 도구가 떠오른다든지 하면서요. 과거에 보고 경험한 것들이 오랫동안 내면에 입력되어 있다가 숙성 과정을 거쳐서 나올 때가 될 때쯤 나온다는 거겠죠. 대부분의 경우, 제가 보고 있는 것과 거의 관계가 없어 보이는 어떤 단어나 구절, 또는 이미지가 갑자기 튀어나와서 시가 됩니다. 그래서 저도 제가 쓴 시를 보고 나서야 나에게 이런 느낌이나 의식, 생각이 내 안에 있었구나 짐작하게 되죠. 어떤 경우에는 시를 써놓고도 내가 뭘 썼는지 잘 모르다가 몇 달 혹은 몇 년이 지나서야 보이는 경우도 있어요. 등단작인 「꼽추」나 첫 시집 『태아의 잠』에 실린 첫 시 「쥐」가 그런 경우죠. 근래에 쓴 시들을 보면 저는 어떤 특정한 사물에 끌린다기보다 일상에서 마주치는 다양한 사물에 흥미를 갖는 것 같습니다. 그러나 동물과 아기에 관한 관심은 계속 이어지는 것 같고요.

뒤를 보는 마음

노지영 무의식에 묻혀서 숙성되어온 이미지들이 보고 있는 사물 속에서 자동연상되는 시점이 있을 것 같은데요. 시가 쏟아져나오는 타이밍이 뜸하게 올 때도 있고, 막 쏟아져나올 때도 있고 그런 건가요? 일반적으로 청탁을 통해서 시 쓰기를 하게 되는 경우들이 많은데, 그럼 시가 안 온다라고 느끼실 땐 마음이 어떠세요?

김기택 저는 한꺼번에 시가 막 몰려와서 쓸 때도 있고요. 못 쓸 때는 또 오랫동안 못 쓰기도 해요. 한두 달씩도 걸리고요. 그래서 초고가 어느 정도 반죽 상태라도 되어 있어야 청탁을 받을 수 있지, 아무것도 없으면 제가 그때까지 못 쓸 수가 있어서 청탁을 못 받아요. 마감은 지켜야 하는 건데 그러려면 초고가 준비되어 있어야 하는 거죠. 내가 쓸 수 있겠다는 생각이 들어야 청탁을 받아요.

노지영 어느 정도 예열 상태가 있어야 하는군요. 지난번에 '시인과의 대화'를 진행하면서 김정환 선생님도 비슷하게 말씀하셨거든요. 장시를 많이 쓰시니까 써놓은 게 있어야 청탁을 받으신다는 거예요. 누군가가 청탁을 했을 때 그때부터 청탁에 맞춰서 쓰는 건 시인의 자존심에 어긋난다고 생각하시더라고요. 보통은 마감이 불러서 글을 간신히 넘기는 사람들이 대부분이라 생각했는데요. 그런데 김기택 선생님께서도 신작시 원고를 정말 빨리 주셔서 '사무원' 스타일의 날짜 지키는 루틴이 체질화되신 분 같다, 매우 정확하신 분이구나 개인적으로는 그렇게 느꼈어요. 근데 시 쓰는 방식에 대한 말씀을 들으니 저는 정말 의외라는 생각이 들어요.

김기택 그래요? 어떤 면이요?

노지영 여러 가지 면에서 그런 생각이 들었는데, 첫번째로 의외라고 생각한 건요. 예술위에서 문학 집배원을 하면서 썼던 글을 엮은 산문집을 제가 최근에야 읽었거든요. 시 배달을 하면서 산문을 이렇게 정기적으로 쓰려면 엄청난 몸의 훈련이 필요할 거라고 생각되는데요. 보통 이렇게 고정적으로 글을 계속 생산한다는 게 특히 선생님처럼 다른 직업을 가진 채 글을 쓰는 경우 정말 쉽지 않을 거라 생각했어요. 「사무원」이라는 시의 이미지 때문인지 마치 고시 공부하듯이 아침 일찍부터 딱 책상에 앉아서 시를 쓰실 것 같았어요. 두번째로 의외라고 생각한 부분은요. 선생님이 수동적으로 시가 부를 때까지 기다린다는 말씀을 하셨는데 선생님의 시를 보면 사물이 응답할 때까지 수동적으로 기다려서 쓰는 시 같지 않았어요. 상당히 사물에 대해서 능동적으로 주의 깊게 바라보려는 그런 시선들이 느껴졌거든요. 선생님의 시를 평자들이 논할 때 관찰자로서의 시각성에 주목하곤 하잖아요. 대상에 스스로 다가가서 주도적으로 장악하려는 시각 중심성이 있지 않으면 사물에 대한 저런 투시력이 나올 수 없는 게 아닐까 싶어요.

김기택 저는 예민한 순발력 같은 게 전혀 없어요. 그래서 어떤 것을 보고 즉각즉각 뭐가 떠오른다든지 그렇지는 못하고요. 예측 가능한 것들 속에서도 엄청 느리고요. 모든 일들이 사후적이죠. 그래서 그때 그렇게 했어야 되는데 이런 식의 후회도 많이 하는 편이고요. 그래서 하나의 이미지를 잡으면 제가 적극적으로 관찰한 것처럼 극화하는 거죠. 그리고 그 상상력을 오랫동안 끈질기

뒤를 보는 마음

게 반추하듯이 물고 늘어지는 편이에요.

노지영　되게 위장된 시네요(웃음). 시 창작 과정이요.

김기택　그렇게 볼 수 있죠(웃음). 물론 순간적으로 나오는 것도 있어요. 예를 들면 이 시집에서 「낫」 같은 경우는 순간적으로 끝까지 한 번에 썼고요. 또 어떤 시들은 그렇게 조금 써놓고 이후에 더 상상해서 덧붙이고, 덧붙인 것들도 있고요.

노지영　제가 오해가 있었던 것 같네요. 그런데 다른 평론가들도 오해가 좀 있는 것 같아요. 김기택 시인은 주도적으로 대상에 다가가 시각중심성의 투시력을 보여준다는 이야기가 반복, 재생산 되잖아요.

김기택　오해가 좀 있죠(웃음). 특히 저에 대해서 또 많이 오해하는 게요. 시만 보고 나서 아, 이 시인은 이렇게 생겼을 것이다, 가령 뭔가 덩치가 크고 우락부락하고 약간 무섭게 생겼을 것이다, 이런 식으로 외모를 상상하면서 만나시는데요. 막상 보면 완전히 그 반대인 거예요. 일단 체구도 작고, 이렇게 사람도 좀 유하고, 또 약해 보이고요. 그러니까 시에서 생각한 이미지하고 너무 다르다는 식으로 많이 말하죠.

노지영　실은 오늘 저도 그랬어요(웃음). 시만 봤을 때는 선생님의 시가 가지고 있는 절제된 느낌 때문인지, 되게 건조하고, 냉철하고, 정확하고, 군더더기를 싫어하는 분이실 것 같다는 이미지가 있었어요. 그런데 현대문학 핀 시리즈에『울음소리만 놔두고 개는 어디로 갔나』에 실린 자전적 에세이와 그 시집의 맨 뒤에 실린 자화상을 보고 빵 터지고 나서 선입견이 살짝 누그러졌죠.

김기택 그러셨구나.

노지영 선생님, 마침 제가 그 얘기를 드렸으니까 그 자화상에 대한 질문을 좀 해볼게요. 그 그림 언제 그리신 거예요?

김기택 2009년에 모 신문사에서 시인들이 직접 자화상을 그리고 그림에 대해서 이야기를 쓰는 특집을 한 적이 있어요. 신문 전면을 채우는 그런 길이의 글이었는데 그때 그린 거죠. 그때 탈모가 시작됐는데 지금은 한 13년 정도 지났죠. 지금은 좀더 많이 진행이 됐고요.

노지영 그「머리카락 자화상」이라는 에세이를 제가 정말 재밌게 읽어서요. 전국에 같은 고민을 하는 분들께 메일링으로 보내야겠다, 생각했어요. 최근에 주변 사람들한테 한번 읽어보라고 권하기도 하고 그랬습니다.

김기택 『껌』이라는 시집에「대머리」라는 제 시가 있거든요. 그『껌』이라는 시집이 스페인어로 번역이 돼서 멕시코에 있는 출판사에서 나왔어요. 거기 과달라하라국제도서전에 갔다가 현지 학생들도 만나고 그랬는데 의외로 학생들이 그 시를 제일 좋아한대요.

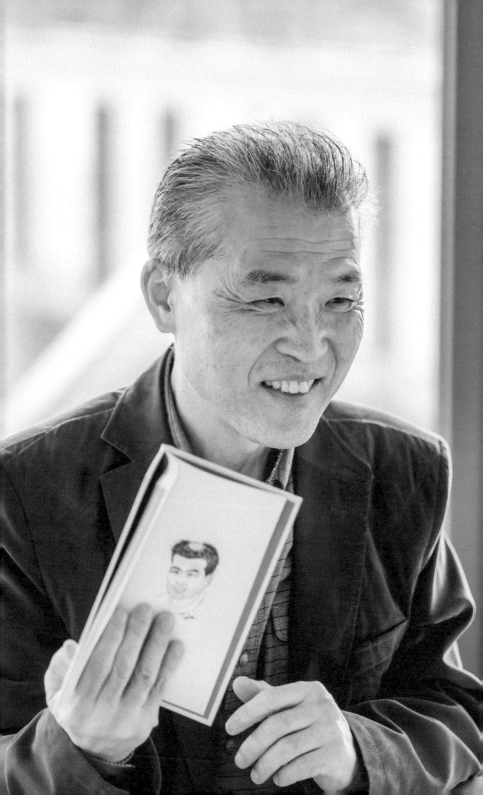

노지영　선생님의 시들은 본인의 사적인 이야기를 절제하는 느낌
인데요. 그런 반면 뭔가 시인의 성품을 연상할 수 있는 글이기도
해서 재밌었어요. 자화상을 그때 처음 그려보신 건가요?

김기택　아니요. 그전에도 그렸어요. 그런데 그전에는 거울을 보
면서 똑같이 그리려 했고요. 그게 이십대 초, 한 40년 전쯤의 일
인데, 그땐 그냥 저를 그려보고 싶었죠. 그리고 이게 두번째인 것
같아요. 실은 제가 중학교 때 그림을 열심히 그렸었거든요. 그후
로는 안 그렸어요. 그림을 그리려면 돈이 많이 들어가는데, 아무
래도 뒷받침이 필요하니까.

노지영　창비 등 다른 출판사에서도 내셨지만 문지에서만 이번
시집까지 5권이나 내셨어요. 문지시선 시그니처인 캐리커처가
이렇게 시집 표지에 나와 있는데, 선생님의 초상이 측면상이었다
가 지난번 시집부터는 정면상으로 바뀐 것 같아요. 한때 미술에
몸담았던 사람으로서, 캐리커처의 변모 과정에 대한 소회는 어떠
세요? 시집 표지의 캐리커처를 처음 보셨을 때 첫 느낌이 어떠셨
는지 궁금해요.

김기택　아, 이제하 선생님의 스타일로 그리신 그림이구나, 했죠
(웃음). 지난번에 『갈라진다 갈라진다』와 이번에 나온 『낫이라는
칼』이란 시집의 표지에 이제하 선생님의 캐리커처가 그려져 있
는데요. 이제하 선생님의 캐리커처는 저와 닮은 점이 별로 없어
보이는 점이 마음에 들어요. 그전에는 김영태 선생님이 그린 캐
리커처가 실렸었는데요. 김영태 선생님이 그려주신 캐리커처는

사진을 보고 그리신 거라 그런지 제 모습을 약간은 닮았거든요 (웃음). 재밌게 그리신 그림인데, 저와 비슷하다는 느낌이 좀 있었죠.

노지영　최근에 사적으로나 공적으로나 좋은 일이 참 많이 있으셨더라고요. 얼마 전 9월에 문학 부문 대한민국예술원상을 수상하셨고요. 그 외에도 이전부터 김수영문학상, 현대문학상, 미당문학상, 지훈문학상, 이수문학상, 경희문학상, 편운문학상, 이용악문학상 등등 수상 내역을 일일이 거론하기 어려울 정도로 선생님의 시적 작업들이 크게 주목된 바 있습니다. 경사의 반복 속에서 상이라는 무게가 무겁게 느껴지기도 할 것 같아요.

김기택 문학상을 받을 때마다 늘 송구하고 마음이 무겁죠. 혼자 외롭게 있을 때 내면에서 일어나는 것들을 꺼내 적는 이 사소한 일이 과연 문학상을 받을 만한 가치가 있는 일인가, 그 외로움 속에서 나 자신 하나를 견디는 일이 문학상 수상에 비견할 만한 사건인가, 묻게 되곤 합니다.

노지영 문학상을 통해 이렇게 다양한 문학인의 이름으로 선생님의 시적 성취들이 표상되고 있는데요. 그런데도 선생님이 쓰신 논문이나 선생님에 대해 평한 글을 찾아보면 진짜 문학적 혈연은 '김종삼' 시인이 아닐까 싶기도 합니다. 선생님의 창작 활동 속에서 거리두기를 가장 많이 해제한 시인이 아닐까 하는데요. 선생님의 문학적 조상과 문학적 근친, 문학적 '곁'에 대한 이야기를 좀더 듣고 싶어요.

김기택 제가 김종삼에 대한 논문도 몇 편 썼고요. 참 좋아하는 시인이죠. 김종삼은 제 습작 초기부터 저에게 시를 이끌어준 시인이다, 이렇게 말씀드릴 수가 있을 것 같아요. 제가 시 쓰기에 관심을 두게 된 것은 고등학교 졸업 후거든요. 사실 중학교 때까진 화가가 되는 것이 꿈이었어요. 그래서 방과 후에 그림 한 장씩 그리는 게 큰 낙이었죠. 그런데 공업계 고등학교로 진학하면서 미술과 끊어지게 되었어요. 그 당시 안양에는 고등학교라고는 그 학교 하나뿐이어서, 선택의 여지가 없었죠. 그때 상심이 아주 컸던 것 같아요. 그래서 미술에 관한 관심이 자연스럽게 시로 옮겨가게 된 것 같습니다. 고등학교 선배가 안양의 여러 문학청년들과 아마추어 동인지를 만들고 있었는데요. 거기에 아는 친구들이 있어서 함께 어울리다가 습작을 하게 되었어요. 그때 쓴 시들은 주로 직설적으로 거칠게 말을 쏟아내는 글이었는데, 거의 배설에 가까웠죠.

그러던 중에 민음사에서 나온 김종삼 시집 『북치는 소년』을 읽게 된 거예요. 시의 언어가 어떤 것인지를 처음으로 강렬하게 느끼게 되었습니다. 김종삼은 전후 시인이지만, 전쟁 체험을 직접 얘기한 시는 거의 없어요. 괴로움이니 슬픔이니 하는 감정과 철저하게 거리를 두었죠. 그러나 시는 짧은데 말하는 문장보다 말하지 않은 문장이 훨씬 많다는 것, 말하지 않는 침묵의 힘이 눈에 보이는 문장보다 더 강렬하게 느껴졌다는 것이 충격이었습니다. 어떻게 말하지 않고도 말할 수 있는가, 말하지 않은 말들속에 얼마나 많은 풍부한 말들이 있는가 하는 점들에 대해 생각하게 되었던 것 같아요. 시를 읽으면서 계속 내 안의 어떤 에너지가 활발하게 움직이는 게 느껴졌어요. 아, 시의 언어가 하는 일이이런 거구나, 체험하게 된 거죠.

노지영　그때가 몇 년 즈음일까요?

김기택　한 70년대, 80년대 초쯤 되겠네요. 직설적으로 막 쏟아내는 언어를 쓰고 있을 때 이런 시를 보게 되니, 쓰지 않은 말을 온몸으로 감각하고 상상하고 체험하는 즐거움이 느껴진 거예요. 쓰지 않은 전쟁의 체험도 그 침묵이나 여백 속에서 다 들어오는 걸보면서 시에 대해 다시 생각하는 계기가 됐어요. 그 시집에 황동규 선생님이 「잔상의 미학」이라는 해설도 실어주셨는데, 그 글을읽은 것도 굉장한 도움이 됐죠. 그렇지만 제 시는 김종삼 시와 많이 다릅니다. 김종삼 시처럼 저는 침묵과 여백을 잘 활용하지도 못합니다. 그러나 본능적으로 제 개인적인 얘기나 감정, 감상과는 거리를 두고 객관적으로 대상을 바라보는 방법은 김종삼 시인에게 큰 빛을 지고 있다고 생각합니다.

노지영 요즘 젊은 시인들한테 물어보면 스스로 김종삼 시인의 영향을 받았다고 말하는 사람들이 의외로 많거든요. 젊은 감성이 시네요(웃음). 윗세대 시인들은 김종삼을 이렇게 좋아하는 사람들이 많지는 않으신 것 같은데, 선생님이 이렇게 논문을 계속 쓸 정도로 좋아하셔서 흥미로웠어요. 선생님이 쓰신 논문들을 보면 선생님의 시론이나 창작론을 읽는 것 같은 느낌도 들었거든요.

김기택 그냥 제가 습작기에 받았던 감동과 영향 같은 것을 설명하고 싶다, 그때 받았던 신선한 충격이 뭐였나, 이런 것을 조금이라도 설명하고 싶어서 자꾸 써보려고 한 거죠. 김종삼 외에 문학적 영향을 많이 받은 것은 영미 이미지즘 시인들이에요. 감정과 주관성을 배제하고 철저하게 객관적인 이미지로 시를 표현하잖아요. 감정을 절제하지 않고 쓰면 내 시가 낯뜨겁게 느껴져서, 이미지즘 시인들처럼 대상과 거리를 두는 것이 저에게는 잘 맞았던 것 같아요. 특히 토머스 스턴스 엘리엇 시인의 「J. A. 프루프록의 연가」에서도 적지 않은 영향을 받았습니다. 자신이 감추고 싶은 약점을 놀이 대상으로 삼아 마음껏 조롱하면서 노는 시 쓰기 방법이 아주 인상적이었고요. 남에게 말하지 못하는 것, 수치스럽거나 굴욕적인 내면의 현상을 시에서는 이렇게 즐기면서 말할 수 있구나, 나를 놀리고 골탕 먹이는 재미가 이렇게 통렬하구나, 이

뒤를 보는 마음

런 점을 경험하게 된 것이 특히 좋았어요. 엘리엇의 「황무지」도 좋아하는 작품이고요. 저한테 그런 시들이 진짜 보약이었던 것 같아요.

견디는 방식, 바뀌는 즐거움

노지영 선생님이 영미 이미지즘의 영향을 크게 받으셨다 하셔서 저는 얼핏 정확하고 과학적으로 제작하는 시 창작 방식을 중시하시나 생각했는데요. 의외로 산문집을 보니까 고혈을 짜내어 제작하는 시보다는 다가오는 시 쓰기의 즐거움에 대한 이야기를 많이 풀어내고 계시더라고요. 즐거움이라는 단어의 출연 빈도가 높아서 인상 깊게 읽었습니다.

김기택 다른 예술 장르처럼 시도 즐거움을 줘야 하는 것이죠. 즐겁지 않으면 왜 시를 쓰지, 이런 생각을 하면서 시를 썼고 지금도 학생들한테 그런 부분을 강조해서 이야기하는 편이죠. 저는 창작하면서 고통스러워하는 거 싫어해요. 쓰고 싶어서 써야지, 즐겁지 않으면 왜 쓰느냐, 이렇게 얘기하죠.

노지영 보통 시를 쓴다면 창작의 고통 같은 게 강조되고 예술가의 천형을 받아들여야 할 것 같은 그런 이미지가 있잖아요. 물론 그 즐거움이라는 게 사용하는 기표는 같지만, 사람마다 그 안에 내포된 의미들이 다른 경우가 많아서요. 선생님께서는 평소 말과 글을 통해 '즐거움'이라는 용어들을 많이 써오셨는데요. 그 '즐거움'이라는 것을 좀더 선명한 문장으로 정의 내린다면 무어라 할 수 있을까요?

김기택 내가 바뀌는 것을 경험하는 거죠. 내 안에 나를 괴롭히는 여러 부정적인 감정이나 정서, 이런 것들이 유머로 바뀐다든지 아름다움으로 바뀐다든지, 뭔가 즐길 수 있는 것으로 바뀌는 걸 경험하는 것이요. 그리고 앞에서 얘기한 것처럼 자기를 조롱하는 즐거움도 있을 겁니다. 약간 자학적으로 느껴질 수 있겠지만요. 제가 이십대 초반에 약간 열등의식 같은 게 있어서 스스로에 대해 불만이 많았는데요. 자신을 유머러스하게 조롱하는 유형의 시들을 보면서 굉장히 그 방법에 끌렸던 것 같아요.

노지영 그런 면에서 보면 김수영 시인이 자기의 허위의식을 폭로하고 자기 풍자를 하는 것과도 연결될 수도 있을까요? 김수영은 너무 까발리는 방식일까요?

김기택 그렇죠. 그런 것도 있는데요. 저는 주로 자기 자신의 감추고 싶은 것 있잖아요. 절대로 남들이 알아선 안 된다 싶은 것, 감추고 노출 안 시키고 싶은 것들이 시라는 위장된 놀이를 통해서 웃음으로 바뀌는 거, 그런 게 즐거웠어요. 김수영은 자기의 행동에 대해서 부끄러운 행동이라든지 양심에 거슬리는 행동이라든지 비난받을 행동까지 다 이렇게 까발리잖아요.

노지영 시인 자신이 견디는 방식인 것 같기도 해요.

김기택 맞아요. 저도 이런 방식이 저를 견디는 방법이 되었어요. 어떤 공격적이고 잔인한 그런 본능적인 성질이 타인이란 대상을 향하는 것이 아니라 나를 향할 때, 그래서 나에 대한 어떤 증오라든지 반발심 같은 것들이 깨지는 것을 볼 때, 그럴 때가 통쾌한 거죠.

노지영 남들이 날 이렇게 보면 어떡하나 이런 걱정은 전혀 안 하시고요? 위장하니까?

김기택 그렇죠. 평소라면 나는 이런 사람이야, 라고 얘기하지 못하는 게 있죠. 그런데 시에서는 그것을 내가 아닌 것처럼 이야기하는 방법들이 있고, 그렇게 시에서 어떤 이미지를 만든 다음 그것을 우스꽝스럽게 만드는 방법으로 노는 거죠. 그랬을 때 확실히 제 안에서 뭔가 변화가 있다는 것을 느끼게 돼요. 나는 그렇게 견딜 수 있다고.

노지영 그렇게 학생들과 나 자신이 바뀌는 즐거움을 가르치며, 시를 나누고 계신데요. 앞에서 제가 구구절절할 정도로 선생님의 수상 내역을 이야기하였지만요. 검색해보면 까도 까도 뭔가가 나오더라고요. 심지어 올해 스승의 날에는 우수 교원으로 선정되어 교육부 장관 표창까지 받으셨어요. 교육부가 교육에 헌신한 우수 교원에게 '유공 교원'이란 이름으로 표창을 한다는 걸 저는 이번 기회에 선생님을 통해 알게 되었는데요. 대학에서 학생들을 본격적으로 가르치기 전에는 20년간 무역 관련한 일을 하며 평범한 직장생활을 하셨다고 들었습니다. 그래서 「사무원」과 같은 시가 독자들에게 호소하지 않는 방식으로 더 강력한 호소력을 보여줄 수 있었던 것도 같고요. 직장생활이란 오랜 고행을 마치고, 현재 학교라는 다른 직장에서 학생들과 시를 나누고 있으세요. 그렇게 변화된 삶은 시인의 세계관에 어떤 변화를 가져왔을지도 궁금합니다.

김기택 표창받을 만한 일을 한 것은 아니고요. 아마 이번 학기로 학교에서 퇴임하기 때문에 표창을 준 것 같습니다. 제가 둔하고 미련해서, 하라고 하는 일은 열심히 하거든요. 아니, 그것만 열심히 잘해요(웃음). 그런 별로 필요하지 않은 성실성 때문에 준 것이 아닌가 싶어요. 제가 「사무원」에서 회사원 생활을 고행이라고 표현한 것은 그 일이 저와는 맞지 않았기 때문입니다. 주로 영업이나 구매 같은 일을 담당했는데, 경제적인 기반이 없었기 때문에 먹고살기 위해서 그 일을 참고 견디며 버텼죠.

노지영 무역 관련한 일이 주로 어떤 분야였는지 여쭤봐도 될까요?

김기택 주로 음식 쪽이었죠. 패스트푸드 업체 버거킹 쪽과 연결되는 일을 했는데요. 국내에서 사용하는 것도 있지만 수입하는 것도 있으니까요. 제가 경제적인 기반이 없기 때문에 먹고살기 위해서는 직장생활을 버텨야 했어요. 끝까지 참고 버텨야 했는데, 그게 가능했던 것은 시가 제 일상의 숨구멍 같은 기능을 해주었기 때문이죠. 그래도 그 바쁜 틈에 시를 쓸 수 있었던 것은 참 다행이었어요. 사실 물리적으로는 시간이 너무 부족해서 시를 쓰기가 어려웠는데요. 그래도 저는 확실한 원칙을 하나 정해놓았어

요. 회사에서는 시를 단 한 줄도 쓰지 않는다는 원칙이요. 왜냐하면 시를 회사에서도 한두 줄 써봤는데 뭔가 눈치가 보이는 거예요. 누군가가 나를 감시하는 것 같은 느낌이 들고 내 상상력이 확 위축되니까 그게 정말 싫더라고요. 그러니까 이제 집에서 쓸 수밖에 없잖아요. 그런데 어떤 구절 하나가 갑자기 떠올라서 메모해두고 빨리 집에 가서 써야지 생각하고 있으면 꼭 그날 저녁에 회식이 생기는 거예요. 설레면서 집에 빨리 들어가서 써야지 계속 기다려도 새벽까지 술을 먹어야 하고요. 녹초가 되어 아침 일찍 출근하면 그날 저녁에 또 술 먹을 일이 생깁니다. 이렇게 며칠이 지나가면 처음 시구절을 떠올리게 했던 흥이 다 깨지고 에너지도 고갈돼요. 마치 어떤 저항할 수 없는 힘이 내 몸을 꽉 묶어 움직이지 못하게 해놓고 달리라고 윽박지르는 것 같은 느낌이었습니다.

그런데 그런 상황에서 어떻게 계속 시를 썼느냐. 그래도 시를 놓지 않을 수 있었던 이유는 제가 책상에서 시를 쓰지 않고 거리에서 시를 쓰는 법을 터득했기 때문입니다. 출근 시간과 퇴근 시간, 외출 시간이라는 틈이 저에게는 시적 에너지가 마음껏 활개칠 수 있는 광활한 시공간으로 느껴졌어요. 거리에서는 걸음이라는 리듬이 있어서 몸을 움직이기 때문에 리듬에 따라서 이제 시시각각 대상도 바뀌고 풍경도 바뀌는데요. 시가 나올 때는 그런 방심 상태가 집중하기가 좋았어요. 많은 사람들이 나를 쳐다봐도 그 눈이 그냥 무심하게 지나가는 걸로 보이지 나와 관련이 있다고는 전혀 느껴지지 않았거든요. 게다가 걸음과 시선에 따라 풍경이 바뀌고 사람이나 여러 사물이 다가오면서 사소한 자극들이 계속 들어오니 저에게는 이보다 놀기 좋게 잘 깔아놓은 멍석은 없었던 거죠. 그래서 그때 진짜 길만 나가면 막 시가 쏟아졌던 것 같아요. 그래서 퇴근하고 집에 돌아와 옷을 세탁하려고 정리를 하다보면 주머니에서 쪽지 같은 게 계속 나오곤 했어요. 이게 뭔가 살펴보면 거리에서 닥치는 대로 메모를 했더라고요. 영수증 뒷면 같은 곳에(웃음).

노지영 그런 거 다 보관해야죠. 굉장히 가치 있는 자료인데요.

김기택 그래서 이제는 이래서는 안 되겠다 싶어서요. 수첩과 펜을 제가 평소에 항상 갖고 다니면서 메모를 하죠. 시가 잘될 때는 아예 그냥 쓰기도 하고요. 그렇게 해서 시를 계속 쓸 수가 있었어요. 그래서 제 시를 가만히 살펴보면요. 거리에서 마주치는 장면,

뒤를 보는 마음

지하철, 버스 등을 타고 지나치게 되는 장면이 많을 거예요. 거리에서 시를 쓸 수밖에 없었던 사정과 관련이 있습니다.

노지영 선생님의 시를 '틈의 시학'이라 거론하는 사람들도 많은데, 선생님 이야기를 듣고 보니 그 틈의 의미가 완전 다르게 다가오네요. '틈틈이' 거리에서.

김기택 회사를 그만두고 강의를 하고 학생들을 지도하니 일하는 게 훨씬 편하고 즐거워졌습니다.

노지영 회사를 그만둔 게 몇 년쯤이었나요?

김기택 90년대 말 2000년대 초쯤 돼요. 물론 한동안은 시간 강사로 일을 했는데요. 수입이 줄어서 생활이 좀 어려워지기는 했죠. 적성은 맞고 재미는 있었지만, 일반적인 직장에서 학교라는 직장으로의 변화가 제 시 쓰기에 긍정적으로만 작용한 것은 아닌 것 같아요. 환경이 주는 긴장감의 강도나 내면에서 나오려고 아우성치는 말의 에너지는 회사 생활할 때가 훨씬 컸으니까요. 요즘에는 굳이 길에서 시를 쓸 필요가 없이 학교라는 직장 아무데서나 책상에 앉아 시를 쓸 수 있게 되었지만요. 그래도 일부러 많이 걸어다니려고 하고, 길에서 시를 쓰는 그런 습관을 유지하려고 애를 쓰죠. 그리고 스마트기기든 수첩이든 메모를 하게 되면 며칠씩 묵혀두지 않고 바로바로 시를 쓰려고 노력합니다.

노지영 지금은 그렇게 시를 쓰는 일과 학생들에게 시를 가르치는 일을 하고 계십니다. 현재 선생님께 시를 쓰고 가르치는 것은 어떤 형태의 노동일까 궁금하기도 한데요. 프레카리아트에 대한 담론이 한동안 성했고, 요즘의 젊은 문인들은 자신의 노동자성을 의식하며 시를 창작하는 일도 흔해진 시대인데요. 사무원 시절에 쓰던 시 쓰기가 즐거움과 해방감을 주는 탈출구의 역할을 했다면, 시를 가르쳐야 하는 사람으로서의 현재의 시 쓰기 작업은 이제 시라는 장르와 연관된 전업 노동으로 다가오지는 않을까요?

김기택 솔직히 예전엔 노동자 의식이나 노동에 대한 문제의식은 별로 갖지 못했고요. 어떻게 나를 견디느냐가 중요한 관심거리였습니다. 회사원 시절에 시 쓰기는 일상의 숨구멍이어서 아주 간절했고요. 그만큼 시를 밀어내는 에너지도 강했던 것 같습니다. 시 쓰기가 생존에 꼭 필요한 일이라는 느낌이 들 때도 있었고요. 그 시절엔 시간이 부족해서 시를 세밀하게 다듬지는 못했거든요. 지금 읽어보면 허술한 부분이 많이 보입니다. 그러나 직장인으로서 일했던 경험이 어눌하고 거칠면서도 야생적인 힘을 유지하게 하는 데는 도움이 되었습니다. 일반적으로 창작자가 교수가 되면 창작이 퇴보하거나 못 쓰게 되는 경우가 많다고들 하는데요. 저도 왜 그런 말을 하는지 어느 정도 이해가 됩니다. 더구나 창작법이나 이론을 떠먹기 좋게 정리해서 알려주거나, 습작생들의 시를 계속 읽고 조언해주는 일이 반복되고 익숙해지다보면 매너리즘에 빠지기가 쉽겠더라고요. 특히 치명적으로 해가 되는 것은 같은 말을 반복해서 하면서 스스로 감각이나 정신이 굳어지는 것이죠. 자기가 자기를 자동화된 언어로 세뇌시킬 수 있어요.

제가 김수영에 대해서도 언젠가 글을 쓴 적이 있는데요.

「시여 침을 뱉어라」에서 김수영이 '미지'와 '무한대의 혼돈'에 투신해야 한다는 말을 하잖아요. 그런 모험심이랄까, 정신이 약해지는 것이 가장 경계해야 할 문제일 것 같습니다. 오히려 제가 배워야 할 사람인데, 가르치고 있는 건 아닌가 자괴감도 종종 들고요. 또 창작은 덜 가르칠수록 좋다는 말을 하는 분들도 있는데, 너무 많이 가르치는 게 아닌가 하는 반성도 하게 됩니다. 그래서 그런지, 나이가 들어서 자연스럽게 그렇게 된 건지는 모르지만, 회사 생활 할 때보다는 일단 작품의 생산량은 눈에 띄게 줄었습니다. 시를 쓸 때의 쾌감이나 에너지가 약해지는 것도 느껴집니다. 하지만 전보다 시를 쓰는 횟수는 줄었다 해도, 시가 나올 때의 희열은 저에게 여전한 것 같습니다.

시인의 시선과 독자의 시선들

노지영 일과 시가 맺어주는 그러한 시간들 속에서 선생님은 30년 이상 꾸준히 시를 써오셨어요. 선생님께서는 89년 〈한국일보〉에서 「가뭄」과 「꼽추」로 작품활동을 시작한 이래, 『태아의 잠』 『바늘구멍 속의 폭풍』 『사무원』 『소』 『껌』 『갈라진다 갈라진다』 『울음소리만 놔두고 개는 어디로 갔나』 그리고 최근에 출간한 신작인 『낫이라는 칼』 등 다수의 시집들을 발간하셨고요. 산문은 물론 동화 쓰기와 번역 작업들도 다양하게 해오셨습니다. 선생님의 시집이 일본이나 스페인(『껌』 『태아의 잠 & 바늘구멍 속의 폭풍』) 등에서 번역되기도 했고요. 특히나 선생님의 시 쓰기는 평론가나 지적 분석을 즐기는 연구자 독자들에게 사랑을 받아온 것 같은데요. 독자들이 선생님을 관찰하는 시선은 선생님의 시 세계에 어떤 영향을 주는지도 궁금합니다. 선생님 스스로는 독자들의 관찰적 시선을 어떻게 바라보고 계신지도 궁금하고요.

김기택 아, 제가 이런 질문은 처음으로 받아본 것 같아요. 제가 등단 초기에는요. 시를 쓰면 눈 밝은 평론가나 선배들이 쳐다보는 느낌이 들어서 시 쓰는 게 무서울 때도 있었어요. 어떤 단어나 문장을 쓰다가 아마추어의 습관이 나오면 갑자기 뜨끔해지고 낯뜨거워지기도 했습니다. 스스로 자기 점검을 많이 했죠. 등단하기 전에는 저만 독자였고, 전문가로부터 제 시에 대한 평을 한 번도 들어본 적이 없었거든요. 예컨대 신춘문예 같은 곳에 최종심으로 올라가면 한 줄이라도 언급해주곤 하잖아요. 그런데 저는 최종심에 한 번도 올라가본 적도 없고 계속 떨어지다가 어느 날

덜컥 당선된 경우예요. 그러니까 그 신춘문예의 심사평이 제가 느낀 제 시에 대한 타자의 첫 시선이라고 할 수 있겠죠.

등단 전에는 아무렇게나 써도 시가 오냐오냐 저를 다 받아준다는 느낌이 있었는데, 등단 후에는 누군가가 쳐다보고 있다는 시선이 시를 쓸 때 느껴지기 시작했어요. 진짜 망치로 뒤통수를 맞은 듯이 번쩍 정신이 들어서 이제 책상에 앉는 자세부터 달라지기 시작했죠. 아마 등단이 없었다면 제 시가 달라져야 한다든지 혹은 내 안에서 다른 목소리가 나온다든지 그런 변화의 사건은 없었을 것 같아요. 등단이라는 충격이 저의 시에는 좋은 자극이었던 셈입니다. 솔직히 초기 시집 『태아의 잠』과 『바늘구멍 속의 폭풍』이 나왔을 때는요. 제 시가 너무 어렵다는 말을 듣고 그 말이 잘 이해가 되지 않았습니다. 독자의 관점에서 퇴고해보고 잘 이해하기 어렵거나 불분명한 문장을 쓰지 않으려고 매우 애썼는데 그런 반응이 나와서 도대체 뭐가 이해하기 어렵다는 건지 알 수 없었습니다. 그래서 더 쉽게, 심지어 초등학생이 읽어도 이해할 수 있도록 아주 쉽게 써보자고 생각하기도 했습니다. 그렇게 쓴 것이 「사무원」이거든요.

노지영 「사무원」이 초등학생 독자들까지 겨냥한 시라고는 상상도 못했네요(웃음).

김기택 아니, 그렇게는 못 썼더라도 제 마음은 그랬던 거죠. 그런데 요즘은 예고에서 시를 처음 습작해보는 학생에게 읽어보라고 권하는 책이 제 시집이라고 들었어요. 그러니까 사실 이제는 제일 쉬운 시의 샘플이 된 게 문제인 것 같습니다.

노지영 창작 훈련을 하는 친구들은 언어를 다루는 기술이나 산문적 진술과 구분되는 시적 언어의 제작술 같은 것들을 공부하곤 하는데 그런 면에서 「사무원」이라는 시는 매우 좋은 훈련이 될 수 있는 시인 것 같아요. 부끄럽지만 저도 실은 선생님 시집을 쭉 사두기만 하고, 실제로 처음으로 유심히 읽은 건 문학 교재에서 「사무원」이란 시를 가르칠 때였거든요(웃음).

김기택 저는 시에서 생동감을 중시하는데, 나이가 들어가면서 이 생동감이 사라지고 지금까지 써오던 방식에 안주하지 않을까 경계하게 됩니다. 제 시가 '라떼는 말이야'로 시작하는 고리타분한 옛날 시로 읽힐 수도 있겠구나, 이런 생각도 듭니다. 그래서 활기 넘치는 젊은 시인들의 감각이나 상상력의 에너지로 제 시를 보려는 태도가 생기는 것 같습니다. 요즘은 뛰어난 젊은 시인들이 많이 나와서 누구보다 그들의 시선이 가장 의식되는 것 같아요. 독자에게 영합하는 것은 경계해야 하겠지만, 독자의 시선을 느끼는 것은 중요하다고 생각합니다.

노지영 선생님께서 생동감을 중시한다는 말이 저는 정말 공감이 가거든요. 최근 발표하신 시 중 특히 「수압」이라는 작품에 선생님의 시 세계가 정말 잘 드러나 있다고 생각했어요. 수조에 납작하게 누워 있는 물고기처럼, 납작하고 피상적으로 이해되던 존재들이 한순간 생명체로 날뛰면서 사물의 속성이 변화하는 순간들이 선생님 시에는 참 많이 보이거든요. 노자가 말한 것처럼 그냥 대상을 스치며 훑어보는 게 '견(見)'이고, 주의 깊게 집중해서 보는 게 '관(觀)'이라면요. 특히나 비대면 시대를 통과한 이후에는

뒤를 보는 마음

어떤 사물을 지속해서 집중하며 '관'하는 것이 정말 어려운 일이
된 것 같아요. 우리가 평범하게 훑어보는 것들이 일상에서 어떤
폭력이나 전쟁을 감당하고 있는지, 일상적이고 비루하게 묘사되
던 존재들이 어떤 폭풍을 싸안고 있는 '태풍의 눈'이었는지를 독
자들이 깨닫게 되는 지점에 선생님의 시가 있는 것 같습니다. 그
래서 『바늘구멍 속의 폭풍』이라는 그 표제가 저는 선생님 시관을
보여주는 중요한 문구로 다가오기도 해요.

김기택　정말 잘 봐주신 것 같고요. 저는 독자들이 시를 읽는 것
이 독자의 내면, 독자의 감각이나 정신에서 일어나는 폭발하는
어떤 사건이 되어야 한다고 생각해요. 어떤 시가 의미만 지향하
게 되면 그런 사건은 일어나지 않잖아요. 그냥 의미를 이해하면

되는 일이니까요. 시는 일종의 그러한 사건을 터뜨리는 폭발물 같은 장치가 되어, 독자가 읽는 순간에 터져야 하는 거죠. 존재성이 드러나는 순간 독자들은 감각이든 감정이든 자기 경험을 깨워서 어떤 사건을 일으켜야 하고요. 그러니까 어떻게 보면 독자들이 오독을 하는 건 크게 상관이 없어요. 시인이 쓴 것과 달리 독자는 엉뚱한 거 상상하면서 흥분하고 좋아하게 되는 것도 저는 굉장히 좋은 감상이라고 생각해요. 제가 얘기하는 생동감이라는 것은 바로 그런 내면의 운동, 즉 독자의 내면에서 일어나는 감각의 운동이자 정신적인 운동인 거죠. 그렇게 되면 독자가 시에 참여하는 것이고, 독자가 창작자가 되는 것이고, 스스로 의미를 부여할 수 있는 것이고, 작품의 완성은 독자를 통해 이루어지는 것이죠.

노지영 독자에게 사건을 일으키는 독서행위가 국내의 독자는 물론 외국의 독자들에게도 연이어지더라고요. 영국 일간지 〈가디언〉지에도 선생님의 시가 소개된 것을 봤어요. 〈가디언〉지에서는 영어권 온라인 저널인 〈애심토트(Asymptote)〉와 협력해 「화요 번역문학(Translation Tuesdays)」 코너에서 작품을 선정하는 것으로 알려져 있는데요. 찾아보니 독자들에게 많은 사랑을 받았던 『껌』이라는 시집에 수록되었던 두 편의 시가 실려 있더라고요. 표제작인 「껌」과 그 시집의 서시 격인 「그와 눈이 마주쳤다」라는 작품이 영문으로 번역되어 소개되었습니다. 아까 스페인어로 번역된 시집도 말씀하셨지만요. 이국의 독자들에게 포착된 그 두 편의 시가 선생님에게는 어떤 의미일지요? 창작자로서 바라는 점은 없으신지요?

김기택　제 시에 대한 외국인 독자의 반응을 실제로 많이 접해보지 못해서 잘은 몰라요. 다만 제 시가 번역되기 전에는, 시를 쓸 때 외국인 독자가 이 시를 어떻게 읽을까를 생각해보지 못하고 시를 썼어요. 내국인 독자가 읽을 것이라 생각하고 시를 써왔으니까요. 그런데 제 시가 번역이 되고 보니 독자에 대한 의식이 확장되는 것이 느껴집니다. 시를 퇴고할 때 종종 이 문장이 번역자의 눈으로 봤을 때 정확한가, 이 문장은 내국인 독자들은 즐길 수 있겠지만 외국인 독자들은 어떻게 생각할까 등을 저도 모르게 의식하게 되는 거죠. 그러나 제 시가 번역되어 외국인 독자에게 노출되었다는 사실, 그리고 제가 시를 쓰는 과정에서 외국인 독자의 시선을 느낀다는 사실, 그것이 저의 시 쓰기에 영향을 준다는 점이 그전과 달라진 점입니다.

예컨대 우리말에서는 주어를 생략하는 경우가 아주 많은데, 이 경우 화자가 혼동되거나 의미가 전혀 다르게 해석될 가능성이 있잖아요. 산문과 달리 독자의 상상력이 작품을 읽는데 절대적으로 중요한 시에서 이런 혼란은 충분히 있을 수 있는데, 이것이 심각한 오역을 낳을 수도 있을 것입니다. 우리의 언어 관습으로 볼 때 한국어를 쓰는 독자들은 어렵지 않게 이해하고 넘어가겠거니 생각했던 것들이 번역할 때는 전혀 다른 문제가 될 수 있습니다. 한국어로 읽었을 때 느껴지는 가치가 다른 언어의 번역 속에서는 살아나지 않을 수 있고요. 물론 번역될 것을 가정하고 쓰라는 건 절대 아니고요. 다만 앞으로 우리 작품이 외국에 소개되는 일이 더 많을 텐데, 옛날에는 전혀 고려하지 않았던 문제도 창작자들은 이제 생각해봐야 될 때가 되었다, 뭐 그 정도의 말씀을 드리는 거죠.

노지영 이국의 독자를 의식하면서 오역의 사건도 의식되고, 그에 따라 시인들의 언어적 민감성도 더 높아질 수도 있을 것 같아요. 방금 말씀드린 〈가디언〉지에서는요. 선생님을 "세심하고 미세한 디테일의 관찰자(an observer of minute and microscopic details)"로 소개하면서 미술평론가인 존 버거(John Berger)가 좋아했을 시를 쓴다고 상찬하고 있습니다. 선생님을 '관찰과 투시의 시인'으로 명명하면서, 약하고 사소한 것들의 이면에서 새로운 우주를 발견하는 시선을 주목하는 평자들이 많은데요. 그 우주는 야만과 문명 사이, 폭력과 생명 사이에서 하나의 존재가 수만 가닥으로 번지면서 나타나는 우주인 것도 같아요.

이번에 출간된 신작시집 『낫이라는 칼』을 읽어보면서요. 선생님이 세상을 미세하게 관찰하는 방식이 여전히 매력적이지만, 저는 선생님의 시가 그동안 주로 시각 중심의 관찰능력으로 거론되어온 것 같다는 생각도 들었어요. 고현학적 시선으로도 보고, 망원경으로도 보고, 현미경, 확대경, 내시경으로도 보는 등등 '경'자가 들어가는 말들은 다 동원해서 선생님의 시를 평가하곤 하는데요. 그렇게 미세하고 정밀하게 대상의 이면을 파악하는 시각 중심의 지성도 매력적이지만, 저는 사물 주체가 호명하는 세계에 귀 기울여 응답하는 따스한 청각의 온도도 선생님의 시에서 발견된다 생각하거든요. 또 어떤 시들의 디테일을 보면 오감은 물론 내분비계까지 교란될 것 같은 극한 내면의 감각도 느껴지고요(웃음). 이번 신작시집의 첫 시로 제시된 「구석」이란 시에서처럼, 특정 고정관념 속에서 가려져 시력을 잃어버린 이들에게는 촉각으로 다가가게 되는 '구석'의 영역들도 소중하게 느껴집니다.

김기택 「구석」이라는 시의 마지막 연은 아기가 구석에 대한 호기심이 많은 것 같아서 그것을 그려본 것 같습니다. 제가 어제 집에 가는 길에 고양이가 계단에 서 있더군요. 저는 그 계단을 지나가야 했습니다. 제가 다가가자 고양이는 얼른 벤치 밑으로 들어가더군요. 때로는 저를 피해 차 밑으로 들어가기도 합니다. 고양이에겐 벤치나 자동차 밑의 어두운 공간이 외부로부터 안전하게 보호해주는 느낌인가봅니다. 구석과 같은 공간이죠. 저도 어린 시절에 야산에 나뭇가지로 우거져서 잘 안 보이는 곳에 들어가 있는 것을 좋아해서 가끔 그런 비밀스러운 공간을 정해두고 혼자 놀곤 했습니다. 그곳은 좁고 어둡지만 저에게는 어둡고 좁다고 느껴지지 않았고 오히려 그 어둠과 좁은 공간이 저를 보호한다는 안도감을 주었습니다. 그런 점에서 구석이라는 공간은 저에게 아주 흥미롭게 다가온 것 같습니다.

노지영 김종삼 시인이 '어린이'란 존재를 시화한 적 있듯이 선생님도 '아기'들이란 존재로 시적 감각을 새로이 발견하고자 하시는 것 같아요. 평면적으로 보거나 훑어보거나 상투적으로 보면서 단견하는 어른들과 달리 어린이들의 감각은 열려 있으니까요. 그 시적 능력을 신뢰하는 마음을 담아 동시집도 출간하신 것 같기도 하고요.

김기택 네. 제 시가 어린이나 동물에 주목하는 이유는 그들이 인간 어른에게는 없는 타고난 그대로의 순수하고 생기 있는 감각의 활기를 지니고 있기 때문이에요. 사람은 누구나 이런 감각을 타고나지만 언어를 익히고 교육을 받으면서 이런 감각의 순수성을 잃고 점점 굳어지고 퇴화하잖아요. 그러나 아이들은 어른들이 보기에 아주 시시하고 평범한 것들을 신기하게 보는 능력이 있습니다. 실제로 그것은 신기하고 어마어마한 비밀을 감추고 있는 것일지도 모르고요. 어른이 되면 먹고사는 일로 관심이 이동하기 때문에 대상이 지닌 이 신비를 보는 능력이 줄어드는 게 아닌가 생각합니다.

그러나 아이는 고정관념에 사로잡히지 않은, 타고난, 살아 있는, 본성의 활기를 지닌 존재입니다. 어른들에게도 이런 본성이 느낌 속에는 남아 있으나 그것이 관념으로 대체되고 생각에 눌려있어서 본 대로만 보려 하고, 생각한 대로만 생각하려는 경향이 있는 것 같아요. 저는 관념화되기 이전의 느낌, 어린이나 동물의 몸 안에 살아 있는 느낌이 시에서는 중요하다고 생각합니다. 이 감각을 회복하고 그 순수한 시선으로 대상을 보는 시들을 좋아합니다.

동일한 사물, 다른 몸

노지영 어린이들, 동물, 다른 몸으로 보는 일은 사물을 뜨끔한 눈으로 다시 보게 만들죠. 이번에 저는 선생님 신작시집의 제목인 『낫이라는 칼』이란 표제도 뜨끔했어요. 그간 사람들이 느껴오면서도 언어화하지 않았던 성질이 마치 물속에 잠긴 시체처럼 선명하게 떠오르는 느낌이었달까요.

김기택 어떤 분은 제목이 무섭다고도 하더라고요(웃음). 처음에

는 시의 원래 제목인 「낫」을 전체 시집의 표제로 하고 싶었는데 너무 평범하게 느껴지는 거예요. 그래서 『낫이라는 칼』로 바꿔서 제목을 정했는데요. '낫'이라는 연장은요. 칼이긴 칼인데 상대방을 향하지 않고 나를 향하고 있잖아요. 뭉뚝한 면은 상대방에게 향하고 날카로운 부분은 나를 향해 있다. 예를 들어서 벼를 벤다고 할 때는 그 날의 끝이 나를 향해서 오잖아요. 공격성은 공격성인데 대상이 아니라 나를 향하고 있는 성질이 끌렸어요. 제가 시에서 자학적으로 놀리고 골탕 먹이고 하는 것을 좋아한다고 얘기를 했었는데요. 그런 나에게 휘어지는 칼날의 성질을 낫이라는 연장이 보여주는 것 같아요.

노지영　이번 시집에서는 선생님을 '사물주의자'로 명명하며 시집의 해설을 풀어가고 있던데요. 선생님의 시편들이 사물시의 강점들을 지속적으로 개시하고 있긴 하지만, 저는 선생님의 신작 시집을 읽으며 말장난을 조금 덧붙여 '만물주의자'라는 이름으로 부르고 싶더라고요. 거리에서 볼 수 있는 그 많은 대상들이 등장하잖아요. 그 많은 사소하고 미세하고 취약한 만물의 존재들이 어떻게 소리 내는지를 경청하며, 그 만물들의 지독한 생명의 아우성 속에서 최소한의 언어를 신중하게 취사하는 시들을 쓰시는구나 싶었습니다. 선생님의 시와 산문을 읽을 때면, 절제하는 울음의 형식이란 이런 것이구나, 골똘해질 때도 있는데요. 시를 창작할 때 어떤 방식으로 언어를 정밀히 통어하고, 또 어떤 유혹을 경계하며 시를 쓰시는지 궁금합니다.

김기택 사물을 대할 때 저는 느낌을 중시하는 편이죠. 느낌에는 아직 관념으로 굳혀놓기 이전에 침묵의 상태에서 존재하는 유동적이고 매장량이 무한한 혼돈의 세계가 있는데요. 이 혼돈은 정의되지 않은 생기이며 활기 그 자체라고 할 수 있습니다. 느낌이 사물과 소통할 수 있는 이유는 그것이 언어로 한정시키지 않은 침묵의 형태이고, 또 언어화 관념화되지 않아서 자유로운 상태이기 때문일 것입니다. 어떻게 언어를 쓰느냐의 문제와 관련해서는 묘사에 대해서 조금 언급을 해야 할 것 같아요. 저는 어떻게 하면 묘사를 잘 할 수 있느냐는 질문을 종종 받습니다. 사실 묘사는 대상을 오감으로 관찰하고 그것을 그리는 것이라고 생각하기 쉽거든요. 그러나 시에서 관찰 대상은 오감으로 감지한 사물로 한정할 수 없습니다. 그보다는 오감을 통해서 몸으로 들어온 사물을 관찰하는 것이라고 해야 좀더 정확할 것 같습니다.

뒤를 보는 마음

우리 몸에는 감각뿐만 아니라 기억, 욕망, 심리 등이 있는데, 제가 볼 때 이것들의 정체는 생명의 움직임입니다. 제가 안토니오 다마지오의 『스피노자의 뇌』라는 책을 인상 깊게 읽었는데, 그 책에 이런 구절이 있어요. "느낌은 생명체 내부의 생명의 상태를 드러내주는 것이다. 느낌이라는 장막을 들추어보면 생명체의 내면 상태가 고스란히 드러난다." 아울러 "느낌은 진행되고 있는 생명의 상태를 마음의 언어로 번역한 것"이라고도 정의했는데요. 저는 시를 쓴다는 것이 사물과 느낌이 만나는 사건을 체험하는 일이라는 생각을 하고 있습니다. 따라서 오감이 감각한 사물 대상은 우리 몸에서 이 생명의 에너지와 결합하면서 변화합니다. 제 시가 묘사하고자 하는 것은 바로 오감을 통해 몸으로 들어와 몸의 에너지나 생명의 움직임과 결합하여 변형된 사물이라고

할 수 있습니다. 그러므로 이 사물은 사물인 동시에 나의 몸이기
도 하죠. 그래서 동일한 대상을 보더라도 사람마다 무수히 많은
다른 시가 나올 수 있는 겁니다. 사물은 동일해도 몸은 다 다르기
때문이에요.

노지영 정태적인 사물처럼 보이지만, 그것들이 마음의 작용으로
인해 새로운 것들로 태어나는 거겠죠. 저도 어제의 마음과 오늘
의 상태가 늘 다른데요(웃음).

김기택 그렇죠. 우리 기억이라는 것도 뭔가를 봤던 내용들이 계
속 변하잖아요. 그래서 처음에 봤던 기억보다는 현재의 마음 상
태가 더 많이 작용한다고 하더라고요. 그럴 때 묘사하는 대상은
사물인 동시에 결국 나이기도 한 것이죠. 가끔 내가 쓰고 싶은 시
는 이미 누군가가 다 써놔서 쓸 게 없다, 이렇게 얘기하는 분들이
있는데요. 사람이 모두 다르기 때문에 각자 다른 시들이 나올 수
밖에 없는 것 아닙니까. 상투적인 인식이나 방법을 통해서는 이
러한 다양성이 나오기 어려울 겁니다. 시에서 사물은 존재를 끌
어내는 매개체로서 기능하는 것이죠. 저는 시 쓰기가 '아직 이름
이 붙여지지 않은 생명체', '무엇으로든 변화할 가능성이 있는 느
낌으로서의 유동체'에 이름을 붙여주는 일이라 생각해요.

노지영 선생님의 시에는 작고 약한 존재들이 시적 소재로 많이
등장합니다. 등단작인 「꼽추」나 대중적으로 잘 알려진 시 「다리
저는 사람」을 비롯하여, 여러 시편들을 통해 육체에 손상을 입거
나 장애를 가진 채 살아가는 존재들을 찾아볼 수 있는데요. 환경

의 폭력성이 육화된 동물들이 상관물로서 등장하는 시편들은 장애를 시재로 한 시편들과 같은 맥락에서 읽히기도 하고요. 언젠가 선생님은 "왜 불구자를 소재로 시를 쓰"냐고 한 독자가 물었을 때, "시에 등장한 불구자는 내 불구적인 내면의 상관물"이고, "누구나 내면에는 이런 불구적인 모습이 있을 수 있다고 대답하기는 했지만, 썩 석연치는 않았다"고 고백한 글을 쓰신 바 있습니다. 저도 그 부분이 늘 어렵고 고민이 되어 드리는 질문인데요. 장애라는 것을 치욕적 자아상과 등가물로 묘사하거나 혹은 정상의 관념과 대조되는 흉한 이미지로 활용한 글을 읽을 때, 문학을 사랑하는 독자로서 머뭇댈 때가 있습니다. 비장애인 시인에게는 상상의 극으로 표현된 언어인데, 약자인 누군가에게는 그것이 실재의 고통 자체인 언어일 수 있다는 생각이 들어서요. 창작자의 상상의 언어와 경험 당사자의 실재적 고통이 충돌할 때, 시편들을 어떻게 쓰고 읽어야 할까요?

김기택 아주 날카로우면서도 타당한 질문이라는 생각이 들고요. "시인에게는 상상의 극으로 표현된 언어인데, 약자인 누군가에게는 그것이 실재의 고통 자체인 언어일 수 있다"는 말에 좀 찔리네요. 창작자로서 제가 깊이 고민해야 할 문제라고 생각합니다. 저는 방금 언급하신 그 독자가 왜 불구를 소재로 시를 쓰느냐고 묻기 전까지는 "창작자의 상상의 언어와 경험 당사자의 실재적 고통이 충돌"할 수 있다는 점을 충분히 인지하지 못했던 것 같습니다. 그래서 이런 질문을 처음 받았을 때에야 장애의 고통을 직접 겪는 이에 대해 비로소 생각하게 된 것 같고요. 그래서 당시에는 이 윤리적인 문제 제기에 충분히 답변을 드리지 못한 것 같습니다. 그래서 이 기회에 추가적인 보충 답변을 드려보고 싶어요.

제 시는 인간을 포함해서 생명을 가진 존재들의 생명력에 대해 호기심을 가지고 바라본 시들이 많습니다. 그것을 관찰하여 시로 묘사하는 일에 관심이 있고요. 동물을 소재로 한 시들이 많은 것이 그 한 예라고 할 수 있는데요. 저의 동물 시편은 크게 두 가지로 나눌 수가 있을 것 같아요. 하나는 동물의 몸 안에서 활동하는 경이적인 생명력을 포착하려는 시들이고요. 다른 하나는 '소'나 '닭'처럼 사육당하는 동물들의 치욕과 고통에 주목하는 시들입니다. 장애의 문제에 있어서도 이런 양면적인 태도가 있는 것 같습니다. 장애인의 몸에서는 자신의 신체적 결핍을 극복하기 위해 비장애인보다 더 활발하게 움직이는 생명력이 잘 보입니다. 그 생명력을 포착해보려는 시가 「다리 저는 사람」입니다. 그 사람에게는 "못 걷는 다리 하나를 위하여/ 온몸이 다리가 되어 흔들어 주"는 생명의 활기가 시각적으로 선명하게 드러나거든요. 그 시에서는 비장애인들을 생명 없는 '기둥'으로 표현하고, 다리 저는 사람은 '춤추는 사람'으로 표현하면서 그 생명력을 부각시키고 싶었습니다. 「꼽추」라는 시의 후반부에서도 "곧 껍질을 깨고 무엇이 나올 것 같아/ 철근 같은 등뼈가 부서지도록 기지개를 하면서/ 그것이 곧 일어날 것 같아"라는 표현에서는 위태롭게 느껴지는 생명의 움직임이 나타납니다.

제 시가 존재의 생명력에 주목한 이유는 결핍을 가진 대상이 화자의 내면으로 들어와 위축된 생명력을 깨워서 활동시켜주는 그 사건에 흥미를 느끼고, 그것을 집중적으로 관찰하고 묘사하려고 했기 때문이 아닐까 합니다. 그럼에도 불구하고 노지영 선생이 질문한 이 문제는 저에게는 여전히 더 깊이 고민해야 할 숙제네요.

노지영 저는 장애문학 팟캐스트에 고정 출연하면서 평소에 장애 문학을 소개하고 읽을 기회가 비교적 많이 주어진 편인데요. 비장애인들의 시선으로 장애 당사자의 문학과 그 삶을 묘사하고 재현한 문학을 읽을 때마다, 장애의 고통에 대한 고정관념의 문제를 창작자의 입장에서 어떻게 정리해야 할지 늘 고민이 되더라고요. 장애인이라는 그룹으로 뭉뚱그려서 얘기할 수 없는 다양한 장애의 종류가 있고 장애를 가진 개개인이 불편해하는 민감성의 스펙트럼도 매우 넓어서요. 창작자의 입장에서는 생명력을 발견해내려는 선한 의도의 시가 누군가의 고통이나 현실적 입장과는 상이할 수 있는 것 같아요. 소수자 각자의 특화된 민감성 속에서 오해되기도 쉽고요.

김기택 생각해보니 이번 『낫이라는 칼』이란 시집에도 장애를 소재로 한 시편들이 몇 편 있더라고요. 예컨대 「눈먼 사람」과 「오지 않은 슬픔이 들여다보고 있을 때」 등의 시들이죠. 물론 이 시들은 장애인 문제를 의식적으로 접근하며 쓴 시들은 아닙니다. 그렇지만 이 질문을 받으면서 이제 생각해보니, 나도 모르게 내 안에서 어떤 시선의 변화가 있었던 것도 같네요. 왜냐하면 이 시편들에는 시적 화자의 몸 자체가 장애인이 되어서 그 문제와 부딪쳐보는 경험이 있기 때문이에요. 비장애인에게는 아무렇지도 않은 걷기나 계단 길 내려가기가 장애인에게는 매우 힘들고 고통스러운 문제잖아요. 내 안에 있는 어떤 두려움, 불안, 결핍 등이 장애를 가진 이들의 그것과 다른 것이 아니라 생각하면서, 나도 모르게 그들의 몸으로 들어가 그들의 시선에서 제 문제를 경험해본 게 아닌가, 이렇게 사후적으로 생각해보게 되었습니다.

자폐로 태어나서 미국에서 굉장히 유명한 동물학자가 된 템플 그랜딘이라는 분이 자신이 경험한 자폐에 대해서 쓴 책이 있는데요. 그러한 책들을 읽으며 비장애 전문가들이 정리한 내용들의 오류를 좀더 이해하기도 했고요. 자폐인들과 예술가가 어떤 점이 비슷하고, 나와는 어떤 공통된 점이 있는지 이런 것들을 조금 더 세심하게 알고 싶은 마음도 생겼어요. 저도 이제 이러한 소재의 시를 쓸 때는 민감성이 더욱 다를 수 있는 이들의 경험을 더 예민하게 의식하고 그 독자분들이 함께 읽는다고 생각하는 태도가 더욱 필요할 것 같아요.

노지영 재현의 윤리 문제는 젊은 창작자들이 어려워하고 고뇌도 점점 깊어지는 부분이기도 해서요. 이런 고민들을 시를 통해 먼저 하셨을 선배 시인께 지혜를 얻고 싶어서 여쭸습니다. 선생님 말씀처럼 사람의 몸과 느낌이 각자 다르기 때문에, 어떤 부분에서는 조심스럽고, 불편할 수도 있고, 또 당사자의 감각에 온전히 다가가기도 어려운 영역이라 생각해요. 그래도 먼저 그러한 자리들을 계속 바라보며 고민해주셨던 선배 시인들이 있어서 지금의 세대가 더 다양한 독자들과 어떤 새로운 사건을 상상할 수 있지 않나, 하는 생각도 듭니다.

이제 오늘의 대화를 정리하는 질문을 드리려 하는데요. '시인과의 대화'를 연재하면서 만나 뵙는 시인들께 공통적으로 드리는 질문입니다. 선생님께서는 그동안 어떠한 시를 꿈꿔오셨는지요? 오늘날 우리가 추구해야 하는 시 쓰기와 시학이라는 게 있다면 어떤 모습이길 바라시는지 궁금합니다.

김기택 앞에서 말씀드렸듯이 저는 '느낌'이란 것을 '아직 이름이 붙여지지 않은 생명체', '무엇으로든 변화할 가능성이 있는 유동체'라고 부르고 싶습니다. 그리고 시 쓰기란 그 이름 없는 생명체에게 이름을 붙여주는 일이라고 말씀드리고 싶어요. 그러나 지극히 소박하고 주관적인 견해라 이 정도로 대답이 될 수 있을지 모르겠네요(웃음).

*

대화를 마치고 시인과 함께 영휘원을 걸었다. 평소의 산책길 코스는 아니었지만 시인은 과감히 영휘원으로 안내하여 세 명분의 입장료를 지불하였다. 일터 바로 앞에 있는 녹지대임에도 비대면 시대 방식으로 사적지에 입장하는 건 아직 시인에게 낯선 모양이었다. 바코드 인식에 세 번쯤 실패한 후 안내원이 도와주어 입장할 수 있었다. 문화재 관람 입장권을 책갈피로 쓰곤 하는 나에게, 시인은 입장권을 건네주었다. 영휘원에서 얻은 굿즈였다.

영휘원과 숭인원을 돌아보면서, 나는 문화해설사에게 묻듯이 시인에게 이것저것 물었다. '어계(御階)'와 '신계(神階)'의 구별은 어떤 의미냐, 혼령이 지나다니는 '향로'가 임금의 '어로'보다 왜 귀한 대접을 받느냐, 유명하다던 산사나무는 어디 있느냐 따위의 리플렛에 게시될 법한 백과사전적 정보들이었다. 시인은 무심히 거닐다가 내가 꼬치꼬치 물을 때에야, 안내된 표식들을 유심히 바라보았다. 문화재청 관료들이 만든 표식 말고 스스로 보고 싶은 다른 세계가 있는 것 같았다. 그러나 내가 '신계'는 이용하면 안 되고, 방문객들은 '어계'로만 걸어야 하는 거라고 표식의 안내문을 그대로 읽어대니, 시인은 동행을 따라 순순히 '인간의 길'로만 걸었다.

나는 '어계'와 '신계'의 구별이 어떤 전통에서 왔는지 정확히 알지 못했고, '향로'가 왜 '어로'보다 우위에 있는지 기준을 찾지 못했으며, 시월 무렵 다글다글한 빨간 열매로 존재감을 드러낸다는 산사나무도 결국 발견하지 못했다. 알고 싶은 것은 확실하지 않았고, 목적을 갖고 찾으려던 것은 고사목이 되어 스스로 존재를 은폐했다.

그렇게 녹지대를 나와서 우리는 맞은편 재개발지대로 건너갔다. 입장료 없이 드나들 수 있는, 시인이 출퇴근하는 길 중 하나다. 청량리 재개발구역의 오래된 집들은 하나하나 개성이 넘치는 골목을 끼고 있었다. 오래된 집에도 각자의 조경과 인테리어가 있었고, 독특한 간판들이 눈길을 끌었다. 멀리서 획일적 형태로 구획되어 보이던 골목도 가까이서 보면 그 폭이 천차만별이었다. 어떤 골목은 사

뒤를 보는 마음

람 하나가 지나가기 어려울 정도로 좁아서 고양이 하나가 숨어 있기 좋은 '구석'일 뿐이었지만, 또 어떤 골목은 아주머니 여럿이 둥글게 앉아서 마늘을 까는 작업장이 되기도 했다. 아주머니들의 수다를 방해하지 않고 우리 일행이 지나갈 수 있을 정도로 넉넉한 폭이었다.

시인은 좁은 골목으로 앞서 걸었다. 고양이와 유기견과 그의 시에 나오는 작디작은 만물들이 드나드는 좁은 길이었다. 옆에서 나란히 걸을 수 없을 정도로 좁은 길이라 시인과 나는 떨어져서 각자의 폭으로 걸을 수밖에 없었다. 그렇게 홀로 고독하게 걸어가는 순간, 아마 저 골목의 사물들이 시인에게 말을 걸었을 것이다.

오늘 이 시간, 지금 이 장소의 느낌을 시인은 또 어떤 몸으로 언어화하고 있을까. 내일 이 거리에서는 또 어떤 사물이 다가와 시인의 기다림에 응답해줄 것인가. '신계'의 영역으로 걷는 것은 정말 금지되어 있을까. 어쩌면 시인은 새로운 언어를 만들며 그러한 '신계'의 길을 지속적으로 걸어왔던 것은 아닐까. 그 거리, 그 구석, 그 몸의 느낌을 새로이 불러내는 둘레길에서 "오지 않은 슬픔이 심장을 툭, 툭"(「오지 않은 슬픔이 들여다보고 있을 때」) 칠 때까지 말이다.

감사의 글

먼저 어렵게 시간을 내어 긴 대화를 허락해주신 여덟 분의 시인께 감사드립니다. 시인의 생생한 구술 언어들을 여러 번 듣고 되감아 들으면서도, 그 열도와 품위를 온전히 재생하지 못한 부분이 있다면 그것은 오롯이 저의 잘못입니다. 저와 만난 시간을 최선을 다해 충만히 채워주신 오늘의 시인들께 감사드립니다.

　적지 않은 분량의 대담에 과감히 지면을 허락해주신 〈시와시학〉의 이성천, 고봉준, 남승원, 이형권 선생님, 그리고 김초혜 선생님께도 감사드립니다. 격려해주시는 마음 덕분에 읽고, 질문하고, 만나고, 정리하는 일을 단순히 기능적인 작업으로 대하지 않을 수 있었습니다. 질문에 질문을 거듭하여 저 자신의 부족함을 발견하는 자리를 마련해주심에 감사드립니다.

　쉽게 해이해지고, 어렵게 마음을 잡는 저에게 여러 형태의 '문학'의 자리를 보여주신 오랜 선배님들께 감사합니다. 특히 김종철, 박수연, 오창은, 고영직 선생님의 사유와 행보는 어려운 시기에 제 마음의 에콜로지를 구성해나가는 데 큰 힘이 되었습니다. 못다 따라가는 걸음이지만, 이 기회를 빌려 감사의 마음을 전합니다.

멀고 가까운 현장을 2년 동안 함께 다니며 같은 풍경을 바라보고 사진으로 남겨준 이효영 시인에게도 감사드립니다. 그리고 그 이효영 시인을 소개했던 윤석정 시인에게도 말할 수 없는 감사를 표합니다. '시인과의 대화'를 윤석정 시인과 함께 시작했던 것으로 기억합니다. 제가 하는 보이지 않는 작업들, 일회성의 작업들도 누군가는 해야 하는 작업이라는 것을 늘 이야기해주었습니다. 깊은 고마움을 전합니다.

어려운 시기에도 이러한 책 작업을 존중해준 교유서가의 신정민 대표와 긴 분량의 원고를 함께 읽으며 섬세히 조언해준 강건모 편집자께도 감사드립니다.

마음이 어려울 때 진심으로 제 선택들을 응원해준 저의 자매들과 10년 넘게 도보 여행을 함께해주며 제 선택의 방향에 지표가 되어준 '오셔요' 선배님들, 긴 기간 필리아를 나누며 제 일을 자신의 일처럼 기도해준 친구 서희를 비롯하여 저를 좀더 느긋한 사람으로 만들어준 세상의 그 많은 벗들에게 감사를 표합니다. 그리고 제 삶을 열어주신 이정수, 노병창, 그리고 제 반절의 삶을 새로이 열어주신 오계자, 유창희 양가 부모님께도 감사를 표합니다.

시의 위상이 얼마나 낮아지고, '좁은 의미의 서정시'가 얼마나 더 좁아졌는지를 언제나 가까이서 다그치듯 알려주는 류기선 씨는 시라는 장르를 잘 모르는 사람입니다. 하지만 누구보다 단단한 '시의 마음'을 가지고 제 마음을 변화시키는 사람입니다. 일상에서의 우정의 힘을 알려준 그에게 사랑과 존경을 표합니다.

"나는 그분 곁에서 창조의 명공이 되어 날마다 그분을 즐겁게 하여 드리고 나 또한 그분 앞에서 늘 기뻐하였다. 그분이 지으신 땅을 즐거워하며 그분이 지으신 사람들을 내 기쁨으로 삼았다"는 성서의 구절은 아침을 시작할 때마다 되새기는 구절입니다. 저에게 시를 읽을 힘과 기도하는 마음, 그리고 펜을 들 수 있는 열 개의 손가락을 주신 분이 계십니다. 아낌없는 사랑을 고백하며, 오늘도 그분이 내어주신 천국의 국자에 입맞춤합니다.

Introductions〉의 한국어판입니다. 역사와 사회, 정치, 경제, 과학, 철학, 종교, 예술 등 여러 분
야의 굵직한 주제를 알기 쉽게 설명합니다. 이 시리즈는 새로운 관점으로 '나와 세계'를 볼
수 있는 눈을 열어줄 것입니다.

뒤를 보는 마음
—우리 시대의 시인 8인에게 묻다

초판 1쇄 인쇄 2023년 11월 17일
초판 1쇄 발행 2023년 11월 27일

지은이 노지영

사진 이효영 | 편집 강건모 정소리 | 디자인 이혜진 | 마케팅 배희주 김선진
브랜딩 함유지 함근아 김희숙 고보미 박민재 박다솔 조다현 정승민 배진성
저작권 박지영 형소진 최은진 서연주 오서영
제작 강신은 김동욱 이순호 | 제작처 천광인쇄소

펴낸곳 ㈜교유당 | 펴낸이 신정민
출판등록 2019년 5월 24일 제406-2019-000052호

주소 10881 경기도 파주시 회동길 210
전화 031.955.8891(마케팅) | 031.955.2692(편집) | 031.955.8855(팩스)
전자우편 gyoyudang@munhak.com

인스타그램 @gyoyu_books | 트위터 @gyoyu_books | 페이스북 @gyoyubooks

ISBN 979-11-92968-65-0 03810

* 교유서가는 ㈜교유당의 인문 브랜드입니다.